肖复兴散文精选集

读书与怀人 卷

名花零落
雨中看

作家出版社

图书在版编目（CIP）数据

肖复兴散文精选集·读书与怀人卷：名花零落雨中看／肖复兴著 . -- 北京：作家出版社，2021.1

ISBN 978 - 7 - 5212 - 1128 - 3

Ⅰ.①肖⋯　Ⅱ.①肖⋯　Ⅲ.①散文集 - 中国 - 当代　Ⅳ.①I267

中国版本图书馆 CIP 数据核字（2020）第 186539 号

名花零落雨中看

作　　者：肖复兴
责任编辑：赵　超　赵文文
装帧设计：卿　松
出版发行：作家出版社有限公司
社　　址：北京农展馆南里 10 号　　　邮　　编：100125
电话传真：86 - 10 - 65067186（发行中心及邮购部）
　　　　　86 - 10 - 65004079（总编室）
E - mail: zuojia@zuojia. net. cn
http: // www. zuojiachubanshe. com
印　　刷：天津中印联印务有限公司
成品尺寸：142 × 210
字　　数：298 千
印　　张：12.875
版　　次：2021 年 1 月第 1 版
印　　次：2021 年 1 月第 1 次印刷
ISBN 978 - 7 - 5212 - 1128 - 3
定　　价：48.00 元

自 序

很多年前，曾读过雕塑家熊秉明先生的一则日记，他提到罗丹那个有名的雕塑作品《行走的人》时，写下了这样几句话："残破的躯体，然而每一局部都是壮实的、金属性的，肌肉在拉紧、鼓胀，绝无屈服和妥协。这部作品以其悲壮和浩瀚，可以看作是贝多芬第五交响曲的雕像，甚至让人想到'天行健'。"

读熊秉明先生的这段话，留给我印象的，不是前边对罗丹雕塑的描写，而是后面他将罗丹的雕塑看作音乐和诗。这不是文学家一般修辞中的联想或比喻，而是作为艺术家才具有的通感，方能打通不同类别的文学艺术的脉络，使其如水回环，横竖相通。

在谈到普希金的诗时，我读到柴可夫斯基说过的这样一段话："他凭卓越的才能，经常越出诗创作的狭隘范围而进入音乐的无边境界……在他的诗中，在诗的音响序列中，有某种穿透内心深处的东西。这东西就是音乐。"

同样，这不是文学家一般修辞中的联想或比喻，是只有音乐家才能说出的话，才能敏感地感悟到诗与音乐之间的关系。这种关系密切的衔接，便是文学与其他艺术形式之间水天一线的相融相通，更能直抵人的内心深处。

这一直是我神往的境界。虽不能至，心向往之。

作为作家，需要这样的艺术修养来营养自己。自古以来，中国艺术讲究的也是诗书画一体。单打一，仅仅跟文字较劲，仅仅在自己熟知的生活和文学圈子里徘徊，对于文学写作，尤其对于散文随笔写作，走不远，容易越走越窄，情不自禁又乐此不疲地重复自己。

布罗茨基讲："通常，缺乏积极的诗歌体验的小说家，都会流于累赘和雕琢。"也可以这样说：缺乏积极的艺术体验的小说家，尤其是散文家，更会流于累赘和雕琢。还可以再加一句：而且，少了些味道。或者，这便是老话所说的，散文，易写难工吧。

感谢作家出版社的编辑赵超先生的青睐，建议我编辑一套四本的散文精选集，将我多年以来写过的篇章，分为四卷：音乐卷、读书与怀人卷、生活与感想卷、亲情与友情卷，集中做一次回顾。这自然是对我的鼓励，也正好与我的心思相吻合，可以将这些年来我的人生与艺术相通与交汇的实验与努力，做一次小小的检点与总结。三月烟花千里梦，十年旧事一回头。旧事回头，旧梦重寻，即使难以做到落花流水，蔚为文章，却也是雪泥鸿爪，在那些深深浅浅的印痕中，毕竟有比现实世界更让我心动更有价值更值得向往的世界，让自己春晚秋深之际的日子里和心里，多一点儿湿润，而不至于苍老皲裂如一块搓脚石。

2020 年 9 月底中秋前夕于北京

目录 Contents

上卷

用直春行

一

1977年的5月，叶圣陶先生有过一次难忘的故乡之行。在这一年5月16日的日记里，他这样写道："宝带桥、黄天荡、金鸡湖、吴淞江，旧时惯经之水程，仿佛记之。蟹簖渔舍，亦依然如昔。驶行不足三小时而抵甪直。"

那是一艘小汽轮，早晨八点从苏州出发。

今年的开春4月，我也是清早八点从苏州出发，也是沿旧路而行，不到一个小时就直抵甪直了。我很奇怪，那一次是先生五十五年后重返故地，五十五年了，那里居然"依然如昔"，难以想象。如今，先生所说的"惯经之水程"没有了，"蟹簖渔舍"也没有了，取而代之的是宽敞的高速公路。宝带桥和黄天荡，看不到了，金鸡湖还在，沿湖高楼林立，已成为和新加坡合作开发的新园区。江南水乡，变得越来越国际大都市化，在这个季节里本应该看到的大片大片平铺天际的油菜花，被公路和楼舍切割成了一小块一小块，如同蜡染的娇小的方头巾了。

先生病危在床的时候，还惦记着这里，听说通汽车了，说等病好了自己要再回甪直看看呢。不知如果真的回来看看，看到这样大的变化，会有何等感想。

这是我第一次到甪直。来苏州很多次了，往来于苏州上海的次数也不少了，每次在高速路上看到甪直的路牌，心里都会悄悄一动，忍不住想起先生。我总是把那里当作先生的家乡，尽管先生在苏州和北京都有故居，但我总是先入为主地认为那里才是。先生是吴县（1995年撤销，现隶属于江苏省苏州市）人，甪直归吴县管辖，更何况年轻的时候，先生和夫人在甪直教过书，一直都是将甪直当作自己的家乡的。

照理说，先生长我两辈，位高德尊，离我遥远得很，但有时候却又觉得亲近得很，犹如街坊和蔼可亲的老爷爷。其实，只缘于1963年，我读初三的时候写过一篇作文，参加了北京市少年儿童作文比赛而获奖，先生亲自为我的作文进行了逐字逐句的批改和点评。那一年的暑假，又特意请我到他家做客，给予很多的鼓励。我便和先生有了忘年之交，一直延续到"文革"之中，一直到先生的暮年。记得那时我在北大荒插队，每次回来，先生总要请我到他家吃一顿饭，还把我当成大人一样，喝一点儿先生爱喝的黄酒。

先生去世之后，我写过一篇文章《那片绿绿的爬山虎》，记录初三那年暑假我第一次到先生家做客的情景。可以说，没有先生亲自批改的那篇作文，没有充满鼓励的那次谈话，也许，我不会成为一个以笔墨为生的人。少年时候的小船，有人为你轻轻一划，日后的路会有意想不到的变化。后来，这篇文章被收入小学语文课本。无疑，强化了这样变化的意义，渲染了少年的心。

能够去甪直看看先生留在那里的踪迹和影子，便成为我一直的心愿。阴差阳错，好饭不怕晚似的，竟然一推再推，迟到了今日。密如蛛网的泽国水路，变成了通衢大道，甪直变成了门票一张 50 元的旅游景点。

二

和周围同里、黎里这样的江南古镇相比，甪直没有什么区别，可以说是大同小异。一条穿镇而过的小河，河上面拱形的石桥，两岸带廊檐的老屋……如果删掉老屋前明晃晃的商家招牌和旗幌，以及不伦不类的假花装饰的秋千，也许，和原来的甪直没有什么两样，甚至和 1917 年先生第一次到甪直时的样子一样呢。

叶至善先生在他写的先生的传记《父亲长长的一生》中，提到先生最主要的小说《倪焕之》时，曾经写道："小说开头一章，小船在吴淞江上逆风晚航，却极像我父亲头一次到甪直的情景。"尽管《倪焕之》不是先生的自传，但那里的人物有太多先生的影子，以及甪直的影子，小说里面所描写的保圣寺和老银杏树，更是实实在在甪直的景物。

1917 年，先生 22 岁，年轻得如同小鸟向往新天地，更何况正是包括教育在内一切变革的时代动荡之交。先生接受了在甪直教书的同学宾若和伯祥的邀请，来到了这里的第五高等小学里当老师。人生的结局会有不同的方式，但年轻时候的姿态甚至走路的样子，都是极其相似的。或许，可以说这是属于青春时的一种理想和激情吧。否则，很难理解，在"文革"中，先生的孙女小沫要去北大荒，母亲舍不得，最后出面做通她的思想工作的是先生本人。先生说：年轻人就想过一种全新的生活，就让小沫自己去闯一闯，我如果年轻五十几岁，也会去报名呢。或者，这就是当年先生甪直青春版的一种昔日重现吧。

穿过窄窄的如同笔管一样的小巷，进入古色古香的保圣寺，忽然豁然开朗，保圣寺旁边是轩豁的园林，前面是唐代诗人陆龟蒙的墓和他的斗鸭池、清风亭，后面便是当年五高小学的地盘了，女子部的教室小楼，作为阅览室的四面亭，以及生生农场，都还健在。特别是先生曾多次描写过的那三株参天的千年老银杏树，依然枝叶参天。有了这些旧物，就像有了岁月的证人证言一般，逝者便不再如斯，而有了清晰的可触可摸的温度和厚度。

生生，即学生和先生的意思。原来这里是一片瓦砾堆和坟场，杂草丛生，是学生和先生共同把它建成了农场。当年这一行动，曾在甪直古镇引起轩然大波，这在先生的小说《倪焕之》中有过生动的描述。那时候，先生注重教学的改革，注重学生的实践活动。其实，农场很小，远不如鲁迅故居里的百草园，说是农场，不过是一小块田地，现在还种着各种农作物，古镇里的隐士一般，只问耕耘不问收获似的，杂乱而随意地长着。

教室楼和四面亭的门都锁着，透过窗户可以看到，前者里面的课桌课椅，当年先生的妻子胡墨林就在这里当教员，还兼着预备班的主任；后者当年是学校的小小博物馆，展览着他们的展品，现在陈列有先生临终的面模，隔着窗玻璃可以看到。四面亭的前面，是后建的一排房，作为叶圣陶先生的纪念馆，陈列的实物不多，是一些图片文字的展板，介绍着先生的一生。空荡荡的，中间立有先生的一尊胸像，脖子上系着一条鲜艳的红领巾。

五高小学应该是当时中国教育改革的先驱学校了。在这个小小的学校里，先生和他一样年轻的朋友一起，不仅建立了农场，还办了商店，盖了戏台，开了小型的博物馆，并亲自为孩子们编写课本，不用文言文，改用新的语体文教授……这一系列的变革，现在看来都很简单，在近一个世纪以前的岁月里，却要付出心血和勇气，和沉重的社会，和几乎与世隔膜几乎呆滞的古镇，是要做抗争的。看到它，我想起了春晖中学，那是叶至善先生岳父夏丏尊先生创办的学校，年头比五高要晚一些。五四时期，中国文人身体力行参与教育的变革实践，可以说是空前绝后了，和我们如今的坐而论道，指手画脚，或事不关己高高挂起的无力感的形象大相径庭。

先生在五高教书九个学期，一共四年半的时间。应该说，时间不算长。但这是青春期间的四年半，青春季节的时间长短概念和日后是不能用同样数学公式来计算的。它在人的一生中的作用常常会被放大或延长。更何况，在这四年半中，先生的父亲故去，五四运动爆发，文学研究会成立，这样几桩大事发生的时候，先生都在角直，却一样心事浩茫连天宇，便让这个青春之地，不仅仅属于偏远的古镇，也染上了异样的时代光影与色彩。五四运动爆发之后的第三天晚上，先生才从上海的报纸上得知消息，他和朋友们在报刊上发表宣言，在学校前的小广场前举行了救国演讲，表示对遥远北京的支持和呼应。文学研究会成立之后，先生在角直写下了小说《这也是一个人》，投寄北京，在《新潮》杂志上发表，获得鲁迅先生的称赞。父亲去世的那一年里，先生蓄须留发，很长都不剪，遵循当地的习俗，表达对父亲的怀念。

事后先生曾经在文章里写过："当了几年教师，只感到这一途的滋味是淡的，有时甚至是苦的；但到了角直以后，乃恍然有悟，原来这里也有甜甜的味道。"在我看来，这其实就是青春的味道。这种味道，独属于青春，更何况这样的青春中，融有了从自己家事到学校的变革一直到时代的风云变幻，味道自然就更加异常。难怪以后无论走到哪里，先生都会说角直是我的第二故乡，都会在自己的履历表上填写自己是小学教师。

三

先生的墓地在四面亭和生生农场的一侧，墓道前有一座小亭，叫未厌厅，显然是后盖的，取自先生的一本文集的名字。墓前有几级矮矮的台阶，有一围矮矮的大理石栏杆，没有雕像，也没有墓志铭之类的文字说明，长长的墓碑如一面背景墙，上面只有赵朴初先生题写的"叶圣陶先生之墓"几个大字。

这里原来是五高的男生部楼，后来变成了校办厂。自1977年5月那一次难忘的故乡之行后，先生再没有能够重返故乡。尽管那一次先生写下了这样的诗句："斗鸭池看残迹在，眠牛泾忆并肩行；再来再来沸盈耳，无限殷勤送别情。"但是，先生无法再见故乡和乡亲这一番深情厚谊了。

先生弥留之际，口中断断续续吐露出的话，是生生农场、银杏树、保圣寺、斗鸭池、清风亭……他把自己埋在了自己的青春之地。他把自己对故乡的这一番深情厚谊，深深地埋在了这里。

我走到墓前向他鞠躬，看见一旁是角直的叶圣陶小学送的花圈，鲜花还很鲜艳。清明节刚过不久。另一旁是老银杏树，正吐出新叶，绿绿的，明亮如眼，好像先生就站在旁边。那一年，先生重回这里的时候，手里攥着一片从树上落下的银杏叶，久久舍不得放下。

2011年4月20日角直归来

那片绿绿的爬山虎

1963 年，我上初三，写了一篇作文叫《一张画像》，是写教我平面几何的一位老师。他教课很有趣，为人也很有趣，致使这篇作文写得也自以为很有趣。经我的语文老师推荐，这篇作文竟在北京市少年儿童征文比赛中获奖。当然，我挺高兴。一天，语文老师拿来厚厚一个大本子对我说："你的作文要印成书了，你知道是谁替你修改的吗？"我睁大眼睛，有些莫名其妙。"是叶圣陶先生！"老师将那大本子递给我，又说："你看看叶先生修改得多么仔细，你可以从中学到不少东西！"

我打开本子一看，里面有这次征文比赛获奖的 20 篇作文。我翻到我的那篇作文，一下子愣住了：首先映入眼帘的是红色的修改符号和改动后增添的小字，密密麻麻，几页纸上到处是红色的圈、钩或直线、曲线。那篇作文简直像是动过大手术鲜血淋漓又绑上绷带的人一样。回到家，我仔细看了几遍叶老先生对我作文的修改。题目《一张画像》改成《一幅画像》，我立刻感到用字的准确性。类似这样的地方修改得很多，长句子断成短句的地方也不少。有一处，我记得十分清楚："怎么你把包几何课本的书皮去掉了呢？"叶老先生改成："怎么你把几何课本的包书纸去掉了呢？"删掉原句中"包"这个动词，使句子干净了也规范了。而

"书皮"改成了"包书纸"更确切,因为书皮可以认为是书的封面。我真的从中受益匪浅,隔岸观火和身临其境毕竟不一样。这不仅使我看到自己作文的种种毛病,也使我认识到文学事业的艰巨:不下大力气,不一丝不苟,是难成大气候的。我虽然未见叶老先生的面,却从他的批改中感受到他的认真、平和以及温暖,如春风拂面。

叶老先生在我的作文后面写了一则简短的评语:"这一篇作文写的全是具体事实,从具体事实中透露出对王老师的敬爱。肖复兴同学如果没有在这几件有关画画的事儿上深受感动,就不能写得这样亲切自然。"这则短短的评语,树立起我写作的信心。那时我才15岁,一个毛头小孩,居然能得到一位蜚声国内外文坛的大文学家的指点和鼓励,内心的激动可想而知,涨涌起的信心和幻想,像飞出的一只鸟儿抖着翅膀。那是只有那种年龄的孩子才会拥有的心思。

这一年暑假,语文老师找到我,说:"叶圣陶先生要请你到他家做客!"

我感到意外。像叶圣陶先生这样的大作家,居然要见一个初中学生,我自然当成人生中的一件大事。

那天,天气很好。下午,我来到东四北大街一条并不宽敞却很安静的胡同。叶老先生的孙女叶小沫在门口迎接了我。院子是典型的四合院,敞亮而典雅,刚进里院,一墙绿葱葱的爬山虎扑入眼帘,使得夏日的燥热一下子减少了许多,阳光都变成绿色的,像温柔的小精灵一样在上面跳跃着,闪烁着迷离的光点。

叶小沫引我到客厅,叶老先生已在门口等候。见了我,他像会见大人一样同我握了握手,一下子让我觉得距离缩短不少。落座之后,他用浓重的苏州口音问了问我的年龄,笑着讲了句:"你和小沫同龄呀!"那样随便、和蔼,作家头顶上神秘的光环消失了，我的拘束感也消失了。越是大作家越平易近人，原来他就如一位平常的老爷爷一样让人感到亲切。

想来有趣，那一下午，叶老先生没谈我那篇获奖的作文，也没谈写作。他没有向我传授什么文学创作的秘诀、要素或指南之类。相反，他几次问我各科学习成绩怎么样。我说我连续几年获得优良奖章，文科理科学习成绩都还不错。他说道："这样好！爱好文学的人不要只读文科的书，一定要多读各科的书。"他又让我背背中国历史朝代，我没有背全，有的朝代顺序还背颠倒了。他又说："我们中国人一定要搞清楚自己的历史，搞文学的人不搞清楚我们的历史更不行。"我知道这是对我的批评，也是对我的期望。

我们的交谈很融洽，仿佛我不是小孩，而是大人，一个他的老朋友。他亲切之中蕴含的认真，质朴之中包容的期待，把我小小的心融化了，以至于不知黄昏什么时候到来，悄悄将落日的余晖染红窗棂。我一眼又望见院里那一墙的爬山虎，黄昏中绿得沉郁，如同一片浓浓湖水，映在客厅的玻璃窗上，不停地摇曳着，显得虎虎有生气。那时候，我刚刚读过叶老先生写的一篇散文《爬山虎》，便问："那篇《爬山虎》是不是就写的它们呀？"他笑着点点头："是的，那是前几年写的呢！"说着，他眯起眼睛又望望窗外那片爬山虎。我不知那一刻老先生想起的是什么。

我应该庆幸，有生以来第一次见到作家，竟是这样一位大作家，一位人品与作品都堪称楷模的大作家。他对于一个孩子平等真诚又宽厚期待的谈话，让我 15 岁那个夏天富有生命和活力，仿佛那个夏天变长了。我好像知道了或者模模糊糊懂得了：作家就是这样做的，作家的作品就是这么写的。同时，在我的眼前，那片爬山虎总是那么绿着。

1991 年底于北京

春天温暖的水

　　还有两天就是惊蛰了，民间说法，病床上的老人如果熬过惊蛰，就能够复苏。叶至善先生去世了。叶先生的女儿小沫打电话告诉我这个消息的时候，我安慰她说，老人 88 岁了，是喜丧。叶先生的父亲叶圣陶先生活到 94 岁，他们都是长寿之人。

　　话虽这么说，放下电话，心里还是充满悲伤。毕竟我和叶家三代交往 43 年，而且，一直得到他们的关怀和帮助。1963 年的暑假，我还只是一个初三的学生，第一次走进东四八条那座西府海棠掩映的小院，因一篇作文获奖而得到叶圣陶先生的亲自批改之缘，去见叶圣陶先生。那天下午，是叶至善先生站在门口，和蔼地掀开竹门帘，带我走进叶圣陶先生的客厅。想想，那时，他 45 岁，高高的个子，显得很年轻。日子真的是如水一样，逝者如斯，留下的只有记忆。

　　"文化大革命"中，我和小沫都去了北大荒。那年的冬天，因为得罪了生产队的头头，我被发配到猪号喂猪，成天和一群猪八戒厮混，无所事事，一口气写了 10 篇散文，寄给了叶至善先生。怎么那么巧，那时，他刚刚从河南干校回家，一时没有什么事，认真地帮我修改了每一篇单薄的习作。我们便有了整整一个冬天的信件往来，他对每篇都提出了具体的意见，有的还帮我一遍遍修改，怕我看不清楚，又特意抄写一份寄我。他在一封信里这样对我说："你的朋友之中，有没有愿意和你一样下功夫的，如果他们愿意，可以寄些文章给我看看。我一向把跟年轻作者打交道作为一种乐趣。"盼望着叶先生的来信，是那个寒冷的冬天最美好的事情了。

前年，我在《新民晚报》上发表了记述这段往事的文章《那个多雪的冬天》。叶先生看到了，夸奖我说写得不错，邀请我到他家做客。我这人一直以为敬重别人，就悄悄地记在自己的心里，喜欢读别人的作品，就自己买一本他的书回家认真读，因此总怕打搅人家而懒于走动。对于叶先生，更是如此，我知道，那时他正在加紧写作回忆父亲叶圣陶的长篇回忆录，而且，身体也不大好，更不好意思叨扰。

是秋天的一个下午，我去得早了些，打扰了他的午睡，看着他从他父亲曾经睡过的床上下来，走出卧室的时候，我惊讶了一下，他满脸银须飘飘，真的是一个老人了。我才惭愧地想到已经好多年没有来看望他老人家了。

那天，我们是伏在他家的旧餐桌上交谈着。我说：就在这张桌子上，我和您全家一起吃了顿饭呢，是我插队回家探亲的时候，那时，叶圣陶先生爱喝一点酒，还特意给我倒了一杯。他说对任何人都是这样的。我又说起那年冬天他为我的习作改了一遍又抄了一遍的事情，他还是那样平静地说：好多文章，都这样的，这样做有好处，抄一遍的时候又可以改一遍。

那天，他精神很好，聊了许多。他说他和父亲不一样，父亲一辈子写日记，他不写；父亲的写字台干净，他的桌子上总是一堆书和稿子。也说起他家的老朋友俞平伯先生，我问他：听说俞平伯先生爱吃，曾经吃遍了北京城所有的馆子。他告诉我：那倒也不是每个馆子都去，他来我家吃饭，喜欢的菜，他把盘子拿到自己的面前。他说俞平伯对他说：都说《红楼梦》这梦那梦，我是红楼怕梦。

对于我和小沫插队，他去干校，我们有了分歧，他说他不反对，他认为很好，多了和劳动人民接触的机会。他告诉我在干校里放牛，负责20多头，每天夜里要拉牛出来撒尿，借着星光，他认识了许多树木、花草和虫子，他说我对这个感兴趣。

说起了"文革"时他家西厢房被军代表占着，我问：在您父亲的回忆录中写了这段吗？他说没写，我说：为什么不写呢？应该写，起码是"文革"社会的一个侧面。他摇摇头：都写还有完？这也不典型。

他知道我写了本《音乐笔记》，他说他喜欢古典音乐，临告别的时候，他送了我一本《古诗词新唱》，这是一本非常有意思的书，他用了外国的曲调为中国150首古诗词配乐的歌曲集。那些外国的曲子有勃拉姆斯、舒伯特、德沃夏克、圣桑等名家之作，也有世代久传的民歌俚曲，可谓熔中外于一炉的新颖尝试。这本书1998年出版，我问他这么好的尝试，怎么没有歌唱家唱这里的歌呢？他笑笑：得要出场费呢。

那天，叶先生的情绪特别地好，思维也特别地活跃，记忆力很强，哪里像一个86岁的老人？而他的平和恬淡，对晚辈的鼓励与亲切，都和叶圣陶先生一样，让我如沐春风。聊了一个多小时，怕他累，我提出告辞，他一再挽留，意犹未尽。他的回忆录《父亲长长的一生》刚刚校完三校。他对我说：每天500字，最多一天1000字的速度，整整写了20个月，一共写了30多万字。我看得出来，他很高兴，他说他的妻子让他等书出来多买点书送朋友，哪怕自己花钱。我知道，他的妻子已经双目失明，是小沫下岗的弟弟在照顾她，而小沫的哥哥前些年去世，所有这一切困难，叶先生从没有向领导提过。那天，小沫哥哥那一对可爱的双胞胎，正在院子里玩，把刚刚从树上掉下来的枣泡在水碗里。

小沫送我到大门口，悄悄地对我说：老爷子最后才开口向国管局要房，也许有人提出以后要把这院子改为叶圣陶故居，老爷子说他自己不会提，也不让我们别人提。我知道，这是叶家的家风，叶圣陶先生在世的时候，有人曾提出将叶圣陶先生在苏州住过的老屋辟为故居，叶圣陶先生曾经专门立下过字据，并委托苏州的作家陆文夫："做什么用场都可以，就是不要空关着，布置成故居。"这和现在有活人就搞故居展室或吃父辈名声之类，有霄壤之别，前辈清洁的精神与清白的心怀，总会让我面对每一位故去长辈的时候，涌起一种"夏日里最后一朵玫瑰"的感慨。

去年的春天，小沫打来电话，告诉我他父亲不行了，正在进行抢救。我赶往北京医院，老人躺在病床上，喉咙已被切开，人事不省，只有腿偶尔动一下。小沫告诉我，前几天就昏迷了，昏迷的时候还在断断续续地说：我喝水……喝春天的水……喝春天温暖的水。

其实，老人大年三十就住院了，住院 8 天之后，他的最后一部书《父亲长长的一生》的样书到了。躺在病床上，拿着新书在看，一页看了一个多小时，孩子们劝他：别看了，太累了。他说：看来还得再看看，改改。

过去了一年，又到了春天，叶先生离开了我们。

2006 年 3 月 9 日于北京

那个多雪的冬天

许多眼前的事情，忘记得很快、很干净，相反，许多遥远的事情，却记得很牢，清晰得犹如昨天刚刚发生过的一样。1970年，我在北大荒抚远一个叫作大兴岛的猪号喂猪。猪号在农场最偏僻的地方，一般人很少到那里去，因为再往外走，就是一片无边无际的荒原。那一年，为了替几个被错打的"反革命"鸣冤叫屈，我自己差点没被一锅烩了。幸免于难之后，我被发配到猪号，那里除了一个叫小尹的山东汉子和我，再有就是一群猪八戒。冬天到来的时候，大雪一封门，我更是无处可去，只好闷在猪号里，随着雪飘来风打来，寂寞无着地一天天数着日子过。为了打发无所事事的光阴，特别是对付常常夜晚睡不着觉时袭来的心灰意冷和不期而至的暴风雪扑窗的号叫，我找了一个学生做作业的横格本，拿起了笔，买了一盒鸵鸟牌墨水，开始写一点东西。我最初的写作就是从那时开始的。

我一直认为，爱情和写作是那个时代我们这些处于压力和压抑中的知青两种最好的解脱方式。在没有爱情的时候，我选择了写作。收完工，把猪都赶回圈，将明天要喂猪的饲料满满地糊在一口硕大无比的大铁锅里，我和小尹也喂饱自己的肚子，我就可以拿出我的那个横格本开始写作了。我和小尹住在糊猪食的饲养棚旁边的一间用拉禾辫编的土房里。每天开始写作的时候，小尹都帮我把马灯的捻儿拧大，然后跑到外面的饲养棚里，往糊猪食的灶火里塞进南瓜。当他把烤好的南瓜香喷喷地递在我的面前，往往是我写得最来情绪的时候。那真是一段神仙过的日子，让我自欺欺人地暂时忘却了一切的烦恼，几乎与世隔绝，只沉浸在写作的虚构和虚妄之中。

我把那个横格本写满，写了整整 10 篇散文和小说。写作时候的那种快乐和由此弥漫起来的虚妄一下子消失了，因为那时所有的文学刊物都已经被停办，所有报纸上也没有了副刊，我有一种拔剑四顾茫然一片的感觉，找不到对手，找不到知音，我写的这些东西也找不到婆家，它们的作者是我，唯一的读者也只是我。我不知道自己写的这些东西的价值，是不是我想象中的文学，还值不值得再继续写下去。如果这时候能够有一个人为我指点一下，那该多好。但是，那时，我能够找谁呢？我身边除了小尹和这群猪八戒，连再见一个人的机会都难。离农场场部穿小路最近也要走 18 里地。窗外总是飘飞着大雪，路上总是风雪茫茫。

一个熟悉的老人，在这时候突然出现在我的脑海里，那就是叶圣陶先生。其实，我和叶老先生只有一面之缘，我能够找他麻烦他老人家吗？我读初三的时候，因为一篇作文参加北京市作文比赛获得了一等奖，叶老先生曾经亲自批改过这篇作文，并约请我和另外一个同学到他家做客。只是见过这样一次面，好意思打搅人家吗？况且，又正是在"文化大革命"时期，老人家是在被打倒之列，不是给人家乱上添乱吗？

但是，我不死心，最后，我从那 10 篇文章中挑选了第一篇《照相》，寄给了叶圣陶先生的长子叶至善先生。当然，这更有些冒昧，因为我只是在初三那年拜访叶圣陶先生的时候见过叶至善先生一面，他只是在我进门的时候和我们打了一个招呼，送我们走进叶圣陶先生的房间而已，甚至我们都没有说过什么话。但我知道他那时候是中国少年儿童出版社的社长兼总编，是一位自1945年就开始在开明书店工作的经验丰富的老编辑，也是一位有名的作家，他和叶至诚、叶至美三兄妹合写过《三叶集》，我还在上小学的时候看过他写的科幻小说《失踪的哥哥》。

跑了18里地，把信和稿子寄出去了，我不知道会有什么结果。因为我不知道他会不会还记得8年前曾经到他家去过的一个普通的中学生？

没有想到，我竟然很快就接到了叶至善先生的回信。我到现在还清晰地记得那天的情景，我们的信件都是邮递员从场部的邮局送到队部，我们再到队部去取。那天黄昏，是小尹从队部拿回来信，老远就叫我的名字，说有我的信，到那时我也没觉得会是叶先生的回信。接过信封，看见前面的是陌生的字体，下面一行却是熟悉的发信人的地址：东四八条71号。我激动地半天没顾得上拆信。我当时只是一个普通的中学生，只是一个倒霉的插队知青，天远地远的，又在那么荒凉的北大荒，叶先生竟然那么快就给我回信了。许多不可能的事情，往往就这样发生了。

说来也巧，那时，叶至善先生刚刚从"五七"干校回到北京，暂时赋闲在家，正好看到了我寄给他的文章。他在信中说他和叶圣陶老先生都还记得我，他对我能够坚持写作给予很多鼓励，同时，他说如果我有新写的东西，再寄给他看看。我便立刻马不停蹄地把10篇文章中剩余的篇章陆续寄给了他。他一点不嫌麻烦，看得非常仔细认真，以他多年当编辑的经验和功夫，对我先后寄给他的每一篇文章，从构思、结构，到语言乃至标点都提出了具体的意见。我修改后再把文章寄给他，他再做修改寄给我，稿件和信件的往返，让那个冬天变得温暖起来。我对写作来了情绪，收工之后点亮马灯接着写，写好之后接着给他寄去，然后等待着回音，这成了那些日子最大的乐趣和动力。

他从来没有怪罪我的得寸进尺，相反每次接到我寄去的东西，都非常高兴，好像他并没有把我对他的麻烦当成麻烦，相反和我一样充满乐趣。每次看到他把稿子密密麻麻地修改后寄给我，在信中总会说上这样的一句话："用我们当编辑的行话来说，基本可以'定稿'了。"这话让我增加了自信，也让我看得出他和我一样地高兴。

让我最难忘的一次，是我接到他一封厚厚的信，在此之前，我从来没有接过他这样厚的信。我拆开来一看，是他将我的一篇文章从头到尾大卸八块修改了一遍，怕我看不清楚，亲自替我重新抄写了一遍寄给我。望着他那整齐的蓝墨水笔迹，我确实非常感动。在我的写作生涯中，可以说我接受了叶圣陶和叶至善父子两代人如此细致入微的帮助，他们都是做了这样大量的工作，给予我如此看得见摸得着的指点，可以说是手把手引领我步入文学的领地。他让我感受到那个时代难得的无私和真诚，那种对文学和年轻人由衷的期待和鼓励，叶先生那一辈人宽厚的心地和高尚与高洁的品质，是我们这一代人永远难以企及的。

在叶至善先生具体的帮助指点下，我在那个冬天一共完成了两组文章：《北大荒散记》和《抚远短简》。第二年春天，也就是1972年的春天，全国各地的报刊都在搞纪念毛主席的《在延安文艺座谈会上的讲话》发表三十周年的活动，征文成了最普遍的一种形式，我先拿出了那10篇文章的第一篇《照相》，装进信封里，只是在右上角剪一个三角口，不用贴邮票，先寄给了我们当地的《合江日报》，真的像叶先生说的那样："用我们当编辑的行话来说，基本可以'定稿'了。"很快就发表了。花开了，春天真的来了。新复刊的《黑龙江文艺》（即《北方文学》），很快在副刊号上也选用这篇《照相》（当时《北方文学》的编辑后来的副主编鲁秀珍同志亲自跑到我喂猪的猪号找我，当然，那是另一则故事了）。以后，我写的那两组文章中不少文章也发表了，尽管极其幼稚，现在看起来让我脸红。但是，令我永远难忘的是，在我最卑微最艰难的日子里，叶先生给予我的信心和勇气，让我看到了文学的价值和力量，以及超越文学之上的友情与真诚、关怀与期待的意义和慰藉。

可惜的是，如今的杂乱无章，让我一时没有找到当初叶至善先生写给我的那些珍贵的信，但我找到其中抄在我的笔记本上的一封——

复兴同志：

寄来的四篇稿子，都看过了。

《歌》改得不差，用编辑的行话来说，基本上可以"定稿"。我又改了一遍，还按照我做编辑的习惯，抄了一遍。因为抄一遍，可以发现一些改的时候疏忽的地方。现在把你的原稿和我的抄稿一同寄给你。

重要的改动是第二页，把首长交给"我"的任务，改成："寻找作者，了解创作思想。"文章结尾并没有找到作者，可是这支歌的创作思想似乎已经说清楚了。这样改动勉强可以补上原来的漏洞。

有些地方改得简单了一些，如第一页，既说"到处可以听到"，似乎不必再列举地点。谁唱的这支歌，后文已经讲到，所以也删掉了。有些地方添了几句，是为了把事情说得更明白些。

关于老团长在南泥湾的事迹，我加了一句。用意在于表现一个普通战士，经过革命的长期锻炼，现在成了个老练的领导干部。

有些句子，你写的时候很用心思，可是被我改动或删去了，如"歌声串在雨丝上……""穿梭织成图画……"两句，不是句子不好，而是与全篇的气氛不大协调。

要注意，用的词和造的句式，在一般情况下要避免重复。只有在必须加强语气的时候，才特地用重复的词，用同样的句式。

《歌声》改得不理想，也许我提的意见不对头，也许是对要写的主角，理解还不够深。是不是把这篇文章的初稿和我提的意见一同寄给我，让我再仔细想想，看问题究竟出在哪儿，有没有再做修改的办法。

《树和路》也不好，写这种文章需要高度的概括能力。没有什么情节，又不能说空话，即使是华丽的空话。是否暂时不向这个方向努力，还是要多写《歌》那样的散文，或者写短篇小说，作为练习。

《球场》那篇，小沫（叶至善先生的女儿——肖注）说还可以，我觉得有些问题，让我再看看，给你回信。

这三篇暂时留在我这里吧。

想起《照相》，我以为构思和布局都是不差的。不知你动手改了没有。主角给"我"看照片的一段要着力改好，不要虚写（就是用作者交代）的办法，要实写，也就是写主角介绍一张张照片的神态和感情，这种神态和感情，主要应该用他自己的语言来表达。我希望这篇文章能改好。如果再寄给我看，就把原稿和我提的意见一起寄来。

你的文字朋友之中，有没有愿意像你一样下功夫的，如果他们愿意，可以寄些文章给我看看。我一向把跟年轻作者打交道作为一种乐趣。

祝好。

叶至善

1971 年底

虽然已经过去了 33 年，这封信现在看，我相信对于一般人还是有意义的。对于我，更是充满着亲切而温暖的回忆。在那个多雪的冬天，盼望着叶先生的信来，是最美好的事情了。

2004 年 2 月 12 日于北京

忧郁的孙犁先生

一晃，孙犁先生已经去世 5 个月了。我一直想写写孙犁先生，却又不知从何写起，面对电脑，枯坐半天，总是一片空白。这让我非常痛苦，我才发现有的事情有的人真的想写却突然没有词了，那感觉就像欲哭无泪一样吧？

我常常想起孙犁先生，想起先生和我通过的那么多的信。我很想把这些信件都整理出来，为先生也给自己留一份纪念。可是，我不忍心触动那些难忘的，而且只是属于我们两人的岁月。那是一段多么难忘的岁月，在我的一生中，恐怕再也找不回那样恬静而温馨的岁月了。我表达着一个晚辈对他的景仰，他是我德高望重的前辈，却是那样地平易朴素，那么大的年纪却常常关心我的生活和写作，竟然来信说"您在各地报刊发表的短文，我能读到的，都拜读了"。而且按先生的话是"逐字逐句"认真地读，然后写来长信，提出批评，给予鼓励，文学变得那样地美好而纯净，远离尘嚣，我和先生仿佛与世隔绝一般，只谈读书，只谈往事。现在还会有那样的岁月和心境吗？

在孙犁先生活着的时候，我常常想去看望他，北京离天津并不远，况且在天津还有我的亲人和认识孙犁先生的朋友，我也经常去天津。但我还是一次次忍住了这个念头，我怕打扰一个喜欢安静的老人，说老实话，也怕和我想象中的样子出现偏差。心仪一位自己喜爱的作家，就老老实实地读他的作品吧。我知道我既不是他的学生，也不是他的研究者，也不是他的部下，而只是一个敬重他的作者和喜爱他的读者。本来离孙犁先生就很远，即便走近了，也不见得就能够看得清楚，就还是远远地保留一份想象吧。

孙犁先生去世之后，我读过了不少人写过的悼念文章，有些和我想象中的一样，有些和我想象中的不一样。我便问自己：我想象中的孙犁先生是什么样子呢？想了许久，我得出的结论是：晚年的孙犁先生是忧郁的。我不知道，我的想象是不是对。那却是我的想象。没错，孙犁先生的晚年是忧郁的。

孙犁先生的忧郁，和他衰年独处有关。他文章中不止一次流露出"故园消失，朋友凋零，还乡无日，就墓在期"的感慨，他是一个情感极其细腻的人，他沉淀了岁月，洞悉了人生，所以在琐碎生活中特别珍时惜日，所以在秋水文章中格外取心析骨。

记得他读完我的《母亲》一文，知道我小时候生母去世后父亲回老家又为我和弟弟娶回一个继母的经历，来信说"您的童年，无论如何，不能说是幸福的，使我伤感"。然后，又驰书一封特别说："关于继母，我只听说过'后娘不好当'这句老话，以及'有了后娘就有了后爹'这句不全面的话。您的生母逝世后，你父亲就'回了一趟老家'。这完全是为了您和弟弟。到了老家经过和亲友们商议，物色，才找到一个既生过儿女，年岁又大的女人，这都是为了您。如果是一个年轻的，还能生育的女人，那情况就很可能相反了。所以，令尊当时的心情是痛苦的。"

前一封信，让我感动，我知道孙犁晚年很少再动感情，他自己在文章里说过："我老了，记忆力差，对人对事，也不愿再多用感情。"他却为我的一篇文章为我的童年而伤感。我能够触摸到他敏感而善感的心,便也就越发明白为什么在他早期的文章中充满对那么多人细致入微的感情描摹。我有一种和他的心相通的感觉,这不是什么攀附,只是普通人之间普通情感的相通。我相信他是不愿意他去世后被人称作大师的,他只是一个始终保持着普通人感情的作家,就像他始终喜欢布衣麻鞋粗茶淡饭一样。

后一封信,让我没有想到,因为在我写文章的时候到文章发表之后,都没有曾经想到父亲当年那样做时内心真实的感情,而只是埋怨父亲。孙犁先生的信提醒了我,也是委婉地批评了我。真的,对于父亲,我一直都并未理解,一直都是埋怨,一直都是觉得失去母亲后自己的痛苦多于父亲。也许,只有经历过太多沧桑的孙犁先生,对于哪怕再简单的生活才会涌出深刻的感喟吧,而我毕竟涉世未深。过去常看到别人说孙犁先生善于写女人,其实,他也是那样善于理解男人。我隐隐地感觉到晚年的孙犁和年轻时的心境已经不大一样,便总觉得有一种忧郁的云翳拂过他的眼神,善意地注视着我们,伤感地回顾着往昔。

我不大清楚孙犁先生到底是如何看待自己晚年的文章的。我只知道在和我通信中,他特别提到过他的这样两篇文章,一篇是1989年写的《记邹明》,一篇是1994年写的《读画论记》。在他晚年的著述里,这两篇文章都算比较长的了。我是觉得他自己格外看重这两篇文章的。《读画论记》,他不计利钝,不为趋避,知人论世,裁画叙心,深刻道出对文坛的悲哀。在这篇文章中,他说:"没有大智大勇,很难逃出这个圈子。"

我想起先生在给我的信中不止一次地流露出这种情绪:"贪图名利于一时,这是很容易的。但遗憾终生,得不偿失,我很为一些聪明人,感到太不值。"在信里,他对文坛许多现象给予了批评，比如对那些冒充学问的所谓注水书籍的一再批评："这不能说明他有学问，是说明当前的'读者'都是'书盲'，能被这些人唬住，太可怜了。"面对这些现象，最后他只有在信中感慨地说："据我的经验，目前好像没有人听正经话，只愿意听邪门歪道，无可奈何。"我便忍不住想起他在文章中一针见血批评的话："文场芜杂，士林斑驳。干预生活，是干预政治的先声；摆脱政治，是醉心政治的烟幕。文艺便日渐商贾化、政客化、青皮化。"也是，这样的话，谁能够听得进去，谁又愿意听呢？

晚年的孙犁，唯一能够给予他慰藉的只有读书了。他在信中对我说："我读书很慢，您难以想象，但我读得很仔细，这也是年轻人难以想象的。"在另一封信中，他又说："读书烦了，就读字帖；字帖厌了，就看画册。这是中国文人的消闲传统，奔波一生，晚年得静，能有此享受，可云幸福。"孙犁是以这样的心境退回书斋之中的，既有中国传统文人之习，也有无可奈何之隐。孙犁先生的去世，我是感到这样一代文人和文风已经基本宣告结束了。那种忧郁的太息和气质只存活在他的文字中了。

我知道孙犁晚年喜欢临帖书写，曾经请他为我写一幅字，他写来的第一幅录的是杜甫《寄彭州高三十五使君适虢州岑二十七长史参三十韵》中的诗句，诗里有"心微傍鱼鸟，肉瘦怯豺狼"和"竹斋烧药灶，花屿读书床"的句子，我不知道是不是先生的自况？他写来第二幅字是"千秋万岁名，寂寞身后事"。我是感到他旷达和超脱之外的一丝忧郁。他出的最后一本书，取的书名竟是《曲终集》，我隐隐感到不大吉利，曾经写信问过他，先生回信却没有回答，也许，是觉得我岁数还小不大懂得吧。

《记邹明》，有他自己人生的感慨，那是一则邹明记，也是一篇哀己赋。在那篇文章中，他说："是哀邹明，也是哀我自己。我们的一生，这样短暂，却充满了风雨、冰雹、雷电，经历了哀伤、凄楚、挣扎，看到了那么多的卑鄙、无耻和丑恶。这是一场无可奈何的人生大梦，它的觉醒，常常在瞑目临终之时。"我不知道别人是如何看这篇文章的，我是感到了一种往昔的梦魇与现实的无奈，交织成一片深刻的忧郁，笼罩在晚年孙犁先生的心头，拂拭不去。

孙犁先生一生不谙世故宦情，以他的资历和成就，他完全可以像有些人那样爬上去的，但他只是如自己所说的："我的上面有：科长、编辑部正副主任，正副总编、正副社长。这还只是在报社，如连上市里，则又有宣传部的处长、部长，文教书记，等等。这就像过去北京厂甸卖的大串山里红，即使你也算是这串上的一个吧，也是最下面，最小最干瘪的那一个了。"

在一次孙犁先生《耕堂劫后十种》书籍出版座谈会上，我曾经讲过这样的话：我很想把这段话作为这篇迟到的悼念文字的结尾——

孙犁先生是中国真正的、有点老派的古典文人。知识分子是干什么的？就是干与知识相关的事情，孙犁先生的一生就是这样干的。面对这样的一个人，我们很惭愧。因为我们很多知识分子干的不是知识分子的事情，或为官，或为商，争名于朝，或争利于市，这是孙犁先生作品中不断批判的。而孙犁先生的一生，干的是知识分子的事情，他不为官，也不为商，然而不是他没有为官的途径和条件。孙犁先生是一个真正的文人。回眸孙犁先生二十年，实际不止二十年，五十年或者更长，把他的五十年、六十年，一生的作品都展示出来，孙犁先生可以面不改色，不用脸红，每篇文章包括每封信件都可以和读者见面。现在有多少作家可以把自己所有的作品，更不要说每一封信件，摊出来和读者见面呢？包括所谓的大家。正如孙犁先生在《曲终集》中所说：人生舞台，曲不终，而人已不见；或曲已终，而仍见人。孙犁先生五十年的作品，不仅一直保持着这种创作的势头，而且保持着真正文人的这种态度。所以我说孙犁先生是真正的文人，做的是真正文人的事情，愿意称自己为文人的人，都应该有发自内心的深省。

2002 年 12 月 11 日于北京

有人总会让你想起

鲁秀珍已经去世好长时间了。退休之后，和外界联系很少，消息闭塞，前不久我才知道她过世了。记得她刚退休几年之后有一年的春节前夕，她给我写来一封信，信中寄来她手绘的贺年卡。她画得不错，退休之后，她喜欢上了丹青，以后，几乎每年的春节前夕，我都会收到她寄来的手绘贺卡。

看到第一封信的信封，是从上海一个叫作万航渡的地方寄来的。当时，我还有些奇怪，她家一直在哈尔滨，怎么跑到上海去了？看信才知道，退休之后的几年，她一直忙于搬家，最后，终于卖掉了哈尔滨的房子，住到她先生家乡上海万航渡的新房子里。

我给她回了信，附了一首打油：人生草木秋，转眼白谁头。今日万航渡，当年一叶舟。烟花三水路，风雪七星洲。犹自思老鲁，黄浦江旧流。

诗中说了一件我和她都难以忘记的往事。那是 1971 的冬天，我在北大荒，在大兴岛上一个生产队里喂猪，在猪号寂寞的夜里无事干，写了一篇散文《照相》，发表在我们《兵团战士报》上，怎么那么巧，被她看到。当时，她正参与筹备《黑龙江文艺》的复刊工作，觉得我的这篇散文写得不错，但需要好好打磨，便独自一人跑到北大荒找我。

她比我正好大一轮，那一年，我24岁，她36岁。怎么那么巧，都是我们的本命年。

虽都在黑龙江，但从哈尔滨到北大荒我所在的三江平原上的大兴岛，路途不近。那时，交通不便，我回家探亲时，要先坐汽车过七星河，到富锦县城（今富锦市），从县城可以在福利屯坐火车到佳木斯，也可以坐长途汽车到佳木斯，然后再搭乘火车到哈尔滨，最快也需要一天半的时间。我不知道她是怎么找到我所在的那个偏远的猪号的。因为我没有见到她，当时，我正休探亲假回到北京。不过，我可以想象，那个正满天飞雪刮着大烟泡的冬天，她一个人跑到那里是不容易的。我的诗里说"当年一叶舟"，肯定是没有的了，冰封的七星河上，她孤独的身影，在我的记忆里，永远是一幅画。有哪一个编辑，为一个普通作者，一篇仅有两千多字的小稿子，会跑那么远的路吗？幸运的我，遇到了。

她给我留下一封信，按照她很具体的修改意见，我将稿子改了一遍，寄给了她。第二年的春天，我的这篇《照相》刊发在复刊的《黑龙江文艺》第一期上。这是我发表在正式刊物上的处女作。

她写信给我，希望能够继续写，写好了新东西再寄给她。我想，要好好写，不辜负她。过了一年，1973年的夏天，我写了一组《抚远短简》，一共八则，觉得还算拿得出手，400字的稿纸，满满抄了36页，厚厚一沓，寄给了她。谁知一直没有收到她的回信。猜想，大概是我写得不好，没有入她的法眼。

这一年的秋末，父亲突然脑溢血去世，家中仅剩老母一人，我从北大荒赶回北京奔丧之后，没有再回北大荒，等待着办困退回京。这一年的年底，她给我写来了一封挂号信，信中寄我的那一组厚厚的稿子《抚远短简》。可惜，这封信转到我手里的时候，已经是第二年1974年的开春。

我没有保存旧物的习惯，这封信和这篇稿，能保存下来，是因为我想按照信中所提的意见和要求，改好稿子，便没有丢。幸亏有她的这封挂号，将她的这封信和我的这一组稿子，保留至今。这是我仅存的她写给我的一封信，也是我自己在北大荒写的稿子中仅存的一篇。我用的是圆珠笔，她用的是钢笔，居然一点颜色没有减退，四十三年过去了，依然清晰如昨，这真的是岁月的神奇。

我很想把她的这封信抄录下来。尽管信中有那个时代抹不去的旧痕，但也看得出那个时代编辑的真诚与认真，对一个普通的业余作者的关心和平等与期待。雪泥鸿爪，笺痕笔迹，至今看来，还会让我眼热心动，相信也会让今天的人心生感慨——

肖复兴同志：

您好！实在对不起，您的稿拖了这么久，一方面是忙于定稿，组稿，办学习班，未抓紧；另一原因，感觉此稿有些分量，要小说组传阅一下，结果就拖了下来。特向您致以深深的歉意！您的《照相》在我刊发表后，引起较好的反应，认为您在创作上不落旧套，敢于创新，勿论在内容上还是表现手法，都力求有自己的特点，这点很可贵，希望发扬光大。创作本不是"仿作"嘛！

《抚远短简》也有这个特点，是有所感而发，在手法上也有新颖之处：比较细致，含蓄，形象。

我们初步看法，提供你修改时参考：

《路和树》，在思想上怎么区别当年十万官兵开垦北大荒？您毕竟是在他们踏荒的基础上迈步的，但又要有知识青年的特点。这个特点显得不足。路——是否应含有与工农相结合的路之意，现在太"实"了。

《水晶宫场院》，如何点出人们不畏高寒，并让高寒为人民（打场）服务的豪情？没有从中再在思想力量上——给人思想启发的东西，如何加以发挥？

《珍贵的纪念品》，要点是衣服为什么今天穿？如写他今天参加入党仪式时候穿，好不好？——以这身衣服，联结起知识青年的过去和展示入党以后如何以此作为新的起点？……现在感到无所指，就显得有些造作了。

我们初步选了这三则"短简"，望您能把它们改好，如有可能，最好在一月底、二月初寄来，以便我们安排全年的发稿内容。

其他五则：

《第一面红旗》，寓意不十分清楚，谁打第一面红旗？写人不够。《普通的草房》，较一般，语言较旧。《战友》，亦然。《荒原上的婚礼》，场面多，思想少。《家乡的海洋》，较长。

这些就不用了。

最后，再嘱咐一点：修改时，要力求调子铿锵，时代感鲜明，现在，此文有时显得小巧，柔弱了些。

其次，要在每文和全文的思想深度上，多下功夫，通过形象来阐述一个什么哲理。现在，感到叙述抒情多了一些，思想力量不够。

祝作品更上一层楼！

这封信的最后只有"1973 年 12 月 23 日"的日期，没有署上鲁秀珍自己的名字，而是盖了一个"黑龙江文艺编辑部"的大红印章。也算是富有那个时代的特色吧。

遗憾的是，我很想重新修改这篇《抚远短简》，但是，在北京待业在家，焦急等待调动回京的手续办理，一时心乱如麻，已经安静不下来修改稿子了。

我和她再续前缘，是 8 年后的事情了。1982 年的夏天，我从中央戏剧学院毕业，和梁晓声等人一起组织了一个北大荒知青回访团，第一站到的哈尔滨。已经更名为《北方文学》的《黑龙江文艺》接待了我们。我这才第一次见到了鲁秀珍，我应该叫她大姐的，因为她和我姐姐年龄一样大，但是，习惯了，总是叫她老鲁，一样地亲切，尽管是第一次见面，却没有陌生感，一眼认出彼此，好像早已相识。

那一天中午，《北方文学》接风，长如流水的交谈伴着不断线的酒，热闹到了黄昏。本来我就酒量有限，那天，我是喝多了，头重脚轻，走路跟踩了棉花一样，摇摇晃晃。散席归来时，她始终搀扶着我的胳膊，尤其是过马路时，车来车往，天又忽然下起雨来，夕阳未落，是难得的太阳雨，很是好看，但路面很滑。她紧紧地抓住我，生怕有什么闪失。那一天细雨街头哈尔滨的情景，让我难忘，只要一想起哈尔滨，总会想起那一天黄昏时分的太阳雨，以及紧紧抓住我胳膊的老鲁。

事后，她对我说：你喝得太多了，你的同学还等着你呢，我得把你安全地交到人家的手上啊！

那天，我的同学，也就是我在《照相》里写的主人公，从下午一直坐在《北方文学》编辑部老鲁的办公桌前等着我，等着我到她家去吃晚饭。老鲁把我交到她的手上，仍然不放心，又紧紧地抓住我的胳膊，把我们两人送到公共汽车站。

　　人生在世，会遇到不少人，从开始的素不相识，到后来的相识，以至相知。相识的人，会很多，但相知的人很少。相知的人，彼此相隔再远，联系再少，也常会让人想起，这就是人的记忆的特殊性。因为在记忆中，独木不成林，必须有另一个人存在，才会让遥远过去中所有的情景在瞬间复活，变为鲜活的回忆。对于老鲁的回忆，我总会有两种语言，或者两种画面：一种是雪（46年前北大荒的雪），一种是雨（35年前哈尔滨的太阳雨）；一种是画（退休后手绘的贺卡），一种是笔（43年前的信）；一种是我，一种是你，亲爱的老鲁！

2017 年 8 月 13 日北京雨中

几番风雨书中落

在我最初写作的时候，曾经得到过很多编辑的帮助，如今，我都退休，他们更早已经退休，有的去世多年了。我常常会想起他们。在北京出版社，最让我想起的有两位，一位是胡容，一位便是老吴。

老吴叫吴光华，年长我 11 岁，平常我都叫他老吴，不像如今见到编辑就叫老师。我是在上世纪八十年代初结识老吴的，那时，北京出版社出版了我的第一本书《国际大师和他的妻子》，责编是胡容，在胡容大姐那里认识的他。那时，我家住得离出版社很近，常常到那里聊天，顺便蹭几本新出的书。我们两人还曾经一起去过深圳、沙头角和南昌。真正熟悉起来，是 1986 年的年初，偶然聊天中我说起如今中学里早恋已经不是个别的现象。他一下子很敏感，他知道我当过好几年的中学老师，一直和学校都有来往，便对我说：这是个好题材，你应该写个长篇小说，现在还真没有这样的长篇小说。我有些犹豫，因为在当时这是个禁区。他用一种激将法鼓励我说：正因为是禁区，你才应该闯闯。只要你敢写，我就敢出！

可以说，《早恋》这部长篇小说就是在老吴的激将法下出炉的。为了让我有时间写这部长篇小说，他还特意骑着自行车跑到当时我的工作单位替我请假。写了8个月，用了老吴送给我的300字一页的稿纸一千好几百页，捧着送到老吴的面前。老吴很快就看完了，找到我，摊开好几页写满密密麻麻有他特点的一边倒的斜体字的纸，谈了好几点意见，包括最重要的结尾处理，让我拿回去修改。改完之后，他从头到尾又替我修改了一遍。二审、三审，都很顺利地通过了。三审是当时出版社的副总编田耕先生，二审是老西南联大高才生刘文先生，我都认识，他们给予了这部长篇小说很高的评价，认为拓展了题材的新领域。稿子发到了印刷厂，那时还是铅字印刷，排版，三校都完成了，清样也出来了，就要上机开印了。却听说停机了。过了不多久，又开机了，新书老吴送到我的手里的时候，我知道这事情闹得沸沸扬扬，因为关于早恋在教育界当时还是一个敏感的话题，谁都知道现状是怎么回事，谁都不愿意去碰，自找这个麻烦，却不知道这一停一印之间，老吴所付出的昂贵代价。只记得老吴当时一脸轻松地对我说：书终于出来了！

事情已经过去了25年。一本《早恋》，头版就印了8万册，以后一版再版，直到今天还有出版社找我要重新再版这本书。它成为我印刷册数最多的一本书。我却从不知道当初为了它的出版，老吴所付出的代价。一直到最近，收到老吴新出版的自传《岁月·人生·挽歌》，读到其题为"'穿小鞋'的滋味——出版《早恋》引发的风波"一章，才知道事情一波三折，即使说不上惊心动魄，今天看来也让人感喟不已。

当时，得知《早恋》在印刷厂突然停机的消息之后，老吴在办公室和出版社当时的第一把手吵了一架。他对他的顶头上司说："你没有调查就没有发言权！你下令停机之前，起码应该把书稿翻一下吧？"当时，他就把他的顶头上司惹翻了脸，怒气冲冲地对他说:"这是我的决定,你们有意见,可以去市委告我!"说罢,摔门而去。

说老实话,如果不是看到书,我真想象不出老吴居然也有这样的脾气和举动。平常,老吴给我的印象是温文尔雅,说话都是吴侬软语,很缓慢的样子,和凡是带长的官碰面都是要绕道走的人,怎么突然吃了豹子胆怒发冲冠起来?

泥人也有个土性,第二天,他和刘文一起还真跑到了市委,找到市委宣传部主管出版的副部长陈昌本,拿出《早恋》的清样,请部长断案。部长还真就接下了清样,答应三天之后答复。三天之后,陈昌本说这书没问题,《早恋》才又得以重印。事情由于上一级出面过问,表面是老吴的胜利,却不知暗藏玄机。老吴在他的自传里说:"《早恋》的出版,给我的人生之旅埋下了一颗'钉子'。"这钉子,便是在他被推举市劳模、提名邹韬奋出版奖、提拔文艺编辑室的副主任等一系列坎上显露出扎人的锋芒,而让他节节败北。

读完这一章,我的心里很不是滋味。老吴所付出的一切,都是为了我,为了一本普通的书。我不知道如今还能不能够找到这样的编辑了,在上世纪八十年代,却有老吴这样的编辑,无私而真诚地奉献自己,没有任何如今明目张胆的功利,只是纯粹地为了一本书,为了一个作者。那时候,编辑和文学和那时候的天空一样,还没有什么污染,还那么值得让人怀念和感动。

其实,曾经得到老吴这样无私而真诚帮助的,不止我一人。李准获茅盾奖的长篇小说《黄河东流去》,老吴找李准十几次交流意见,增补了整整一章;浩然的长篇小说《苍生》,老吴提出了十余条修改意见,致使浩然增写了十六七万字。唐人的《金陵春梦》第八卷,老吴自己为书加写了20万字,却不要求署名和一分钱稿费。上世纪七十年代末，老吴编辑的第一部书《领队的大雁》，他亲自跑到作者在凉山的部队，出的详细构架提纲，作者写完初稿，他调整、修改、定稿，最后署名人家要求写"解越京"，"解"是解放军的意思，"越"是当地越西县的意思，"京"是他来北京向他表示谢意，他却把最后这个"京"字去掉了。他说：编辑就是编辑，编辑出力是应该的。

真的，如今还有这样的编辑吗？记得浩然在世的时候曾经说老吴是"无名的英雄编辑"，老吴担当得起这样的称谓。

在老吴的这本自传里，老吴写到对作家的认识："一个作家可以不是哲学家，不是思想家，但他必须是真诚的，必须有良知，必须忠实于生活。否则就没有资格当作家。"在这里，把作家改为编辑，同样适合。老吴就是有这样的资格的编辑。

我只是对老吴自传书名有"挽歌"一词不解，老吴来信对我说：这是一首挽歌，是我们这一代"过了时"的"过去时代"的挽歌。其实，有些恒定的东西是永远不会过时的。

2011 年 7 月 13 日于北京

白马湖之春

　　出浙江上虞十里，山清水秀的白马湖扑面而来，风也似乎清爽湿润多了。正是早春二月，想起朱自清先生在《白马湖》一文中曾经说过的："白马湖的春日自然最好。山是青得要滴下来，水是满满的、软软的。小马路的两边，一株间一株地种着小桃与阳桃。小桃上各缀着几朵重瓣的红花，像夜空的疏星……"心里不住地想，此次来白马湖的时间真是选对了。

　　白马湖，想念它多年了。

　　如同任何一场大革命退潮之后一样，拔剑四顾的茫然，都会让为之献身的人们无所适从。轰轰烈烈的五四运动落潮了，迎来的失望和落败的景象，让一群有理想有追求的文人，心中充满迷惘，他们不想在城市里醉生梦死浑浑噩噩，跑到了无论离杭州还是离宁波都偏远的上虞，寻找到白马湖这样一块世外桃源，去做点他们想做的又能够做的事情，给曾经在革命大潮中急剧澎湃的心找一块绿洲。想起他们，总会不由自主地想起柔石在小说《二月》里写到的萧涧秋，那样的五四热血青年，现在的人们早就嘲笑为"愤青"了。

　　真是想象不出，1922 的春天是什么样子了。为什么经亨颐先生在白马湖畔一招呼，那么多的文人，现在听起来名声那样显赫的文人，一下子就抛弃了都市的奢靡与繁华，都来到了荒郊野外的这里办起了这所春晖中学？当时号称"白马湖四友"，除了夏丏尊年长一点，1922年是36岁了，朱光潜只有25岁，而朱自清和丰子恺只有24岁。现在，真的是难以想象了。那毕竟不是短暂的观光旅游。

走出校园的后门，过了树荫蒙蒙的小石桥，终于走到了经亨颐先生和夏丏尊等诸位前辈曾经走过的白马湖畔了。二月春光乍泄，阳光格外灿烂，真的如朱自清先生所说的那样："山是青得要滴下来，水是满满的、软软的。"一种说不出的感觉，从遥远的历史中涌出，漫延在白马湖中，荡漾起波光潋滟的涟漪，晃着我的眼睛。

经亨颐的"长松山房"、何香凝的"蓼花居"、弘一法师的"晚晴山房"、丰子恺的"小杨柳屋"、夏丏尊的"平屋"……一一次第呈现在眼前。虽然"晚晴山房"是后来新翻建的，"蓼花居"已成废墟，但毕竟还有夏丏尊、朱自清、丰子恺的房子保持着原来的风貌。房子都是依山临湖而建，按照眼下的时尚，都是山间别墅，亲水家居，格外时髦的。但现在的房子所取的名字，能够有他们这样的雅致吗？"富贵豪庭""罗马花园"……那些俗气又土气得掉渣儿的名字，怎么能够和"小杨柳屋""平屋"相比呢？

名字不过只是符号，符号里却隐含着一代人心里不同的追求。小院里原来是种着菜蔬的，要为日常的生活服务，现在栽满花草，还有郁郁青青的橙树，越冬的橙子还挂在枝头，颜色鲜艳得如同小灯笼。屋子都很低矮，完全日式风格，因为无论经亨颐还是夏丏尊，都是留日归来，当年他们是春晖中学的创办者和主要响应者。走进这些小屋，地板已经没有了，砖石铺地，泥土的气息，将春日弥漫的温馨漫渍着。简朴的家具，能够想象出当年生活的样子。书房都是在后面的小屋里，窗外就是青山，一窗新绿鸟相呼，清风和以读书声，最美好的记忆全在那里了。

在世风跌落、万象幻灭之际，世外桃源只不过是心里潜在理想的一种转换，散发弄扁舟，从来都是猛志固常在的另一种形象。上一代文人的清高与清纯，首先表现在对理想实实在在的实践上，而不是在身陷软椅里故作的姿态之中。在谈论白马湖和春晖中学的时候，现在的人们都愿意谈论他们的文化成就，夏丏尊确实在他的"平屋"里翻译了亚米契斯的《爱的教育》、朱光潜的美学处女作《无言之美》，以及丰子恺的漫画处女作《人散后，一钩新月天如水》，也都完成在白马湖畔。在回顾历史时，白马湖确实成为一种象征。其实，相比较其文化成就，上一代文人在历史转折的时候走向乡间的民粹主义和平民精神，是让现在的人更加叹为观止的。道理很简单，现在谁愿意舍弃大都市而跑到这样的乡村里来呢？跑到藏北的马骅，只是一个另类。而当初却是一批真正的文化精英，他们愿意从最基础做起，而不是舌灿如莲，夸夸其谈于走马灯似的各种会议和酒宴之中。

他们确实是在实实在在做事，夏丏尊建造"平屋"时的一个"平"字，就是寓有平民、平凡、平淡之意。仅朱自清一人每天上午下午就各有两个小时的课要上。而丰子恺一人是又要教美术又要教音乐在拳打脚踢。现在，在我们的教室里，却难得见到我们的教授一面了，我们的教授正在忙着让自己的学生帮助自己攒稿出书卖文赚钱了。

走进夏丏尊的"平屋"，这种感觉更深。这是他用卖掉祖宅的钱在这里盖起的房子，他要把根扎在这里，他的妻子一直住在这里，一直到八十年代在这"平屋"里去世。在他的那间窄小的书房里，暗暗的屋子，低矮得有些压抑，只有窗户里透过山的绿色和风的呼吸，平衡了眼前的一切。想象着当年的冬夜里，松涛如吼，霜月当窗，夏先生在这里拨拉着炉灰，让屋子稍微暖和一些，自己把头上的罗宋帽拉得低低的，在一灯如豆的洋灯下艰苦工作到夜深的样子，直觉得恍如隔世。

夏先生的一个孙侄正在院子里，他已经60多岁，在看守夏先生的"平屋"。院子里夏先生亲植的那株紫薇还在，那时，夏先生常常邀请朱自清到这株紫薇花下喝酒，把酒临风，对花吟诗，他们最大的享受就是这些了，而他们最美好的寄托也就存放在这里了。

"它长得很慢。夏先生在的时候，就是这样子。"夏先生的孙侄指着紫薇对我说。

走出"平屋"小院，就是朱自清先生说的小马路，小马路前面就是白马湖。如今，小马路的两边，还是一株间一株地种着树，却不是小桃与阳桃，而是杨柳。杨柳在暖风中不住地摇曳，白马湖水在阳光下不住地闪耀。想起朱自清先生写白马湖的诗句："湖在山的趾边，山在湖的唇边。"也想起当年看到湖边系着一只空无一人的小船时候他说过的话："我听见了自己的呼吸，想起了'野渡无人舟自横'的诗，真觉物我双忘了。"也许，可以这样说，前者是他们这一代人心中常常涌起的诗意，后者是他们的追求的境界吧？只可惜，这两样，如今的我们都缺少了，而且不以为渐渐失去的弥足珍贵。

朱自清先生在回顾白马湖的时候，还曾经说过这样的一句话："我喜欢这里没有层叠的历史所造成的单纯。"这话让人沉思。倒不仅仅是单纯已经离我们越来越远，而是层叠的历史和心头层叠的灰尘污垢，越来越厚重，让我们无法清扫干净。白马湖，便在他们的生命中，而只能在我们的想象里。

2005 年 3 月 1 日写于北京

怀念萧平

一直到今天，才知道萧平已经不在了，两年前 2014 年 2 月就去世了。我真的惭愧自己消息的闭塞，竟然一点都不知道。想起今年年初到美国看孩子，在印第安纳大学的图书馆里，偶然间看到萧平的《三月雪》，颇有点儿他乡遇故知的感觉。谁会想到呢，他已经不在了。

翻检年初读《三月雪》时随手做的笔记，抄录书中的片段，那一天细雪飘洒的傍晚，从图书馆里把那本《三月雪》借来重读的情景，一下子恍若目前。这是一本只有一百多页薄薄的小书，1979 年人民文学出版社的新版。虽是新版，封面和旧版却完全一样，浅蓝色的封底，衬托着一束清新淡雅的白色三月雪花瓣。书显得很新，和我当年在新华书店的书架上最初见到它时一模一样。只是里面多了两篇小说，感觉不过是多年不见的老朋友，个子长高或是腰围长胖了一点儿而已。

1964 年，我读高一，买过一本《三月雪》，是 1958 年作家出版社的初版本，里面只有六篇短篇小说，其中最有名也让我最难忘的，是《三月雪》和《玉姑山下的故事》。年初重读，忍不住先读这两篇。《三月雪》第一节开头写道："日记本里夹着一枝干枯了的、洁白的花。他轻轻拿起那枝花，凝视着，在他的眼前又浮现出那棵迎着早春飘散着浓郁的香气的三月雪，蓊郁的松树，松林里的烈士墓，三月雪下牺牲的刘云……"一下子，又带我进入小说所描写的战争年代；同时，也带我进入我自己的青春期。这段话，我曾经抄录在我的笔记本上，52年过去了，许多东西都丢了，那个笔记本还在，纯蓝色的墨水痕迹还清晰地在本上面跳跃。那时候，我16岁多一点儿。

《三月雪》和《玉姑山下的故事》，写的都是战争年代的故事。在上世纪五十年代，与同时代同样书写战争的小说的写法不尽相同。萧平是把战争推向背景，把更多的笔墨放在了战争中的人性和人情之处。将战争的残酷和人性中的微妙，有机地调和一起。浸透着战争的血痕，同时又盛开着浓郁花香的三月雪，可以说是萧平小说显著的意象，或者象征。可谓一半是火，一半是花。

这两篇小说的主角，不是叱咤风云的大人或小英雄，都是小姑娘，清纯可爱，和庞大而血腥的战争，仿佛有意做着过于鲜明的对比。《三月雪》中，区委书记周浩很喜爱这个聪明伶俐的十一二岁的小姑娘，在离别前小娟孩子气地和他商量好，骗妈妈说要跟周浩一起走，走了几步，又跑回去告诉了妈妈真相，怕妈妈担心的那一段描写，现在读来还是那样地可亲可爱。

这应该是后来批判小说宣扬"人性论"和"战争残酷论"的重要证言或说辞；却也是当年最让我心动之处。《三月雪》中的小娟和妈妈在战争中相依为命又相互感染的感情，是写得最感人的地方。有了这样的铺垫，妈妈牺牲之后，小娟到三月雪下妈妈的墓前，才格外地凄婉动人。"天上变幻着一片彩霞。一只布谷鸟高声叫着从晴空掠过。""墓上已生出一片绿草，墓前小娟亲手栽的幼松也泛出新绿，迎风轻轻摇摆着。"三月雪的花朵和彩霞和绿草和松树连成一片，成为我青春期一幅美丽的图画。

《玉姑山下的故事》中的小姑娘小凤，比小娟大几岁，应该和当初读小说时的我年龄相仿。小凤与小说中的"我"发生的故事，将青春期男女孩子之间情窦初开的朦胧感情，写得委婉有致。特别是放在战火硝烟的背景之中，这样的感情如鲜花一样开放，如春水一样流淌，却是极易凋零和流逝的，便显得格外揪心揪肺。这在当时描写战争的小说中，是难得一见的。其异于当时流行的铁板铜钹而别具一格的阴柔风格，是格外明显的。

四年未见的一对男女孩子，再次见面时，小凤"手扯着一枝梨花，用手一个瓣一个瓣地向下撕扯着"。当初读时就觉得萧平写小姑娘，总不忘用花来做映衬，上一次是用三月雪，这一次用梨花，足见他对小姑娘的怜爱，也足见他格外愿意以鲜花来对比炮火硝烟，而格外珍惜人性之花的开放。这篇小说最迷人之处是晚上的约会，"我"的渴盼，小凤没去后"我"到梨园找她时一路的心情和想象……那一番极其曲折又微妙难言的情感涟漪的泛起，写得一波三叠，质朴动人。重读时候，还是让我感动。感动的原因，还在于第一次读它的那时候，我也正在悄悄地喜欢一个小姑娘。我曾经把这篇小说推荐给她看过。

小说结尾，小凤成为一名战士，骑着一匹红马从"我"身旁驰过，"我想叫住她，可是战马早已经驰过很远了。我呆呆地站在那里，望着那匹红马迎着西北风在山谷里奔驰着，最后消失在深深密林里"。那时候，我曾经特意给她读过这段话，是想讲小说收尾给人留下那种怅然若失的味道。世事的沧桑，中间又隔着和战争一样残酷的"文化大革命"，我想叫住她，可是那匹红马早已经驰过很远，消失在密林深处。

记得很清楚，年初重读《玉姑山下的故事》，让我想起乔伊斯的短篇小说《阿拉比》，同样写一个小男孩对一个姑娘悄悄的爱。一个从未去过的叫作阿拉比的集市，只不过因姑娘一次偶然提起，让小男孩连夜赶到了阿拉比，阿拉比却已经打烊。同样的怅然若失的结尾，让我感叹小说写法尽管千种百样，一个是战争年代，一个是庸常日子，一个是消失的红马，一个是打烊的集市，人心深处的感情却是一样的，不分古今中外。萧平一点儿不比乔伊斯差。

今天知道了萧平去世的消息，心里有些不平静。年初读《三月雪》时，心里是安静的，是美好的，是充满想象的。因为那时一直都觉得萧平还活着，也因为想起50多年前最初读萧平时自己的青春日子。同时，还想起了30年前写长篇小说《早恋》和《青春梦幻曲》的时候，小轩愁入丁香结，幽径春生豆蔻梢，我的小说中那些男女中学生在青春期朦胧情感忧郁惆怅又美好纯真的描写，很多地方得益于萧平这篇《玉姑山下的故事》。当时写作时并未察觉，重读萧平的时候，感到潜意识里代际文学血液的流淌，是那样地脉络清晰，又那样地温馨温暖。那时，觉得萧平虽然离我很远，却也很近。

青春期的阅读，总是带着你难忘的心情和想象，它对你的影响是一生的，是致命的。它给予我的温馨和美感，以及善感和敏感，是无可取代的。我应该庆幸在我的青春期能够和萧平相遇，感谢他曾经给予过我那一份至今没有逝去的美感、善感和敏感。

我和萧平有过一面之缘。是上世纪八十年代之初，我和刘心武、梁晓声一起乘火车到蓬莱，路过烟台的时候，到萧平教书的学院里和他见过一面。但那一面实在有些匆匆，而且，那一次，主要是心武更想见他，主角是他们两人，因此，主要是听他们两人交谈。可惜，我没有来得及对萧平表达我的一份感情。一别经年，没有想到，世事沧桑流年暗换之中，竟是唯一的也是最后的一面。

此刻，我想起了高一时候买的那本《三月雪》。1968 年的夏天，去北大荒插队前的那天晚上，我的从童年到青年一起长大并要好的那个小姑娘，来我家为我送行，我把这本书送给了她。如果这本书还在，陪伴我们已经有 52 年了，萧平陪伴我们也已经有 52 年了。真的，我很想对他说说这样的话。并不是所有的人，所有的书，所有的感情，都有这样久的生命。

萧平如果活着，今年整 90 岁。

2016 年 8 月 11 日写毕于北京

汪曾祺先生小忆

　　第一次见到汪曾祺先生，是上世纪八十年代初，在《北京文学》的一次发奖会上。汪先生的《受戒》获奖，我的一篇《国际大师和他的妻子》也获奖。那时，我正在中央戏剧学院读书，初涉文坛，属于"青瓜蛋子"，让我发言的时候，显得有些紧张，说话不连贯，手直有些抖。我身旁左侧坐的是汪先生，他冲我微微笑着，用手轻轻在我的手上拍了拍。这个微小的动作，让我多少缓解了一些紧张，也让我一直记忆至今。

　　会后聊天，我对汪先生说，您的小说里有点儿像废名。他有些惊讶地望了我一眼，我知道那意思是你还知道废名？但出唇的话却是：我是喜欢废名。我感受到这个老头儿，这朵"重放的鲜花"，是位温和的人。

　　1995年，我调入《小说选刊》，见到汪先生的机会多了。大约是1996年的夏天，《小说选刊》有个活动，请一些作家参加，其中有汪先生。活动在朝阳公园里，我负责在门口迎接汪先生，陪他一起到会场，会场在公园尽里面，要走好长的路，走得汪先生一脑门汗。那时，他身体不错。那一天，我还有个任务，书包里带着两本汪先生的书，一本《蒲桥集》，一本《汪曾祺小说选》，这是儿子交给我的，请汪先生给他签名。那时，儿子刚上高一，迷上了汪先生。

活动期间，我拿出书请汪先生签名。他掏出一管黑杆钢笔，没有马上签名，更没有像有人龙飞凤舞敷衍地签下自己的名字完事，而是沉吟想了一会儿，在《蒲桥集》的扉页上写下"朝日初阳，萧铁闲看"；在《汪曾祺小说选》的扉页上写下"雏凤清于老凤声"；然后再签下自己的名字。他是一个哪怕对待孩子也很认真的人。

在这次活动中，我向汪先生请教，问他最喜欢哪些作家的作品。他说有四个半，全部都是外国作家，都是现代派，怕我听不清他们的名字，他找了张纸，写下他们的名字。我想，这张纸可是宝贝，得好好收藏，谁知后来《小说选刊》搬家，这张宝贝连同好多作家的书信，全部散失。如今，只记住其中两位作家，一位是乔伊斯，一位是沃尔夫。

我不善于交际，懒于走动，更不齿于江湖上的拜码头，一直觉得喜欢一个作家，就找他的作品认真读。汪粉很多，我算不上，但并不妨碍我喜欢汪先生的作品。我读汪先生的第一篇作品是《黄油烙饼》，是粉碎"四人帮"后他发表的第一篇作品，刊载在当年《新观察》杂志上。这篇小说写一个叫萧胜的 8 岁小男孩思念奶奶的故事。题目叫《黄油烙饼》，但是，小说开始部分，中间部分，甚至一直到快结束了，也没写这个黄油烙饼。只出现过两瓶黄油，一共两次，都只是一句话，一次是爸爸来奶奶家看萧胜（因为爸爸在野外的马铃薯研究站工作，萧胜 3 岁就被送到乡下的奶奶家），"爸爸带回来半麻袋土豆，一串口蘑，还有两瓶黄油"。一次是奶奶在灾荒年饿死后爸爸赶回来，料理完奶奶的丧事，带萧胜回他工作的地方，把一些能用的东西装进一个大网篮里带走，其中有奶奶给萧胜做的两双新鞋，"把两瓶动都没有动过的黄油也装进网篮里"。就这样简单，一笔带过。显然，不是传统小说里的悬念，也不是铺垫。这样的写法，引起我的兴趣，原来小说也可以这样写，写得这样云淡风轻，写得不着痕迹。

奶奶把同样是爸爸带来的土豆和口蘑都做菜吃了，为什么偏偏没有吃黄油呢？奶奶是没舍得吃，还是吃不惯？吃不惯，不应该是理由，在那个饥荒的年月，奶奶饿得浑身浮肿，什么都可以吃，为什么偏偏不吃黄油？"奶奶把两瓶黄油放在躺柜上，时不时拿抹布擦擦。"可见，奶奶是舍不得吃，看着黄油，就会想起萧胜的爸爸她的儿子。这是奶奶的一份亲情，感染着萧胜并传递给萧胜。

一直到小说的结尾，三级干部大会在爸爸工作的地方开了三天，吃了三天好吃的。第一天吃的羊肉口蘑臊子面，第二天吃的炖肉大米饭，第三天吃的黄油烙饼——黄油烙饼终于出场了。但是，不是萧胜吃，是人家吃。萧胜馋得很。于是，有了小说的结尾，妈妈从那两瓶黄油中拿出一瓶，给萧胜烙了两张黄油烙饼。"萧胜吃了两口，真好吃。他忽然咧开嘴痛哭起来，高叫了一声：'奶奶！'"

写得真好，让我们感动。萧胜对奶奶思念的感情，在吃到黄油烙饼的瞬间爆发，黄油烙饼中蕴含着萧胜小小年纪里对奶奶的回忆，那里有奶奶对孩子的感情，也有孩子对奶奶的感情。祖孙三代的感情，在黄油烙饼中得以循环。所有的这一切感情，在不动声色中完成。前面所轻挑慢引书写的一切，都是为了最后的一笔，前面是舒缓地走，才凸显了最后的冲刺。可以说，最初我是从这篇《黄油烙饼》中认识并喜欢上汪先生的。作为传统和现代融于一身的文人，无论为人还是为文，汪先生表达和书写感情，和别人不大一样。他不愿意像有的人摆出姿势或架势，他更愿意润物无声，愿意不动声色，愿意悄悄地进村，打枪的不要。

上世纪末，北京出版社要再版一批长篇小说，一共 20 本，冠名为"北京长篇小说创作精品系列"。每部书请一位德高望重的老作家题写书名。我的长篇小说《早恋》忝列其中，巧得很，是汪先生题写的书名。他的字清秀而低调，如他的人。再见到他，他从来没有提过这件事。在他看来，可能这是件微不足道的小事。但是，对于我却像是那张黄油烙饼，在不动声色之中，让人感到一位老作家对于晚辈的爱护和帮助，品尝到那种平易平淡中难得的香味。

今年是汪曾祺先生逝世 20 年，谨以此小文纪念先生在天之灵。

2017 年 3 月 7 日于北京

想念王火

在成都，老作家中有百岁老人马识途在，一览众山小，其他的老作家显得都像小弟弟，很容易被遮蔽。其实，在成都还有一位老作家，今年 91 岁高龄，是王火先生。

王火再次出现在人们的视野，是他的新书《九十回眸——中国现当代史上那些人和事》出版，恰逢今年反法西斯胜利 70 周年。当年，刚刚从复旦大学新闻系毕业 21 岁的王火，凭着他年轻的一腔热血和良知，采写了南京大屠杀和审判日本战犯和汉奸的新闻报道。

1947 年，他在上海大公报发表了《被侮辱与被损害的——记南京大屠杀中的三个幸存者》。这三个幸存者：一个是南京保卫战的担架队队长国军上尉梁廷芳，一个是十几岁的小孩子陈福宝，一个是被日本兵强奸并残酷毁容的姑娘李秀英。可以说，王火是第一位报道南京大屠杀的中国记者。

1947 年，我刚出生。

1997 年，我第一次见到王火。他已经 73 岁。但我一点看不出来他有这样大的年纪。他身材瘦削，身着一身干练的西装，更显俊朗挺拔。一看就是一介书生，温文尔雅，曾经血雨腥风的岁月，似乎没有在他的身上留下一丝痕迹。那时，我们一起去欧洲访问，他是我们中国作家代表团的团长。他的三卷长篇小说《战争与人》刚刚获得茅盾文学奖，但是，看不出一丝春风得意的痕迹。他是一位极谦和平易的长者。

那一次，我们一起访问了捷克、塞尔维亚和黑山共和国，以及奥地利。我和他一直同居一室。他步履敏健，谈吐优雅，颇具朝气。最有意思的是在塞尔维亚，常有诗歌朗诵会，最隆重的一次是在贝尔格莱德的共和广场，四围是成百上千的群众，来自25个国家的作家都要派一个人登台朗诵。王火居然派我赶鸭子上架。我根本不写诗，儿子正读高二，爱写诗，只好临时朗诵了儿子的一首小诗。下台后，他夸奖我朗诵得不错，我觉得只是鼓励，他比画着手势，又说：真的，刚才一位日本诗人夸你朗诵得韵律起伏呢。

在捷克，我向他提出希望能够到音乐家德沃夏克的故居看看，但行程没有安排。他知道我喜欢音乐，便向捷克作协主席安东尼先生提出，希望满足我的这个愿望，年过七旬的安东尼先生亲自开车，带我们到布拉格外30公里的尼拉霍柴维斯村。那里有德沃夏克的故居，房前是伏尔塔瓦河，房后是绵延的波希米亚森林，是我见到的捷克最漂亮的地方。

在布拉格，王火先生向我们提议，一定要去看看丹娜，为她扫扫墓。那时候，我学识浅陋，不知道丹娜。他告诉我，和鲁迅有过交往并得到鲁迅赞扬过的普什科是捷克的第一代汉学家，丹娜是捷克第二代汉学家，对中国非常有感情，编写了捷克第一部《捷华大词典》。翻译过艾青等作家的作品。可惜，1976年遇车祸丧生。这20多年以来，一直没有中国作家看望过她，咱们是这20多年来捷克的第一个作家代表团，应该去为她扫扫墓。那一天，布拉格秋雨霏霏，我们跟着他，倒了几次地铁，来到布拉格郊外很偏僻的奥尔格桑公墓，找到被茂密林木和荒草掩盖的丹娜的墓地。我看见雨滴顺着王火的脸庞和风衣滴落，还有他的泪滴。我发现他是极其重情重义的人，即便是素不相识的丹娜，也是寄托着一份真挚的情感。

印象最深的是在维也纳。到达时已是夜幕垂落，车子特意在百泉宫绕了一个弯，让我们看看那里美丽的夜景，然后驶向前面的一条小街。堵车像北京一样，车子不得不停了下来，我们只好隔着车窗看夜景。王火一眼看见车前一家商店闪亮的橱窗，情不自禁地叫道：我女儿也来过这里！这让我有些吃惊，吃惊于平常一向矜持的他，竟然叫出了声；也吃惊于我们都是第一次来维也纳，他怎么就这么肯定这里一定是女儿来过的地方？他肯定地对我说：我女儿去年来过维也纳，就是在这个橱窗前照过一张照片，寄给我过！我知道，他的小女儿在英国。橱窗明亮的灯光，在他的眼镜镜片上辉映，那一刻，一个父亲对女儿无限的情思，毫不遮掩地宣泄在他的眸子里。

维也纳那一夜的情景，已经过去了18年，依然恍若眼前。真的，做一个好作家，做一个好父亲，做一个好朋友，还有，做一个好丈夫，也许都不难，但能将四者兼而合一，都能像王火做得那样地好，并不容易。

一晃，18年过去了。除了在北京开会，我见过王火（他还专门请我吃西餐），一直没有再见过他。这中间，我们偶尔通信，彼此问候，更多是他读到我写的一点东西之后对我的鼓励。

这期间，我听成都的朋友对我讲起，他跳入水中为救一个孩子而使得自己的一只眼睛失明。这样舍己救人的事情，他从来没有对我透露过一丝一毫，他实在是一位心胸坦荡而干净的人。我想起张承志曾经写过的一篇文章，题目叫作《清洁的精神》。他应该就属于这样难得的具有清洁精神的人吧。

这期间，对他打击最大的事情，是他的夫人凌起凤去世。他对我说过，他的夫人是民国元老凌铁庵之女，正经的名门闺秀，他们的爱情在他的新书《九十回眸》中有专门的描述，可谓乱世传奇。当年，夫人在香港，为和他结婚佯装自杀，才能够回到大陆，终成眷属，算得是蹈海而归。日后的日子，跟着他颠沛流离，对他支持很大，他称她是自己的"大后方"。在他的信中，在他的文章中，我都体味到他对相濡以沫的夫人的那一份深情。说实在的，无论隔空读他的信，还是和他直面接触，都没有感觉他的年纪会这样大。读他的信，信笺上字体非常流畅潇洒；和他交谈，更觉得他思维敏捷而年轻；听他的声音，感觉非常地爽朗而亲切。没有想到，他居然一下子91岁了！

去年年初，曾经寄他两本我新出版的小书，其中一本《蓉城十八拍》，是专门写成都的。在成都时赶写这本书后马上去美国，行色匆匆，心想下次吧，便没去看望他。他接到书后给我写了一封信，责备我道："惠赠的两本书里，出我意外的是《蓉城十八拍》。看来您是到过成都的，在2012年。您怎么没来看看我或打个电话给我呢？我可能无法陪您游玩，但聚一聚，谈一谈，总是高兴的。您说是不？"

在同一封信中，他这样说："匆匆写上此信，表示一点想念。我身体不太好，但比起同龄人似乎还好一些。如今，看看书报，时日倒也好消磨，但人生这个历程，在我已经是快到达目的地不远了。"读到这里时，忍不住想起暮年孙犁先生抄录暮年老杜诗中的一联：雕虫蒙记忆，烹鲤问沉绵。文人老时的心情是相似的：记忆自己的文字，想念远方的老友。我的心里非常难受，更加愧疚去成都未能看望他。王火先生，请等着我，下次去成都看您。我从心底里祝您长寿，起码也要赶上您的老友马识途，超过百岁！

2015 年 7 月 23 日改毕于北京

想起张纯如

那年，我在普林斯顿住了半年。常常会到普林斯顿大学的校园和小镇的老街上转。那时，我知道张纯如出生在普林斯顿，曾经寻找过她的住处。但是，只找到美国黑人歌手保罗·罗伯逊的出生旧地，却无从打听得到她家曾经住过的地方。我也曾经到普林斯顿大学附属医院去过，一般新生婴儿都会在那里降生，但是，宁静的医院里，只有我的脚步声，没有一点声音，也没有她的一点信息。其实，张纯如和她全家早就从普林斯顿搬走了。

2004 年，张纯如在她的小汽车里开枪自杀，让我分外震惊。那一年，是她的本命年，她仅仅 36 岁。真的实在是太年轻了。

知道她，是从她的《南京暴行——被遗忘的大屠杀》那本书开始。那是 1997 年的年底。那一年的夏天，她曾经独自一人来到南京，采访南京大屠杀的幸存者，收集存活在南京的档案材料。后来知道，其实早在三年前，即 1994 年她就开始辗转世界各地进行她的采访和收集材料的工作了。面对这样一段庞大又是涕泪带血的历史，全部都是由她这样一个年轻的弱女子承担，实在是够难为她的了。

她用三年的时间，马不停蹄在世界很多地方采访收集材料，才完成的这部书，当时让我想起并感慨我们如今不少所谓的报告文学，倚马可待，速度惊人，洋洋洒洒，就可以如水发海带一样成书。同时，又有多少是在宾馆红地毯上的写作。我们的文学，尤其是报告文学，在权势、资本和时尚三驾马车的绑架下，大大减损了可信度和公信力。

如此差距，当然不仅是写作的时间，更是写作的态度和价值的取向。她就是以这样的态度和取向，过于沉浸在她的写作和那段残酷的历史的交集之中，否则，她不会选择自杀。如果在这个世界上，真的有用自己的生命在写作的话，她应该算是为数不多的一个。

当我看到她的《南京暴行——被遗忘的大屠杀》翻译成中文出版的时候，除了对书中所揭示的史实感到震惊之外，还感到有些羞惭。南京大屠杀的历史，日本有人死不承认，或不敢面对，对于我们中国人而言，这是一段人所共知的历史。很多历史学人一直在研究并挖掘这段历史，以前也曾有过徐志耕的纪实作品《南京大屠杀》。但是，并没有更多的中国作家走进这段历史，并像张纯如一样去以自己的生命追溯并书写这段历史。包括我自己在内，我也曾经写过报告文学。

后来，终于看到了严歌苓的小说和张艺谋的电影《金陵十三钗》。但毕竟是后来的事了。而且，在他们的作品中，能够看到张纯如书写南京大屠杀的历史的影子。

当一切时过境迁之后，战争的硝烟化为节日绚丽的焰火，血流成河的地方变成红花一片，历史的记忆很容易被抛却在遗忘的风中。如果没有对于那场战争血淋淋的揭示而引发我们的愤怒，和对自身怯懦、冷漠和无知的羞惭和自省，所谓反思便是轻飘飘的，是不会痛及我们的骨髓的，而只会沦为一种庄严的仪式。特别是如今处理抗日战争题材的影视作品，更多是将战争搞笑式的儿戏化或卡通式的漫画化，敢于面对历史残酷并让我们自身警醒有着强烈在场感的作品，无疑是难能可贵的。

张纯如对于我们的难能可贵，不仅在于她的勇气和良知，同时，在于她的写作并不仅仅是对于已有材料的占有和梳理，然后加一些感喟的罗列再现，而是有她自己的发现。这种发现，来自她的艰苦工作，在浩如烟海的材料中沙里淘金的结果。是她发现了《拉贝日记》和《魏特琳日记》，为南京大屠杀找到新的有力证据。她的书，便不囿于文学窄小的一隅，而是让历史走进现实，让文字为历史证言，为心灵和良知证言。

如果没有张纯如的这本书，对于这个浩瀚和冷漠的世界，南京大屠杀可能还会只是一段尘封的历史，甚至是被淡忘的历史。有了张纯如的这本书，才有了后来美国的纪录片《南京》，而让这段历史再一次血淋淋而触目惊心地走到世界的面前。我一直以为，这样一部纪录片，应该是由我们来拍摄才是，才对。我们自己曾经经历过的伤痕斑斑血泪斑斑的痛史和恨史，我们却没有美国人的敏感和使命感。也许，我们不是不能够做到，而是没有想到去做到。

在我国设立的南京大屠杀的首个国家公祭日的前夕，我在央视看到了五集电视纪录片《一九三七南京记忆》的第一集，主要介绍的就是张纯如。当我看到那样漂亮那样风华正茂又是那样正气凛然的张纯如的时候，禁不住老泪纵横。在电视片中，我也看到了她的父母。她去世那一年的年龄，和我的孩子今天一般大，都是做父母的人，我可以理解他们失去女儿的心情。同样，我和他们一样，怀念这位可爱又可敬的女儿。

张纯如只出版过三本书。我想起我自己，出版的书的数量，远远超过了她。但有的时候，真的不是以数量论英雄。记得陈忠实曾经说过，一个作家一辈子要有一本压枕头的书。张纯如有这样的一本书。对比她，我很惭愧。

看完电视的那天晚上，我半夜都没有睡着，打开床头柜上的台灯，趴在床头，写了一首小诗，表达我对张纯如的敬意——

纯如清水美如霞，魂似婵娟梦似侠。

叶落是心伤日月，剑寒当笔走龙蛇。

袖中缩手荒三径，纸上刳肝独一家。

直面当年大屠杀，隔江谁唱后庭花？

2014 年 12 月 13 日写于第一个国际公忌日

文人的友情

　　去华西坝那天，阳光格外灿烂。尽管如今一条宽阔的大马路将其一分为二，但还是切割不断它的漂亮。1910 年，美英加三国五个基督教会联合在这里建立了华西协和大学（现为四川大学华西医学中心），华西坝的名字，成了成都人为学校起的一个亲切的小名。

　　如今，校园虽有了变化，但嘉德堂、合德堂、万德堂、懋德堂、怀德堂几个"德"字堂还在。苏道璞纪念馆还在。最重要的钟楼还在。这是当年华西协和大学的标志性建筑。钟楼的前面是一条长方形的水渠，水前是一块小型的广场，水边是绿茵茵的草坪和柳树掩映。钟楼后面是半月形的爱情湖，湖畔绿树成荫，一下子，满湖满地的花阴和清风，幽静得把阳光和不远处大街上车水马龙的喧嚣都融化在湖水之中了。

　　忍不住想起了陈寅恪当年写华西坝的诗，几乎成了华西坝的经典："浅草方场广陌通，小渠高柳思无穷。"

　　想起陈寅恪，是因为到华西坝来还有另一个目的：访前贤旧影。抗战期间，中央大学、金陵大学、金陵女子大学、齐鲁大学和燕京大学五所大学从内地迁到华西坝。这是华西坝最鼎盛的时期，可以和昆明的西南联大媲美。当时，名教授云集华西坝，陈寅恪受聘燕京大学和华西大学中国文化研究所，将女携妻从桂林一路颠簸来到成都，教授魏晋南北朝史、元白诗等，是那时学生的福分，成为他们永恒的回忆。

在华西坝，陈寅恪一共待了一年零九个月的时光。这一年九个月里，发生了两件大事，一件是迎来了抗战的胜利。他曾喜赋诗道："降书夕到醒方知，何幸今生见此时。"又忧心忡忡："千秋读史心难问，一局收枰胜属谁。"一件便是他的眼疾，来成都之前，他的右眼已坏，在华西坝，他的左眼失明。

如今，已经很难想象那时如陈寅恪这样有名教授的生活艰辛了。虽然，来华西坝，他有两份教职，却依然难敌生计的捉襟见肘。他有这样的诗："日食万钱难下箸，月支双俸尚忧贫。"加之目疾越发严重，弄得他的心情越发不堪。他56岁的生日是在华西坝度过的，那一天，他写下了这样苍凉的诗句："去岁病目实已死，虽号为人与鬼同。可笑家人作生日，宛如社祭奠亡翁。"

这样的时刻，越发凸显陈寅恪和吴宓的友情，正如杜诗所说：谁肯艰难际，豁然露心肝？在华西坝，我找到了陈寅恪当年教书和居住的广益学舍，很好找，出学校北门，过条小街便是。小街依旧，广益学舍部分也还在，关键是陈寅恪当年住过的地方还在，现在成了幼儿园。不巧的是，恰逢星期天，幼儿园铁门紧锁，无法进去。只好趴在门栏杆前看那座小楼，和校园的建筑风格一致，也是青砖黑瓦、绿窗红门，由于为幼儿园用，被油饰得艳丽，簇新得全然不顾当年陈寅恪已经看不到这样的美景了。

那时候，吴宓经常从自己家来这里，或从医院陪陈寅恪回这里。从吴宓日记里可以看到，在陈寅恪住院治疗眼疾的那些日子里，特别陈妻病后，吴宓天天到医院陪伴。有时候，吴宓把写好的诗带到病房读给他听："锦城欣得聚，晚岁重知音。病目神逾期，裁诗意独深。"当时吴宓身兼数职，收入比陈寅恪高，便拿出万元做陈家家用。陈寅恪离成都赴英国治疗眼疾时，吴宓是要护送前往的，不想临行前自己突患胸疾，只好忍痛相别。

趴在幼儿园铁门栏杆前，想起这些前尘往事，心里为那一代学人的友情感动和感喟。

1961年，吴宓到广州，和陈寅恪最后一见面。那时，陈寅恪沦落于中山大学一隅，已是门前冷落车马稀。陈寅恪有诗相赠："暮年一晤非容易，应作生离死别看。"

那一年的夏天，我到中山大学，找到陈寅恪旧居访旧，房子破旧却依然健在，四周树木蓊郁，似乎和1961年一样。禁不住想象当年两个小老头相见又分手的情景，让我想起放翁晚年和老友张季长的旷世友情，放翁曾有这样两句诗赠张："野人蓬户冷如霜，问询今惟一季长。"几百年间，文人的境遇竟是一样，文人的友情也竟是一样。

2012年11月于北京

从菱窠到慧园

　　菱窠并非真的有菱角，而是形状如菱角的一片水塘。1938年，李劼人买下这块地方，是为避日本飞机的空袭，将全家从成都市里的桂花巷搬到这里。那时，这里已属于农村，是姓谢的一家的果园，因是战争期间，很便宜便买了下来。再外面倒是有一片菱角堰。李劼人便把自己这个新家取名叫作"菱窠"。

　　如今，菱窠成为李劼人故居，对外开放。就在川师大附近，城区的扩大，已经离城不远了。在故居的展览室里，看到了一幅老照片，李劼人的夫人领着他们的小女儿站在菱窠的门口。看那时的菱窠，门是柴门，墙是铁蒺藜蔓上竹子编的，只能叫作篱笆，想大概与当年杜甫的草堂类似，所以当年李劼人自己说是"菱角堰前一茅舍"。取名"菱窠"，与见惯的各种"堂"呀"室"呀，便大不同，窠就是窝而已。门前便是状如菱角的水塘，绣满一池荷花，不管战火纷飞，没心没肺地开放着。

　　如今的菱窠，大门和墙都气派了许多，道士门式样的大门虽然不大，却有着门楣、门墩和瓦檐，还有醒目的"菱窠"的匾额。门前的水塘没有了，但有一块小小的停车场，再往前紧连马路的空地，正在紧锣密鼓地大兴土木，据说是要建一个公园。以后的菱窠，便成为园中园，会有沧海桑田之感了。

走进菱窠，左侧是花草树木掩映，建筑都是白墙灰瓦铁锈红的柱子，典型川西风格。正面是一座带环廊的二层木楼，坐南朝北，西侧面是一排厢房，楼后有李劼人夫人的墓地。楼前开阔的草坪上，立有一座汉白玉的半身塑像，想一定就是刘开渠雕塑的李劼人的像了。东面有一方不大的小湖，湖边有水榭、亭台和游廊。紧靠大门的一侧，则是李劼人曾经开在指挥街上的"小雅菜馆"。院落里面除了几个工作人员围坐在藤椅桌子前在喝茶下棋，没有一个游人，偌大的菱窠幽静得很，风闲花落，空翠湿衣，仿佛远避万丈红尘的一个隐者。

　　显然，故居是经过精心的整修，才显得如此花木繁盛，完全园林化了。现代作家中，能够有以自己的稿费买下的故居完好保存下来的，已不多见。北京的郭沫若和茅盾的故居，是新中国成立后政府划拨的。老舍故居是自己买下的，尚在，但远不如这里的轩豁。至于鲁迅在绍兴会馆的故居和林海音在晋江会馆的故居，已经破败拥挤得成为大杂院。其实，当年李劼人买下谢家果园，比现在看到的还要宽阔，足有 12 亩多，各种果树繁茂，后来建校园，占了 8 亩，现在的菱窠只剩下了 4 亩左右，比原来缩小了三分之二，小多了。

　　李劼人的经历比一般作家要丰富得多，经历了辛亥革命、五四运动、抗日战争和新中国成立后的建设与运动。读中学的时候，赶上四川保路运动，作为中学生的代表参加了保路同志会，还和王光祈等人发起了少年中国学会，创办了《星期日》周刊。1919 年底到法国半工半读留学四年十个月，回国后当过民生机修厂的厂长，新中国成立后当过成都市的副市长。如此丰富的阅历，使得他作为作家一出手就与众不同，他的《死水微澜》《暴风雨前》《大波》三部曲，描摹辛亥革命前后时代风云的长篇巨著，开创了新文学史上多卷本史诗性的长篇小说的先河。可以看出，他的抱负气吞万里如虎，他是想做巴尔扎克《人间喜剧》和左拉《卢贡－马卡尔家族史》一样的工作，希望把"小说"写成"大说"。

故居的一楼是李劼人的起居住房，二楼是陈列室。居室完全复原当年的情景，很朴素，书房里摆一张单人床，是李劼人当年改《大波》时特别放在这里的，怕吵夫人睡觉，自己在书房里写累了就睡。故居在1959年曾经翻盖一次，用的是李劼人的稿费，那时，他的三部曲再版，《死水微澜》和《暴风雨前》的稿费先到，有800多元，翻盖不够的费用，等《大波》的稿费到后再补上。想来那时的稿费还真的顶用。

翻盖菱窠，主要是为了安静下来仔细修改三部曲。新中国成立后修改三部曲，成为李劼人的大事，此事得失参半，留与后人评说。在书房里，我走神的是，奥地利的音乐家布鲁克纳，和李劼人一样，也是格外虚心听取别人的意见，对自己的作品一辈子都在频于修改的状态，但最后改动的结果不见得就如最初之始的如意。李劼人就是在这间书房里一直改他的《大波》，改写了四次，一直到临终的前一天还在改。无奈天不假年，他只改好了12万字，余下了30万字，如嗷嗷待哺的一只只小鸟，只能空留在书桌上了。

客厅的墙上，挂着几幅字画的复制品（李劼人字画藏品很多，有一千多幅明清古画），其中一幅兰石图，逸笔草草，却运笔用色均不俗，仔细看，原来是号称川西孔子刘止唐之子刘豫波的画。他是清末民初成都有名的五老七贤之一，曾经是李劼人在石室中学读书时的国文老师。看画上有题跋："既淡养心，坚定立学，三十余年此心空谷，一笑相通，还持旧说。"这里有赞许，也有期望，还有一份遗老的遗风。一打听，知道是李劼人和老师分手三十多年后，在成都的街头和老师不期而遇，老师赠他的画作。李劼人一生对刘豫波都非常敬重，他曾经说，老师"教我以淡泊，以宁静，以爱人"。大概就是刘豫波指要坚持的"旧说"吧。

1962年底，李劼人去世后，菱窠一度荒芜。但在"文革"期间幸存，没有遭到破坏，主要因为作为政府的招待所，后来改为库房和宿舍，一直有人住，便保留着旧貌和人气，实在是万幸，和如今一些名为故居实则新造的假古董完全不同。1959年翻盖时，故居曾经增添了一些楹联，此后重修，楹联更多，分不清哪些是新哪些是旧了。但楹联很有文学的气息，和别处不同的是，李劼人自撰的楹联很多。我非常喜欢其中1946年他的自撰联："历劫易翻沧海水，浓春难谢碧桃花。"正是抗战胜利之时，透露他的心情，如果和那时同在成都迎接胜利的陈寅恪写的诗相比，可以看出其中的不同。一幅是1962年病重后的自撰联："人尽其才地尽其力物尽其用，花愿长好月愿长圆人愿长寿。"和他的三部曲一样，依然是宏大叙事的笔触和襟怀。还有一幅，不知撰写于何年："冷眼看空游侠传，热情涌出性情诗。"我最喜爱的，是1961年他的自撰联："最有文字惊天下，莫叫鹅鸭恼比邻。"情趣盎然，有杜子风。

最后来到他的雕像前，刘开渠和他在法国留学期间就结识为好朋友，抗战期间在成都，他们两人一起发起建立了抗日救国的组织，友情弥深。雕塑家为作家雕像，如罗丹之于巴尔扎克，刘开渠和李劼人是一对剑鞘扣。但看刘开渠为李劼人塑的像，却没有那么多的感情宣泄，而以完全写实的风格，还原老朋友淡定又笃定的风貌，又因是汉白玉的材质，显得静泊，有些冷。想那时刘开渠已老，早是春秋阅尽。再看像后的基座上有张秀熟撰文马识途书写的铭文:"巴蜀天府,地灵人杰;劫人先生,一代文哲;锦心绣口,冰清玉洁;微波大澜,呕心沥血;山何巍峨,日何烨烨;缅怀斯人,高风亮节。"赞誉之辞,和塑像风格正好冷热均衡,动静相宜,山水相合。

从菱窠到慧园,并不远。但感觉却像走过了一个漫长的世纪。并不是因为巴金和李劫人作为成都双子星座的作家,一位一生扎根本土,一个19岁离开家乡,到晚年才得以归家探望,使得两者的时间距拉开得那样长。也不是因为慧园在闹市中心,与菱窠田园风的静谧,呈现出过于鲜明的对比。而是作为巴金故居的补充物,慧园体现了故乡人对巴金的一片深情厚谊,毕竟巴金在东珠市街上的李家老宅已经不在。慧园的名字取得极好,取巴金《家》中人物觉慧的慧字,寓意多重,充满想象力,总希望能有一个让人们怀念和怀旧的地方,能够重新走进巴金,走进巴金所创造的《家》的地方。只是新建的慧园,和老的菱窠容易拉开时间的距离,建筑和树木一样,身上的年轮醒目,由老的菱窠到新的慧园,仿佛旋转舞台上的布景置换,洞中方一日,世上已百年,让我感到仿佛走了那么长的时间。

慧园在百花潭公园内。锦江之滨,花繁叶茂,天然幽韵,难得的好地方。慧园设计为二进院,院四围有游廊环绕,地方不大,却小巧玲珑。大门轩豁,门前有一小广场,叫慧园广场,修竹茂树鲜花掩映,门楣上有启功题写的"慧园"的匾额,门两旁的抱柱联为马识途书写:"巴山蜀水地灵人杰称觉慧,金相玉质天宝物华造雅园。"前院为牡丹厅,厅堂的匾额"牡丹厅",朱家溍题写;两侧的抱柱联:"慧以觉生成家不易,国因文建明德常新。"后院为紫薇堂,匾额"紫薇堂",史树生题写,两侧的抱柱联:"巨匠文章感召热血青年融入激流三部曲,高山品格怀念赤忱蓍老坚持真话一条心。"字都是好字，以意思而论，前院一联最好，既有巴金小说《家》中沧桑历史之感，又有引申进一番行船万里今世之意，有家有国，联袂而意味幽然。

慧园1989年正式对外开放，1987年巴金最后一次回家乡时，慧园正在动工，巴金专门来看过，回上海后为慧园捐赠了好多物品，应该说对慧园寄予感情和希望。如今慧园前后两院的厅堂中，还是摆放着当年开馆时的陈列品，有关于巴金的生平和创作的照片、书籍和书柜等实物。只是都已经发黄，留下了虽然并不太长却已经尘埋网封的日子的痕迹。岁月真的是一个伟大的雕塑师，可以将一切雕塑成另一番模样。没有感到"慧以觉生"的意思，倒是真的感到几分"成家不易"的样子，因为眼前的慧园不再像是觉慧的家，而是出租他用一般，满眼都是茶客，厅堂、院子里，连走廊里都摆满了桌椅，茶香缭绕，人声鼎沸。前院还专门设有家宴，广告牌上标明两种规格：268元一桌含10杯茶，1888元一桌含10杯茶。四周的巴金的一切老照片老书籍老物件，都在陪伴大家喝茶，任流年碎影和眼前的茶香花影交织，真的有些不知今夕何年之感。

20年前，我第一次来慧园，那时慧园刚建成开放不久，一切恍若梦中。那时，虽然前院在举办盆景展览，毕竟只是盆景，悠悠韵味，和书香谐调。而且，将慧园扩展功能，吸引更多人到此流连，也是相得益彰之事。不过20多年，慧园却变成了茶馆和家宴，总让人有些惘然。忍不住想起坊间流行的民谣：巴金不如铂金，冰心不如点心。

幸亏大门前的慧园广场，还如以前一样地安静。树荫竹影下，有花香袭来。正面，有叶毓山雕塑的晚年巴金拄着拐杖的全身青铜像，一侧有一方长石上镌刻着冰心的题词"名园觉慧"。让人感到巴金和冰心两位老朋友，还在并肩一起，睿智却也宽容地看待眼前的一切，或许会说我不必自作多情，文学本来就不是什么非登大雅之堂不可的事，和乡亲们一道喝喝茶，吃吃饭，有烟火气，有乡土气，有什么不好？到慧园而能觉慧者，那不过是额外的赠品。

2012 年 3 月记于成都

2012 年 7 月写于新泽西

无爵自尊贲园书

　　成都和平街是三国时期就有的一条老街，表面上看来波澜不惊，里面却别有洞天，所谓包子有肉不在褶上。

　　这条街上有三国蜀将赵子龙的故宅，故宅处有赵子龙战罢归来的洗马池，成都人管池叫作塘，所以这条街最早叫作子龙塘街。早听说洗马池之东，原来有一座颇大的花园，叫景勋楼，是清雍正年间四川提督岳钟祺的宅第。其名声与洗马池齐。民国之初，一代富甲天下的大盐商严雁峰，买下景勋楼，于1914年至1924年，历10年之久翻建成新园，取名为贲园。这期间，严老先生于1918年仙逝，由其子严谷孙继续造园。算一算，那一年严谷孙年仅19岁。父子两代的共同努力，将岳府改造成新型的四进院，这种四进院不是北京传统四合院的格局，气派和占地更要大得多。据说每一个院落都自成一格，不仅房间多，并都有自己花木扶疏的大花园。听老人介绍，说这里最显眼的是修竹、银杏和桂花树，一年四季都绿荫翁郁，花开不断。

　　园子最后面亦即当年岳家景勋楼的旧址上，建成最负盛名的"贲园书库"。有人说贲园取其"贲"字"气势旺盛、高起来"之意，其实，严雁峰别号贲园居士，在我看来，贲园就是自家书库而已。

和我们如今一些富商有钱就豪赌，或豢养"小三""小四"，或投资时髦的足球与电视剧，不大一样，严雁峰钟情于图书，有钱投在买各种珍本善本上，是名副其实的藏书家。在建贲园之前，他曾于光绪二十年（1894）入京，以巨资购进大批古书，装运四川；途经西安，见有人藏书出售，虽要价不菲，又不惜重金，倾囊而出，全部收进。一时豪举传为美谈。

　　可能是老天要给我一些补偿，那天，我去和平街寻洗马池未果，偶然听说贲园尚在，颇为兴奋。毕竟历史未曾完全如烟飘逝殆尽，便误打误撞闯进了贲园。

　　如今的贲园已经成为图书馆的宿舍，一片简易的矮层居民楼，立在那片曾经藏龙卧虎之地。走进不大的铁门，沿着一条干净的甬道走进去，甬道几十米，不长，但两旁的楼群铺展开，想当年肯定是左右轩豁，所谓口小膛大，腹内可撑万里船。

　　甬道尽头，被一扇铁栅栏门挡着，进不去了。隔着栅栏，可以看见正在修缮中的一扇月亮门，门脊上的瓦还没有盖全。隔着月亮门，有大树遮掩，依稀看见有灰色的小楼隐现，想那应该是贲园的藏书楼了。可惜，折回大门前的传达室，如何说想一览藏书楼的芳容，就是不给钥匙开门，只说需要听省图书馆的指示。

　　没有办法，第二天一清早找到省图书馆的馆长，才终于走进藏书楼。没有看见月亮门门楣上雕刻着两个篆字"怡乐"。据说，贲园里这样的题字颇多，最有名的还有严雁峰自撰请于右任书写的一副对联："无爵自尊，不官亦贵；异书满室，其富莫京。"更是黄鹤不知何处去了。但是藏书楼上嵌着"书库"的隶书横匾，虽然斑驳，却清晰在目，留下岁月的一点物证。

　　楼前的小院，远没有我想象中的大，想以前读书曾经看到对贲园书库的介绍，说是"书库建在花园中"。那么，该比眼前的园子要大、要漂亮才是。藏书楼正在重新维修，院子里一片狼藉。但藏书楼两侧各有一棵高大的银杏树，像是以前留下来特意陪伴藏书楼的，百余年来，算得上为藏书楼红袖添香的知己了。

藏书楼二层的建筑风格中西合璧，墙体灰砖磨砖对缝，近百年依然很结实，那时候的工艺不欺岁月和人。月亮门设于楼正中间，门楣之上房檐和整座楼的房檐，都是灰鱼鳞瓦铺盖，典型中式。但门顶上是阳台，和门两侧对称的窗，尤其是二层窗上拱形券式的装饰，是清末民初西风东渐时洋味儿的四溢。

走进楼里，光线幽暗，地上遍布施工的杂物，楼梯还在，楠木地板还在，只是楼下楼上一样空空如也，面积并不大，两层也就两百平方米左右，真难以想象当年严氏父子那30多万册的藏书济济一堂，是如何藏下的。据说，墙的四壁有通气孔，每扇窗前有气窗，可使空气流通，温度稳定，可惜我不大懂，未加仔细观看。还据说，书架书柜全是楠木、香樟。书库内对虫蛀、水沤、霉烂、发脆、脱页、断线等均有良好的预防设施，常年雇人在此翻书，防止虫蛀、水沤、湿气浸润，避免书页生霉、发脆，才完好地保护了这30万藏书，其中包括宋版孤本《淮南子》《淳化阁双钩字帖》，以及明"马元调本"珍版《梦溪笔谈》，这样的珍本善本就有5万册，一直到新中国成立后才得以全部捐献给国家。确实不容易。严雁峰老先生曾告诫儿子说："读书难，藏书尤难，藏之久而不散，则难之难矣。"只要想这么多年来，历经战乱，严家将藏书全部装箱，分藏于大慈祠和龙藏寺，十余年后战火平息再搬回藏书楼，所历经的周折，便会感慨更不容易。可惜，这一切更是无法目睹，只能遥想当年。

如此功能齐全又藏品丰富的民间藏书楼，难怪被称为成都的"天一阁"。来成都的文化名人，几乎无一不来贲园一亲书香，去看书库挂墙汉刻，插架明版，去和主人诗吟唐宋，谈慕魏晋。来过的人可以数出糖葫芦般一长串，其中最为成都人热衷的是张大千。抗日战争中，张大千来成都，住严谷孙家，贲园书库对他开放，同时，因张大千家属及随行弟子、侍从，一行迤逦有40余人，严谷孙还为他准备了20多间房屋居住。据说，张大千还养有老虎、猴子和藏獒等一些动物，每天所吃的大量肉食，也都是严家花费。这且不说，严谷孙还将院侧客厅改建成画室，特做一张巨型楠木画案。张大千在严家一住两年，其一丈二尺玉版宣画成的《西园雅集图》，大幅泼墨荷花，《杨妃戏猫图》，均在这上面挥洒而就，并在文庙后的成都女子师范学校展览。日后，张大千到敦煌临摹壁画，回成都举办敦煌画展，包括来往路费等所有费用，都是严谷孙出资，为此，严谷孙不惜变卖了自家的家产。如此仗义疏财，皆因严谷孙和张大千同气相求，都属于大气象之人。

严谷孙先生于1976年去世，终年77岁。站在沧桑的贲园藏书楼前，想念这位可敬的老先生，他和他的父亲真的做到了无爵自尊，不官亦贵，支撑着他们这样尊贵品性的，是书。或者说，是如今我们爱说的文化。

不知道是不是我的奢想，不仅让藏书楼重现天日，也能让贲园整体恢复旧貌，这样不仅可以让这里成为一座公园，同时也可以让藏书楼重新立于花园之中，让书香随花香一起飘荡得更远。

2012 年 3 月于成都

梅州访张资平

　　到广东梅州，听说张资平的祖宅就在市区边上，便请车子拐了弯。这里原来隶属梅县东厢堡三坑村，市区的扩大，像包饺子一样，把它当成了一道美味的馅包了进来。

　　早听说张资平的祖宅叫作留余堂，张资平在这里落生，一直生活到了19岁才离开这里，到日本留学，据说当时他考的成绩是最后一名，扒上了去日本海船的船尾。这里是他的故居，如今讲究名人故居的开发，成为不可多得的文化和旅游的资源。更何况，张资平历来是颇受争议的人物，其汉奸的历史问题，以及因写三角恋爱小说闻名而遭到鲁迅先生的批评，都使得他显得有些另类而为人瞩目。只是因为张家老屋尚未收拾好，暂时未对外开放。对我而言，更愿意看这样未经修饰的老宅，哪怕荒芜如同一座废园，其凋败的沧桑之中，更能让人容易捕捉到历史真实的影子。想前两年在东北看萧红故居，新得如同新娘，难以走进《呼兰河传》之中了。

　　走进留余堂，没有见到一个人。牌楼式的大门坐南朝北敞开着，三进三出的大院落，明显客家围龙屋的格局，中轴线连带着三座轩豁的厅堂，左右对称三排排屋，最后一排半圆形的围屋，整个院落足有70多间房子，却空荡荡的，只有南国热辣辣的阳光，不安分的小鸟一样，在地面和屋顶上跳跃。

房屋的门窗都有些破败，里面更是一片凋零，蛛网坠落，尘土四溢，堆砌着乱七八糟的杂物。看样子，早没有人居住，所有的一切都只在遥远的回忆里了，破败而悲凉的情景，颇似电影《小城之春》里重回故里的那种感觉。但是，如果仔细看，房梁上有精美的木雕，并没有被岁月凋蚀和人工破坏，雕刻着的麒麟、如意和大鼓，依然栩栩如生。还有松竹梅莲的漆画，也清晰可见。大门"珠联璧合，凤翥鸾翔"的门联，大堂上"积善之家荆树有花兄弟乐，读书为业砚田无税子孙耕""孝友传家诗书礼乐，文章报国秋实春华"的抱柱联，以及大门门楣上道光二年的横匾"经魁"，前堂道光十四年的横匾"文魁"，都显示出了张家当年的风光、气派和心底。张家祖上出过两个四品官，七个举人，虽不为显赫，却也值得骄傲。记得张资平在他的也是我国现代文学史第一部长篇小说《冲击期化石》中，曾用颇大的篇幅写过他的老宅，特别写过老宅的这些对联，虽然文字有出入，但忠孝传家，诗书及第的内容是相同的。还特别写过他的父亲，当年父亲是秀才，当乡间的私塾先生，他从小是跟着父亲学习的，他说"父亲是我的知己"。

最宽敞的中堂，显然被人收拾过了，中间有祭祖的条案，左侧的墙上有张氏家族捐款的名单，右侧的墙上有一排照片，是张家出过的人物。在中间，我找到了张资平，看照片下面的文字介绍，知道他是张家的第20世孙，1906年在附近的广益中西学堂读书，1910年在东山初级师范学堂读书，19岁当第一任学艺中学校长，同年留学日本。那上面特意注明张资平到日本学的是地质，有关于地质学的专著，似乎有意淡化他的文学生涯。

正在俯身细读，当地的朋友带来一位身材高挑鹤发童颜的老人，才知道是张资平的亲侄子，名叫张梅祥，今年78岁。1940年张梅祥7岁从印尼回国，跟母亲学制衣，算作工人，出身好，解放以后才没有因为张资平的问题受到牵连。但这座老宅被充公，他和母亲住在旁边的两间茅屋。老宅后来成为生产队的队部。他去了新疆生产建设兵团。1983年，60岁那一年退休回来，就开始找队部要房子。他告诉我他是19级干部，在新疆管劳改犯，退休回来，不管多难，就是想要回老宅。终于要了回来，头一天，他站在大门口，拦住了担稻子入门到庭院晾晒的农民，告诉他这里不再是大队部了。这两年，留余堂作为客家古民居已经被市里批了下来，他现在要做的是筹措资金把老宅保护好，维修好，将来把张资平的故居也能开放出来。

我请问他为什么当年把老宅取名留余堂。他告诉我，这是1827年他的曾祖建的房子，他的祖父有两个儿子，希望孩子做事做人要留有余地，另一方面，留字的一种写法是上面两个口字，希望两个兄弟能够和睦。祖父的这两个儿子，哥哥便是他自己的父亲，弟弟则是张资平。

我又请问张资平当年住哪间房屋，他先对我说，这座留余堂的格局是这样的，左侧排屋的前半部分为大哥住，后半部分为二哥住，右侧排屋相反，兄弟之间，你中有我，我中有你。然后，他带我到了左侧的后半紧靠中堂的三间小屋，告诉我当年张资平也就是他的叔叔就在这里住。这是南北前后一串的三间小屋，开间都不大。最北面是厨房，中间是卧室，最南面是书房。书房前有一个下沉式的天井，天井的前面有花墙花窗和一方小水池，前面则可以种些花草。如今，虽然凋零得只长满青苔，但可以想象当年这里还是一处不错的景致。

张老伯又带我继续往左侧走，穿过一座拱形的月亮门，来到排屋最外一层，那里有一座小厅堂，这在客家围龙屋中极少见。他告诉我这是张家的观音厅，张家大小事就要到这里祭拜的，很灵。我问他张资平当年到日本留学离家之前到这里拜过观音没有。他说记不清了，不过应该是拜过的。但是，观音娘娘没有保佑得了张资平日后的命运。新中国成立以后，汉奸的问题，几起几落，1959 年，才 66 岁，他客死劳改农场。

走出留余堂，看见前面是一弯半月形的池塘，池塘里绣满绿色的浮萍，在阳光的映衬下，绿缎子一样分外明亮。同行的一位朋友开玩笑说：应该把池塘改成三角形。这时想起鲁迅先生当年对张资平的讽刺，以为他的小说等于一个三角形。不知道张老伯听见没听见，他指着水塘对我说：水塘像墨砚。

2011 年 8 月 24 日于北京

佗城遇萧殷

　　到佗城是大中午，南中国的太阳热辣辣的，像顶着大火盆。到镇中心的孔庙参观，回头一眼看见，孔庙的前面是开阔的广场，广场一侧，有一座电影院，顶端写着"佗城电影院"，落款有萧殷的字样。忽然才想到，萧殷就出生在佗城。

　　电影院有年头了。那种山字形马头墙式的牌楼，一下子让我回到上世纪的五六十年代，那时候，这样的电影院在县城或小镇有很多，一直到上世纪八十年代，我到青海冷湖镇，看到那里的电影院和这里几乎如同一个模子里刻出来的。一问，果然是四十年代的老电影院。新中国成立以后，进行过翻修，一直延续用到现在。前两年扩建孔庙前的广场，要拆这座电影院来着，县委书记来视察，一看电影院的名字是萧殷题写的，要求保留下来。我想，萧殷大概做梦也不会想到，死后多年，自己的名字还能起到这样的作用，居然保住了一座老电影院。

　　佗城是一座古镇，隶属广东龙川县，地处粤东北，现在依然是经济欠发达的山区。对比风情万种的珠三角，这里质朴得如同素面朝天的村姑。当年，南越王赵佗设龙川县，县城就在这里，佗城的"佗"字便来源于他。萧殷出生在这里，在这里的龙川县一中上的中学，当年中学就在古镇的古代考试的试院。在贫寒中读到中学毕业，萧殷在佗城小学教过一段书，一直到21岁的时候才离开这里到广州读书。他就是在家乡开始迈出了他的文学创作的脚步。萧殷活了68岁，人生的近三分之一时光是在这里度过的。家乡对于他不仅只是一个符号，而是牵枝带蔓，连心连肺的。

听说萧殷的故居还在，我请求能去一看。要说萧殷不仅是我的前辈，还曾经是我的同事，他曾经在《人民文学》担任过编辑部主任。虽然，我从未与他谋面，但早就听说他不仅是一名很优秀的文学评论家，还是一个名副其实的好编辑，不要说如白桦、邵燕祥等很多名家处女作、成名作都出自他手（粉碎"四人帮"后他抱病还在关心并成全着当时广东的青年作家陈国凯、吕雷等人），仅看这样两条：来稿必看，来信必复，会让很多如今的编辑汗颜。想以前曾经出版过《萧殷文学书简》一书，大概远远未能收全他的书信。我私下常常以一位作家通信的多少来判断其为人的心底，乃至可以成为其文学成就的一个鲜明有力的注脚。前辈作家中，鲁迅和孙犁先生，可以说是这方面突出的代表，萧殷秉承着这样的传统。

萧殷是老延安，资格很老，却在1960年调回广东。这一举动，和当年的艾芜相似，艾芜也是在这相近的年月里要求调回四川老家。这里自然有故土难离的乡情，也有远离那时京城文坛是非动荡之地的心曲。仅从这一点来看，我就对他充满敬意，因为并不是所有人都能做到这样明不规暗，直不辅曲，向往长闲有酒，一溪风月共清明的境界。文坛上，迎风躬逢和追名逐利之徒有的是。

萧殷故居，四周如今热闹如市，当年却是在古镇城外。萧殷在自己的著作中称之为竹园里，那时周围一片竹林似海，清风如梦。现在显得有些杂乱，后盖起的房屋参差不齐，高矮不一，密匝匝地包围着萧殷故居。它是一座三层的小楼，外表很像开平或东莞的碉楼，只是腰围小了几号。窄小的窗孔如同梅花炮口，说明当年这里还是偏僻的，要警惕土匪的袭击。沿着颤巍巍的木板楼梯爬上去，小楼早已荒芜如弃园。一楼原来厨房的灶台早已凋败，柴草散落在旧日的回忆里；二楼是萧殷的哥哥住；三楼是萧殷住，每层的开间都不太大，但坚固得很。下楼后才发现，门楣上有赖少其题写的"萧殷故居"的牌匾，由于光线幽暗，不仔细看，根本看不清。

楼前的一座新楼里住着萧殷的嫂子，八十多岁了，身体很硬朗。她的两个儿子正好都在家，老大一口龙川当地浓重的乡音，告诉我总会有外地人来这里要看萧殷故居，不知要带着人跑多少次，踩得那木楼梯摇摇欲坠快要塌了，然后问我要不要去看看？我说我已经看过了，便和这两位萧殷的侄子聊起来。说起萧殷的往事，如同天宝往事一样遥远了。其实，萧殷是1983去世的，文坛却如煤层一般，不知不觉之间，已经挖掘断了好几层，一代一代更迭并改写着岁月，模糊并淡忘着记忆。

当晚，住在龙川县城，第二天早晨离开的时候，才知道这里还有一个萧殷公园，请求一定去看看。在我的印象中，似乎除了青岛有一座鲁迅公园，其他地方还没有以作家名字命名的公园。主人说公园正在扩建，是一片工地，那也要去看看。那是城中心的一块三角地，现在要把围墙拆除，让公园露出来。绿意葱葱的榕树龙柏和桂花树，还有一丛高大粗壮名叫竹柏的翠竹，簇拥着一座雕像的花岗岩底座。清晰地看得见上面有吴有恒撰文赖少其书写的萧殷生平。赶过来的文化局局长对我说：这是原来公园里萧殷雕像的底座，那座雕像是萧殷的半身石雕，当年请广州一位著名雕塑家雕刻的，现在请不起了，要的价钱太高，只好请我们当地的人雕刻了，是一尊比原来要高大许多的萧殷全身像。然后，在公园的一侧建一排展框长廊，陈列萧殷的著作和生平介绍。

一个偏远的小镇，一个经济落后的小小县城，居然心存温暖和敬意地保留着一位作家的三处遗迹：他的故居，他题写名字的电影院，以他的名字命名的公园。心里充满感动。为萧殷，也为佗城。

2011 年 7 月 23 日于北京

汀州去看瞿秋白

　　车过福建连江，本来要西去永定，在我的一再坚持下，车终于北上拐到了汀州。去汀州，主要为看瞿秋白。

　　想起"文革"串联，从北京乘火车南下，从衡阳到韶山再到南昌和瑞金，离汀州越来越近，近得只有一箭之遥，却没有去成。不敢？还是不忍？真的说不清楚。那时候，红卫兵的小报上正在整版地刊载《多余的话》，批判瞿秋白为共产党的叛徒的文章和标语铺天盖地。瞿秋白的死难地汀州，自然没有韶山或瑞金那样地令人趋之若鹜，热血沸腾。

　　在中国，不知会有多少人和我一样，内心深处是对不起瞿秋白的。不要说那些曾经无情抛弃过他、批判过他的人，就是如我一样已经走近了他却和他擦肩而过转身奔向时髦别处的人，其实，离真正的革命意义都很远，便也离瞿秋白很远。我一直相信，作为一名坚信共产主义的革命者，瞿秋白是遭人（其中包括共产党本身）误会最多的一个人，也是受人（包括共产党本身）最敬仰的一个人。

　　"话既然是多余的，又何必说呢？"《多余的话》里的这第一句话，始终在我的耳畔盘桓。那时候，真的不明白，既然明明知道话是多余的，而且很可能遭到误解乃至对自己全盘地否定，为什么偏要去说呢？特别是最后说的"中国的豆腐也是很好吃的东西，世界第一"这样更是多余的话，当时实在是难以理解。好长一段时间，总觉得《多余的话》更多的是文人式的表白，是文人与革命的矛盾和纠葛，是对自己内心坦荡如砥的审视和解剖，是对于残酷路线斗争的厌倦和彷徨。没有多少人能够做到他这样地坦然面对历史与现实，以及生死和他坚信的信仰。

但是，这么多年过去了，真的就明白这句话的含意了吗？明白瞿秋白当时写下这句话的心情了吗？车子在高速公路上奔驰如飞，离汀州越来越近，心里沉甸甸的。天阴着，蒙蒙的小雨如雾如烟。不知怎么搞的，忽然想起瞿秋白未到红区前在上海时写过的一首诗：万郊怒绿斗寒潮，检点新泥筑旧巢。我是江南第一燕，为衔春色上云梢。那时的心情，和写《多余的话》时的心情，是多么地不一样。历史虽然从来不允许假设，但从心里还是忍不住一次次地假设过，如果当时瞿秋白能够随大部队一起长征，会是一种什么样子？起码，他不会遭遇敌手之中，那么早就结束了生命。可是，他却被留下来。一个高度近视，肺病咯血的瘦弱书生，被放进了狼群之中。

以前读书的时候，曾经读到过这样一个细节，红军北上之际，瞿秋白把自己的强壮马夫，换给了徐特立。这个细节一直没有忘怀。这是一个革命者的情怀，他把困难乃至危险留给了自己。我一直想，也许，从那一刻，他已经预料到自己的命运。革命没有想着他，他却依然想着革命。

车子越过已经污染的汀江，驶进喧嚣的汀州城，残败的老城墙掩映在新楼与旧房之间，和我想象中的汀州城完全不一样。唯一相似的，是建于宋代的试院，试院里的两株唐柏，还能够有资格诉说当年的沧桑与苍黄。这里一度是福建省苏维埃政府，又一度是国民党第 36 师的师部。试院最后一道院，最东边的两小间房屋，就是当年关押瞿秋白的地方。是第 36 师的师长、当年黄埔军校瞿秋白的学生宋希濂的特别照顾，让瞿秋白多了外面一间小屋，做会客用，很多劝降、诱降和威逼，走马灯般都是在这里轮番上演。

　　走进这两间小屋，不知为什么心怦怦地跳得厉害。墙的四围用棕色的木板围起，像乡间的木屋；靠墙是简单的一张木床，靠窗是一张写字台和一把藤椅。虽然窗子朝南，但因外面有高墙遮挡，屋子里照不进来什么光，潮湿阴暗的感觉，和乡间木屋立刻拉开了距离。写字台上放着砚台和毛笔，我坐在藤椅上，望见窗外有一座四方形的小小天井，天井里种着一株石榴、一株桂树，树龄都已经很老了。桂花尚未到开花的季节，那一株石榴花却开得正艳。瞿秋白被枪毙的时候，是 76 年前的 6 月 18 日，和我来时的时间相近，想应该也是榴花似火吧？

　　瞿秋白就是坐在这里写下《多余的话》，还有那些诗词，那些篆印。临终之前，如此地从容，又如此文气沛然。当然，最难忘的是，临终的那一天早晨，他坐在这里写下他的绝命诗，特务连长走进来，他没有停笔，接着写下了这样一段话："方欲提笔录出，而毕命之令已下，甚可念也。秋白曾有句'眼底烟云过尽时，正我逍遥处'。此非词谶，乃狱中言志耳。"最后写下了"秋白绝笔"四个字。每逢想到这里的时候，总会忍不住想起雨果在《九三年》里写朗德纳克从悬梯上走下来，对团团围住他的荷枪实弹的士兵说：我允许你们逮捕我！尽管革命内容与阵营不同，但那种贵族式的高傲气质，让人肃然起敬。

　　解说员告诉我，当年瞿秋白就是从这里被带走，从后门走出，到中山公园的凉亭饮酒照相，然后出西门赴刑场的。我请她带我看看那后门的样子，我很想顺着瞿秋白就义的原路走过去。她带我来到一条黑暗的走廊，后门被锁，她告诉我即使走出后门，前面建起了一所小学校，也走不过去了。

如今汀州城的西门，以及中山公园，还有被后人称为"秋白亭"的那座八角凉亭，都已经不在，那地方建起了一座汀州宾馆。顺着府前街往西走不远，看见一座高耸入云的纪念碑，上书"瞿秋白烈士纪念碑"几个大字。旁边有一座花岗岩石，上刻"瞿秋白就义处"。当年，他就是站在这里用俄文高唱着《国际歌》和《红军歌》，用清亮的常州语音高呼着"中国共产党万岁"和"共产主义万岁"，然后说了一句"此地甚好！"坦然坐下，慷慨就义。今年，正好是中国共产党建党90周年。瞿秋白是自1921年中国共产党建党以来牺牲的第一位领袖。作为中国共产党早期主要领导人之一，作为两度担任过中国共产党的最高领导人的人，我们实在应该记住他。

当地人告诉我，此地纪念碑后被书中称为罗汉岭的山，他们叫作卧龙山。关押瞿秋白的地方为龙首，枪毙他的地方为龙尾，他用36岁短短的生命，擎起了整个一条龙。听完他的话，我转过身去，眼泪怎么也止不住地淌了下来。

2011年6月6日端午节于北京

浩然周年

　　我一直以为，浩然是作家中的一个异数。

　　这位只上过三年小学、半年私塾的地道农民，成为新中国的作家，本身就是时代的产物。那个年代里，时兴工农兵作家，最早有高玉宝，后来有胡万春，新时期还有更年轻的张继（赵本山演过他的电视剧《乡村爱情》）等人。但客观讲，没有一位赶得上浩然作品之多，横跨年头之长，能够从五十年代横空出世（他的第一部小说集《喜鹊登枝》获得前辈叶圣陶先生的好评）；六十年代号称"八个样板戏一个作家"，他成为全国硕果仅存还能够写东西的唯一作家；而且，他一直坚持写到改革开放的新时期而东山再起（《苍生》险些问鼎茅盾文学奖）。从青春勃发到两鬓斑斑，他一支笔横跨几个时代，以作品与行为，为历史也为自己证言，五味杂陈，荣辱哀乐，是非曲直，一直为人们所争论。不仅工农兵作家，就是包括所有我国作家在内，都没有一人能够企及。他还不算是一个异数吗？

　　记得大约1980年开春的时候，我第一次见到他的情景，他纯朴得如同一位进城的农村干部，中山装，小平头，京东口音。那时我和他同住在天津市为《新港》杂志写东西，那是座带阁楼的小洋楼，楼前有花园，楼下有餐厅，那时常有来自全国各地的作家住在那里写东西。那一段时间里，也许巧了，整幢小楼只住着我们两人，天黑下来的时候，格外幽静，仿佛与世隔绝，远遁于万丈红尘之外。无处可去，我们便常常聚在一起聊天，打发寂寞的春长夜深。他不是那种言辞胜过文字的作家，但他的话说得亲切，眼睛望着你，让人有种信任感。

那一年，他48岁。他的平易给我留下了深刻的印象，没有一点文人清高的架子和酸腐，当然，也没有那时新派文人的意气风发和所向空阔的趾高气扬。引我格外不解，也稍稍有些惊讶的是，我和他只是第一次相见，他却和我讲起许多"文革"时他和江青交往的事情，那样开诚布公，也有些忍俊不禁，欲言难辩，欲舒不平。那些倾诉汇聚成两个中心：他没有向江青效忠，没有顺杆儿爬，没整过人，没想当官（我称之为浩然的"四无"）；他只想老老实实写东西，他认为书才是作家身份的证明和命运的护身符。

说实在的，那时他和我说的这些话，我并没有多深的理解。我只是多少感受他内心的痛苦和些许的委屈，以及他的性格中执拗的一面。和当时如我这样一些应时应季赶上好时辰的年轻作家，或者被称之为"重放的鲜花"被打成右派而复出的中年作家相比较，他显得上不着天，下不着地，孤独而彷徨。他仿佛刚从波涛汹涌的轮船上下来，似乎眩晕的感觉还没有完全消失，有些四顾茫然，想忍，又不肯罢休；想一吐为快，又咽了下去。

记得去年浩然逝世的时候，有记者采访，我曾经说过浩然所有贡献和错误都是农民式的。他朴实的为人与为文，至今依然受到读者的认可与欢迎，以及文坛的包容与理解。记得粉碎"四人帮"后不久那一年，在北京工人体育馆北京市作协开大会，浩然在大会上做公开检查，很容易通过了，并没有人揪住他不放，原因是大家都知道他是个好人。那一天，我也参加了这个大会，会散之后，看见浩然匆匆离开了，后来才知道他是赶去参加他的大儿子的婚礼，才感觉到冥冥中真的有种力量，在左右着人生，父亲劫后新生和儿子的新婚大喜，巧合在同一天，摩肩接踵在前后时刻衔接，大约是浩然生命中最具有文学意味的细节了，也可能是老天爷对于一个好人最具善意的安排。

好人浩然，是人们也是他自己对自己的一个基本评价。只是人们忽略了，好人和政治、和时代，乃至和文学之间的关系和相互作用是复杂的，是两个价值系统。挪威作家汉姆生，应该说不是个好人，他效忠德国法西斯，甚至无耻地为希特勒写悼词，但他却是个不错的作家，获得过诺贝尔文学奖。这样的例子很多，所以，道德与品格，与文学的优劣成败，彼此的关系并不那么直曲了然，利钝分明。我觉得"文革"的这一段经历，成为他迈不过去的一个坎，那是他的一个心结，越想解开，却越系越紧。他逝世的时候76岁，我想要不他可以多活几年的，也可以多写一些东西的。

浩然的晚年基本生活在三河的乡下，一切时过境迁之后，他当《北京文学》主编那一段时间，大多时间也是在三河，不得已开会要他参加或支持时，他才会从三河回到北京，但开完会就回三河，甭管多晚。我好多次和他一起开会，他都会好意坚持先送我回家（他是一个念旧平易的人），然后径直往东，直奔三河。看得出，不仅囿于乡土的情感与观念，更主要的是，芭蕉不展丁香结，我隐隐地感觉，他和文坛和现实存在着隔膜。

人们总以为从那个旧营垒里出来的作家会写出更深刻的东西。所以，人们一直寄希望于浩然的《"文革"回忆录》，应该说那将是他最重要的收官之作。但我们几乎忘了，只有距离产生美，也只有距离才可以产生思想，触及真相。文学史早有先例，回顾

1793年法国资产阶级大革命，不是在当时，而是81年后的1874年雨果在《九三年》中完成的，文学的创作，有时不是带露折枝，临风落英，更难与狼共舞，和神当春。浩然始终没有写出这部《"文革"回忆录》，既说明他农民式的局限，也说明我们的期待的超速与要求的苛刻。客观地讲，那不仅是浩然的宿命，也是这一代作家的宿命。

日子过得那么快，转眼到了浩然逝世周年的日子，以此短文表达对他的怀念。

2009年初于北京

君子一生总是诗

到美国一个多月，国内文坛的消息闭塞，一直到昨天才听说韩少华去世了。看他走的那天，是 4 月 7 日，恰是我乘飞机离开北京的日子，真的是莫名其妙地巧合，心里不觉暗惊，眼前浮现出少华那温柔敦厚的身影，和他的夫人冯玉英大姐，还有他的女儿韩晓征。那是一家多么好的人。

少华年长我 14 岁，我却一直叫他少华，总觉得这样叫亲切。他没有架子，是那种纯正古典派的文人，对于我，他亦师、亦兄、亦友，我们是君子之交，清淡如水，却也清澈如水。

我和少华于上世纪八十年代相识，但他的名字我早就熟悉。大约是 1962 年或者是 1963 年，我买了一本由周立波主编的那年的散文特写选，里面选有韩少华的散文《序曲》。和如今几乎泛滥的年选本大不一样，那时候编选认真，而且编选者写了认真读后的序言。周立波写下的长篇序言中，特别提到了《序曲》，给予了热情的赞扬和希望。我记住了韩少华这个名字，以后，他所有的散文，我都看过。

那时候，我读初三和高一。在描写校园生活的散文中，我喜欢两个人，一个是李冠军，一个便是韩少华。我买了李冠军的散文集《迟归》，整篇整篇抄下了韩少华的《序曲》《花的随笔》《第一课》，每篇散文的题目，都特意用红笔写成美术字。至今还清晰地记得，《序曲》里那个演出前对镜理装心情紧张的舞蹈少女，还有那位为少女描眉慈爱的老院长；记得序曲响起，大幕拉开，少女以轻盈的舞步迈进了芬芳的月色中的情景，有些如梦如幻。那时候，我迷上了散文，自觉和当时一些散文名家的写作姿态不大一样，他似乎更重视散文的意境，更仔细经营散文的叙事而多于那时常见的抒情和结尾的升华。他几乎都是用富于诗意的笔触，细腻而温馨地书写生活和情感，我心里猜想这样的一个人是什么样子的呢？

第一次见到他的时候，比我想象中的要高大和英俊。那时候，他已经稍稍发胖。如果在他写《序曲》的风华正茂的年代，应该更是仪态万千。他能唱单弦和大鼓书，我和他一起开过几次会，听过他的发言，我从来没有听过一个作家的发言如他这样，水银泻地，一气呵成，仿佛是对着讲稿一字不错地朗读，不带一个多余的字，充满韵律和感情，还有内在的逻辑。这是他多年教师生涯的锤炼，也是他才华横溢的表征。我曾对他说你的发言不用修改就是一篇稿子。他笑笑摆手。我心想，如果站在舞台上，他就像濮存昕；在讲台上这样漂亮的讲述，只有我们汇文中学的特级数学老师阎述诗（歌曲《五月的鲜花》的作曲者，和少华一样地才华横溢），和他为并蒂莲。

忘记了什么时候，我曾经对他讲起我中学这段学习经历。他认真地听我讲完，笑着对我说那都应该感谢袁鹰和周立波当时对我的扶植和鼓励。然后，他告诉我李冠军是他北京二中的同学，后来到天津当中学老师。接着说，在二中教书的时候曾经收到他寄来的《迟归》，可惜英年早逝。讲完，少华和我都替李冠军惋惜。我一直惊讶二中曾经涌现出那样多的作家，其中在上世纪六十年代校园散文创作我最喜欢的两个人，竟然同出一门，便一直猜想这样两位才子是如何惺惺相惜，又是如何彼此砥砺的。

1990年底，有出版社愿意出版我的报告文学选集。我上世纪七十年代末写报告文学，到了八十年代末就洗手不干了，居然还有出版社愿意为我的过去的这十年报告文学结集出版，对我自然是鼓励。我想得认真对待，便在一次开会的空隙找到少华说起了这事，他替我高兴，说好啊，你应该有一本完整的报告文学选集了。他就是这样一个敦厚的人，没有文人相轻的旧习气或针鼻儿大的小心眼，真心替朋友高兴，如同待他自己的事情一样，特别是对待晚辈，他有真正长兄的气质和心地。我想请他为我的这本书写序，他一口答应下来，说你先编，我一定认真拜读，好好写这篇序，和你一起总结这十年。谁知道，第二年，少华外出讲课归来的途中，在火车上中风，一病不起。

记得那时候，我的好友赵丽宏正从上海来北京开会，我们两人相约一起去新源里少华家看望他。病来如山倒，看到那么一个风流倜傥的人突然倒下，我的心里非常不好受。从他家出来，冷风扑面，我和丽宏都很难过，彼此久久没有说话。

我听说，这突然一病，需要用的一些药不能报销，少华的经济有些拮据，心情也受些影响，便给当时中华文学基金会的会长张锲写了封信，我知道他们基金会那里有一笔钱，专门帮助作家用的，我希望他能够伸出援手，雪里送炭。没几天，张锲给我回了信，告诉我他已经派人去少华家，给予了一些帮助。但是，我心里清楚，这只是杯水车薪，是精神大于物质的帮助。我知道，少华为人低调，蜗居一隅，羞于名利，无意争春，只希望能够写东西，写作是他生命存在的方式。我常常想起少华曾经写过的文章，他说新中国成立以后散文的兴旺有两个时期，一为新中国成立初期，一为六十年代初期。他没有想到，在他病倒后不久，即上世纪九十年代后期一直到新世纪初，散文的兴旺远超过前两次。少华病得真不是时候，才58岁，正值壮年，正是可以大展才华的时候，在散文领域里，他绝对是独树一帜而不可或缺的一家。而且，我心里一直悄悄在说，散文的稿费，特别是报纸的稿费，也大大高于以前，起码少华的经济可以更好些。

文坛是个名利场，也是个势利场。都说久病床前无孝子，其实，久病床前车马稀，是世态炎凉和人生况味的凹凸镜。不少文人趋于争官争名争利，不少媒体热衷有新闻价值的新人，而领导们即使偶尔关心作家也只是关心那些年龄老的或头衔带长的，无意冷落于久病床前的少华，是再正常不过的事情。少华只是一名老师，一官莫名；而年龄处于夹心层；他上下够不着。虽然，后来在《人民日报》《中华读书报》《北京晚报》等报刊上读到少华用左手艰难写出的新作，我替他高兴的同时，知道他的内心一定是寂寞的，是不甘的。我更知道，他心里还装着多少东西没有来得及写而且那么地想写呀！

我一直为少华不平，我以为对少华的文学成就一直没有认真地评价和总结。在延续上一个时代（即上世纪六十年代）和下一个时代（即新时期之后）的散文创作中，少华所起到的衔接、传承和发展的作用，无人可以企及；特别是在散文创作关于情与思、形与神、诗与文、史与今、浪漫情怀和现实精神等方面，少华都做出了富于前瞻性的努力和探索。

四年前，也是在美国，我在芝加哥大学的图书馆里借到少华写的中篇小说《少管家前传》。以前，我读过他的小说《红靛颏儿》，听他说过这篇，一直没有读过，正好补了课。读后，我非常兴奋，觉得这是少华多年心底的积累，将会是一本写老北京生活的大书。既然有了"前传"，必应有"正传"和"后传"才是。在写老北京生活的小说中，我还从来没有看过写得这样讲究的，每个人物、每个情节、每个细节、每个场景、每句语言……严丝合缝，曲径回环，气象万千。都说少华散文写得好，其实他的小说写得同样漂亮呀。当时，我抄了好多笔记，准备回北京和少华好好探讨一番，甚至想即使他再无法动笔写这鸿篇巨制，可以让女儿晓征帮忙，一起完成。可是，回到北京不久，我腰伤住院半年，出院后总觉得时间还有，也是人懒心懒，把事情拖了下来，便也失去了和少华交流的最后机会。

我想起了少华刚刚搬到崇文区（现东城区）四块玉的时候，在四块玉街口和他巧遇，因为那里离天坛东门不远。他的夫人冯大姐推着轮椅正要带他去天坛，我对他说搬到这里好，离着天坛近，可以天天来天坛呼吸呼吸新鲜空气。那天是个黄昏，望着冯大姐推着轮椅走进夕阳的影子，心里一阵发酸，然后漾起感动和感慨。想想少华一病近二十年，都是冯大姐精心照料，事无巨细，所有的苦楚，都悄悄咽进她自己的肚子里。如果没有冯大姐的陪伴，简直无法想象。少华真的好福气。或者说，好人必有好报吧。

记得少华曾经写过一篇《君子兰》的散文，他实际写的是对君子的礼赞和向往，他把君子怀德、君子喻于义、君子不忧不惧，称之为"君子之风"。如今，不要说文坛，整个社会"君子之风"都稀薄得可以了，便让我越发地怀念君子少华。

手头没有别的资料，只有两本台湾版的《读杜心解》，便仿老杜之句，写了一首打油，遥寄我对少华迟到的怀念——

　　　　病来霜落发如丝，到老少华是我师。
　　　　万里悲伤难追日，百年沧桑却逢时。

无痕秋水犹能忘，有伴春山岂可思。

自古文人多寂寞，一生君子总是诗。

2010 年 5 月 28 日改毕于美国新泽西

想起了李冠军

如今，作家的泛滥和贬值，谁还记得中国曾经有一个叫李冠军的作家呢？

我一直觉得，散文是孩子文学阅读的最佳选择。我自己的少年时代最初阅读的正是散文。记得刚上初一不久，偶然之间，我买到一本中国少年儿童出版社出版的署名李冠军的散文集《迟归》。这本薄薄的小书，让我爱不释手，一连读了好几遍。书中的散文全部写的是校园生活，里面所写的学生和我的年龄差不多大，老师和我熟悉的人影叠印重合。

至今依然清晰地记得书中第一篇文章《迟归》的开头："夜，林荫路睡了。"感觉是那样地美，格外迷人。一句普通的拟人句，在一个孩子的心里升腾起纯真的想象。

文章写的是一群下乡劳动的女学生回校已经是半夜时分，担心校门关上，无法回宿舍睡觉了。谁想刚走到校门前，校门开了，传达室的老大爷特意在等候她们呢，出门迎接她们时却说："睡不着，出来看看月亮！"女孩子们谢过他后跑进校园，老大爷还站在那里，望着五月的夜空。文章最后一句写道："这老人的心，当真喜欢这奶黄色的月亮？"

已经过去了五十多年，一切却都恍若目前。尽管现在看，这位老人说的这句话，有些做作和多余。但是，在当时，那个少年眼里的五月的夜晚，那个奶黄色的月亮，那个传达室的老大爷，弥漫起一种美好的意境，总会在我的心中浮动，让我感动。

读完这本书，我抄录了包括《迟归》在内的很多篇散文。那情景，仿佛就发生在昨天。抄录的文章，尽管钢笔纯蓝色的墨水痕迹已经变淡，却和记忆一起清晰地保存至今。

可以说，这本薄薄的散文集，让我迷上读书进而学习写作。从那以后，我读了很多散文，在初三的那一年，我读到韩少华的《第一课》《考试》《寻春篇》《九月一日》，写的也都是校园的生活，也都是以优美的文笔、美好的心地，书写校园里我所熟悉的老师和同学。韩少华的这几篇文章，我也都抄录了下来。可以说，新中国成立以来，李冠军和韩少华是校园散文的开创者，因为即使是迄今为止，也还没有如他们二位一样以散文的形式认真而专注地书写现在进行时态的中学校园生活。而最早结集成书的，只有李冠军的《迟归》。

我长大也开始写作以后，在上世纪八十年代，结识了韩少华，曾经向他诉说了我的这一段阅读经历，表达了我对他和李冠军的敬重和感谢。他对我说，李冠军是我二中读书时的中学同学呀！中学毕业以后，他到天津当中学老师，可惜，他过世得太早。

我这才知道，李冠军一直在天津当中学老师，难怪他的散文写的校园，那么充满生活的气息。以后，很多的时候，我常常会想起从未见过面的李冠军。他和韩少华一样的年纪，如果他还活着，今年84岁了。可是，如今，不要说在全国，就是在天津，会有多少人记得李冠军呢？记得他的那本薄薄的散文集《迟归》呢？文坛是个名利场，势利得很。

是的，文学的品种有很多，除散文，还有诗歌、小说、戏剧、评论等。但是，我还是要说，在一个孩子最初的阅读阶段，走出童年的童话阅读，最适合少年时代的，便是散文阅读。散文，尤其是写孩子的生活或和孩子的生活相关联的散文，因其内容亲近而亲切，更容易便于孩子接受；因其篇章短小而精悍，更容易便于孩子吸收。无论是对于培养孩子的阅读和写作的能力，还是培养孩子审美和认知能力，或是提高孩子的智商和情商，尤其是情商，散文都具有其他文体起不到的独特的作用。散文是孩子成长路上最便当最适宜的伙伴，就像能够照见自己影子的一面镜子，能够量出自己长没长高的一种很有意思的参照物。

想起我的少年时代，如果没有最初和李冠军的邂逅，当然，我一样可以长大，但我的少年时代该会是缺少了多么难忘的一段经历和一种营养。我和他在散文中激荡起的浪花，是那样地湿润而明亮。那段经历，洋溢着只有孩子那种年龄才有的鲜活生动的气息。在这样文字的吹拂下，会让自己的情感变得细微而柔韧，善感而美好，如花一样摇曳生姿，如水一样清澈见底。

从某种程度而言，一个人的成长史就是阅读史。可以这样说，童年属于童话，少年属于散文，青春属于诗和小说。那么，一个孩子独有而重要的少年时代的成长史，其实就是他或她的散文阅读史。

想起李冠军，心里总会充满感谢和感动。

2017 年 4 月 23 日写于世界读书日

他将长生草留给水

今天，看到樊发稼先生的信，才知道郭风先生去世的消息，1月3日，就在两天前。1月29日，就是先生92岁的生日，按理说，应该算是喜丧，心里还是充满着悲伤。

1月3日，北京下了一天一夜的大雪，是北京60年来从未有过的大雪。就像32年前先生在他的那篇曾经被选入小学语文课本的代表作《松坊溪的冬天》里写过的雪，"像柳絮一样的雪，像芦花一样的雪，像蒲公英的带绒毛的种子在风中飞的雪"。没有想到，先生就在这样的大雪中走了。32年前，先生说他看到了一个"发亮的白雪世界"，在这个世界里，他看见了一群彩色的溪鱼。真的希望，先生离开我们到的那个世界里，还能够看到一个"发亮的白雪世界"，以及一群彩色的溪鱼。先生一辈子都是用童话般的眼睛看待生活和世界的，他一定会看到这样的情景的。

发稼先生说郭风先生是他敬重的前辈作家，这正是我要说的话。往事如水，岁月如风，很多回忆一下子拥挤在脑子里。论年头，我和郭风先生交往不是最长的，也不敢说读他作品是最早的，却也颇有些年头了。

1962年，我读初中二年级。在北京东安市场的旧书店，我买了郭风先生的《叶笛集》。这本散文诗集，收录的是郭风先生

1957年冬天到1958年夏天写下的作品。当时，我仅仅花了一角钱。

我很喜欢书中描写的红色的香蕉花、米黄色的荔枝花和月白色的橘子花，以及那"美丽的好像开花的土地"的榕树，"腊月里蜜蜂还出来采蜜"的故乡。我还曾经抄过、背过书里面那些散发着豆蔻香味一样的散文诗句："雨点敲打着远处一大群一大群相互依偎的绵羊似的荔枝林，那林梢仿佛在冒着白色的烟雾。""云絮浮在空中，好像一只蓝酒杯中泛起的泡沫。太阳挂在空中，好像一朵发光的向日葵。""明媚得好像成熟麦穗的天空"……

心想，只有拥有童心的人，才会有这样鱼鸟皆遂性，草木自吹香的心性，才会在笔下流淌出这样新颖而明朗的语言，才会有小孩子的心思一样充满奇思妙想，把荔枝林比作相互依偎的绵羊，把云絮比作蓝酒杯中的泡沫，把天空比作成熟的麦穗。那样的透明、清澈。当时让我的心里充满花开一般的向往，如今遥远得犹如一个梦，一个怅然的梦。

我从来没有想到有一天能够遇见这本书的作者郭风先生。即使以后曾经多次到过福州，曾经到过郭风先生住过的黄巷老街徜徉，但我从没想要打扰先生，我一直以为真正喜欢一位作家，就老老实实买他的书，读他的作品。

18年前，也就是1992年4月，我再次来到福州，我的朋友当时福建作协的秘书长朱谷忠，来我住的于山宾馆，接我去和当地的文学爱好者座谈，一边往外走，他一边对我说："郭风先生也来了。"我的心里一动，怎么这么巧，想见的人就在眼前了。这时，已经看见一位精神矍铄的老人正站在四月龙眼花开的树下，我紧跑几步，向他跑了过去，蹦在脑海里第一个镜头就是那本《叶笛集》，便先忍不住对他讲起了30年前我花一角钱买过的那本

《叶笛集》。他微微地笑着，望着我，和蔼地听我说着。

如今，虽然已经过去了48个年头，这本《叶笛集》，现在还保存在我的书架上，伸手就可以摸到，常常还会拿过来翻开。就像一位老朋友，相逢的时刻和回忆的味道，总是交织在一起。

今天，写这则文字的时候，书就在身边，我再一次拿过来翻看的时候，才发现一本书对于一个人成长的作用和分量。虽然，这只是一本仅仅有93页薄薄的小书。

我曾经把它带到插队的北大荒，很多同学都借去看过。当时，书放在荒原上的马架子里藏着，纸页已经被北大荒的雨水浸蚀得发黄，骑马钉脱落，封面被我用胶条粘着。动荡的生涯中，几经迁徙，许多书都丢失了，这本《叶笛集》却从北京到北大荒，又从北大荒到北京，还有多次的搬家，竟然奇迹般地保留下来。我知道，人的一辈子，像会遇见过许多人一样，也会买过并读过许多的书，但真正能够在48年漫长的岁月里一直保留在你身边的，正如你不会太多地记住曾经见过的那些过眼烟云的人一样，也并不会太多。

我格外珍惜这本《叶笛集》。看到它，我就会想起我的学生时代，想起我在北大荒，更会想起郭风先生。

想起郭风先生，有这样两件事情，拔出了萝卜带出泥一般，不由自主地跳了出来。

一件是第一次见到他时，在和文学爱好者的座谈会上他讲的话，给我的印象很深。其实，那一次，他一共就讲了两句话，一句是"我出了三十几本书，没有一本满意的，到了老年才好像刚刚进了门"；一句是"作家的自我感觉不要太良好，要应该总像失恋一样，心里总有些怅惘"。他不是一个善于讲话的人，因此不像有的作家能够舌灿如莲，但他讲得很真诚，他的这些言简意赅的话，对于今天仍然有着警醒的意义。

另一件事情，是前几年我在信中向他询问法国象征派诗人果尔蒙的《西茉纳集》，我没有读过，知道先生年轻时就喜欢这位诗人，便向他讨教。没想到很快我就收到先生复印的厚厚一大摞《西茉纳集》，是戴望舒翻译的。想想他那样大年纪跑去为我复印，并替我邮寄，让我感动的同时，也真是感到不安。

西茉纳，太阳含笑在冬青树叶上，/四月已回来和我们游戏了，/他将长生草留给水，/又将石楠花留给树木，/在枝干生长的地方……

想起这样的诗句，是因为我想起了那年的4月第一次见到郭风先生的情景。他将长生草留给水，又将石楠花留给树木，多么美的诗句。如今，郭风先生已经离开我们了，忍不住想起了《叶笛集》，想起这些往事，想起先生那如圣诞老人一样慈祥的面容。

他将长生草留给水，又将石楠花留给树木，他将岁月留给了他的文字。

2010年1月5日夜于北京

长啸一声归去矣

　　如今的黎里显得有些寂寞。其实，它和同里同属苏州的吴江，都是千年古镇，但在 20 多公里以外的同里太出名了，压住了黎里的声名。不过，话又说回来了，压也是压不住的，因为在黎里有柳亚子故居，是同里没有的。

　　就是因为柳亚子故居，赶在大雨前，我来到黎里，首先看到的是一条长长的河，据说有三里长。和同里蜿蜒的河汊相比，黎里的河笔直如线，古镇大小院落都依次错落在这条河的两边。南宋以来，北方人大量南迁，一直到明清两代，造就了黎里的繁荣，河的两岸由集市逐渐发展为门市，河取名为市河，其中"市"字就是集市、生意兴隆的意思。柳亚子故居就坐落在市河的岸边。几经战乱和饥馑，它没有被毁，算是万幸。新中国成立以后，这里成了古镇的银行，无形中保护了它，如果陆续住进人家，人口拥挤，烟熏火燎，就会和北京城里的许多名人故居一样，被糟蹋得无以收拾了。虽然，"文化大革命"中，红卫兵闯将进来，损毁了后院精美的门雕，但整个院落基本上保持得相当完好，可谓奇迹。常有人说，与国外的石头结构的建筑比较，我国的建筑是砖木结构，不好保存，看这座已经有两百余年历史的柳亚子故居，说明不是不好保存，而关键在于是否保护。

如今，看门庭轩豁，前有市河，旁有备弄，后有走马堂楼，纵深近百米，很是气派。六进的院落，建造在一个小镇上，真的了不起。这里的人告诉，这不算稀奇，黎里还有九进的院落呢。可见当初这里的繁华。看故居里柳亚子生平，看到上世纪二十年代，柳亚子参与的国民党第二次苏州代表大会，就是在黎里召开的，就可以看出当初黎里地位的不同寻常。当初，柳亚子和陈去病创办南社，是到同里喝茶议事的，同里现在还存有南园茶楼。但要正式开大会，还得到黎里。

这里是乾隆年间直隶总督、工部尚书周元理的老宅，一座十八世纪的老房子。柳亚子12岁那年，他家以3000大洋典租了这幢占地2600多平方米共有101间房间总建筑面积2800多平方米的豪宅。所谓典租，是说11年后周家如果拿不出3000大洋赎宅，这房子就归柳家了。算一算，一平方米一块大洋，现在看来是非常便宜了，不知道那时算不算贵。不过柳家和周家都属于大户，如此老宅的易主，可以看出朝代更迭和世事沧桑中，即古诗里"棋罢不觉人换世"的味道吧。如果不是面临着一场即将到来的翻天覆地的大革命，如果不是一腔爱国情怀的风云激荡，少年时代的柳亚子，也许和我们今天的"富二代"没什么两样。

就是住进这里的第二年，小小年纪的柳亚子写出了《上清帝光绪万言书》。这样明目张胆的反清言论，当时是可以满门抄斩的。但这篇万言书可以看出少年心事当拏云，奠定了柳亚子一生的走向。

这座柳亚子故居，让黎里提气，让市河有了它的倒影而流光溢彩。周家当年老匾"赐福堂"，虽然木朽纹裂，斑驳脱落，依然还在，端坐在地上，让逝去的历史有了看得见摸得着的物证。如今的大门内外厅的门楣之上，分别悬挂的是屈武先生题写的"柳亚子故居"和廖承志先生题写的"柳亚子先生故居"的匾额。当年，廖先生因叛徒出卖在上海被捕入狱，是柳亚子奔走营救才得以出狱，两人之间的情分非同寻常。

大厅两侧，分别有柳亚子和毛泽东"沁园春"的唱和词，那曾经是柳亚子引以为骄傲的事情，也是如我这样一般人得以知道柳亚子的源头。也有周家当年请书画家董其昌临摹颜真卿的《赠裴将军》的中堂。可谓新旧杂陈，将年代打乱，错综一起，乱花迷眼，让人在历史中逡巡，引为遐想的空间。

其中最惹我眼目的是厅堂中的一副隶书对联："古来画师非俗士，此间风物属诗人。"这是当年此地号称诗书画三绝的陈众孚老先生送给少年柳亚子的，一老一少的往来，可见当初柳亚子的不凡，才会赢得老先生这样的赞赏。据说当年就悬挂在这里，如今依然毫发未损，还悬挂在那里。好的文字比人活得年头长。

展览里还有两方治印，非常值得一看。一方是：兄事斯大林弟畜毛泽东；一方是：大儿斯大林小儿毛泽东。这两方印，都是1945年柳亚子请重庆的治印家曹立庵刻印的。谁想到"文化大革命"中，这两方印章给柳亚子带来灾难，竟敢和毛主席称兄道弟，还大儿小儿地称呼，不是触犯了天条？便哪管柳亚子是在用典，而且柳亚子生怕误会而引起事后的节外生枝和无知者吹火生烟生出的麻烦，特意在印的一则刻有文字注明典故的出处，但还是在劫难逃，最终把印章毁掉不说，还鞭尸一般，把早已经去世的柳亚子诬蔑为老反革命分子，而使得全家蒙难。如今看到的这方印章外带另一方，是1987年柳亚子百年诞辰之际柳亚子故居开馆时，曹立庵先生重新镌刻的。既是纪念故人，也是重温历史。庞大的历史并非仅仅宜粗不宜细，有时候，细节之处，更能让历史还原得须眉毕现。

展览中，还看到柳亚子名字的来历，以前没有听说过。父亲给他起的名叫慰高，字安如。他在上海读书的时候，信奉卢梭的天赋人权论，便把自己的名字改为柳人权，字亚卢，意思是亚洲的卢梭。看到这儿，我禁不住莞尔，想起我们在"文化大革命"中的改名，不也是叫什么卫东、向阳之类的吗？柳亚子那时也是一个热血青年，而青年膨胀的血液几乎轨迹是相同的。当时，同为南社的高天梅，常和柳亚子有唱诗往来，便对他说，你这个亚卢的卢字（繁体盧）笔画多难写；再说，亚和卢都是大的意思，合在一起也不伦不类；不如叫亚子吧。子者，男子之美称也！柳亚子便这样叫开了，要说实在是比柳慰高和柳人权、柳亚卢要好听！一个人的成功和成名，名字真的隐含着某种命运的密码呢。

当然，最值得看的是后院，庭院深深，幽静异常，楼下柳亚子的书房"磨剑室"不让游人走进，只能凭栏观看。"磨剑"，自是用"十年磨一剑，霜刃未曾试"的唐诗之意，和他取名"人权""亚卢"直相呼应，书生意气，挥斥方遒，小小书斋，已经容不下他的心事浩茫了。当年这里藏有黎里最多的藏书，新中国成立后，他将这些书全部捐献给了上海图书馆。据说，那时，书籍有 4.4 万多册，打了 300 余包，运往上海的阵势是浩浩荡荡的。

引我兴趣的不仅是书桌上的孙中山的半身胸像，而是挂在墙上的一副对联：青兕身后辛弃疾，红牙今世柳屯田。是当年南社社员傅钝根指书赠予柳亚子的，以宋代两位不同风格的词人辛弃疾和柳永比拟他，可谓知音。据说，柳亚子很是喜欢，一直把这副对联挂在书房里。我想，那肯定不是自负地为了比附，而是心中的一种追求和向往。

走马堂楼上地板凹凸，本来阴雨前光线就晦涩，透过镂空的雕花窗棂，就更加阴晦不定。走在上面，让人真有种时光倒流的感觉，一步跌入前朝。二楼是柳亚子一家的起居室，现在看看，每间都不宽敞，和现在一些发了财做了官的文人的住所相比，可以说很是窄小。他的三个孩子柳无忌、柳无非、柳无垢都是出生在这里的。1927年蒋介石"4·12"大屠杀，把柳亚子列入黑名单，半夜派兵来抓人，柳亚子就是藏在卧室边的复壁里才逃过一劫。躲在狭窄的复壁里，他老先生还写诗呢：曾无富贵娱杨恽，偏有文章杀祢衡，长啸一声归去矣，世间竖子竟成名。我以前读柳亚子的诗，觉得他特别爱用典，几乎每首诗都有典故，有的不大好懂。生命攸关时刻，老先生还在用祢衡和杨恽这两个摇笔杆子的典故呢，要说柳亚子真真单纯地可爱可敬。这样的劲头儿，大概只属于那一辈文人，如今的文人，只有汗颜的份儿了。

这一夜趁着天不亮的时候，他换上一身渔民的衣服，雇了一艘破渔船，偷偷离开了家。小船摇了三天三夜，才摇到上海。这一年，他整整40岁，在这里，他生活了29年。

走出柳亚子故居，云彩压得很低，雨就要来了。市河的水有些晦暗，老桥在风中似乎隐隐在动。想想，82年前，柳亚子就是从这条河离开家的。他再也没有回到过这里。禁不住想起他的那句有名的诗："安得南征驰捷报，分湖便是子陵滩。"有些百感交集。分湖便在这里不远，指的就是这里，他的家乡。也许，只有站在他的故居前，吟诵这句诗，才会别有一番滋味上心头吧。

2009年岁末于北京

残年犹读细字书

我是今天才从报纸上看到洁泯先生逝世的消息。就在上个月，我碰到一位朋友，他对我说洁泯先生身体不好，准备过几天去看望他。我说洁泯先生是好人，经历文坛的事多，学问又好。谁想到，这才几日，洁泯先生竟然和我们天地两隔。他是11月13日去世的，那时，我正参加文代会，许多文人正聚在一起热闹着，他寂寞地逝去了。

今年，洁泯先生85岁。他是前辈，按说是轮不到我写祭文的，因为我毕竟并不十分了解他，与他交往也不多。我只是怀着景仰的心情，一直远远地观望着。他如一座云雾中的山，沧桑而苍茫地从历史中走来，让我总涌出这样的一种感觉：始知五岳外，别有他山尊。

大约在1987年，那时候，我写了一部长篇小说《早恋》，因为涉及中学生的恋爱，引起一些人的不满和批评，甚至书稿发到印刷厂而被撤版，险些没能够出版。那时候，人们的心理就是这样保守，时代的发展总有个春秋代序。那时候，我没有想到，第一位给予我支持的是洁泯先生，他首先在《文汇报》上发表文章，对《早恋》进行评论和表扬，打破了那时的僵局，不仅给予我，同时给予出版社以强有力的鼓励。

那时候，我还没有见过他的面，但在心里很是感念。几年以后，他又写过文章，再次提及《早恋》，他说："肖复兴的创作，从《早恋》到最近的《戏剧人生》，都是写学生的，对中学生和大学生的生活流向，他们的心态变化，他几乎了如指掌。在青年读者中，他的作品是极受欢迎的。我虽然年纪已老，也一样喜欢他的书，他小说中的文义，可以唤起老年人对青春的向往与赞美。捷克作家昆德拉认为青春'是超越任何具体年龄的一种价值。这个思想用恰当的诗表现出来，成功地达到了一个双重目的：他既恭维了年轻人，又神奇地抹掉了年长者的皱纹，使他成了一个与青年男女同等的人'。我十分激赏这段话，因而我认为，肖复兴虽致力于写青少年，但他的小说又为年长者所同享。"我始终不敢忘怀这些话，我知道，这是一位长者对晚辈的鼓励、教诲和希望。我常常拿他的话鼓励自己，让自己写得更有进步一些，不辜负他的期待。

1993 年的夏天，洁泯先生给我打来一个电话，他要为出版社编一套"当代世相"的丛书，他看到我在报端上发表的一些文章，觉得合适，希望我能够加盟编一本。我非常高兴和感动，高兴我的文字还能够走进他的视野，感动他还在关注我的写作。他约我见面详谈，我说去您家拜访吧，他说他家太远，就到我的办公室吧，我虽然退休了，但社科院还给我留了一间办公室。那天，我去社科院找到他的办公室（小得出乎我的意料，摆满的书让屋子更加地逼仄），他早早在那里等着我了，他就是这样一个蔼蔼长者，总是那样地平易近人。说实在的，虽然我已经出过一些书，但为他编一本，心里有些惴惴，毕竟他是有名的评论家，见多识广，怕难入法眼。他却一如既往地鼓励我说，他看到我最近写的一些文章，是在现实生活中观察和思索之后而写的社会百态，正符合他编的这套书的要求。正是在他的鼓励下，这本《都市走笔》的书得以出版，他还特意为我的这本书写了序言。这是我专门请求他写下的，我从不为自己的书请人写序，这是唯一的一次，因为我敬重他，并始终感念于他。

我很少能够见到他，我相信君子之交淡如水的古训，文坛毕竟不是闹哄哄的大卖场。每年的春节前夕，我只是寄一张贺卡给他，表示我的敬意与祝福。我知道他的身体越来越不好，但每一次他收到贺卡总要回寄一张贺卡给我。前两年的春节前，他寄来一张红色贺卡，在贺卡上密密麻麻写了前后两页，知道他的身体不好，心情也不好。他说："我这几年身体走下坡路，肠癌开刀，留下了大便难以控制的后遗症。我的青光眼已转入恶化，成了视神经萎缩，视力只有零点一，读书写字俱废，报纸也少看，写东西极少。"但在如此视力的情况下，他还说"我时常读到你的文章，关于音乐方面的，读了尤其钦佩"。还是一如既往地给予我鼓励。想想一个年过八旬的老人，身体那样差，视力那样差，还能够读能够写，心里真的很感动，忍不住想起放翁的诗句："岂知鹤发残年叟，犹读蝇头细字书。"对于文坛，他似乎不像有些人那样昂扬，而是颇为悲观："现在文艺界似乎很萧索，出的东西不少，有影响的似乎不多，这十多年，也不见有什么大手笔问世。"去年春节前夕，他在贺卡上写的，似乎心情略好些，他这样写道："收到贺卡，至为感谢。多年来我目疾恶化，生活进入半自理状态，但心情尚好。祝您写作丰收，工作有新成就。还有身体健康最要紧。"想到一个身体状态那样差的八旬老人，还要亲自走到邮局去寄信，我的心里充满无法言说的感动。但是，那时候，我没有仔细注意他一再嘱咐我要注意身体，无法体会到其实那时候他的身体已经每况愈下，一个垂垂老人对于生命和生活还有文学的渴望和无奈。

　　我只是把我这样一个普通的作者和晚辈感受到的洁泯先生的点滴写出来，表达我的一份怀念的心情。我相信如我一样曾经受到过他的关怀和鼓励的人会有很多，我所写下的不过只是其中的一滴水。

　　又快要到年底了，我只是不知道今年的春节前夕，一张贺卡该寄往哪里，而我也再无法收到先生的贺卡了。

　　　　　　　　　　　　　　　　2006 年 11 月 23 日写于北京

萧红故居归来

　　到一个陌生的地方去，与其说是看那一个地方的风景，让从未见过的它们闯进你的视野和心里，给你客观的感受；不如说是一种更为主观的心理和思绪乃至精神的东西，作用于你的心里和所看到的风景里。因为来之前你就已经在自己的心里想象着或勾勒着它们的样子了，如果和你想象的差不多或比你想象的要差，肯定索然无味；如果超乎你的想象，让你的想象在扑入你的眼帘的风光中碰得碎落纷飞，那才会勾起你的游兴。

　　从在北大荒插队开始，往来哈尔滨那么多回，竟然没有一次去成萧红故居。其实，它离哈尔滨仅仅 30 公里。今年夏天，终于好梦成真，了却了多年的心愿。但是，说心里话，真的去到了萧红故居，让我多少有些失落，它和我想象中萧红故居不大一样，和萧红笔下的故居也不大一样。

　　它的前院过于轩豁，也过于整齐，汉白玉的萧红塑像，过于俏丽，少了些身世浮沉雨打萍的凄清和沧桑。特别是后院，那是萧红在《呼兰河传》中倾注了感情描述过的后院，修剪得像是如今司空见惯的小花园了。那棵在院子西北角的榆树没有了，那棵不开花不结果的樱桃树也没有了，多了一棵沙果树，正结满累累的红白透亮的小果子，硕大的西番莲，也是《呼兰河传》里没有见过的。在《呼兰河传》里被萧红那样富有灵性地描写过的"愿意长多高就长多高，愿意长到天上去，也没有人管"的玉米，也没有了。而"愿意爬上架就爬上架，愿意爬上房就爬上房"的倭瓜，被移植到了前院，像是安排好座位并像我们现在开会摆好座签一样，整齐地种在地垄里面。结出的金黄的倭瓜，都哈着腰沉沉地坠在架子下面，却再也不可能"愿意爬上架就爬上架，愿意爬上房就爬上房"，因为前面根本不靠房子了。

冯歪嘴子的磨坊，被修得格外簇新，我们在修建文物时，似乎缺乏修旧如旧的本事。想想冯歪嘴子那大个子的媳妇带着新生的孩子盖着面袋子睡在这里凄凉的情景，眼下的磨坊像是电影棚里搭的一个景。被萧红曾经那样充满孩子气描写过的黄瓜秧爬满磨坊的门窗，看不见外面的冯歪嘴子还在磨坊里面自说自话的一幕幕情景，只存活在萧红的文字和逝去的岁月里，无法再现今日，因为今日再没有黄瓜秧爬上磨坊的门窗。这时，你只能够感叹文字和岁月的永恒能力，是超越一切现代化的手段的。现代化的手段，可以把房子修建得格外整齐，却只是形似而神不似。堆放在后院后门的落叶，也堆放得那样整齐，像是放学排队回家笔管条直的小学生，没有了后院的蒿草、蓼花和乌鸦的忧郁、凄清和念想。可惜东园树，无人也作花，那种自由自在，那种随心所欲，那种生命中真正童年的后院，便只能够在萧红的文字中去追寻了。

"那园里的蝴蝶、蚂蚱、蜻蜓，也许年年仍旧，也许现在完全荒凉了。小黄瓜、大倭瓜，也许年年地种着，也许现在根本没有了。那早晨的露珠是不是还落在花盆架上，那午间的太阳是不是还照着那大向日葵，那黄昏时候的红霞是不是还会一会工夫变出一匹马来，一会工夫变出一匹狗来，那么变着。这一些我不能想象了。"

所有的一切都被萧红所言中。萧红家的后院已经不再是原来的样子了。想一想，54 年前，萧红写《呼兰河传》时的情景，落叶他乡，寒灯孤夜，亡国去如鸿，故园在梦中，那一腔刻骨铭心的怀乡情感，如今多少人还能够记得，又还能够感同身受地理解？面对如今的美女写作、身体写作的迷花醉月，诸多风起云涌的花样变化，同样作为女性作家的萧红，不知该做何等感想。故园的变化，便更是理所当然而不能苛求的事情了。况且，毕竟还是修建了这座故居，让怀念萧红的人有个迎风怀想的流连之处。

　　也许，更让萧红无法理解，也是难以想象的，是在我们就要离开她的故居时，来了一些警察，故居很多的工作人员纷纷出来，漂亮的女讲解员也跟着出来，忙成一团。原来是从北京来的一位哪个部的首长要来参观，警察在故居的门前门后忙乎着清理，连门口道路上停放的车辆都要让它们开到别处去，让出路来，花径缘客扫，蓬门为君开，一看就知道是习以为常的事情了，人们在熟练地做着这一切。如同萧红研究如今成为显学一样，萧红故居也成为附庸风雅之地。萧红说："这一些我不能想象了。"不知道，她所说的"这一些"包括不包括眼下的这一些，只是，真的是不能想象了。

　　走出萧红故居很远了，本想看看到底是哪一位显要人物要来，还非要清场似的不可。等了一会儿，也没有见人影来，倒是先来了一溜儿小汽车占满了并不宽的道路。萧红故居的墙外面摆了一地的西瓜，卖瓜的商贩，也是看准了这个地方，可以借助乡亲萧红卖点儿零花钱。

　　回到哈尔滨，见到原黑龙江作协副主席韩梦杰，是多年的老朋友。阔别多年，相见甚欢。交谈中，他告诉我《北方文学》眼下办刊艰难，已经有 8 个月发不出工资了。因为刚刚从萧红故居回来，心情本来就有些郁闷，便更加郁闷。如今的萧红已经成为一个符号，装点着门面，为旅游者的一个景点，为附庸风雅者的一个象征。拿死人挣钱，却让活人没钱，这样说，也许是情绪话，但萧红故居和《北方文学》，同样作为黑龙江的文化品牌，冷热不均、旱涝失衡，却是应该正视的现实。心里暗想，萧红要是还活着，不知该如何面对。

2004 年 8 月哈尔滨归来

初春的思念

今天中午，电话铃声响了。是胡昭先生的女儿婷婷从长春打来的，告诉我她父亲昨天中午在医院里心脏病突然逝去。我一时没有反应过来，因为就在前不多天，我还和胡昭先生刚刚通过信，没有一点征兆。那是他刚刚学会使用电脑，通过电脑发给我的第一封信，竟也是最后一封信。我一下子哽咽，无声却泪如雨下，本应该是我劝慰婷婷的，却让她劝起我来。

放下电话，我依然不能自已。自从母亲去世，我再没有这样伤心地哭过。胡昭先生的逝去，让我是这样地猝不及防。作为长辈，他给予我的关怀，总让我想起自己的亲人，有时会想就是亲人，又怎样呢？现在想起这样的感觉，还让我感到一种难得的温暖，一切都好像是还在眼前发生着。

细细一想，我和胡昭先生交往并不深，只是属于那种君子之交，淡如水，却也清澈如水。而胡昭先生给我留下的总体印象，就是"清澈"——这也是他在1973年写的一首诗的名字。虽然，作为新中国的第一代诗人，22岁就出版了他的第一本诗集《光荣的星云》，他度过了整整20年右派的不公正生涯，又经历了妻子死在"文化大革命"中的悲惨遭遇，但是，他的文品与人品、心地和胸襟，总还保持着难得的那种清澈，用老诗人吕剑先生的话，是"单纯而明净","把心境和盘托出",那是对他诗的评论，也是对他人的概括。

10年前，我们开始通信，通信的原因很简单，按照胡昭先生的话是以文会友，其实是他偶然间读到我写的东西，给予我长辈的鼓励。没错，他是我的长辈，1947年他参军的时候，我才出生。我只是在上中学的时候曾经在《人民文学》杂志上读过他写的诗，我以为他是一个很老的诗人，从来没有想到过有一天能够和他相逢。世上的事情有时候就是这样地奇特，文学就像是海，纵使他站在海的那一边，你站在这一边，相隔遥远，海水是相通的，只要你站在水里面，水就从他那边淌来，从你的心头湿润地流过了。

我们通了整整10年的信，而且，我相信如果不是胡昭先生的突然逝世，我们的信还会通下去。在这10年中间，我们只见过两次面，一次是他来北京参加文讲所即现在的鲁迅文学院成立45周年的活动，他是文讲所的第一期学员，他老伴陪着他，我去看望他们，一起吃了顿饭；一次是我们一起去石家庄参加一次签名售书活动。除了这样两次见面的机会，我们只是通信，是那种真正的笔墨方式，而不是现在的电脑邮箱里的电子信件或手机短信，那是文人之间最常见的也是最古老的方式。我们在文学上所有的了解和理解，在心灵上所有的碰撞和沟通，对文坛况味和世事沧桑所有的感喟和诉说，都是通过这样的信笺传递的。

当然，信笺传递的更多是胡昭先生对我的关心。1995年，我要调到中国作协工作的时候，他就来信以他自己在作协工作多年的亲身体会提醒我告诫我。2002年，我的儿子出国读研，他又写信关照提醒孩子。就在今年的春节之前，他只是从电视里看见我一晃而过的镜头，觉得我好像有心事，让他的儿子冬林到北京领奖的时候打电话特意关心我，没过两天，又特别写来一封叮嘱的信。他写信从来都是用毛笔写，看那墨汁淋漓的信，我觉得他的身体还不错。在信的末尾，他还让我把网址告诉他，他要通过网上和我通信，会更快更方便。我写信告诉他我的网址，他很快就发来了 E-mail，不仅关心我，而且关心远隔重洋的我的孩子。现在，我知道了，那是在他病重的时候啊，是在他生命的最后时刻啊，只有自己的亲人才会对你这样呀。

窗外，初春的阳光那样地好，他却不在了，一个那样慈祥温暖的老人不在了。

我想起胡昭先生 1990 年写给一位逝世诗人的悼诗："也许你躲到什么地方埋头著述去了，不久就会又捧出一部充满活力的新诗。"

我想起胡昭先生 1978 年悼念他的亡妻的诗："话儿挤在嘴边连不成句，我只能把一捧散碎的泪花捧献给你。"

2004 年 2 月 16 日匆匆于北京

小鸟华君武

　　1984 年的春天，偶然间在《讽刺与幽默》报上，读到华君武先生的一则短文，题目叫《小鸟精神》，文后附有德国漫画家卜劳恩的一幅漫画。因为我很喜欢卜劳恩的漫画，曾经买过他的《父与子》漫画全集，所以格外留意华先生介绍卜劳恩这幅漫画的文章。文章很短，只有几百字，写得干净利落，且充满道义和感情。所以，印象很深，过去了 31 年，依然记忆犹新。

　　卜劳恩的这幅题为《愤怒的小鸟》的漫画，以前我没有看过，画得非常简单，只是一只猫的屁股眼儿里钻出一只小鸟的头，然后加上两个飘荡的音符。但是，这幅漫画却是卜劳恩的绝笔。由于和朋友私下议论法西斯的头领戈培尔被人告密，更由于戈培尔的亲自过问，卜劳恩被判处绞刑。这个在专制年代的残酷案件，对于我们来说有着感同身受的兔死狐悲。华先生就是知道这幅漫画是卜劳恩在临刑前一天晚上愤怒自杀前信手画出的，才对它格外充满感情。他这样写道："一只小鸟已被恶猫吞进肚里，但是，勇敢的小鸟却在猫肚子里唱歌；恶猫虽恶，却无法禁止小鸟的思想；小鸟身处逆境，却用音符表达它的无畏。小鸟卜劳恩死了，但是小鸟精神永在。"

　　卜劳恩死于 1944 年 4 月，华先生的这篇文章写于 1984 年 4

月，是特意纪念卜劳恩逝世四十周年。这不仅是漫画家同行的惺惺相惜，更是对法西斯对那个残酷年代的共同愤怒。

后来，听说在中国美术馆举办了卜劳恩漫画展，就是在华先生的极力主张和支持下，和德国方面协作，才得以成功出现在我们的面前。我看过华先生的很多漫画，但是，对他并不熟悉，读了《小鸟精神》，又知道由此连带的后续，对华先生有了一种敬重之感。

隔行如隔山，美术和文学，毕竟相隔遥远，更何况，华先生德高望重，来自延安，更身居要津，我想，离他很是遥远。谁想到，三年过后，1987年4月，我收到《报告文学》编辑部转来的一封信，从信封的字迹看，像是华君武漫画中常出现的别具一格的华体，打开一看，果然是他，感到非常意外。命运让两个本来素不相识只是两条平行线的人，由于我写的一篇文章而打上一道有意思的蝴蝶结。

信很短——

肖复兴同志：

拜读你的大作《一个普通的苏联公民》，我感到很生动。

但是，你写了尼克来怕克格勃一段，似无必要。当然，这样也可能对尼克来并不会有什么事，但为了你新交的朋友，我想不写更好些。凡事要替人家想想为好。也许我是杞人。

妥否，请参考。

敬礼！

华君武

1987年4月10日

是 1986 年的夏天，我第一次去莫斯科，结识了一位叫尼克来的苏联人，他毕业于莫斯科大学，学的是中文，说一口流利的中文。他和我又是同龄，一见如故，很快就熟悉起来，而且很说得来。他开着车带我跑了莫斯科的很多地方，还特意邀请我到莫斯科郊外他的家中做客。回国之后，我写了这篇发表在《报告文学》杂志上的《一个普通的苏联公民》，里面写了他怕克格勃的事。华先生来信批评得很对，当时，苏联还没有解体，克格勃无处不在，是应该想得周到才是。我赶紧给华先生写了回信，表示谢意。

我和华先生为期不长的通信由此开始。我发现，他不仅读我这样一篇写得粗陋的文章，还读了我其他一些文章，都来信给予鼓励。而且，他还读了不少其他文学作品，以及电影。在一封信里，他这样说："我去年读了刘心武的《公共汽车咏叹调》和韦君宜的《妯娌之间》，深感我们画漫画的（也包括一些其他画）的作者，观察生活、观察人太肤浅了。近日，看了电影《嘿，哥们儿》，也有感触。这些人，我好像从未见过似的，深感我和生活之距离。既然没有直接生活，间接生活的作品，对我也是有用的。"他对我这样一个晚辈且并不熟悉的人如此自觉地解剖，让我感动。并不是所有他这样年龄且有这样资历的人，有这样自我解剖的精神的。想想，那一年，他 72 岁了。对于生活还是那样地敏感，格外地强调，不止一次，他在信中这样说："生活是十分重要的，我因近年来工作、年龄种种关系，已感到迟钝和枯竭，常处于挣扎中。"

华先生和我通信，让我感到他的平易谦逊和自我警醒的认知。作为他那样年龄与地位的艺术家，平易和谦逊，也许做到还容易些；但做到自我警醒的认知，还有一些自我的解剖，就不那么容易了。因为那需要顽强的定力，能够起码滤除包围在周围逢迎捧场之类的膨胀与虚飘，以及心为物役习以为常的惯性和锈蚀。同样都是生活，就如同在海滨或泳池里游泳，与在真正的大海里游泳，并不完全是一回事。我想起他把同为漫画家的卜劳恩称为"小鸟"。他把自己也没有视为"大鸟"甚至"鲲鹏"的。如今，美术界乃至整个艺术界，自我吹捧连带借助资本和权势借水行船，请人或凭借拍卖行吹捧的风气盛行，大师更是如泛滥的小汽车一样满街拥堵。华先生也是被人尊称为大师的，但是，我想他并不喜欢这顶大草帽，而宁愿称自己是小鸟。这确实是不大容易的。如果能够再有"小鸟精神"，就更不容易了。他推崇小鸟和小鸟精神，这是有些人常常忽略的。卜劳恩是小鸟。卜劳恩具有小鸟精神。

我对华先生没有进行过认真的研究，也没有和他进行过深入的交谈，我甚至未曾见过他一次面。他送过我他的漫画集，也邀请我到他家中做客，并留下他家的电话；还在 1995 年的年初，我 48 岁的本命年之前，提前为我画过一幅题为《猪睡读图》的漫画特意送我，因我是属猪的。但是，我一次都没有去打搅过他。我一直以为，喜爱并尊重一位艺术家，见面不如读他的作品。距离产生美，未曾谋面，留下一种遗憾，也留下一种想象的空间。

如华先生这样一辈子画漫画（他称之为小画种）的画家，让我想起作家中的契诃夫，一辈子只写中短篇小说，而从未染指长篇小说；和音乐家中的肖邦，除了写过两首稍微长一点的钢琴协奏曲，一辈子只写钢琴小品。但是，艺术，不是买苹果和钻戒，个头儿越大越好。

今年是华君武先生一百周年诞辰，已有很多熟知他的人写过很多怀念文章，我只以一个并不熟悉者表达我对他的一点敬意，留下一点可能是熟知他的人并不知道的印迹，尽管只是先生的闲笔，却也逸笔草草，落花流水，蔚为文章。

2015 年 8 月 30 日于北京雷雨中

花之语

　　艺术家，从来分幸运和不幸两类。一般而言，过于幸运，对于艺术家会是腐蚀剂；艰难困苦，玉汝于成，从另一方面则会让艺术家因不幸的磨难而将艺术之路走得更远些。

　　庞薰琹先生属于这样一类的艺术家。

　　庞薰琹先生是我国老一辈的油画家，年轻时和徐悲鸿、常玉等著名画家同时期到法国巴黎留学，学习油画，并与他们齐名。他可谓学贯中西，有着西画和国画的双重实践，并对于服饰装潢有着独到造诣的艺术家和工艺美术教育家。新中国成立后，曾首任中央工艺美院副院长。不过，庞先生命运赶不上徐悲鸿，1957年被打成右派，撤销了他的中央工艺美院副院长的职务，降两级的处分，在清华大学万人和工艺美院千人批判大会之后不久，他的妻子也是我国老一辈油画家丘堤去世了。从此，沦落为打扫厕所的清洁工，开始了他孤独人生，度过他人生最艰难痛苦的时期。

　　晚年的庞薰琹先生写过一本自传，其中有这样的两行字："1964年。画油画：《紫色野花》。花是从花店地下捡回几枝被弃的烂的花，取其意进行创作的。"

　　面对这两行字，我读过好多遍，每读一次，心里都发酸。"地下""被弃""烂的花"，这样三个紧连在一起的词语，呈递进的关系，犹如电影里的一个由远推近的特写镜头，让我看到这样几枝委顿的残花败叶，一点点地彰显在眼前而分外醒目。这样在花店不值一文钱的花，这样在一般人眼里不屑一顾甚至会不经意踩上一脚的花，对于一个画家，特别是在失去了创作的机会却渴望绘画的敏感的画家，却是如获至宝。庞先生将这样"烂的花"称之为"野花"。他以自己的创作，赋予了这样路边拾来的花以新的生命。野花，可以被抛弃，被遗忘，被鄙夷，但却也可以充满旺盛的生命力，慰藉自己，并慰藉他人。

　　一个著名的画家，又重回年轻窘迫的巴黎留学时光，没有钱，更没有机会，可以让他面对鲜花写生创作，而只能从花店地下捡几枝被弃的烂的花回家，悄悄地写生创作。很长一段时间，我的脑子里都浮现这个画面，总忍不住想象那一天庞先生从花店门口经过，偶然看见了店门口这几枝零落的残花。不知道，那一天是黄昏还是清晨；不知道，庞先生看见了花之后，想上前去捡时是有些羞怯，还是没有丝毫的犹豫。我想，如果是我，首先，我会敏感地注意到地上落着有花吗？即使是凋败却依然美丽的残花吗？其次，我会有勇气不怕别人的冷眼甚至呵斥，上前弯腰拾起花来吗？

　　也许，这正是庞先生区别于我们的地方。他以一名画家对美的敏感，对艺术的渴求，对哪怕是艰辛生活也要存在于心的希望，才会看到我们司空见惯中被零落被遗弃甚至被我们亲手打落下的美好的东西。他才能和这地上的残花有了这样的邂逅。

　　同时，他毕竟会画画，画画是他的本事，更是他的追求。什么时候，任何人，都无法剥夺他手中的画笔，他可以在用他特有的方式让活下去有了勇气和信心，让绘画不仅仅属于展览会或画廊乃至画框，而属于生命。因此，这样的邂逅，便不只是同病相怜，而是一见倾心，是彼此的镜像。他才赋予那地上的败花以紫色这样高贵的色彩。

晚年的庞先生画了大量的花卉，《鸡冠花》《美人蕉》《窗前的白菊花》《瓶花》都被中国美术馆收藏，67 岁生日之作《瓶花》还曾经参加巴黎美展。这和他前期巴黎时重视人物与景物的现代派风格浓郁的画作大不相同。不知道别人会如何解释这一现象，我以为这和 1964 年他在花店的地上捡回几枝被弃的烂的花，有着密切的关系。从那时以后，他似乎心更加柔软缠绵，甚至他路过崇文门花店看见地上的几朵无人问津的草花，也花了几角钱买回来，放大作画。在经历了颠簸的人生与沧桑的命运折磨作弄之后，他反越发孩子一般对于比他更弱小而可怜的草花的关切，除了他本身的艺术气质之外，就是他不易操守，不改初衷，依然保持着年轻时候就有的对于生活的真诚和对美的向往，以及不会被磨折和泯灭的信心。

每当我想起庞先生的这幅画，总忍不住想起法国作曲家拉威尔曾经作过的一支叫作《花之语》的乐曲，曾经是芭蕾舞曲，又曾经被改编为管弦乐曲。如果花真的能够说话，我相信，这幅《紫色野花》便是庞先生最好的心曲。拉威尔将这支《花之语》又取名《高贵而动情的圆舞曲》，我想这名字和庞先生正相吻合。庞先生把那野花画成了紫色这样高贵的色彩。拉威尔的这支曲子，是这幅画最好的背景音乐。

2012 年 11 月 14 日于北京

石门遇韩羽

　　年前到石家庄参加《河北日报》副刊"布谷"60年的会，没有想到和韩羽先生邻座，让我有些意外的喜悦。我忙起身对韩公说，要知道能见到您，就把《韩羽画集》带来请您签名！韩公只是谦和地笑。我慌不择路，忙把会议发的笔记本翻开，请他写几个字留念。他依然微笑，想了想，然后问我：写什么呢？我说随便您写。他又思忖片刻，写了一行：与复兴先生幸会幸会！那字是那样地亲切，又那样地熟悉，和《韩羽画集》最后收录的书法作品一样。我见他写字看报均无须戴老花镜，对他说，您的眼睛和身体还真好！他依然笑着摆摆手对我说：都87了！

　　如今流行的话，我是韩公的粉丝。8年前，买下《韩羽画集》，是常在手头翻阅的一本书。他的书法别具一格，我说不好属于什么体，朴拙中带谐趣和清味，应叫韩体吧。那本书中"一川烟草，九州文章"，我尤为喜欢，曾经模仿多次，却都是画虎不成，又不类犬，却不妨碍我一写再写。

　　我喜欢韩公的画，尤其戏画，曾经买过他彩印的画册。我也买过一本上个世纪六十年代人民文学出版社出版的老舍的《离婚》，里面的插图是韩公所作。那里面的插图人物造型有他后来的影子，但基本走的是传统的路子。在韩公的戏画里，他颠覆了传统，也颠覆了自己。和同样善于戏画的马得先生比，一个偏于西化，一个则彻底土到底，土得和京戏倒更相吻合，是彻底的中国的泥土味。他画的是在村头土台子上演的社戏。

韩公自己曾说："吾与马得同癖，均喜画戏。彼画中多幼妇少女……而吾画则多莽汉小丑。"其实，也不尽是。韩公也画了不少女人，只不过是特意为和那些莽汉小丑相对立而存在，便更加别致而醒目。聂绀弩先生曾经为他画的《虹霓关》题诗有句："美目盼兮万马翻。"确是如此，他所画的那些女人的眼睛与莽汉小丑的决然不同，虽然都只是墨色一点，却见功夫。《小放牛》中的天真，《昭君出塞》的清澈，《霸王别姬》的无助，《打渔杀家》中是怯怯的，《宇宙锋》中是茫茫的，《女起解》中玉堂春的回眸，《乌龙院》里阎婆惜的斜眼，又都是充满难言的复杂……不是风情万种，却也是百态交集，百味丛生。

我还格外喜欢韩公的文，有明人小品短札的味道。如今的文章，动人的不少，有趣味的不多；而且，和街上女人的裙子越来越短呈反比，是越写越长。能如韩公一样写如此短文的，一需要学问，二需要趣味，三需要放翁所说的"老来阅尽荣枯事"的阅历。

他写漫画家张乐平先生爱酒，赞其画《醉酒图》："一酡颜醉人，持杯让菊花饮，白菊亦渐呈酡色，两相共入醉乡。"如果到此文止，是一般为文，不足为训。他接着引《蕙风词话》载《题雪中狂饮图》句："僵卧碎琼呼不起，看繁星，历乱如棋走。"况周颐谓其"非老于醉乡者不能道"。吾常想，如况见《醉酒图》，当亦会赞："非老于醉乡者不能道。"文章便一下子有古今之间跌宕的交集，有了俯仰之间知会的气息。

韩公说他晚年很少作画，而是品画而生文。去年，我在《河北日报》看到他开设的"画人画语"的专栏，他说："触类旁通，虽隔靴亦可搔到痒处。弄斧必到班门。"说得真的是好。如今，背离班门而自以为是标榜班门的乱象怪状，不仅对于画坛，对于文坛都有警醒之意，应该搔到痒处。

其中一篇，写他看齐白石的《小鱼都来》。画的是一支钓竿，却没有鱼钩，一群小鱼四围游来，重点在鱼钩，看世上机心，看画家童心，看观者的会心。这样的画，韩公写道："看似至易，实质而难。"因为"人和鱼斗心眼的绝招儿辈的就是鱼钩，好了，尽为放心"。内含机锋，所有的人生况味世事沧桑，都在这干净而留白的文字中了。借用况周颐的话，是非老于辣心者不能道，非老于老眼者不能道。

一个画家，不仅能画，还能书，能文，已是很不简单。而且，三头并进，到老如此，建树非常，在画家中更是少见；在书家和作家中，更是未见。可惜，石家庄一面匆匆，未能将这些心里话对韩公细说。再见不知何年。

2017 年春节前夕于北京

刻进时代里的艺术

　　去年九月底，木刻家彦涵先生逝世的时候，不知怎么搞的，眼前立刻想起曾经在国家大剧院里看到他的作品展览，总觉得好像就在眼前，刚刚过去不久。回家一查，才知道，那是2010年国庆节的事情，已经过去了一年的时间。那一次题为《彦涵从艺75周年作品展》，120余幅作品，是彦涵先生一生的回顾，他将自己最后的足迹留在了国家大剧院。

　　在我的印象中，除了2005年在中国美术馆举办过彦涵先生90岁回顾展之外，这么多年再未有过先生的展览。作为我国老一代版画家硕果仅存的代表人物，和如今流行的一些在拍卖会上动辄就能卖出令人瞠目高价的画家而言，人们特别是一些年轻人，对于彦涵这个名字显得有些陌生。虽然有国家大剧院为他举办他一生最后一次的回顾展，彦涵先生也投桃报李将自己《豆选》等不同时期的10幅代表作捐献给了国家大剧院，但是，知道此事并观看这次展览的人毕竟有限。我在国家大剧院观看彦涵先生这个版画展的时候，偌大的展厅里，稀疏零落，几乎没有几个人。禁不住想起同年夏天在美国费城观看同样老年的画家雷诺阿的画展时人头攒动的情景，两相对比，感到曾经是那样为普罗大众倾心创作的彦涵先生，面对而今大众的冷漠，对于他本人而言多少是比较寂寞的。其实，艺术世界的审美标准和艺术市场的价值系统，如今是极其混乱的，人们误以为某些艺术家所标榜的，拍卖行所拍卖的，市场上走俏的，媒体上频频露面的，就是真正的艺术品；以为画的价格和艺术水平理所当然地成了正比。

在这样的文化背景之下，我以为对于彦涵先生在中国版画领域里的艺术成就，一直没有得到认真深入的研究、评估和推介。在中国现当代美术史上，再没有比版画更和时代密切相关并交融的艺术形式了。在鲁迅先生介绍了柯勒惠支、麦绥莱勒等一批外国直逼人心与现实的版画，倡导并给予极大希望的中国新兴版画运动之后，中国版画的创作，一开始就介入现实，投身时代，镌刻历史风云，激发民心民情，起到的迅速的先锋作用，特别是朴素直接的线条与画面，和大众最为贴近而且最容易起到的呼吸相通的作用，是其他美术形式无可匹敌的。一部中国版画史，就是中国现当代用粗犷线条勾勒的历史缩影。客观地说，这部版画史是国统区和延安解放区版画家两股力量合流而成的合力，完成的共同书写。彦涵先生是活得年龄最长的版画家，也是延安解放区版画的元老级的人物代表，是中国版画的先驱和奠基人之一，研究并能重新评价他的版画成就与实际地位，特别是他的作品和时代的关系，对于梳理中国版画史和美术史，以及面对新时代中国版画的发展前景与价值，是有着重要的意义的。

彦涵先生一生横跨战争、和平，以及反右和"文革"的动荡年代，又大难不死枯木逢春适逢变革的新时期，几乎找不到几位和他一样经历了这样多时代更迭的画家了。更重要的是，在这样几乎横跨中国跌宕百年史的各个时期，彦涵先生都倾心且切肤亲历，并都有优秀的作品留世。即便在 1957 年他被冤打成右派的时候，如此艰难潦倒的情境下，他依然没有放下他的笔和刻刀。看他1957年的《老羊倌》，那羊和人彼此相依，温和又带有一点忧郁的神态，什么时候看，都让我感动，那是在逆境中一位艺术家的心境，对于这个已经错乱的世界，是那样地气定神闲，云淡风轻，脚跟和老羊倌一起还扎实地紧接着地气。因此，可以说，彦涵的版画作品，就是中国现当代版画史和生活史的缩写版和精装版。

只要看看他的作品，我想人们会觉得这样的评价并不为过。抗日战争期间，《把抢去的粮食夺回来》《敌人搜山的时候》，还有在美国出版被美国人带到"二战"战场上去鼓舞激励美国士兵的木刻连环画《狼牙山五壮士》，记录那个烽火连年硝烟弥漫的时代，他以自己的笔融入世界反法西斯战争的洪流中。无疑，这是先生创作的鼎盛时期，他以自己的作品，记录那个时代，也记录了自己的艺术生涯的轨迹和心迹。同时，还非常重要的，是他的作品一开始不仅和世界的反法西斯运动密切联系一起，而且和当时世界的版画艺术的勃兴和发展同步，可以明显地看出和柯勒惠支、麦绥莱勒作品的传承与呼应的关系，其艺术的先锋姿态，是其他绘画形式不可比拟的，即便是徐悲鸿的油画，当时师从的也是十九世纪的油画艺术。

特别是一幅《亲人》的作品，记录了战争胜利的前夕一位八路军战士回到家乡，在窑洞里和亲人相见的情景。在这里，亲人的关系是相互的，情感是交融的，那画面中间的老妈妈和下面的孩子，在黑白简单的刻印中，滚烫的感情是那样地可触可摸，即便那个仰着脸的孩子只是一个背影，看不见表情，但依然能够让人感到那激动的心在怦怦地跳。那种粗犷线条中的细腻情感，既是相互的对比，也是彼此的融化，是战争亲历者才能够体味得到的情感，才能够将那生活的瞬间定格为艺术的永恒。看这幅木刻的时候，总会让我想起孙犁先生的小说《嘱咐》，也是写战士从战场上风尘仆仆归家探望亲人，温暖和感人至深的相会后，亲人嘱咐他上战场好好打鬼子，替亲人报仇雪恨。孙犁先生的小说是这幅木刻的画外音，可以互为镜像。

解放战争期间，《豆选》无疑是彦涵先生的代表作，即使事过近七十年后今天再来看，依然会感到先生的艺术敏感，他选择了豆选这样富于生活和时代气息的细节，完成了历史变迁中的宏观刻画，真有种举重若轻的感觉。再看他解放初期的大型套色木刻《百万雄师过大江》，则记录了一个新时代的诞生，依然是倾心于宏大叙事，却以粗壮线条和饱满色彩的交织中，完成了他自己艺术的变化。"文革"期间，他的那幅因树根过于粗壮被认为反动势力不倒而被打成黑画的《大榕树》，则记录了那个最为动荡年代暗流涌动的心情。而同在那个时期，他为鲁迅先生小说所作的系列插图，依然选择黑白木刻，颜色对比鲜明且有些压抑的画面，是他借鲁迅小说浇自己胸中块垒的曲折演绎。粉碎"四人帮"，他的《春潮》《微笑》等作品，则记录了那个拨乱反正的时代，前者是那个时代的象征，后者是那个时代的表情。我尤其喜欢《微笑》，先生选择的是少数民族的姑娘和吊脚楼，充满整个背景空间的芭蕉树，枝叶交错，铺天盖地，几乎密不透风，但借助黑白木刻故意刻出大量的留白，又由于芭蕉树叶随风灵动摇曳，让那黑白相互辉映且富有动感的线条，舞动得如同满天的礼花盛开。

一直到先生的晚年，笔依然紧随时代，2003年"非典"病情风行蔓延之际，他有《生命的卫士》，对白衣天使有由衷的礼赞；2008年汶川地震，他又有《生死关头》，对生命和民族相连的血脉之情有至高无上的咏叹。这是他的最后一幅作品，想想，那一年，他已经是92岁高龄。因此，他可以无悔无愧地将自己曾经讲过的话再说一遍:"反映时代每一次历史时期的重大变化,人民的苦难斗争和他们的梦想,成为我创作的主题思想。"他说到做到了。在中国美术史起码在中国版画史上,由于年龄和其他阴差阳错的种种原因,没有一位画家能够如彦涵先生一样如此长久地将自己的心和笔如船帆一样随时代潮流而起伏,并始终随着流水一起向前涌动,潮平两岸阔,月涌大江流。

看他的作品,让我总会有一种感觉,是那种历史的流动感觉,在他的作品的画面中,也在我们的身边。他的作品,特别容易勾连起人们的回忆,既是属于历史与时代的回忆,也是属于美术的回忆;连缀起来的,既是属于历史的画卷,也是属于他个人的画卷。他始终站在现实和艺术的双重前沿。即便是黑白木刻中简单的两色,便也显得那样地五彩缤纷;又由于是木刻线条的分明,更显得是那样地棱角突出,筋脉突兀,如森森老树,沧桑无语,有种归来沧海事,语罢暮天钟的感受,弥漫在画面内外。

晚年,彦涵先生曾经进行变法,以抽象的线条和色块探索人性和艺术另一方天地。尽管这种探索难能可贵,但在我看来,这一批作品还是不如以前的特别是早期的作品画风爽朗醒目,更能够打动人心。在质朴干净的写实风格中,充分运用粗犷的刀工,挥洒最为直率的黑白线条,挖掘并施展极简主义的丰富艺术品质与内涵,是那样地直抵人心,那样地引人共鸣,使得雅俗共赏,让时代留影,让历史回声。这是彦涵及那一代版画家共同创造的艺术奇迹,是他们留给我们的宝贵遗产。探索版画新的发展,不仅需要前沿的眼光和新颖的技法,同时也需要回过头来仔细寻找前辈的足迹,不要轻易地将其当作落叶扫去。

彦涵先生的作品,无论是早期的写实主义还是衰年变法后的抽象主义,作为老一代画家对于新生活真诚的投入,对于艺术的内容与形式创新的渴望，依然是今天物质主义盛行、市场主义泛滥、拍卖价格至上的美术现实世界所欠缺的。彦涵先生用他的一生的追求给予我们的启示，正在于让我们应该努力像他一样，剔除非艺术的杂质，用我们真诚而新鲜的笔墨挥洒今天的新生活，几十年过去之后，也能够为我们的后代留下和他一样的作品，丰富共和国历史的生活记忆和美术记忆。

古人曾说：小景可以入画，大景可以入神。在彦涵先生逝世周年的日子里，重新观赏彦涵先生老一代画家的这些作品，应该给予重新的认知和评价，让我们也和彦涵先生笔随时代一样，有意识地努力，把小景和大景融合在一起，让我们的作品也能够既可以入画，又可以入神。

2012 年 4 月 15 日于北京

雕塑上的风云

　　到成都，找成都最有名的雕塑《无名英雄塑像》和王铭章将军的塑像。都是刘开渠先生的作品，前者创作于 1944 年，后者1939 年，后者是成都也是全中国的第一座城市街头的雕塑。马上就到了刘开渠先生逝世 20 周年的日子了，这样的寻找，更有意义。幸运的是，这两座雕塑都还在。落在雕塑上，有我的目光，更有岁月的风云，以及雕塑本身所沉淀下的感情。

　　有时候，会想，一个艺术家和他所创作的作品之间的关系，带有极大的偶然性，就像一朵蒲公英，不知会飘落何处，然后撒下种子，在某一时刻突然绽放。如果不是历史的风云际会，让刘开渠和成都有了一次彼此难忘终生的邂逅，在成都的历史，乃至在中国的雕塑史上，会出现这样具有划时代意义的雕塑吗？

　　1938 年的冬天，雕塑家刘开渠从杭州辗转来到了阴冷的成都。那时，是他从法国回国的第五个年头。日本侵华之后，国内的风云动荡，也动荡着刘开渠的心，他中断了在法国已经专攻 6 年的雕塑学业，毅然提前回国。那时候的年轻人就是这样怀抱着一腔火一般炽烈燃烧的爱国热血。回国后，他在杭州的国立艺专任教。七七事变之后，他随艺专转移到大后方，来到了成都。艺专接着又转移到了昆明，这时候，正赶上妻子怀孕，他便没有随艺专到昆明，而是留在了成都，一边在成都艺术学校任教，一边陪伴妻子待产。

试想一下，如果不是妻子临产，他也就随艺专离开成都了，不过和成都萍水相逢，擦肩而过而已。要说，也是机缘巧合偶然的因素所致，却阴差阳错地让他和成都有了不解之缘。

第二年，经熊佛西和徐悲鸿介绍，刘开渠为王铭章塑像。刘开渠知道，王铭章是川军著名的将领，刚刚过去的台儿庄大捷，举国震撼，激奋人心。台儿庄决战前，残酷却关键的藤县战斗中，就是王铭章带领官兵和日军血战五昼夜，最后高呼"中华民族万岁"，和2000名川军一起全部阵亡。这样壮烈的情景，想一想都会让普通人激动得热血沸腾，更何况是一位艺术家？刘开渠为王铭章而感动和骄傲，他义不容辞，接受了这一工作。这一年，刘开渠34岁，正是和王铭章一样血气方刚的年龄，岂容自己的国家惨遭小小东洋的侵略。在刘开渠为成都做第一尊雕塑时，融入了他和王铭章一样的爱国情怀，可以说，雕塑着王铭章的形象，也在雕塑着他自己的心。

抗战期间的雕塑，与和平年代决然不同，与在巴黎高等美术学校学习时更不一样。不仅材料匮乏，而且还要面临日军飞机的轰炸。从一开始，刘开渠的雕塑便不是在风花雪月中进行，而是与民族命运血肉相连，和时代风云共舞，让他的雕塑有了蓬勃跃动的情感和血与火的生命。

那时，刘开渠点起炉火，亲自翻砂铸铜，开始了他每一天的工作。他为王铭章将军塑造的是一个军人骑着战马的形象，战马嘶鸣，前蹄高高扬起，将军紧握缰绳，威风凛凛，怒发冲冠。他能够听得到那战马随将军一起发出的震天的吼叫，以及将军和战马身旁的战火纷飞。还有的，便是炉火带风燃烧的呼呼响声，头顶飞机的轰鸣声，炸弹凭空而降的呼啸声。

在雕塑期间，敌机多次轰炸，为他做模特的一位川军年轻士兵和为他做饭的女厨娘，先后被炸死。这一切没有让他动摇和退缩，虽然妻子和新生的婴儿需要他的照顾，但王铭章和2000名川军的壮烈阵亡，还有眼前的士兵和厨娘的无谓之死，都让他愈发激愤在胸，欲罢不能。他也想起，刚刚从法国归来，在蔡元培的陪同下，他去拜访鲁迅，鲁迅对他说过的话："以前的雕塑只是做菩萨，现在该轮到做人了。"他现在做的就是人，是一个代表着他自己也代表着全中国不屈服的同胞的顶天立地的人。

王铭章将军的塑像完成之后，立于少城公园，全成都人瞻仰。塑像为青铜材质，这在当时还很少见到，中国以前的塑像，大多为石头或泥塑。塑像高一丈二，基座宽四尺，高三尺，四周刻有"浩气长存，祭阵亡将士"的大字。巍峨的塑像，一下子让成都雾霾沉沉的天空明亮了许多。这是刘开渠为成都雕塑的第一尊作品，也是成都街头矗立起来的第一尊塑像。

不仅在成都，在全国的城市里，它也是第一尊立于街头公共空间的青铜塑像。因为和西方拥有城市雕塑的传统完全不同，我国没有这样的传统，我们的雕塑，一般只在皇家的墓地和花园，或庙宇里，马踏飞燕、秦陵六骏和菩萨观音弥勒罗汉，曾经是我们的骄傲。

可以毫不夸张地说，这是一件空前的创举，在美术史尤其是中国雕塑史上，具有重要的意义。城市雕塑，不仅美化了环境，增添了城市的人文色彩，拓宽了城市公共空间的功能，可以为市民观赏或瞻仰，以及具有的潜移默化的审美与教化功能，更重要的是，城市雕塑是一座现代化城市必不可少的硬件之一，是中国传统都市向现代化迈进的象征物之一。从这一点意义来讲，这实在是刘开渠的骄傲，也是成都的骄傲。历史，给予了一个艺术家和一座城市一个共同的机遇。

更为难能可贵的是，刘开渠并非只为成都立了这样一尊塑像。虽然，他并非成都人，只是流亡经过成都的过客而已。如同一只候鸟，季节变化时，他毕竟还是要飞离这里的。只是，刘开渠和成都的不解之缘，却让他几乎一生都没有和这座城市隔开过。这就是奇缘了。

据我不完全的统计，刘开渠一生为成都做的城市塑像共有如下 11 尊——

1939 年，为王铭章塑像，立于少城公园。

1939 年，为川军将领饶国华塑像，立于中山公园（新中国成立后的劳动人民文化宫）。饶为 145 师师长，1937 年与日军作战，广德失守时自尽殉国，留下遗书：广德地处要冲，余不忍视陷于敌手，故决心与城共存亡。死时年仅 43 岁。

1939 年，为蒋介石塑立像，立于北校场内当时成都军校。塑像高 8 米，基座 5 米。新中国成立后被销毁，1969 年，在原塑像旧址立毛泽东水泥塑像。

1943 年，为尹仲熙、兰文斌、邓锡侯塑肖像，立于少城公园。

1944 年，立无名英雄塑像，立于东门城门洞内。

1945 年，为川军阵亡将领李家珏塑骑马塑像，立于少城公园。

1948 年，为孙中山塑像，立于春熙路。这是为孙中山第二次塑像，第一次，1928 年立的中山装立像，这一次，由刘开渠设计为长袍马褂手持开国文件的坐像。

新中国成立后，为杜甫塑像，立于杜甫草堂。

晚年为成都塑的最后一尊塑像：李劼人塑半身胸像，立于李劼人故居。

在这里，无名英雄塑像最为有名，成为刘开渠的代表作，也成为成都的历史记忆象征。像高2米，底座3米，无名英雄为川军士兵的形象，据说当时找来了川军幸存者一个叫张朗轩的排长，为刘开渠做模特，身穿短裤，脚踩草鞋，背挎大刀和斗笠，手持钢枪，俯身做冲锋状。当时，成都文化人士发起建造川军抗日纪念碑，塑像赶在1944年的七七事变纪念日落成，所以又叫抗日纪念碑，碑文刻有"川军抗日纪念碑"的字样。这几乎成为成都标志性的雕塑，可惜毁于"文化大革命"之中。1989年，年过80的刘开渠重新操刀指挥他的弟子再造塑像，立于万年场路口。2007年8月15日，立于祠堂街的人民公园大门前。

　　那天，我去瞻仰这尊无名英雄塑像，看见它身后是公园的繁花似锦，身前是大街的车水马龙，一览都市今日的喧嚣与繁华。塑像前挤满了停放的自行车，挤过去到那碑座前，看见上面刻有几行文字，大意为当年四川十五六人中就有一人上抗日的前线，参军者共有302.5万人，川军牺牲的将士占全国总数的五分之一，阵亡人数263991人，伤64万人。看到这样的数字，再来看眼前的这尊塑像，会为当时无畏的川军敬仰，也为当时的刘开渠敬仰，似乎能够听到塑像的怦怦心跳，也能听见刘开渠的澎湃心音。

　　作为我国现代雕塑特别是城市雕塑的奠基人，刘开渠对于成都的感情，让人感动。上个世纪八十年代，作家李劼人故居开幕之前，成都派人拿着区区几千元的费用，进京找刘开渠，希望他能为李劼人塑像。看刘开渠垂垂老矣，再掂掂袋中可怜巴巴的钱，生怕刘开渠婉辞。谁想刘开渠开口说道，没有问题，但我有一个条件，就是不能拿一分钱。然后，他说起年轻时在法国留学期间的一件天宝往事。当时，他和李劼人，还有成都籍的数学家魏时珍一起在那里求学。有一天，魏时珍病了，李劼人开玩笑对魏时珍说，你病得先死，我为你写墓志铭。魏时珍不服气，与李劼人争辩起来，最后，刘开渠对他们两人说：我比你们两人都年龄小，还是最后由我来为你们塑像吧。如今，一语成谶，为李劼人塑像，便成为刘开渠义不容辞之事情。

如今，李劼人汉白玉的半身塑像，成为刘开渠与李劼人友情的见证，也成为刘开渠对于成都一生挥之不去的感情最后的见证。他为成都在雕塑，也为自己在雕塑。如今，他不在了，有一天，我们都不在了，他的雕塑还在。

如今，在成都，能够看到刘开渠的塑像，还有孙中山的坐像，依然立在春熙路上；王铭章的骑马塑像，改立于新都的新桂湖公园；杜甫和李劼人的塑像，依然立在原处。想想，多少有点遗憾，如果能把刘开渠为成都所造的那 11 尊塑像，都立于成都的街头，那是一幅什么样的景观！那里面，有成都自己的历史，也有中国城市雕塑初期最可宝贵的历史呀。那会为如今繁华的成都街头，增添多少历史与文化的色彩，能够让我们临风怀想，遐思幽幽呀。

2012 年 3 月草于成都
2012 年底改毕于北京

早春二月

——怀念孙道临先生

18 年前的夏天，我如约到北京的北长街前宅胡同上海驻京办事处，孙道临先生已经早在胡同口等候着我了。记忆是那样地清晰，一切恍如昨天：他穿着一条短裤，远远地就向我招着手，好像我们早就认识。我的心里打起一个热浪头。第一面，很重要。

要说我也见过一些大小艺术家，但像他这样的艺术家，我还是第一次见到，他的儒雅和平易，也许很多人可以做到，但他的真诚，一直到老的那种通体透明的真诚，却并不是所有人能够达到的境界。

那天，我们在上海办事处吃的午饭，除了吃饭，我们谈的是一个话题，那就是母亲。他说他在年初的一个晚上看新的一期《文汇月刊》，那上面有我写的《母亲》，他感动地流出了眼泪，当时就萌生了一定要把它拍成一部电影（其实那只是一篇两万多字的散文），经过了半年多的努力，他终于说服了上海电影制片厂，决定投拍，让我来完成剧本的改编工作。他对我说，读完我的《母亲》，他想起自己小时候在北京西什库皇城根度过的童年，想起自己的母亲。他也想起了在"文化大革命"残酷的岁月里，他所感受的如母亲一样的普通人给予他的难忘的真情。

那天，他主要是听我讲述了我母亲的故事和我对母亲无可挽回的闪失和愧疚。他听着，竟然情不自禁地落下了眼泪，我不敢看他的眼睛，因为我从来没有见过70岁的眼睛居然没有浑浊，还是那样清澈，清澈得泪花都如露珠一般澄清透明。他忽然站起来对我说：我为什么非要拍这部电影？我不只是想拍拍母爱，而是要还一笔人情债，要让现在的人们感到真情对于这个世界是多么重要！

　　我们一老一少泪眼相对，映着北京八月的阳光的时候，我感受到艺术家的一颗良心，在物欲横流中难得的真情，和对这个喧嚣尘世的诘问。那天回家，对着母亲的遗像，我悄悄地对母亲说：一个北大哲学系毕业、蜚声海外的艺术家，拍摄一个没有文化平凡一生的母亲，并不是每一个母亲都能够享受得到的。妈妈，您的在天之灵可以得到莫大的安慰了。

　　剧本断断续续写到了一年多以后。那天，为再一次修改剧本，我从北京飞抵上海。是个傍晚，正好赶上他去安徽赈灾义演，他在电话里抱歉说没有能够接我，却特地嘱咐别人早早买下了整整一盒面包送给我，怕我下飞机误了晚饭。打开那一盒只有上海做得出来的精巧的小面包，心里感到很暖，那一盒面包足足吃到了他从安徽回来。

　　剧本定稿的时候，他请我到淮海中路他的家中做客。我见到了他的夫人王文娟，他们两口子特意做了冰激凌给我吃，还把那个季节里难以找到的新鲜草莓，一只只洗得清新透亮，精致地插在冰激凌里。我和他说起了电影《早春二月》。我说起第一次读柔石的小说时，我在读高二。那时，我们到北京南口果园挖坑种树，劳动之余，同学之间在偷偷传递着一本书页被揉得皱巴巴像牛嘴里嚼过一样的《二月》。书轮到我的手里，是半夜时分，我必须明天一早交给另一位守候的同学。老师还要在熄灯之后严加检查，我只好钻进被子里，打开手电筒，看了整整一夜。

他静静地听我说完，告诉我当时拍摄和后来批判《早春二月》时的许多事情。我问他萧涧秋是不是他自己觉得扮演得最重要也是最好的角色？他对我这样说：新中国成立以后，一直都在努力改变以往在屏幕上的形象，希望塑造工农兵的新形象，便拍摄了《渡江侦察记》和《永不消逝的电波》。但是在这之后，他一直渴望有新的突破，在塑造了工农兵的形象之外，能够塑造更吻合他自己本色与气质的知识分子的角色。终于等来这样一部《早春二月》，他非常兴奋，也非常看重。他说不仅他自己看重，就连夏衍先生也非常看重，特别在他的剧本中详细地批注和提示。没有料到，这样一部电影，付出了他极大的心血，却让他吃了不少苦头。那天的交谈，让他涌出许多回忆和感喟，颇有"别来沧海事，语罢暮天钟"的沧桑之感。

对于我们这样的一代人，随历史浮沉跌宕之后，有些普通的词，便不再那么普通，而披戴上岁月的铠甲，比如"老三届""红海洋""黑五类"……早春二月，便是其中一个意味寻常的词。这个词不仅有我们的青春作背景，也有孙道临先生的演绎作依托。因此，我一直认为，萧涧秋是他扮演得最重要也是最好的角色，他不仅成为新中国电影史的一部分，也是中国知识分子心路历程的一部分。从某种程度而言，孙道临和萧涧秋互为镜像，有着内心深处的重叠。

我和孙道临先生往来不多，却有过通信，作为晚辈，我常常得到的是他对我的关怀和鼓励，偶尔也透露着他的隐隐心曲。

1994年2月，他寄给我两张照片留念，都是在1993年拍照的，一张是9月在海南，一张是5月在新疆，他72岁的高龄骑在骆驼上跋涉在戈壁滩。他在信中说："影事难题太多，1993 年，我不务正业，东奔西跑，倒也增加不少阅历，只是'心为物役'的感受越来越强了，也好，总要设法摆脱，让想象好好驰骋。"

1995 年 2 月，我寄他两本我的新书，里面有那篇《母亲》。他写信对我说："再次读了你写的关于《母亲》的文章，仍然止不住流泪。也许是年纪大了些，反而'脆弱'了吧。总记得十七八岁时是要理智得多，竟不知哪个时候的自己是好些的。"

我之所以选出这样两节，是想说过去常讲的是老骥伏枥壮心不已，其实对于中国知识分子而言，老骥之时更需要的是对于自己和历史清醒一点的检点和反思。孙道临先生对于我们的可贵，正在于他一直保持着一个艺术家对于自己和过去的历史与现世的时代的反思和诘问，他的真诚才不止于一般的旨在澄心，而是持有那种赤子之心。这一点，我以为是和《早春二月》里的萧涧秋一脉相承的，或者说其中的矛盾彷徨自省与天问一般追寻，是有良知又有思想的艺术家的本质和天性。

我想，这是孙道临先生给予我们最宝贵的启示，一切有志于艺术的人，都应该如他一样把这样的真诚放在首位。

2008 年 2 月 17 日写于北京

于是之和一个时代

于是之踏雪驾鹤而去，与他共生、影响他并也受到他影响的话剧艺术的一个时代——特别是北京人艺的一个时代，已经彻底结束了。

作为演员，他创造的一个个鲜活紧接地气的角色，特别是《茶馆》的王掌柜，不仅迄今无人匹敌，更重要的是，他是富于北京味和平民气质的人艺风格的开创者和奠基者。正因为有这样的艺术品质，他才能将老舍最难演被老舍自己称为"最大的冒险"的《龙须沟》，点石成金获得成功，他让程疯子重返舞台的心理线与行动线，去淡化修沟的勉为其难的外部戏剧动作，努力而真诚地向艺术靠近。如今，我们提到人艺，会想到很多这样出色的老演员，无疑排在第一位的是于是之。在表演艺术方面，他堪称中国的斯坦尼和丹钦科。

但是，我要说，于是之对于北京人艺乃至中国话剧艺术更大的贡献，不仅仅在于表演，而且在于他对于年轻一代艺术家富于远见的鼎力支持。在上个世纪八十年代历史转折期，北京人艺是中国话剧复兴的重地，当之无愧成为那个除旧布新时代中国话剧的风向标。那时候是于是之和人艺主要的领导人曹禺、赵起扬等有识之士和对中国话剧的知味之士，起到了关键的作用。无论话剧艺术新探索开山的先锋之作《绝对信号》(1982 年)，还是触及现实的《小井胡同》(1983 年)和《狗儿爷涅槃》(1986 年)，抑或对《茶馆》形似并神似的拟仿最成功的《天下第一楼》(1988 年)，乃至再后面九十年代初出现的《鸟人》，没有一部没有浸透过于是之真诚而付出过代价的支持。

我的同学已故剧作家李龙云，是《小井胡同》的作者，在该剧上演前后的沉浮磨砺之中，陪伴他绞尽脑汁善良纯真应付那个变幻风云与莫测人心，一次次地改写和补写剧本，一起患难与共的是于是之。而那时，于是之被诬为"幕后黑手"，顶着压力艰难而为。《小井胡同》之后，建议并鼓励李龙云将老舍的《正红旗下》改编成剧本的，依然是于是之。为此，于是之不仅用毛笔给李龙云写下一封封长信，还为李龙云借相关的剧本《临川梦》，并渴望出演剧中的老舍。即使病倒，依然如此，躺在病床上，手里还拿着《正红旗下》的剧本。

这是于是之的心力、能力和定力，也是他的魅力，同时更体现了他的影响力。所以，在他病卧在床 20 年中，即使无法再走上舞台，他的影子仍然如浓郁的绿荫，倾洒在人艺的舞台和观众的心中，并将这绿荫覆盖在很多年轻的表导演与剧作家的身上。如果说，北京人艺是于是之的人艺，可能有些过，但说于是之是人艺的一支重要的台柱，应该是恰如其分的。是他和老一辈艺术家支撑起人艺的艺术大厦，并为这大厦镌刻下了最美最有分量的老匾额。

我和于是之从未谋面，上个世纪八十年代末，北京有关方面曾经找我写《于是之传》，当时我手头正忙，也想来日方长，谁想没过多久，于是之病倒，我和他失之交臂。我只是在舞台上看他出演的角色，距离更加产生魅力之美。在舞台上，他更显得风清水秀，摆脱尘世之扰，融入艺术之境，他和艺术彼此成就。他为舞台而奉献，舞台为他而救赎。想想 21 年前他突然病倒便一病不起，该有多少未竟的遗憾和对世俗难言的无奈。只有在舞台上，他才焕发一新，成为想成为的人，心地澄净透明，没有任何杂质甚至一点儿渣滓，就像当年朱自清所说的那种"没有层叠的历史所造成的单纯"。在如今的艺术中，这样的心地和品质，该是多么地难得，多么令人向往。

于是之曾经抄录过这样的一句诗："山中除夕无别事，插了梅花便过年。"我非常喜欢，这句诗是于是之单纯透明的注脚。只是，这种无论做人还是从艺的境界，已为我们如今的艺术所稀缺。由历史和现实交织而成的层叠的挤压，雾霾一样遮蔽着越来越世俗的我们。蛇年的春节就要到了，就让于是之去天堂插一枝梅花清清静静地过年吧。

2013 年 1 月 23 日于北京

谁将曹禺的原野装点成花坛

那天，到国家大剧院看曹禺的话剧《原野》，恍若隔世。剧场外的天安门广场上国庆的花坛还没有撤，依然灿烂着，而这里的舞台上却荒草萋萋。导演陈薪伊，演员胡军、吕中、徐帆和濮存昕精彩的演绎，让一出老戏依然意味盎然。一个复仇的母题，却让曹禺翻出新意，父债子还，仇虎痛快淋漓地杀了仇人之后，自己带着心爱的女人，却走不出萋萋原野。选择撞向火车而死，是全剧的结尾，也是仇虎和曹禺共同的选择。

年轻的曹禺是多么厉害，他将人性的复杂、残酷与无奈，写得如此一波三叠，荡气回肠，将他自己的话剧创作和中国的话剧艺术，一齐推到如此的高度。对比《雷雨》，他不满足于经典的三一律，奥尼尔的影响和点化，让他在《原野》中更加挥洒自如，浓墨重彩成一幅墨渍水晕淋漓的泼墨大写意。如果照这样的速度和高度前行，他将会给我们带来什么样的惊喜？

今年是曹禺一百周年诞辰，重演他的剧目，无疑是对他最好的纪念。只是，这几个经典剧目都是曹禺年轻时的创作。

《原野》之后，他并没有继续前行，新中国成立之后的几部剧作，勉为其难，让他在原野中迷茫而迷途。粉碎"四人帮"之际，重新编选他自己的剧作选集，他没有选《原野》，他坦诚地直陈自己的迷茫。年老时他对自己更是充满感慨和无奈。作为一名剧作家，他的艺术生命只活在自己的前半生甚至仅仅的青春期，可以想象他的痛苦该是何等地彻骨。

纪念曹禺百年诞辰的日子里，最让人易于慨叹曹禺，为什么纪念曹禺，其实是一个沉重的话题。

我想起在中央戏剧学院当学生时，见过他一面，那是刚刚粉碎"四人帮"不久，我们的院长金山先生请他来和我们见面谈话。听他那时的讲话，看他那时的样子，还有朝气，起码气并不衰，却已经是隔江犹唱，时不我待了。舞台上演出的仍然是他年轻时的几出老剧，成为他身后经年不变的背景。其实，这样的背景一直延续至今，并未改变，这对于他不知是悲剧还是喜剧？

为什么纪念曹禺？如果剖析他的文艺思想，是极其复杂的，其探索和追求、变异和改造、外因和内因，充满痛苦。他自己曾经说过"一个剧作家应该是一个思想家"，而其自身的"独立见解"更是至关重要。可惜，在他的后半生并没有创作的载体为其这样的思想证明，历史无情地将他自己的思想和才华磨圆磨平，便再也无法写出《原野》棱角突出这样的剧作。这不是他一个人而几乎是一代人的命运，他和他笔下的仇虎一样，迷失在本属于自己的原野之中，这几乎成为他命定般宿命的象征，为他晚年的命运打下伏笔。

为什么纪念曹禺？这一问，更是在叩问如今的话剧。在当下的舞台上，难再看到《原野》似执意触及和挖掘人性深度的剧目。如今的话剧舞台，表面的浮华和热闹，却掩盖不住内在深刻的危机。在我看来，如今的话剧舞台，虽然不乏好的作品灵光一闪，却被几种这样的话剧所占据：一是生活浅表层的即时性或应景性描摹的现兑现买；一是生活浅薄的搞笑和廉价的形式主义的爆炒；

一是经典旧作的不断翻炒；一是借助经典小说的改编、配之以明星阵容的双味热炒。特别是后两种，不以为是我们对于现实生活的缺位，是我们原创力的匮乏，而以为是如今话剧舞台的一种繁荣。

在商业和政治的双重魅惑下，趋俗或媚上，以及票房和获奖的利益驱动，成为一架四轮马车，载我们和年轻时的曹禺渐行渐远，更缺乏晚年曹禺的痛苦和反刍的自省，甚至不以为然的遗忘，将思想的原野装点成了邀宠媚时的花坛，让我们轻车熟路地很容易使得仇虎、周朴园、陈白露的个性和后来的曹禺一样磨圆磨平。于是，我们只能更卖力而出色地表演年轻时曹禺的剧目，在舞台的舞美等形式上长袖善舞变换翻新，重新阐释年轻时候的曹禺，却无法借助曹禺年轻时有力的肩膀晚年的痛苦的心灵，而形成我们自己的双飞翼，去超越曹禺。相反，我们习惯成自然，以为只有这样才是对曹禺的纪念。

2010 年 10 月 29 日于北京

如何纪念老舍先生

　　纪念老舍先生诞辰 110 周年的日子里，他的作品一下子流行起来，热闹了起来。舞台上，今年年初，北京人艺将老舍先生的《骆驼祥子》《龙须沟》《茶馆》三部剧作重新搬上舞台；电视屏幕里，新版《四世同堂》刚播完，紧接着《龙须沟》又粉墨登场。无疑这都是对老舍先生最好的纪念。在称赞的同时，需要对几部作品做一番比较，看看其成败得失，更看看我们应该如何纪念老舍先生才是。

　　先说这三部话剧，不禁对人艺艺术家精彩的演出由衷地敬佩，看得出他们不满足于以往深深刻印下的前车与后辙，而希望以自己重新的演绎，努力接近并还原一个真实的老舍先生。

　　看完这三部话剧之后，还有一个由衷的感慨，那就是老舍先生真的是厉害。孙犁先生曾论说作家生死两态：人生舞台，曲不终，而人已不见；或曲已终，而仍见人。显然，老舍先生属于令人尊敬的后者。无论作为小说家，还是作为剧作家，在中国的文学史上，还真的很少有人能够与之匹敌。一个作家，在他逝世四十余年之后，还能有如此之多如此之富于生命力的作品活跃在今天的舞台上，和我们呼吸与共，心息相通，老舍先生是不朽的。

无疑，在这三部剧作中，《茶馆》是老舍先生的扛鼎之作，也是人艺拿捏得最为炉火纯青的精品。其高度概括的艺术力、气势宏大的叙述力，浓缩人生、人性和历史、时代；其丰富生动的语言、新颖别致的形式，开创话剧舞台创新之风。它是老舍先生内心深处艺术风光旖旎的一块风水宝地。新一代人艺的演出者，是踩在老舍如此辉煌的剧本之上和于是之等前辈艺术家的肩膀之上，他们的理解、创造和发挥，得益于此。最接近老舍先生，也最能够还原老舍先生的，是这部《茶馆》。看完《茶馆》，看见大幕之上远远地站着老舍先生。

　　演出结束之后，走在散场人群中，我听到一位观众朋友的话：温总理刚刚讲完让咱们老百姓活得有尊严，这出戏可是让咱们看到了什么叫作活得没尊严。

　　他的话令我心头一震。是因为有总理的话在先，《茶馆》这出戏便也打上了尊严的烙印？或者是王掌柜重新挂上了一块新的招牌？我看，无论王掌柜，还是演员和导演，倒未必如这位观众一样，真的是为了呼应这一点。但是，这位观众的话，应该引起我们的深思。以往，我们谈及人艺的风格，都愿意说是北京味儿。没错，地道的北京味儿，已经成为人艺醒目的特色。只是，我以为，北京味儿，似乎还概括不了人艺的风格，或者说人艺的风格不应该止步于此。就像北京王致和的臭豆腐，其独特的臭味，并不能完全概括其风格，还得是豆腐本身，才能体味到更为丰富的滋味和内容。

　　在我看来，半个多世纪人艺上演的剧目，凡优秀能传下来的剧目，莫不是这位观众所说的表达了人的尊严的主题，除《茶馆》外，再如老舍先生的《骆驼祥子》，再如后来何冀平的《天下第一楼》等。只是，基本上都是表达了在特定的历史时期，人的尊严的沦落和丧失，它们把底层小人物的命运的悲哀，抒发得淋漓尽致。应该说，这一点上，谁也没有人艺的演得更出色。

记得最开始演出《茶馆》的时候，曾经有人建议加强人物的革命性，即让人的尊严更为主动地争取和发扬光大，老舍先生曾经明确地表达了自己的意见："有人认为此剧的故事性不强，并且建议，用康顺子的遭遇和康大力的革命为主，去发展剧情，可能比我写的更像戏剧。我感谢这种建议，可是不能采用，因为那么一来，我的葬送三个时代的目的就难达到了。"

老舍先生说的三个时代，即剧中三幕分别写到的清末戊戌变法、军阀混战和日本侵占北平这样横跨50年历史的时代。三个时代的葬送，是以小人物尊严的沦丧为昂贵代价的。看三个老头蹒跚在台上撒纸钱，祭奠自己和那些被埋葬的时代，同时真的是道出了那个时代小人物尊严的被践踏和无处藏身的悲凉。所以，老舍先生说《茶馆》这出戏就是"用这些小人物怎么活着和怎么死的，来说明那些时代的啼笑皆非的形形色色"。这些小人物怎么活着和怎么死的？一句话，是没有尊严地活着和没尊严地死的。

当年《茶馆》曾经一度引起演出风波，周总理出面才又复演的。周总理说：这样的戏应该演，应该叫新社会的青年知道，旧社会是多么地可怕。现在，还应该再加上一句：人们活得又是多么地没有尊严。

这正是今天复排《茶馆》的现实意义。它从艺术的一个侧面告诉我们，对于中国老百姓，尊严的话题，曾经实在是太沉重，老舍的《茶馆》经过了三个时代半个世纪的颠簸，尊严还是谈不上；新中国60年历史，如今总理谈及尊严，说明我们的尊严的问题，仍然没有完全得到解决，依然是我们全民族的愿景之一。

从这一点意义而言，来回顾和展望或探讨人艺的风格的形成和发展，我们可以看到，人艺凭借老舍先生剧目的带领，确实非常好地而且是独领风骚地演绎了中国老百姓丧失尊严的过程以及历史成因，让我们看到了生动的形象、深切的命运，而触摸历史，触动心灵。但是，也应该看到，人艺并没有很好地或者有意识地完成人们在实现自身尊严的奋斗而艰辛的历程，为我们塑造区别于老舍先生《茶馆》的新的人物形象。尽管人艺曾经付出极大的努力，比如新排的《窝头会馆》，以及几次复排的《鸟人》，还可以说以前曾经演出过的《狗儿爷涅槃》等剧目。比如，他们在《窝头会馆》里加进了在《茶馆》里老舍先生坚持不用的进步学生（这是当年张光年先生的建议），《鸟人》里增添了新笔墨，以荒诞的色调写鸟人三爷，触及了争取尊严这一主题。但是，无论从戏剧形式，还是人物塑造、语言模式，基本上没有完全跳出老舍先生的《茶馆》而走得更远。

也就是说，人艺风格真正的形成和发展，还有更远的路要走。老本可以继续吃，尊严丧失的小人物的悲剧还可以接着演，但是，需要有新的剧目，特别是续上《茶馆》的香火，完成人们在新时代里的经济和政治的路途和现实生活中努力争取尊严新的人物形象的塑造，让他们出现在我们的舞台上。特别是艺术地实现总理日前所说的这个尊严所包含的政治与经济的含义，即第一，每个公民在宪法和法律规定的范围内，都享有宪法和法律赋予的自由和权利；第二，国家的发展，最终目的是满足人民群众日益增长的物质文化需求；第三，整个社会的全面发展，必须以每个人的发展为前提。这实在是个大主题，大剧目，大制作。但如此意义观看，今日再次复排《茶馆》，才不仅是一次怀旧，而是成为人艺开创新局面的一个先驱。

《骆驼祥子》是人艺对于老舍先生小说的改编，体现了一个时代对于艺术与人性的理解和规范。删繁就简的改写，特别是删去了祥子和虎妞婚后的矛盾和冲突，以及对虎妞和祥子形象的改造，特别是删去祥子最后的堕落、小福子的自杀，人物干净了，单纯了，却缺少了原著的复杂，缺少了老舍先生人性的高度和心理的深度，以及作为小说家的老舍笔下的冷酷和不可遏止的对人物的解剖和对艺术的追求。老舍先生认为《骆驼祥子》是他的重头戏，好比谭叫天唱的《定军山》。现在来看人艺新一版《骆驼祥子》，虽然舞台全新的调度、演员青春的演绎，令人耳目一新，却似乎并没有和50年代和粉碎"四人帮"后的演出走出多远，依然轻车熟路地延续着旧有的惯性思维与方式，多少让我有些不满足。

　　当然，这样的删削，是一代艺术和艺术家的局限和无奈。1955年新版《骆驼祥子》，老舍先生自己也删削了小说最后的一章半，并获得当时文艺界的好评。日本汉学家老舍研究者杉本达夫说过老舍有阴阳两面，阳的一面是保持自己原型不变的老舍，阴的一面是自觉不自觉脱离了自己原型的老舍。他还说一个老百姓的老舍和一个知识分子的老舍，一个谁来订货就拿货给谁的写家和一个灵魂深处呼唤主题的作家，一直矛盾着冲突着。今天，在演出的老舍先生这三个剧中，我以为人艺艺术家最能施展艺术天地的，是《骆驼祥子》。因此，我特别期待着人艺对于《骆驼祥子》有大刀阔斧新的演出版本的出现，更为自觉努力地还原一个真实而伟大的老舍先生。

　　最难演的是《龙须沟》，导演心里很明白，我看戏的那晚顾威先生一直站在剧场的最后，多少有些紧张地看观众的反应。尽管他一再强调这部戏定位于重寻人的尊严，让程疯子重返舞台的心理线与行动线去淡化修沟的外部戏剧动作，努力向老舍先生当年的真诚、真实与艺术靠近，或者说努力想还原一个真实与艺术的老舍。但是，老舍先生自己清醒得很，他早在写剧本之时就清楚：一、缺乏故事性；二、缺乏人物在日常生活中的描写。所以，他说："在我的20多年的写作经验中，写《龙须沟》是最大的冒险。"显然，近60年后的重新冒险，让我们看到的是老舍先生和人艺艺术家内心不可为之而为之的另一侧面，是政治与艺术的热情探索、交融、试水与博弈。尽管演程疯子的杨立新尽力尽心，演出后不止一位观众感慨地说他的戏份儿太少，勉为其难。

再说电视剧《龙须沟》。前面已经提过老舍先生自己说过的话："在我的20多年的写作经验中，写《龙须沟》是最大的冒险。"同时，老舍先生自己又特别指出《龙须沟》："须是本短剧，至多三幕，因为越长越难写。"如今，李成儒执导并主演的电视剧《龙须沟》铺排成了30集，肯定是对老舍先生怀有感情，并且是知难而上。

只是，李成儒执着并标榜的北京味儿，并不能支撑起这样庞大的铺排；更重要的，所谓地道的北京味儿，并非老舍先生的唯一和精髓。

在创作《龙须沟》的时候，对其中的人物，老舍先生曾经明确地说过："刘巡长大致就是《我这一辈子》中的人物。"丁四就是《骆驼祥子》里的祥子，"丁四可比祥子复杂，他可好可坏，一阵明白，一阵糊涂……事不顺心就往下坡溜。"老舍先生没有说程疯子来源于谁，但应该是他在1948年至1949年创作的长篇小说《鼓书艺人》里的方宝庆，如今电视剧里的程疯子也叫宝庆，看来也是顺着那一脉繁衍而下的。

问题是，电视剧里的这几位重要人物都与老舍先生的作品相去甚远，肆意的编排，远离了老舍先生对时代的认知和对艺术的把握。以程疯子为例，如果说他的前史确实来自方宝庆，如今却已经找不到一点儿《鼓书艺人》里的方宝庆的影子了。电视剧《龙须沟》和电视剧《四世同堂》一样，过多地加重了人物抗争和革命的色彩，这当然没什么不好，却有些置老舍先生的文本于不顾，说不客气点儿，有些把老舍先生当成一件光鲜的衣裳披在自己自以为是的身上，但这已经不是老舍先生本人了。

小说里写到的方宝庆，其性格老舍先生说是"世故圆滑，爱奉承人，抽不冷子还要耍手腕"。当然，这是社会使然，为生存所迫，他是属于被侮辱被损害的人。他也抗争，也和革命者孟良接触并受其影响，但写得都很有分寸，没有离开作为艺人说书生涯和作为父亲和养女秀莲关系的范畴，他最大的愿望是建书场、办艺校，就是卖艺不卖身，"'你不自轻自贱，人家就不能看轻你。'这句话可以编进大鼓词儿里去。"他的抗争和革命，便和他和秀莲的残酷命运，和自己的愿望的无情破灭，这样两条线息息相关，体现了老舍先生现实主义的非凡笔力。

如果电视剧能沿着这样脉络和根系铺排发展和改编，进而一步步把这样一个艺人逼疯，在新社会重新焕发艺术的青春，实现了他苦求的愿望，也可能会是一部不错的作品。可惜，电视剧里的程疯子基本上偏离了这两条线，外加上为抓写报道的进步学生孙新而将程疯子抓进牢房，程疯子为找地下党而给丁四下跪等情节，和走得更远的丁四袭击美国大兵、偷拉孙新出城等情节一样，背离了人物的性格，而且，使得对立面黑旋风等反派人物完全脸谱化，漫画化，将蕴含着深刻而丰富的社会和人性内涵的老舍先生的作品简化和矮化了。

至于增添的周旅长的太太和京剧演员杨喜奎的戏份儿，走的则是张恨水先生《啼笑因缘》的路子，更是和老舍先生大相径庭。

这就牵扯到对于老舍先生的理解，老舍先生的作品延续着他一以贯之的对下层百姓的世事人情的真实描摹中，揭示世道与人心两方面：既有对于不合理的世道的抗争和未来新生活的企盼，同时也有对人心即国民精神自身的批判和期待。无论程疯子和方宝庆、丁四和祥子，并非完全同属一人，前后所处的时代也不完全一样，但他们的性格是前后一致的，老舍先生对他们的认知是一致的，可以编排演绎出新的情节和主题变化来，但不该太离谱去随心所欲，或为迎合今日的需求而张冠李戴。

对老舍先生的尊重，首先应该是对其作品的尊重，改编其作品尤其要体现这种尊重。老舍先生不是一块肥肉，可以任我们由着性子为我所需地随意切割，然后猛添加辅料和佐料，烹炒出我们自己口味的一道杂合菜，还非得报出菜名说是老舍先生的。

2009 年岁末于北京

周信芳和梅兰芳

　　今年是周信芳120周年诞辰。上海朱屺瞻艺术馆准备举办纪念周信芳的活动，其中一项便是搞一个画周先生演出过的京剧的戏画画展，邀请画家每人画三幅国画，居然邀请到我的头上。我不是画家，只是京剧的爱好者，是周先生的粉丝。他们大概看到我写过关于戏画和京剧艺术的评论文章，还有随手画的几幅不成样子的戏画，便希望我加盟，添只蛤蟆添点儿力。

　　我很有些受宠若惊，自知画的水平很浅薄，但为表达对周先生的怀念和尊敬之情，还是画了三幅：《海瑞罢官》《打渔杀家》《乌龙院》。都是周先生曾经演出过的经典剧目，其中《海瑞罢官》，让周先生吃尽苦头，以致狱入"文革"，命丧黄泉，艺人如此命运，自古罕见，令人唏嘘。想周先生一生演出过的京剧，多达600余部，在多少戏中，将流年暗换，把世事说破，无限的颠簸和沧桑，在戏中都曾经经历过，却不曾料到自己的命运，比戏中的海瑞以至所有悲惨的人物，都还要悲惨。

　　面对自己这三幅拙劣的画作，心里忽然戚然所动，画面上毕竟都是周先生曾经演出过的剧，便恍然觉得上面似乎有周先生的身影浮动，真是感到戏戏如箭穿心，不大好受。

　　我对周先生没有什么研究，但清晰地记得在读中学的时候，曾经看过他主演的电影《四进士》，当时电影名字好像叫作《宋世杰》。他那嘶哑沧桑的嗓子和老迈苍劲的扮相，尤其是面容，冰霜雕刻了一般，是他留给我的印象，一直定格到现在。对比当时和他一样正在走红的梅兰芳那富态的身态和面庞，优雅而韵律十足的步履与神情，印象便格外深刻，觉得一个是晕染浸透的水墨画，一个是线条爽朗的黑白木刻。当然，梅先生是旦角，自然要雍容娇贵些，但对比同样唱老生，而且，也演出过《打渔杀家》等同样剧目的马连良先生，也没有周先生那样一脸的沧桑感。马先生当年更多是俊朗、老到和潇洒，周先生是一个字：苦。这只是一个中学生的印象，不知道为什么当时我会生出这样的印象。

说起梅兰芳，便想起不知道是否有人曾经将周信芳和梅兰芳做过比较戏曲学方面的研究。他们不是一个行当，却是同科出身，又是同庚属马，且在当时都曾经风靡一时，影响颇大，磨亮师承和创新双面锋刃，将旦角和老生并蒂莲一般推向辉煌，形成自己独属的流派。在京剧的繁盛期和变革期，流派在京剧史上的位置与作用非常。其中，麒派和梅派，各领风骚，影响一直蔓延至今。细想起来，流派的纷呈与崛起，不仅是以独到的唱腔和做工为标志和分野，更是以各自演出的剧目为依托的。前者，如果说是流派的外在醒目的色彩，是内在生命流淌的血液；后者，则是流派存在并矗立的筋骨。

想到这一点，我忽然觉得这样的比较学，或许有点儿意思，甚至意义。

梅兰芳的经典剧目，是《贵妃醉酒》《霸王别姬》《嫦娥奔月》《黛玉葬花》《凤还巢》《洛神》，还有泰戈尔访华时看过的《天女散花》等。周信芳的经典剧目，是《四进士》《徐策跑城》《萧何月下追韩信》《鸿门宴》《打严嵩》《文天祥》《史可法》，还有置他于死地的《海瑞罢官》和《海瑞上疏》等。从剧目名字中可以看出，梅兰芳演的戏大多是文戏，虽然杨贵妃、楚霸王，历史中也实有其人，但大多虚构的成分多些，天女和洛神这样的浪漫派多些，抒情成分多些。周信芳的戏，大多是历史真实的人物，且都是那些充满正气和大气的人物；事件是历史的重大事件，特别是在抗战时期，他演出的《文天祥》和《史可法》，"文革"前，他演出的海瑞戏，都有着拔出萝卜带出泥湿漉漉的浓郁现实感，多是发正义之声，鸣不平之声，有着明确的靶向性，有着厚重的历史感，关乎民族的志向，现实主义的成分多些，言说的成分多些。

从表演的样态来看，梅兰芳和周信芳各自走的路数，也不大一样。梅兰芳身边簇拥着一批文人帮助他写戏，使得他的戏更注重戏剧本身的内化，亦即一口井深掘，戏内人物的情感挖掘多些，讲究精致和细腻。在如贵妃醉酒和霸王别姬的瞬间化简为繁，滴水石穿，渲染敷衍为艺术；在天女散花和黛玉葬花这样几乎没有什么戏剧性的地方，点石成金，演绎出精彩的戏来。因此，梅兰芳的戏更具有文人化、情感化、抒情性和歌舞性的特点，将京剧推至艺术的巅峰。

周信芳的戏，更多人物性格是在历史关键时刻出彩，人物命运是在历史跌宕中彰显。他的戏剧性，虽然也有徐策跑城的"跑"和追韩信的"追"上做文章，但一般不会浓缩在瞬间，然后慢镜头一样蔓延、渗透、展开和完成，而是如长镜头，在时间的流淌中，如竹节一节节地增高、长大，最后枝叶参天，无论徐策的"跑"，还是韩信的"追"，在"跑"和"追"这个过程中，展现的人物的心情，都是为了最后达到参天的顶点而张扬凛然之气，而不会过多强调"跑"和"追"中的舞蹈性与抒情性。

这样的选择，使得他戏内与戏外的关系密切，也紧张，戏内的戏带动戏外的延展，人物和时代胶粘，戏剧行为和现实行为流向一致，观众的艺术享受和心理感应并存。因此，周信芳的戏更多不是来自文人手笔，而是借鉴传统剧目，以此改编，借古讽今，借助钟馗打鬼。他的戏更具有民间性和草根性，历史感与现实感，具有史诗性。

如果将梅麒两派和西洋音乐做一个不对称也不确切的对比，在我看来，梅兰芳有点儿像肖邦或舒曼，周信芳有点儿像贝多芬和马勒。这样的对比，不是说孰优孰劣，实际上，他们的戏码也有交叉，还曾同台演出，始终惺惺相惜，是梨园的双子星座。这样的比较，只是想说在京剧的繁盛期特别是在京剧的变革时期，梅麒两派所起到的作用，真的是各有所长，无与伦比。而且，在梅兰芳的身旁有四大名旦，虽风格各异，却相互依存，彼此烘托，引领一代风光；在周信芳的身旁，则有马连良和他走着大同小异的艺术之路，彼此呼应，相生共荣，谱就时代辉煌。事实上，这是京剧变革的两大流向，两大艺术谱系。因此，这样的对比与研究，便不止步于梅麒个案，而关乎一部京剧发展史中现当代的重要部分。

当然，周信芳表演艺术，不能仅仅简化为沙哑的唱腔与主旨的史诗性。为了达到史诗性，为了塑造人物的真实性和生动性，他不过是将本来弱项的嗓子，化腐朽为神奇，化为自己艺术的一种组成部分。如今硕果仅存的麒派掌门人陈少云先生，就曾经讲过：并非嗓音沙哑就是麒派，麒派艺术讲究"真"，戏假情真，对于节奏的处理出神入化，快慢、强弱、长短、舞台上的一动一静，细到一个眼神的运用，举手投足都充满了节奏。陈少云先生特别强调，要学习麒派艺术，首先要用心体会人物，在唱念做打这些基本功方面做扎实。

这不仅是经验之谈，更是知音知味之谈。比如在《宋世杰》中，宋世杰从二公差的包袱里盗得田伦的信件一场，不过一句台词："他们倒睡了，待我行事便了。"然后，就把书信盗在手中，紧接着是读信了。其中宋世杰是如何盗得信的，盗信时的心情如何，读信时的心情又如何？完全靠周信芳自己的表演，并没有道白和唱词，仅仅到了真正读信中的内容时，才有了唱段。这就是周信芳的本事了。他能够在这样细微的地方，展示他的艺术，而这种艺术不仅是为了表演，更是为了展现人物的心情，从而塑造人物的形象。如今，我们的演员，并不缺乏对前辈惟妙惟肖以及亦步亦趋的模仿，却缺少这样艺术的表现力和创造力。

这样想来，有时我会觉得对于麒派艺术，我们的总结、学习、继承和发扬，显得不够充分，甚至存在明显的断层。在梅麒二派之间，如今学梅派的弟子远多于麒派的后人。而对梅兰芳的研究，则更丰富些，兴奋点更多些；对周信芳的研究则稍微欠缺些。想伶官传在旧时史部里是专设部门来做的，其价值和意义，可列比王公贵族。希望对周信芳的研究和言说，能够更多些，更新些，更深些。无疑，这是对周先生最好的纪念。

2015 年 2 月 28 日改毕于北京

荀慧生和萧长华的枣树

又去西草厂和山西街，是想看看萧长华和荀慧生的故居。上一次来这里，还是十多年前的事情了。

想穿过教佳胡同，就可以先到西草厂。忽然看到西侧一片高楼耸立，看院门上有"四合上院"的字样，心想原来高楼也可以叫四合院，伦常都乱了套，名不副实就更可以习以为常。再看高悬于楼墙体上的门牌，竟然写着山西街，这让我不禁大吃一惊。教佳胡同和山西街相隔着棉花片的好几条胡同和裘家街北边的半条街呢。四合上院威风凛凛地占据了这一片老胡同，莫非连同山西街也已经拆除干净了？

赶紧顺着四合上院的北墙根儿往西绕，四合上院的北侧是一片开阔的空地，椿树园小区的住宅楼已经露出来，和四合上院迎面相对。也就是说，原来的西草厂街东边的半条街，也已经夷为平地。十来年，仅仅十来年的光景，真的像崔健唱的那样：不是我不明白，这世界变化快！

先去山西街找荀慧生故居，知道它不会拆，因为是区文物保护单位，只是不知道来了四合上院这样一位庞然大物的新邻居之后，它会是一种什么样子？

四合上院的西侧是宽敞的停车场，山西街仅仅剩下了西侧的半扇，以低矮和单薄的身子对峙着四合上院的高楼。由于四合上院的地势下沉了一些，山西街高出几十公分，出现一整截高台，成为两个区域之间的一道分割线。往南走不远就看见了荀慧生故居一溜儿东墙，是山西街鹤立鸡群的部分，猜想如果不是因为有它，整条山西街恐怕保不住了。它院墙的北侧，原来是一个夹道，可以通往铁门胡同。现在，已经被拦腰截住，盖起了小房。故居的墙体全部刷成铁灰色，十多年看到的黑色大门，被新漆成红色，门楣上方有"山西街甲十三号"几个金字。蹲在大门口两侧的抱鼓石门墩还在，和大门红白相间，格外醒目。

上一次来这里的时候，是冬天雪后的黄昏，胡同虽然破败不堪，整体的肌理还在，多少能够看出是自明朝以来延续下来的老胡同的样子，只是有些院落被拆得七零八落。黑漆大门紧闭，院子里传出狗吠，胡同里有老街坊走过来，告诉我荀先生一直在这里住到过世，说荀先生人不错，见到街里街坊的，从来都会点头打招呼，"文化大革命"中，荀先生落难，在这条胡同里打扫卫生，人们见到他，也会主动和他打招呼，他们摇摇头说：你说，一个唱戏的，招谁惹谁了？非得把人家整死？

这一次，没有看见老街坊，看到一位停车场看车的，看我坐在故居大门前的高台上画画，走过来看，和我聊了起来。是从河北定州来这里谋生的40多岁的男人，每天在这里看车，对院子里的情况挺了解的。我问他知道这个故居要出售的事情吗？我在网上看到，出售价格在7000万元左右。他告我，听说了，也听说他们家的孩子意见不一致，有同意卖的，有不同意卖的。不过，昨天还有一家专门经营四合院生意的公司来这里看房子呢。现在，就是荀慧生的一个儿媳妇住，老太太都七八十岁了，她刚出去买菜，一会儿就回来了。

这时候，一辆三轮老年代步车开了过来，停在故居门口。从车上跳下来两个人，打开红漆大门，径直走进了院子。我问看车的汉子，他们是荀家人吗？他告诉我，不是，荀家出租了院子里的一间房子，是一家什么广告公司，他们是公司的。然后，他指指院墙最北边说：就是那间！

荀慧生故居，东西长 25 米，南北长 33 米，院子不是典型老北京四合院的格局，但每个房子之间有回廊连接，西头有个花园。据说，荀慧生当年喜欢种果树，亲手种有苹果、柿子、枣树、海棠、红果多株。到果子熟了的时候，会分送给梅兰芳等人分享。唯独那柿子熟透了不摘，一直到数九寒冬，来了客人，用竹梢头从树枝头打下硬邦邦的柿子，请客人就着带冰碴儿的柿子吃下，老北京人管这叫作"喝了蜜"。想想那时候的情景，再看到眼前的样子，让人不禁心生"棋罢不知人换世，酒阑无奈客思家"的感慨。

看车的汉子告诉我，如今院子里只剩下两棵树，一棵柿子，一棵枣。枣结得挺多的，前两天，刚打过一次枣。我抬头一看，那棵枣树就紧贴院墙后面，高高地探出头来，枝叶间还有颗颗红枣在阳光中闪动。

原来，起码十多年我来这里时，山西街和西草厂街呈 T 形。现在，因为了四合上院，西草厂街只剩下西边盲肠般的一小段。山西街和西草厂街呈现阿拉伯数字的 7 字形了，从荀慧生故居折回到西草厂街往左手方向即西边一拐，就到了萧长华的故居——西草厂街 88 号。看门牌是 88 号，只能说明当年这条街起码有百户，而如今已经没有几户人家。

没有想到萧长华故居如今如此地破败。1939 年，萧长华全家搬到这里，这条西草厂街比山西街要长要宽，它西从宣武门外大街，东到南柳巷，有 1 里多地长，宽有 6 米多。萧长华全家住的是东西两个小四合院，东西共长 24 米，南北宽 22 米，面积比荀慧生故居要小。但两个小院很规整，正房、厢房和倒座房，围起中间方方正正的庭院，属于老北京那种"天棚鱼缸石榴树"的典型四合院。大门口有两座方形石门墩，门上有"积善有余庆，行义致多福"的门联，门楼上方有冰盘檐，檐上有女儿墙。门对面的影壁墙上有刻着"平安"二字的长方形砖雕镶嵌。如果是夏天进得门去，门道两侧爬满爬墙虎，绿意葱茏，生机盎然。

如今，上哪里寻找小院这样的图景？不要说现在，即使是十多年前，我曾经来过这里多次，已早无当年的踪影。那时，因为建椿树园小区，不仅拆掉了整个椿树胡同一片老街巷，西草厂街的北面半扇也已经被拆光。十多年前，沃尔玛超市在这里开张，开门见山，正对着萧长华故居。新的资本的气宇轩昂，与已经日渐凋零的萧长华故居，相互对视，真有些不伦不类，却是那时真实的写照。我们一直讲究并推崇的老北京文化，与新的商品经济时代发展之间，形成了力不胜负的对抗。于是，不仅是一条西草厂街，而是大批的老北京老巷毁于一旦，其实都是这近些年间的事情。萧长华故居，只是挂上了一块文物保护的牌子，而院子却是越来越破旧，几乎无人问津，不知道由谁来管，规划中的以后命运如何。

我走进故居，只见到西边的小院，正房、厢房和倒座房还在，但已经没什么人居住，杂草横生，蛛网垂落，只有流浪猫在房上房下乱窜。小院中间堆积成山的乱七八糟的东西，几乎成了垃圾堆。忍不住想，两个院子，当年是萧长华先生教授学生学戏的场地。萧长华先生自己不仅是名丑，而且是一位京剧教育家，新中国成立前在富连成，新中国成立后在北京戏校，他都起到了至关重要的作用，带出一批学生，多少学生都曾经在这里跟他学过戏。如今的院子竟然成了这样子，真的让人扼腕蹙眉。我们盖商品楼，盖商业大厦，舍得花钱，就舍不得花钱修一下萧长华故居，给那些爱好京剧的和爱好老北京文化的人一个心存念想的地方吗？

想一想，十多年前，西草厂街周围还没有那么多的高楼大厦，十多年后，高楼大厦平地而起。只是，十年多后，萧长华故居，比十多年前还要破败不堪，像被遗弃的孤寡老人一样，让它孤零零地垂立在商厦和商品楼的包围之中。不知别人是什么感觉，走出故居大门，我的心里一阵酸楚。

忍不住回头又望望，想起来了，院子里那株老枣树，十多年前就在，十多年后还顽强地立在那里。那是萧长华先生亲手种的枣树，居然有着这样强烈的生命力。它和荀慧生故居里荀先生亲手种的那株老枣树一起，给我一些慰藉，让我心存一些希望。或许，它们就是荀慧生和萧长华的影子，或者是他们的游魂，至今依然飘荡在西草厂街和山西街的上空。

2016 年 9 月 7 日写于北京

程砚秋和《锁麟囊》

谨以此文纪念程砚秋先生110周年诞辰。

——题记

　　《荒山泪》《春闺梦》《锁麟囊》，都是程砚秋的拿手戏，但在我看来，《锁麟囊》最好。恐怕在程砚秋的心里，这出戏的分量也是最重。否则，他不会垂危在病床前，上级领导来看他，他还是执着地提出希望这出戏能够解禁。这出戏自新中国成立以后就被扣上了"阶级调和论"的帽子，一直没有演出，这成了他的一块至死未解的心病。

　　如今，看不到程砚秋当年演出《锁麟囊》的影像资料。上个世纪60年代为保留名家演出剧目，拍过一些电影，程砚秋拍的是《荒山泪》。这成了千古的遗憾。唯一能够听到的是他的演唱录音，《锁麟囊》是1946年的录音，正是他最好的年华。现在，亡羊补牢已晚，只好用他的录音，配今日演员的表演，叫作音配像，勉强燃起人们对昔日的一些残破不全的记忆和想象。

　　戏罢不觉人换世，如今，《锁麟囊》成为久演不衰的一出戏，《荒山泪》和《春闺梦》很少再演。世人和时间双重的淘洗，让好戏如好人一样不会被埋没而能够经久流传。这便叫作时序有心，苍天有眼，人心有秤。只可惜程砚秋已经不在。今天，看这出戏，张火丁的最为火爆，只是票价上千元，有些贵，我选择的是看迟小秋的。论扮相，迟不如张，迟的身材稍显矮些，不如张在舞台上那样袅袅婷婷。不过，迟的表演和唱功不错，她是师从王吟秋先生，且正当年，演绎薛湘灵的人生沧桑和内心的浮沉，骨肉相随，不致流于表面。我也看过李世济的一折，毕竟年老了，老态龙钟，再如何演唱，都不大像薛湘灵，而像薛湘灵的姥姥。

《锁麟囊》这样一出近人写的戏，能够成为经典，不容易。之所以能够成功，除了程砚秋的唱腔和表演出色之外，更在于剧本写得好。这得归功于翁偶虹先生。首先，这个题材选得好，是一种艺术的选择，而非出于对时令的躬逢，或对权势的讨好。他将一个原来富家女薛湘灵和一个贫寒女赵守贞，在世事沧桑和命运跌宕的变化中，位置颠倒，贫富互换，然后显示各自的心灵与人性，触摸到人性柔软美好的那一面，让人体味并向往人生值得珍存的一种中和蕴藉的东西，这东西才价值连城，让人有活下去的依靠，让人生有得以延续下去的根基。

记得美国作家奥茨在论述长篇小说创作时曾经说过，一定要把人物放在一个长一点时间段里，因为有时间的变化才有命运的变化，才最能揭示人心和人性，以及性格。这是经验之谈，没有时间的跨度，便没有人性的深度。《锁麟囊》所达到的人性深度，起码在近人所编的戏中，难以匹敌。近读中国戏曲学院傅瑾教授所言："如果说梅兰芳走的是古典化的道路，程砚秋则走的是人性化的道路。这两条道路构成了京剧旦行最为独特的方面。"他总结得很对。可以这样认为，程砚秋在上个世纪四十年代京戏变革中所展现的姿态和所取得的成绩，多少要超过四大名旦其他几位一些。其中，无疑《锁麟囊》为程砚秋立下汗马之功。

《锁麟囊》剧本写得好，还在于他写得像戏，遵循的是京戏的规律，而不是如现在我们有的新派京剧想当然的编造，天马行空的挥洒，借助声光电现代科技的舞台背景的炫目。这样的戏，只见戏的大致框架，不见细微感人的细节。看《锁麟囊》，开头"春秋亭"一折，赠囊的戏写得一波三折，而不是草草地把囊送出去完事，匆匆赶路一般将戏的情节只处于频频交代之中。先是送钱，后是送物，都被拒绝，最后将囊中的珍宝拿出，只送囊，权且留个纪念。层层剥笋，层次递进，最后剥离了物的存在的囊，便成了比物更珍贵的情意与人性的明喻。写得真的是细致入微，将两位人物的心理性格活脱脱地写出来。富者实在是出于真心的同情，贫者却守住贫而不贱的底线，一个囊的道具运用得淋漓尽致，并将这个道具成为命运的一种象征物和戏的一种悬念，留存在下面的戏中呼应和发展。

薛湘灵和赵守贞的劫后重逢，与春秋亭中第一次雨中相遇，大不相同。如此重逢，该如何去写？想起当年我考中央戏剧学院时写作题目便是《重逢》，重逢，从来都是写戏的很节儿之处，衡量一个人会不会写戏。《锁麟囊》中将第一次相遇和后来的重逢，分别放在大雨和洪水劫后的背景中，让大雨和洪水不仅成为剧情发展必备的情节因素，更成为人性中天然命定的一种隐喻。如果不是大雨，她们不会相遇；如果不是洪水，她们不会重逢；但如果一切如果都不存在，也就没有了丰富复杂的人生。人生所有的困惑和哲理，有时都存在于偶然之中，命运的大手偶然挥舞的一拐弯儿，大让历史、小让个人的命运，都会发生天翻地覆的变迁。

再看"三让椅"一折，用的方法和赠囊一样，也是一波三折，表现的手法却有了变化，不再是赠囊那样从情出发的深沉，而是改用以趣为主，让人忍俊不禁，让人替薛赵二位会心会意，

名花零落雨中看　173

其创作手法的多样性，令人击节。

当然，唱词的妙处，也是其中要义之一。最初听到"春秋亭"那一段："耳听得风声断，雨声喧，雷声乱，乐声阑珊，人声呐喊，都道是大雨倾天。"觉得真的是好，紧促的短句，一连五个"声"，如五叠瀑一样，一路跌落而下，溅得水花四射，让水流迤逦而来，好不流畅。再听薛赵重逢时薛的另一唱段："这也是老天爷一番教训，他教我收余恨，免娇嗔，且自新，改性情，休恋逝水，苦海余生，早悟兰因。可怜我平地里遭此贫困，我的儿呀，把麟儿误作了自己的宁馨。"依然是一连串紧促的短句，大珠小珠落玉盘，清越深沉，很是打动人。前后句式的呼应，造成了衔接和对比，让戏的情节在唱腔中回环曲折，婉转流淌，实在是这出戏的妙处所在。据说，这两段叫作"垛句"的唱段，出于程砚秋的要求，他对艺术自觉的追求和灵性的感悟，为这出戏锦上添花。

这出戏这两处唱段，在我看来最为精彩。再加上最后戏中薛湘灵飘逸灵动的水袖，构成了戏的表演的华彩乐章，让戏中的人物和情节，不仅是叙事策略的一种书写，而成为艺术内在的因素和血肉，让内容和形式，让人物和演唱，互为表里，融为一体。这才是真正的京戏，为演员提供了充分表演的空间。在这方面，迟小秋的演出很精彩，起码一点不比张火丁差。

记得那次看完《锁麟囊》之后的第二天，还是到长安戏院看戏，依然是坐在楼上，依然看见北京市前副市长张百发坐在楼上第一排的中间，他是个戏迷，在长安戏院看戏，常能看到他，并不奇怪。演出开始没多久，看到一个矮小的女人摸黑走了过来，坐在他的身旁，陪他看戏，不时还交头接耳几句。细看，是卸了装穿着便装的迟小秋。忽然发现，和在舞台上光彩照人的薛湘灵完全不一样。心想也是，戏台上的人物，和戏台下的演员，本来就不是一个人。看戏，看戏，看的是戏台上的人物。他们和现实拉开了距离，却显得比现实更真实而感人。

那时心里暗想，如果是程砚秋先生脱下戏装，从台上走下来，一直也走到眼前，会是什么样子？

2014 年 1 月 5 日于北京

想起了叶盛章

那天，一位80多岁的热心老太太踩着小脚，像踩着轻松的鼓点儿，领我一直快步走到棉花胡同东口，指着路北的7号院告诉我：这就是叶盛兰的家。又对我说，后来把人家打成右派，"文化大革命"批斗人家，死得早，挺惨的。听说叶家的后人搬到龙潭湖去了。

院门很古朴，红漆斑驳脱落，但门簪、门墩都还在，高台阶和房檐下的垂花木棂也都还在。我走进院子，典型的北京四合院，虽东厢房前盖出新的小房，院子的基本面貌未变。我走出来问老太太进门的地方原来是不是有个影壁啊？她说我记不清了，我还是原来查卫生的时候到他们院子里来过，这一眨眼都是好几十年前的事了。

想起放翁的诗：看尽人间兴废事，不曾富贵不曾穷。叶盛兰活着的话，今年90多了。由叶盛兰，又想起了他的三哥叶盛章（叶盛兰行四，他下面还有一个弟弟叶盛长，是著名的老生）。叶盛章原先住海柏胡同，离叶盛兰家不远，后来也搬到龙潭湖去了。想起叶盛章，不由得想起当年在老北京的天乐园发生的一件事情，便立刻到大栅栏对面鲜鱼口的街上找到天乐园。这是一座清嘉庆年间的老戏园子，朝代更迭，几经易主，1920年，天乐园更名为华乐戏院。开头由王又宸、周瑞安，后加入高庆奎、程砚秋演出，再后来是富连成加盟，都是一时的名角，让这个颓败的老戏园子重新红火起来。当时加盟富连成的叶盛章，也在这里唱戏。叶盛章是有名的武生，兼武丑，武功好，唱功念白也好，可以说是文武兼备。他的经典"三岔口""打瓜园"，都让他在戏迷中赢得了名声。

1947年，天乐园发生这样一件事情，和叶盛章紧紧联系在一起。那一年，国大代表张道藩来京，北平市政府为拍张的马屁，指示梨园行会要为张组织一场义务演出，各路名角，都得悉数登场。演出地点就选择在天乐园。

当时，张道藩还是国民党的作家协会主席，一脚跨官场、文场两个场子。不过，他确实也会写文章，而且写得还不错，并不只是上面派下来的挂个虚名的作家协会的主席，要不然徐悲鸿当年的夫人蒋碧薇也不会说死说活地爱上他。张道藩是个风流人士，想来北京的梨园界风雅风雅，抖抖威风，听听京戏，再和梨园名角们会会面，握握手，谈谈对国粹的振兴，然后把相关的报道和照片，刊登在报纸上面，也是不虚此行，是可以理解的。

只是张道藩没有料到，梨园行会当时刚刚换届，新任会长是叶盛章。叶盛章脾气耿直，那一年才35岁，属于年轻气盛，听说张道藩凭借官衔跑到北京耀武扬威，来听"蹭戏"，带头不愿意。他要只是如一些文人一样心里不乐意，嘴上骂骂，也就没有以后的事情了。偏偏他的耿直的脾气上来了，他新当选的梨园行会会长的头衔，其实不过是唱戏里的帽翅儿一般的官而已，却让他当真了，觉得不能够只图个浪声虚名，自己应当干点儿事才对得起这个名分。于是，他便以会长的名义出面，召开梨园行会全体理事会，把给不给张道藩演戏的事情交由大家讨论。他以为大家会和他一样义愤填膺，继而拒绝为张道藩演戏，谁知道讨论的结果并不像他想象的那样。好多人心里都认为不给钱就是不伺候，但又怕拒演既得罪了张道藩，又得罪了政府，给梨园界以后带来麻烦。讨论到最后，大家勉强同意还是演出吧，没想到这么一耽误，耽误了开演的时间。这一下，惹恼了台下的大兵，跑到台上闹事，愣是把叶盛章绑到台上示众，一通棍棒乱打，茶壶茶碗汽水瓶扔得他满身都是，如果不是叶盛章会武功，能够抵挡一下，和那帮大兵奋力挣巴，非死在台上不可。最后，叶盛章被警察从台上生生拽下台，逮捕进了局子，那场面和电影里《秋海棠》演的大兵把秋海棠抓走的场面一样。

叶盛章这段往事，现在知道的人已经不多，差不多已经像一张旧戏票，被我们随手扔在了遗忘的风中。当我知道了这样的事情后，我对叶盛章刮目相看，面对国民党大兵，他在舞台上表现出来的血性，和他舞台上演出过的那些过去朝代里的英雄一样，让人肃然起敬。我忍不住想起叶盛章在"文革"中屡次遭到红卫兵抓走去批斗的经历，一样地被毒打，只不过时间已经从1947年转换到了1966年，国民党大兵变成了红卫兵。其实，不过过去了才19年的光景。只能够用1966年当时曾经流行过的词语，说是"历史何其相似乃尔"！

准确地说，应该不完全是"相似乃尔"。首先，1966年，叶盛章遭受的毒打不止一次。那时候，叶盛章和夫人，唯一的儿子，一家三口住在崇文门外龙潭湖的楼房里，他便把在宣武门外海柏胡同里的老宅给卖了。"文革"中遭受的第一次毒打，便是因此而致。是因为有人打了他的小汇报，说他出卖私房挤占劳动人民的住房，说他人口少住房多，只是这样一条，便能够置他于死地。即使他老老实实地把卖房子所得钱的存折上缴给了组织，他也难逃厄运。他被限令"24小时之内滚出红湖"（当时龙潭湖被改名为红湖）。在滚出红湖之前，他挨了批斗，遭受了第一次毒打，然后，只允许他带着一张床、一只皮箱、一个橱柜、三副碗筷，离开了红湖，最后反复央求，破例允许他再带一个收音机，好听伟大领袖的"最高指示"，他一家三口住进了一间小平房里。

如果厄运到此为止，我猜想，叶盛章也许会忍下去，我们好多人不都是这样忍下去的吗？但是，红卫兵并没有放过他，依然找到偏僻的平房里，把他揪出来批斗。没有人出面制止，大家都在自身难保，大家也都忘记了他是京戏里武生名角，他曾经带给我们那么多艺术的愉悦与享受。

这一天上午，他去上班，他的夫人还特意往塑料袋子里装了几个干油饼，让他带到班上吃。谁想到，就在这一天，他的夫人被抓走批斗，被剃了阴阳头，夫人难忍屈辱，投龙潭湖自尽，却被人救出。当叶盛章看到夫人这狼狈样子的时候，执手相看泪眼，我想是他最无法忍受的了。谁想到，就在这一天夜里，红卫兵还没有放过他，居然大半夜里杀上门来，将他再次打得遍体鳞伤。第二天，他横尸在护城河上。

如果还和1947年那场毒打相比，再一点并不"相似乃尔"的，是在面对红卫兵的一次次毒打中，他竟然没有任何的还手。其实，他是身怀武功绝技，而且那一年他才54岁，正是年富力强。凭他从小下练就的童子功，对付几个毛头的红卫兵，是不在话下的。可是，他没有还手，任凭他们把自己毒打得遍体鳞伤。

我不明白，他为什么能够做到这样。我也弄不清，那时候，他是怎么想的。我只是猜想，和1947年在天乐园舞台上面对那乱棒飞舞相比，他的性格变化太大了。我弄不清到底是什么原因，把一个那样一腔热血的汉子的性格，改造成了这样子的。

最近，因为要写天乐园，我多次到鲜鱼口去看天乐园，周围一些地方已经拆得一片凋零，它的前面也是一片瓦砾，但是它二层的戏楼还在，老态龙钟，毕竟还立在那里，历史的物证一样，给今天一点看得见摸得着的对比和关照。每一次到这里，我总回想起 1947 年 35 岁的叶盛章和 1966 年 54 岁的叶盛章。我特别想起那些在"文革"中曾经小报告告发叶盛章的人，和那些曾经毒打过叶盛章的人，他们现在怎么样了，会不会在偶尔之间想起发生过的往事？

由叶盛兰想起的是关于叶盛章这段往事。我相信，会有好多人如我一样想起了他。其实，想起了他，就是想起了我们自己，在那一段历史中的我们自己。

2006 年夏于北京

花飞蝶舞梁谷音

　　上海昆曲团成立 30 年，要到北京演出，听说这消息，我早早一个多月前就买好了票，其中最想看的是梁谷音的《蝴蝶梦》。

　　我对昆曲一窍不通，也不想跟随如今新潮的昆曲热凑热闹。昆曲名角众多，却因见识浅陋，只知道一个梁谷音。之所以记住了她，缘于几年前读过她的一则文章，印象很深，说她 2001 年在美国华盛顿索米博物馆，不愿意在博物馆安排好的小剧场里演出，偏选在了小小的展厅里演了《琵琶记》里"描容"一折。只是一人一笛一鼓，没有舞台，甚至没有任何布景，也没有字幕翻译，却演得那帮美国人都看懂了，不仅看懂了，而且还随着赵五娘为婆婆描容来祭奠的悲悲戚戚的感情起落而潸潸泪下。这样的情景，很让我着迷，很是向往，充满想象。梁谷音究竟有什么样的魔力，可以将一曲昆腔演绎得如此出神入化，穿越时空，沟通起不同文化背景人们的心灵？

　　《蝴蝶梦》是一出清人的剧，旧时叫《大劈棺》，说有迷信和黄色内容而被禁演。其实，它不过借庄子说事，将一则庄周梦蝶的故事重新演绎，其中对于爱情与婚姻的质疑，颇具有后现代的意味。今天看来依然具有清新撩人的醒世味道。庄周最后唱"万古大梦总相如"，真的是现代故事的古装版，今古交替，充满反讽，互为镜像。梁谷音饰演的庄周的妻子田氏，第一场"扇坟"，一出场破扇遮脸优美碎步的亮相，就赢得了满堂彩，确实精彩。爱情失去了信任，猜疑和试探成为家庭的主旋律，庄周荒诞装死，化作翩翩美少年楚王孙，冒充庄周的学生，打上门来，以图与师母玩一段师生恋，来考验妻子一番。果然立马奏效，田氏一见钟情，恨不相逢未嫁时，乃至为救心上人王孙的性命，不惜举斧大劈棺取先夫的脑仁用上一用，真可谓将情与爱、性与欲推向极致。梁谷音将这样一个性格复杂、内心丰富、情感大起大落的妇人，演得花飞蝶舞、鸟啼梦惊，如此风姿绰约，曲净天青。

　　舞台剧与影视不同，无法出现人特写，一般观众看不大清演员的面目表情，更不会如纸面的小说，可以铺陈大段的心理描写。这就要看我国古典舞台剧演员演出的魅力了。最让我惊叹的是梁谷音能够将看不见的心理和心情演绎得惟妙惟肖，如状目前，看得见，摸得着。这真是本事。她唱功曲折与微妙，我不懂，但看她身段与台步，水袖和眼神，真的是一枝一叶总关情，似乎都会说话，都长着眼睛，都绽开着笑靥。一招一式，拈襟揽袖，曳裙拖裾，带动得整个舞台跟随着她一起婆娑摇曳，柔柔软软，飘飘欲仙。

　　别看舞台朴素至极，几乎没有什么新奇和高级的装置，演员也没有浩浩荡荡的人马，一共只是四个人演出，却将舞台充满气场一样，满满盈盈荡漾着的都是戏的神韵和魂儿，咫尺天地，无限江山。

　　梁谷音善于运用手里的小道具，扇子、红纱、喜花，乃至最后出现的斧头，都被她得来全不费功夫一样，成为她的另一种表情和风情，彻底地化为属于她自己的一种艺术创作。特别是那一方透明的红纱，袅袅婷婷，让她上下左右、胸前身后、眼前嘴中、地上地下，翻飞得如同一个火一般燃着的精灵，让我忍不住想起理查·施特劳斯根据王尔德的《莎乐美》改编的歌剧里的那段"七重纱"舞，有着异曲同工之妙。借助它们，将一个闺中寂寞难禁、春心荡漾、欲火中烧、于心不甘又急不可耐、万千风情又敢于叛逆而铤而走险的妇人，拿捏得恰到好处，勾勒得须眉毕现。那种含情欲说、媚眼相看、心事难付、情结如蛇一样盘结的错综复杂，那种从含羞、哀怨到娇憨到放纵得最后情感的喷薄而出，大写意的水墨画的墨汁淋漓的洇染一样，一点点层次分明地呈现出来，将简单的舞台舞动得风生水起。

想想在华盛顿她演出的"描容"，能够令那么多美国人动容，也就信服了。

真不敢想象梁谷音竟然已经是 66 岁的人。这就是戏剧的魅力。它混淆了现实与艺术的界限，它让一个演员永远年轻，而将年龄融解于舞台虚拟与梦幻之中。散场后的北京，月白风清，夜空如洗，难得地清爽，总还想起谢幕时梁谷音将观众献给她的鲜花又使劲抛向观众席的情景，心里盛满感动，和对她的敬意与祝福。

2008 年 10 月 13 日于北京

老板的汗血马和骆玉笙的花盆鼓

新近，由美籍华人跨界导演，推出的一场新派京剧《霸王别姬》中，最令人叹为观止的是，最后竟然不伦不类地牵上一匹汗血马，充当乌骓马抖擞上台，在乌江边让霸王与之告别。看最新一期三联周刊报道，这匹汗血马价值几百万，是投资排演这出京剧的老板的心爱之物，他希望导演让这匹汗血马登台露个脸儿。于是，这匹汗血马，和霸王联袂也成为戏里的一个角儿。

这实在是件有意思的事情。资本介入艺术演出的市场之后，无论国内还是国外，历来什么事情都可以发生。以前听说，投资戏和影视的老板为捧红自己心爱的女人，要求导演让其出任主角或其他角色，凭着老板的财大气粗，导演和剧组无可奈何，只好签下城下之盟，让一些并不着调的女演员在戏中滥竽充数。没有想到，由于老板的喜好不同，如今的老板改换了章程，变女人为汗血马。

此番汗血马慷慨亮相，照导演的谦虚的说法，是给观众一点小的惊奇。其实，牵真牲口为活道具，这算不上什么新鲜和惊奇，好多年前，在北京体育场上演威尔第的歌剧《阿依达》，早就请来真的骆驼登台上过场，不过是作为炒作的卖点而已。要说舞台上真让人叹服的创新和惊奇，倒让我想起了已故的艺术家骆玉笙老前辈。

曾经看过这样的一段录像，是 80 岁高龄的骆玉笙演唱京韵大鼓《击鼓骂曹》。这是一个传统的老段子，骆玉笙师从少白派白凤鸣先生。但是，无论白先生，还是以往演唱这段《击鼓骂曹》的其他演员，都只是单手击打板鼓。骆玉笙为了演唱更加身临其境，更加富有韵味，改一般常用的板鼓，而将一个浑身通红的花盆大鼓请上台来。那大鼓状若硕大的花盆，骆玉笙站在鼓前，显得格外娇小玲珑，便越发显得鼓大而强劲有力。这是以前京韵大鼓没有出现过的道具。为此，骆玉笙专门向京剧名家杨乃鹏一板一眼地学习击鼓，练得炉火纯青。显然，这也是京韵大鼓从未有过的表演方式。

在唱完祢衡一通鼓"惊天动地"，二通鼓"悲喜交加令人惊"，三通鼓"似有金石之声"，再唱一句"众公卿凝神倾听"之后，骆玉笙弃板鼓而击打大鼓，先鼓点，后加入胡琴声，时紧时缓，时高时低，密如骤雨，疏似断鸿，最后，声声紧逼，步步惊心，将那鼓点打得真是出神入化，让这一通纷繁错落的鼓点为现场营造出来不同凡响的气氛和气势。一长段节奏分明的鼓点之后，骆玉笙张口再唱，才有了后面祢衡的骂曹。如此，前面的击鼓成为表演和内容不可分割的组成部分，使得后面的骂曹有了足够的铺垫和渲染，才显得水涨船高般让这一段大鼓达到高潮。于是，这个花盆大鼓和祢衡一齐成为主角，骆玉笙让它有了突出的形象，也有了缤纷的声音。

任何艺术形式都需要不断地创新，创新是没有错的，只是创新不是哗众取宠，不是非要将老板的心爱之物亮相于舞台。因为舞台自有舞台的规律与规范，不是老板的私家花园或多宝格，非要将其宝马拉出来遛遛，或将其其他宝贝展示出来看看不可。特别是京剧，是讲究虚拟的写意艺术，几把桌椅和一道帷幕，都能够调动起五湖风雨，万里关山，并非戏中有马就一定得牵匹活马上来。骆玉笙年迈时演唱《击鼓骂曹》，请上花盆大鼓，无疑是借鉴了京剧的内容而丰富了京韵大鼓自身的表演形式。过去，京剧里讲究"冷锣"和"急鼓"。周信芳演戏时便常用"冷锣"，他道白"此话怎讲？"紧接着便是一声"冷锣"，气氛一下子别开生面。而京剧开场前的急急风中"急鼓"的作用，常常是整场气氛的烘托。骆玉笙衰年变法，将京剧的鼓点融入京韵大鼓里，将鼓点不仅是起伴奏的作用，而且和内容和人物和情境融为一体，把一段传统的《击鼓骂曹》演唱得高潮迭起，别具一格，这才是真正的创新。

在舞台上，请上汗血马，和请上花盆鼓，都算得上是别出心裁，但真创新和伪创新的区别，明眼人还是能够一眼望穿的，那便是一个是为了艺术，一个是为了自己；一个是为观众倾心，一个是为资本屈膝。

2012 年 3 月 6 日于北京

下

卷

名花零落雨中看

    北大哲学教授贺麟，命运极具戏剧性。因新中国成立前上书蒋介石万言书受到蒋的八次接见，有如此前科，注定在新中国成立之后那场思想改造运动中的命运，在劫难逃。一开始，贺麟即被管制，却固守老派文人之风，依然不合时宜地坚称蒋介石为蒋先生。"三反"和土改运动后，交出万言书底稿，说"现在我要骂蒋介石为匪了"。不过短短几年的工夫，态度之变，判若霄壤，可以看出运动的威力与压力之大。

    如果说此时贺麟的表态尚迫于压力多少并不从心。到了1954年，批判胡适和俞平伯运动中，他的命运起了翻天覆地的变化。变化之因，缘于一篇批判稿，阴差阳错刊登在《人民日报》上。一篇普通的批判稿，能够在《人民日报》上发表，不仅等于他自己的政治表态，也等于对他政治的肯定，而在此之前，他还被批为思想糊涂。如此意外受到表扬，让他惊喜万分，内心的天平发生了倾斜，一下子觉得自己有政治地位了，由此对胡适和俞平伯批判的态度更为积极。

    这由一场意外而导致的悲喜剧，几乎完全异化并扭曲了贺麟这样一位老派知识分子的性格，却可以看出那个时代知识分子在政治运动之中的心态和表现，无奈之中渗透着可悲。如果再看贺麟在运动中的另一种表现，更能够看出知识分子性格在客观政治斗争中的扭曲轨迹。他很长一段时间里坚持黑格尔学说，在论战中顽固坚持己见，到后来对风雨欲来要整自己的担心，到照本宣科苏联专家的课程的违心，到党支部在他家开会帮助他，他以啤酒点心招待后的舒心，从此开始了对黑格尔的批判。从担心到违心到舒心，贺麟的这种从性格到学术到政治的三级跳，我们会看到那场运动的丰富性和人的心路历程的复杂性。贺麟从行为伴随着思想转变的轨迹，有着命运阴差阳错的因素，更有与对同样北大哲学教授冯友兰等人残酷批斗方式不尽相同的怀柔政策，攻心为上的作用，贺麟便也顺坡下驴，不惜或不自觉地牺牲性格与知识为代价。

应该说，贺麟这种命运是带有悲剧性的。这种悲剧性，不仅属于个人，更属于这个群体的一代人甚至几代人。想起刚刚读完许纪霖的《中国知识分子十论》，他在引徐复观"道尊于势"的论述后说过的话："中国知识分子依赖的'道统'，就与西方的传统不一样，它不是通过认知的系统和信仰系统，而是通过道德人格的建立以担当民族存在的责任。"我国知识分子这种先天不足的人文传统，其内在德性的"自力"，外在宗教与法律的"他力"，在突变的政治旋涡中就会显得格外脆弱，常常会如风浪颠簸中的一叶扁舟不知所从。所以鲁迅先生早就论柔石的小说《二月》里的萧涧秋时，就说过知识分子在河边衣襟上沾一点水花就容易落荒而走。知识分子自身性格的软弱，便不是一两个人的事情了，也不是一时两时的事情了。特别是看到贺麟的命运，想如果换成自己，也处于那个时代和他同样的位置上和处境中，其性格与心路历程恐怕会和他一样，而命运也就更会无可奈何地相同。这恰恰是让我不寒而栗的地方，是值得所有愿意称自己为知识分子的人警醒的地方。

　　这是我读完陈徒手的一本新书《故国人民有所思》和许纪霖的一本旧书《中国知识分子十论》后最大的感想。我赞同许纪霖的说法："知识分子的性格就是其所生存其间的民族文化性格。"在以往描写知识分子命运的书籍中，无论是社科类还是文学类，大多写的是政治斗争的残酷性，更多笔墨同情知识分子挨整的悲惨命运，很少去揭示知识分子自身性格的软弱性，便也缺乏对我们民族文化性格的进一步的触及，而使得这一类图书仅仅成为政治表面的记述和回顾，材料大同小异的罗列与重复。

　　放翁有诗：志士凄凉闲处老，名花零落雨中看。贺麟的命运，虽然是已经翻过一页的历史，希望能够成为知识分子自省的一面镜子，而不只是作为今天闲处老来的一点感喟，雨中落花的一点兔死狐悲。

八面风来山镇定

在印第安纳大学图书馆里，看到方守彝的《纲旧闻斋调刁集》，眼睛一亮，立刻借回来读。之所以选择了方守彝，是因为曾经读过这样一则短文，讲方守彝和他的父亲的一段小故事。

方守彝的父亲方宗诚，是桐城派的重要人物，曾经在枣强县做过几年的县令。过去的俗语：一年清知府，十万雪花银，正所谓即使是于官不贪，也是于官不贫。但是，方宗诚却坚守清廉之道。清光绪六年，方宗诚辞官返乡时，枣强县的朋友不忍心看着他就这样两手空空归去，便纷纷解囊，慷慨赠银。盛情难却，方宗诚只好收下，将其打成薄薄的银片，分别夹在自己的几十卷文稿中，准备回乡后作为印书的费用。谁想回家后被为父亲整理书稿的儿子方守彝看到，以为是父亲当县令时收受贿赂的赃款。父亲告诉他实情，他还是不客气地对父亲说："用礼金印书，文章会因之黯然失色，为儿今后还能读父亲的大作吗？"他又对父亲说："父亲平时有心兴学，不如将礼金送回枣强以做办学之用。"这一年，方守彝33岁。

这则短文印象很深，是因为让我想起如今不少官员私人出书，所用公款，毫无愧色；就更不要说那些肆无忌惮受贿敛财豪取鲸吞的贪官污吏了。方守彝却能够帮助父亲守住读书人的本分，坚持清廉之道，实在令人钦佩。

我记住了方守彝这个名字。

作为晚清桐城派尾声的诗人方守彝，如今已经少为人知。他的同时代人称他的诗"体源山谷，瘦硬淡远"。这话说得不像如今文坛一些拿了红包的评论托儿的阿谀之词。读方守彝"小园花树关心事"，"秋来天大千山秃"；再看黄庭坚"篱边黄菊关心事"，"落木千山天远大"，便证明"体源山谷"信是不假。再读方守彝"五夜青灯呼剑起，一天黄叶携风来"；"白练远横天吸浪，黄云无际麦翻风"；"园竹不肥存节概，海棠未放已风流"；那风和剑、天和浪、麦和风的呼应；黄叶与青灯、黄云与白练的色泽清冽的对比；竹子气概与海棠风流的存在背景意在言外的抒发，自可以看出"瘦硬淡远"，并非虚夸。

我读方守彝，除"瘦硬淡远"外，还有清新雅致一面。"结彩空门佛欲笑，堕眉新月夜来弯"；"四山真似儿孙绕，万马能为罴虎横"；"梅影纵寒无软骨，酒杯虽浅有余香"；写新月为夜来而弯，写群山如儿孙而绕，写梅写酒，语清词浅，都有清心爽目不俗的新颖之处。再看他写雪："店远难沾村断径，风寒如叟发全斑"；"高天定有清言在，但看缤纷玉屑飞"；前者把雪比喻成白发斑斑，后者将雪比喻成清言纷纷，总能在司空见惯里翻出一点新意，实属不易。

在这本《网旧闻斋调刁集》里，我最看重的是那些书写乱世之中苦守心志的诗篇。"报国难凭书里字，忧时欲拨雾中天"；"忧来世事无从说，话到家常有许悲"；"诗来苦作离骚读，恨起微闻古井澜"；并非躲进他的网旧闻斋成一统，隐遁在沧桑动荡的红尘之外，而是心从报国，忧来世事，应该说更属不易。如同他自己的诗中所说："语来万斛清泉里，意在三峰华岳中。"方守彝的诗，才有了他自己与万千世界相连的开阔的意象和寄托，才有了今天阅读不俗的价值与意义。

方守彝生活在清末民初从太平天国到辛亥革命的动荡时期，他的同代人称其为"命重当时，离乱脩然，身居都会，不夷不惠，可谓明哲君子矣"。这个评价，特别说他是"明哲君子"，是名副其实的。他不是如秋瑾一样的革命志士，也不是如龚自珍一样的呼吁革新的风云人物。但在乱世之中能够明哲保身，守住读书人的一份良知，并不是所有知识分子都能做得到的。方守彝的诗中有这样的诗句："八面风来山镇定，一轮月明水清深"，便最让我难忘。同样的意思，他还一再写道："清月乍生凉雨后，高山自表乱云中。"可以说，诗里的山与水与月，是方守彝做人与作诗的明喻，以自己的镇定与清深，对应并对峙的是外界的乱云飞渡和风吹草动。这里的清白与定力，是明哲君子的品性，也是做明哲君子的基础。

对于人生处世，方守彝有一个"浑沌"之说。这个"浑沌"，不是郑板桥"难得糊涂"的"糊涂"。方守彝说："人能浑沌，则不受约束，无所沾滞，有自在之乐。"他进一步解释："忘老衰之忧，顺时任运，不惧不足，不求有余，尤为浑沌之态。"这个"浑沌"说，是方守彝的人生哲学，可以说是他的自我安慰，甚至有些宿命，却也可以说是他律己的要求。他说的"不惧不足，不求有余"，对立的是贪心不足，欲壑难平。方守彝的这话，让我想起他33岁那年发现书稿中夹有银片时对父亲说的那番话，前后的延续是一致的。那是一种安贫乐道、坚廉不苟的君子之风。所谓明哲保身，保住的正是这最重要的一点。而这一点，恰恰会让今天我们的知识分子汗颜。我们如今不是"浑沌"，而是过于清醒，明确得如巴甫洛夫学说中的一条徒挂虚名的名犬，知道两点一线的距离最近，知道我们自己想要什么，并通过什么样的路径，可以迅速叨到。

方守彝诗云："止可坚安君子分，羊肠满地慎孤征。"一百年过去了，如此一个"慎"字，依然可以作为我们今天的箴言。

2016 年 4 月 7 日美国归来

气节陵夷谁独立

　　《十力语要》卷四中，有这样一段话，记录了从来不读小说的熊十力读《儒林外史》的一则逸闻。

　　他说："吾平生不读小说，六年赴沪，舟中无聊，友人以《儒林外史》进。吾读之汗下，觉彼书之穷神尽态，如将一切人，及吾身之千丑百怪，一一绘出，令吾藏身无地矣。"

　　熊十力头一次读小说，竟然将自己设身处地在小说之中，《儒林外史》中种种读书人的千丑百怪，成为他自己的一面镜子，照得他汗颜而藏身无地。这是只有熊十力这样的哲人，与一般学者和评论家读小说的区别，很少有学者和评论家舍身试水，将小说作为洗濯自身污垢的一池清水。

　　这是有原因的。熊十力一直坚持自己的"本心说"和"习心说"。这是熊十力的重要学说。也就是后来有人批判的唯心主义学说。他认为，"本心"是道德价值的源头，所以要坚持本心，寻找本心，发现本心。而"习心"则是从本心分化剥离出来的，是受到外界的诱惑污染的异化之心。所以，他说拘泥于"习心"，掩蔽了"本心"，从而偏离了道德的源头，便产生了善与染的分化。

　　在这里，又出现了"善"与"染"两种概念，这是熊十力特别讲究的两个专有名词。他说："染即是恶。""徇形骸之私，便成乎恶。"他说："净即是善。"就是面对恶的种种诱惑"而动以不迷者"。

于是，他强调坚持"本心"，就要"净习"，用现在的话说，就是要和染出的种种恶，做自觉的抵制乃至斗争。所谓"净习"，就是操守、涵养、思诚，这些已经被很多聪明的现代人和"精致的知识分子"称之为无用的别名，而早不屑一顾。熊十力却说："学者功夫，只在克己己私，使本体得以发现。"只是，如今的学者和熊十力一辈学者，已不可同日而语。所谓学者功夫，早已经无师自通地"功夫在诗外"了。

作为我国新儒家的国学大师，熊十力的学说博大精深，很多我是不懂的。但是，这个"本心说"和"习心说"，还是可以多少明白一些的，因为不仅他说得十分清晰明了，而且具有现实意义。这不仅是他的哲学观，也是他的道德观，也应该成为我们的哲学观和道德观。

明白了这一点，我们也就明白了，1946年，他的学生徐复观将他的《读经示要》一书送给蒋介石，蒋介石立刻送他法币两百万元。熊十力很生气，责怪徐复观私自送书给蒋介石，拒收这笔款项，表现出一位学人的操守，亦即他所坚持的"本心"所要求的"净习"。后来，架不住徐复观反复地劝说，熊十力勉强收下了，但马上将赠款转给了支那内学院，如此之钱毫不沾手，可谓之"净"。

我们也就明白了，1956年，熊十力的《原儒》一书出版，得稿费6000元人民币。这在当时不是一笔小数目，他拿一级教授最高的工资，每月也只有345元。6000元，相当于他一年半的工资总额，在北京可以买一套相当不错的四合院了。但他觉得当时国家经济困难，他不要这笔稿费。后来，也是人们反复劝说，他坚决表示只拿一半 3000 元，不能再退让一步。

对于大多世人追逐的名与利，熊十力有自己的见解和操守。他曾经说过这样一段有意思的话："所谓功名富贵者，世人以之为乐也。世人之乐，志学者不以为乐也。不以为乐，则其不得之也，固不以之为苦也。且世人之所谓乐，则心有所逐而生者也。既有所逐，则苦必随之。乐利者逐于利，则疲精敝神于营谋之中，而患得患失之心生，虽得利而无片刻之安矣。乐名者逐于名，则徘徊周旋于人心风会迎合之中，而毁誉之情俱。虽得名，亦无自得之意矣。又且逐之物，必不能久，不能久，则失之而苦盖甚。"

这段话，熊十力好像是针对今天而特意说的一样。他说得多么地明白无误，名与利的追逐者，因为有了追逐（如今是名目繁多花样百出的追逐），苦便随之而来，因为那些都是熊十力所批判过的"习心"所致。志学者因为本来就没有想起追逐它们，不以为乐，便也不以为苦，而求得神清思澈，心地干净。万顷烟波鸥境界，九秋风露鹤精神，落得个手干净，心清爽，精神宁静致远。熊十力方才能够无论世事如何跌宕变化而心有定海神针，坚持他的著书立说，一直坚持到 77 岁时完成了他最后一部著作《乾坤衍》。在这本书中，他夫子自道："余患神经衰弱，盖历五十余年。平生常在疾苦中，而未尝一日废学停思。……本书写于危病之中，而心地坦然，神思弗乱。"

只是如今就像崔健的歌里唱的那样：不是我不明白，是这世界变化快。熊十力所能做到的"神思弗乱"，已经让位于他所说的"逐"而纷乱如麻。这个"逐"，不仅属于他所说的世人，也属于不少志学者情不自禁的自选动作。不仅止于名与利，还要再加上权与色，如巴甫洛夫的一条高智商的犬，早知道以那条直线抄捷径去追逐他们所需要的东西。可怜的熊十力的"本心说"，在他的

"习心说"面前，已经落败得丢盔卸甲。

想起熊十力这些陈年言说，便想起放翁曾经写过的诗句：气节陵夷谁独立，文章衰坏正横流。便觉得很多事情呈轮回循环状，无所谓新旧。800年前的放翁，和几十年前的熊十力，他们的言说和心思才那样地相似。在这里，放翁说的文章并不只是说的文字而已，而是世风，说知识分子的心思，也就是熊十力所说的"习心"。有了这样"习心"的侵蚀，气节和操守方才显得那样地艰难和可贵。可以说，熊十力是这样在气节陵夷时候特立独行而远逝的一位哲人。这无疑对于我们今天的学人，是一面值得警醒的镜子。

2017年11月3日写于北京

悬解终期千岁后

　　熊十力是当代大儒，当年，他曾在梁启超主编的《庸言》杂志上发表文章，批判佛教思想。当时，梁漱溟两次自杀，屡表素食，舍身求法，一心佛门，笃信非常，岂容熊十力如此对佛教的亵渎？便发表长文《究元决疑论》，指名道姓痛斥熊十力愚昧无知，词语尖利，如火击石。战火挑起来了，学界一时大哗，熊梁二位，都是大家，各自拥有的学问和文字，都是各自的利器，不知会出现什么情况。

　　谁知，没有出现一些人们料想的战火。熊十力认真读完梁漱溟的文章之后，并没有动肝火，相反觉得梁漱溟骂的并非没有道理，开始认真钻研佛教，但道理究竟在何处，他一时尚未闹清。于是，他修书一封给梁漱溟，希望有机会得一晤面细谈请教。梁漱溟很快回信，欣然同意。两人这一年便在梁漱溟借居的广济寺会面，相谈甚欢，相见恨晚，一语相通，惺惺相惜。

　　从此，两人建立了长达半世纪的友谊，传为令人钦佩而羡慕的佳话。新中国成立之后，梁漱溟遭受批判，熊十力多次站出来为梁漱溟说话，显示出一介书生的肝胆相照的勇气。而梁漱溟在熊十力最为落寞、学术界毫无地位可言的晚年，不仅写出《读熊著各书书后》，并且摘录《熊著选粹》，极力张扬熊说，以示后学，显示出高山流水难能的知音相和之情和患难与共的友情。

马一浮是当代另一位大儒，熊十力和他的交往，也很有意思。马一浮是有名的清高之士，孤守西子湖畔，唯有和梅妻鹤子、朗月清风相伴，凡人不见。熊十力托熟人引见，依然不果。但是，学问的吸引，惺惺相惜，渴望相见之情愈发强烈，想不出更好的法子，熊十力便径自将自己的《新唯识论》寄给马一浮，希望以彼此相重的学问开路，从而叩开马一浮的西子之门。谁知，数十日过去，泥牛过海，依然是潮打空门寂寞回。

熊十力正值失望的时候，忽然自家屋门被叩响，告他有人来访，他推门一看，竟是马一浮。马一浮正是读完他的《新唯识论》后，对他刮目相看，同梁漱溟一样，和他相见恨晚，相谈甚欢。彼此对于学问的共同追求，是搭建在相互心之间最后的桥梁，再遥远的距离，也就缩短了。从此，两人结下莫逆之交，后来，《新唯识论》一书便是马一浮题签作序出版的。

但是，再好朋友也是两人相处，绝非一人是另一人的影子，更何况都是各持一方学问的大家，性情中人，自尊和自傲之间，矛盾和摩擦总在所难免。

抗战时期，马一浮在四川乐山乌龙寺办复性书院，请熊十力主讲宋明理学，熊十力作了开讲词并备好讲义，没想到和马一浮在一些问题上发生了分歧。学问家各自的学问，都是视之为生命的，楚河汉界，各不相让。争论之下，各执一词，坚持己见，谁也说服不了谁，居然闹得不可开交，一时竟无法共事，不欢而散。这是谁也没有料到的结局，谁也不想看到的结局，同时，又是无法避免的结局。

可贵的是事后，两人没有意气用事，而是都冷静下来，和好如初。不同的见解，乃至激烈的争论，对于上一代的学问家，不会影响彼此的友情，相反常是友情能够保鲜和恒久的另一种营养剂。

1953 年，熊十力 70 岁生日时，马一浮特写下一首七律，回顾了他们几十年的友谊："孤山萧寺忆清玄，云卧林栖各暮年。悬解终期千岁后，生朝长占一春先。天机自发高文在，权教还依世谛传。刹海花光应似旧，可能重泛圣湖船。"在这首诗中，马一浮还在说当年争论的事情呢，而且，不止是一次的争论，一直都没有和解，一直都在各自心里坚持，和解是要"悬解终期千岁后"。但是，这样的争论没有影响他们之间的友情，这首诗中传达出马一浮对熊十力的友情，让熊十力非常地感动。熊十力很珍视马一浮的这首诗，一直到晚年背诵得依然很熟。

名人之所以称之为名人，在于他们各有各自的学问，也在于他们各有各自的性格。按研究这些大儒的学者的分析，就性格而言，熊十力和马一浮相比，一个"简狂"，一个"儒雅"；熊十力和梁漱溟相比，一个有似于《论语》中所说的"狂"，一个则如《论语》中所说的"狷"。学问的不同，没有门户之见；文人相轻，不仅重的只是自己的学问，相反却可以寻求"求己之学"，相互渗透的志趣。性格的不同，不是有你没我，而是可以获得"和而不同"，互补相容，相互裨益的效果。那学问里方如大海横竖相同，那性格里包容的胸怀，方才令人景仰。

如今，我们学界和文坛，没有这样"悬解终期千岁后"的争论，只有甜蜜蜜的评论，我们便当然也就没有熊十力和梁漱溟、马一浮这样的大师。

2017 年 3 月 12 日于北京

史书弄笔后来事

——《张申府访谈录》读后

世纪之交，一批跨世纪的老人陆续仙逝。特别是经历了五四洗礼的知识分子的相继离世，催生出许多回忆录和悼文，成为当今一种独特的文化现象。无论同代人的回忆，还是后人的叙说，抑或是口述实录，却有不少只是盲人摸象，或者是过年话，甚至谀辞。我对于这样传记式的回忆录，一直持有警惕，因为心理学家早就说过："无论什么样的自传，都不会不包含着自我辩护。"

最近读美国学者舒衡哲的《张申府访谈录》（李少明译，北京图书馆出版社 2001 年版），这是一本前些年出的旧书，虽然写法是访谈式、断片式的，仍然属于口述实录的传记类的书。不过，写法和我们有些特别是那些有闻必录必信且倚马可待的报告文学和传记作家大不相同，舒衡哲的这本书，前后写了 10 年，对于受访者，是放在历史的语境和材料文本中比较，而后进行了条分缕析的判断乃至质疑。因为舒衡哲发现，她在和张申府交谈中所涌现的史实，"有时是配合的，有时是扭曲的，有时是质疑的"。她希望她的书能够"是一条锚索，使回忆不致从复杂的真实经验中漂流得太远"。

这是每一位传记作者都需要警醒的，特别是面对张申府这样横跨几个朝代又是五四运动的亲历者在中国现代史举足轻重的人物，其复杂多面性，和驳杂的历史胶黏在一起，不是黑白判断那样简单明了的。在某种程度上，回忆有时是不可靠的，回忆面临着被重新唤醒，或法国哲学家《论集体记忆》一书作者莫里斯·哈布瓦赫所说的"恢复"。所以，舒衡哲把自己的这本书命名为"一部关于记忆与失忆的寓言"。这不仅是对受访者的一种负责的态度，也是作者应该秉持的良知。

因此，她既写了张申府是中国共产党的创建人之一，是周恩来的入党介绍人的光辉历史，写了他对于发展中国马克思主义和现代哲学的贡献，他最早介绍罗素、弗洛伊德、爱因斯坦、维根斯坦，扩大五四时期知识分子的视野的学术成就，以及他想把孔子、罗素、马克思等人的思想熔为一炉的狂想；她也写了他在历史风云跌宕之中的沉浮，包括 1923 年被清除少共，1925 年退党，1948 年为 3000 元写作《呼吁和平》而罹难，被新中国定为"人民的敌人"和"卖国贼"，以致被他自己始创的民盟开除；以及1957 年右派之冤和"文化大革命"之累。同时也写了他对处于危难之际的周作人、梁漱溟、章伯钧等人出自性情的关心。

但是，她也以相当多的篇幅，直言不讳地写了张申府种种弱点毛病，甚至在我们平常人看来并不光彩的一面。

比如，她写了他"自我吹嘘和历史考证的混淆"。"修改历史记录以突出他自己和他经手组织的巴黎中共小组的重要性"。

比如，她写他只是"五四运动的旁观者"，和五四运动若即若离，"当其他的政治行动派为革命舍身的时候，这些怀疑使张三心二意，最终只能成为革命的同路人而已"。

比如，她写他的"自夸"，说他的学术成就过于博杂，杂而不纯，"没有一部正式的著作……甚至生命的尽头，他和 1918 年的自己可称无甚差别，依然故我，仍是杂志的作者和读者"。

比如，她写了他批判胡风，"像 1948—1949 年张的爱人和朋友公开表示要'严惩叛徒张申府'，现在张又被迫用同样的字眼给诗人胡风套上罪名"。他自己曾经也被体无完肤地抨击过，当然懂得这个罪名的分量和滋味，"但现在却要用同样的标签抹黑另一个马克思主义者"。

再比如，她不止一处批评他的风流，并以整整一章（全书共六章）的篇幅，写他在罗素性解放的影响下和几个女人的关系。这一章的题目叫作"浪子和解放主义者"，明显的批判色彩，在写了他和两任妻子的关系之后，她着重写了他和刘清扬、董桂生和孙荪荃三个女人的爱恨情仇。张申府标榜自己"三好"：好名、好书、好女人。他认为女朋友这概念来自西方，五四之前没有，五四给了他自由去找女朋友，"可以说我是五四时期才成了男人"。而她则一针见血地批评他说：对爱情特别对孙荪荃的言行不一的背叛，"外表上尊重女权的人，内里原来抱残守缺"。

很难在我们的传记类的作品中看到这样不留情面的书写。我们更愿意为贤者讳，愿意表扬和自我表扬，愿意在个人恩怨之间相互指责攻讦，愿意在人造泳池中去扬帆破浪，便当然和真相拉开了距离，有意无意之间把书写的对象特别是如张申府这样的大人物，书写成哈哈镜里的镜像，或戏台上披戴装扮过的角色。舒衡哲认为信史的书写是不断接近真实的过程，这个过程也是不断和受访者一起解谜的过程。她说："作为一个历史过来人，在公开和私下的回忆里，张戴上不同而且经常互不协调的面具，这就越发使得他的谜解不开。"她还说："一个幸存者，基于需要，必定是一个双面人（甚或是多面人）。"舒衡哲的这些经验之谈，对于我们今天颇热的各类传记类的写作和阅读，是一个有益的路标。

想起放翁有诗云：史书弄笔后来事，绣鞍宝带聊儿戏。是因为在这本书的前言里，舒衡哲说过这样的话：面对张申府，作为历史学家的她不能视为儿戏，那些真实的事情，像河里的尖石块一样，每一次走近就会刺她一下。在我们这里，却常常把它们当成儿戏，而且是要把它们"绣鞍宝带"装扮一番的。

2010 年 1 月 8 日于北京

荒沙哭处曾埋骨

今年 4 月，从柴达木盆地出来，过当金山和敦煌，在柳园坐火车回京。车开的时候，虽然已经晚上七点多，落日依旧辉煌。一直过玉门和酒泉到嘉峪关时，夜色才彻底降临。车厢里的乘客都睡去了，灯光也黯淡下来。车停靠在站台上有几分钟，没有什么人上车，蒙蒙的夜雾下，站台上清静得有些凄清。我一直没有睡着，望着车窗外，脑子里忽然掠过了天津作家兰州知青杨显惠写的那部书《夹边沟记事》。夹边沟，就在嘉峪关外的 30 公里的地方。可惜，我没有去过那个地方，不知道它应该是在嘉峪关的哪个方向外的 30 公里。火车驶动了，车窗外夜色茫茫，无边无际的戈壁滩包围着墨一样的夜色，化都化不开。

6 月，我在美国新泽西州，在靠近普林斯顿的一个叫作西温莎的社区公共图书馆的书架上，偶然看见了杨显惠的《夹边沟记事》。仿佛他乡遇故知一般，我借回这本书。

夹边沟，是中国一个沉痛的地名，是中国一段沉痛的历史，也是中国文学一个沉痛的符号。记得 10 年前，在《上海文学》杂志上断断续续看过《夹边沟记事》，那种沉痛的感觉，蛇一样咬噬着心，是读那些甜甜蜜蜜汁水四溢或装神弄鬼的文学作品，完全不一样的感觉。如今，我们的文学被侍弄得过于平整光滑，如同女人经过润肤霜滋润过的细腻肌肤,如《夹边沟记事》这样粗粝得可以磨疼我们的心的作品,委实不多。

这一次,从头到尾安静地读完这部书,感觉又不一样。也许是四周的环境太不一样,6 月的新泽西凉爽如秋,萱草花和太阳菊灿烂如金,杜梨树和海棠树结出明亮的小果子,长尾巴的小松鼠旁若无人地在身边捡拾松果,清风习习拂面,带来远处儿童乐园里孩子们的欢笑声。如此明目张胆的对比,竟然觉得书中所写的那些残酷的情景和人物,好像不真实似的,离我那样地遥远。放下书,恍惚得有种今夕不知何夕的感觉。

《夹边沟记事》记述的是 1957 年反右斗争后被关押在夹边沟这样一个荒凉的不毛之地的一段断代史。最初关押在那里的有3000 名冤屈的右派(大多是兰州和兰州附近的年轻知识分子),在经历残酷非人的关押和在劫难逃的天灾人祸的饥饿双重磨难之后,活下来的只有 500 人。作者花了大气力和工夫,多次到这个不毛之地和兰州等地,寻访大难不死的幸存者,钩沉尘埋往事。其意义不仅仅在于作者能够如鱼翔浅底,沉潜得下心,付出得了辛苦,更在于对于那段几乎快要被湮灭的往事,那个渺小得几乎被风沙掩埋被人们遗忘的地方的感情、勇气和眼光。可以说,是杨显惠的这部书,让一个不起眼的地名成为空间化的文学象征,从一个特指的时间打捞历史并重新定义了历史。

同新时期伊始的伤痕文学不同,在于它不只是揭示那个残酷历史的旧伤疤给我们看,只是重复地痛说一个个冤屈的右派泪水涟涟的苦情史。它还更深一层地描摹了在政治与自然夹击之下,人的尊严和人性的底线所面临的考验与磨砺,以及如何一步步、一点点地蚕食、崩溃和消失殆尽。右派便不止于传统文学作品中受难者的形象,而且多了几个不同的侧面,乃至有了人食于人的触目惊心的一面，将尊严的磨灭与人性的沦丧，残酷、耻辱却真实而毫不遮掩地揭示在我们的面前。

忍不住想起我们的文学，尤其是曾经风光一时的纪实文学。如今，不少为权力和资本所屈膝，动辄千言万言，却只会唱着动听悦耳的音符；或者为明星或大款作佣，涂脂抹粉，书写事业和爱情的神话或谎言，沦为"家庭"和"知音"体的新文本。面对杨显惠和他的《夹边沟记事》，真感到是犹如两重天。想想，在如今讲究觥筹交错的宴席上，或讲究座签摆放的会议上，或在红包派放的作品讨论会上，或在打情骂俏的笔会上，都未曾见过杨显惠的影子。作家，历来分为这样两种，热闹的和寂寞的。而作品，历来也是分为这样两种，昙花一现的和与日持久的，所谓繁枝容易纷纷落，嫩叶商量细细开。

合上《夹边沟记事》，想起 4 月车过嘉峪关的夜里，趴在颠簸的车厢铺位上，写的一首忆及夹边沟的小诗，忍不住翻将出来，修改一下，作为这则短文的结尾，作为这次读书的纪念：

车去柳园月正明，夹边沟外暗心惊。
荒沙哭处曾埋骨，野鬼歌时已忘形。
有恨何由功与罪，无情谁问死和生。
扑窗戈壁凉如水，满夜冤魂满夜星。

2012 年 6 月 20 日于新泽西

侠之隐去以后

——读《侠隐》有感

  武侠不是小说的内核，而只是外壳，就像砸开一枚核桃纹路密实又坚实的壳，里面藏着的是喷香绵软而富于纯真油脂味道的桃仁。读完张北海的长篇小说《侠隐》（上海人民出版社 2007 年 4 月版），久久弥漫在我心头的，是这样的感觉。

  就小说写法而言，并不是新潮笔触，青年侠客李天然去国五年，在美国整容之后以"海归派"的形象，焕然一新出现在北京城，穿街走巷，上天入地，出神入化，为师傅复仇的故事，最后将个人家仇融合在抗战爱国情怀之中了，也不是什么新奇的构架。一部《侠隐》却让作者写得从容不迫，丝丝入扣，就像老太太絮的棉被，将饱含着阳光温度与味道的新棉花，不紧不慢地一层一层絮了进去，絮得那样妥帖，富有弹性，绵绵软软。读每一章节，都像躺在这床棉被上那样舒服惬意，更重要的是，它里面充满的是如同母亲絮进去的情感，临行密密缝，意恐迟迟归。

  对于大陆读者，《侠隐》的作者张北海还比较陌生。这位出生于北京，13 岁离开北京，就开始海外漂泊的游子经历，是这部小说的背景与底色。确实，距离产生美，在遥远的思念、回忆和想象中写成的小说，才会如陈年的酒。因此，小说所弥散的味道、感觉，都是作者对母亲一般，对故土挥之不去的情感。侠之隐去，浮出水面的是老北京的浓郁的风土人情；浮上心头的是作者无法掩饰的怀旧之情。武侠只是小说的外化，最后沉淀而结晶的是这份沉甸甸的情感。

看来，艺术只有变化，没有进化。形式的新旧并不能主宰一切，在唯新是举的潮流面前，《侠隐》以久违了的扎实的笔锋与沉稳的心迹、干净的文字和严谨老到的叙事方式，特别是意在笔先，认真做足了功课，稔熟于心地融入了大量的老北京地理（从前门火车站到干面胡同、烟袋胡同到东四隆福寺到海淀县城、圆明园、什刹海）和民俗民风（从中秋节到元宵节到端午节），特别是写雪还没化榆树发芽时分吃的那春饼，端午节将菖蒲和艾草以及黄纸竹纱纸上的印符一起扔出门外的那"扔灾"的描写，真的是地道，写得那样韵味醇厚，精描细刻，宛若一帧墨迹淋漓的水墨画。或者说是如小说中巧红裁剪合体做工精到的那一袭袅袅婷婷的京式旗袍。

《侠隐》重新书写了中国传统小说创作的魅力和潜力。它的白描，它的细节，它的人物出场、高潮处理，包括它的那些让你会心会意的巧合，一一可以看出中国传统小说的影子，依然是那样地根深叶茂，婆娑多姿。

自老舍和林海音先生之后，虽有刘心武《钟鼓楼》等的努力，老北京再未能以艺术巅峰状态呈现在我们的小说创作之中。我们并未出现如雨果一样写巴黎、如索尔·贝娄一样写芝加哥这样大都市的出色作家与小说。作为一座世界闻名而罕见的古都，老北京蕴含的艺术魅力与潜力以及丰富的矿藏，远未被我们的小说家洞悉并重新谦恭地弯腰拾起，如张北海一样有着如此文学的自觉。特别是在老北京面对推土机的轰鸣，老街巷老宅院在"拆"

字下大片消失的今天，如张北海一样的写作，显得越发弥足珍贵。在现实的天地里，老北京已经渐行渐远，在小说的世界里，老北京魅力永存而且愈加彰显。海外作家张北海《侠隐》一书在内地的出版，便给我们本土作家一点启发和压力，当然，也包含一份期待。期待在老北京的艺术天地中，能够多几个李天然前来潇洒打擂一展拳脚。

2007 年 4 月于天坛医院病床上

学之五界

71 年之前，即 1943 年，京剧名伶余叔岩去世之后，有一位名为凌霄汉阁的剧评家，写了一篇题为《于戏叔岩》的文章，在当时颇为出名。至今，在评论余叔岩成就得失的时候，仍然不能不读这篇文章。那个时代，老生皆尊谭鑫培为宗师，余叔岩学的也是谭派。因此，在评论余叔岩之前，这位凌霄汉阁先提出一个观点，伶人学艺，自有渊源，包括谭鑫培自己和其他学他者，此等学习，有善学、苦学、笨学、浅学和"挂号"这五种学法之分。

善学，是指先天自己本钱足，而后天又能够"体察自己，运用众长"，谭鑫培自己是也；苦学，是指自己本钱不足，但后天能够勤能补拙，余叔岩是也。笨学，是指枝枝节节，竭力描摹，却"不识本源，专研技式"，言菊朋是也；浅学，是指只学得皮毛而浅尝辄止，王又宸是也（王是谭鑫培的女婿）；最末等的是"挂号"，是指那些只有谭派的字号，而无谭派的功夫，"如造名人字画者，只摹上下欺盖假图章"。

这五种学法，尽管他举例的余叔岩、言菊朋和王又宸，都说得有些苛刻，但你不能不说他说得非常有意思。不囿于谭派之学，也不囿于京戏之学，对于我们今天学习其他方面的知识和技艺，也非常有启发。我称之为"学之五界"。真的是五种不同的境界。如"挂号"者那样的混世魔王，学得个博士之类唬人者，如今遍地皆是。浅学和笨学者，自然更是大有人在，这就是我们今天大学毕业生多如牛毛却难以出得真正人才的原因之一。

自古学习都是呈金字塔状，最终能够学有成效而成功者，毕竟是少数。这些人都是善学和苦学者。在我看来，除极个别的天才之外，善学和苦学，是筋骨密切相连，分不开的，两者应该是相互渗透而相辅相成的。即便凌霄汉阁所推崇的谭鑫培，也不是尽善尽美，再如何善学，他因脸瘦而演不了皇帽戏，不苦学，也不能够演出一两百出好戏来。所以，说余叔岩苦学自然不错，但如果他不善学，仅仅是苦学，恐怕也出不了那么大的成就。

如果还说京剧，善学和苦学者多得是，方才有同光十二绝，有四大名旦，四小名旦，四大须生等等的群星璀璨。我最佩服的善学和苦学者，是梅兰芳和程砚秋。梅兰芳自是没的说，苦学，养鸽子为看鸽子飞练眼神，快跟达·芬奇画蛋一样，尽人皆晓了；善学，更是处处练达皆学问，京剧向王瑶卿学；昆曲向乔蕙兰学；文向齐如山学；武向钱金福学；甚至一起排练演出《牡丹亭》时向俞振飞学行腔吐字……今年是程砚秋110周年诞辰，就来单说程砚秋的善学和苦学。

程砚秋的水袖，为京剧一绝，当年四大名旦其余三位未能与之比肩，至今依然无人能够超出，即便看过张火丁和迟小秋的非常不错的演出，也觉得和程砚秋的差一个节气。无论在《春闺梦》里，还是在《锁麟囊》中，他的飘飘欲仙充满灵性的水袖，有他的创新，有他自己的玩意儿。看《春闺梦》，新婚妻子经历了与丈夫的生离死别之后，那一段哀婉至极的身段梦魇般的摇曳，洁白如雪的水袖断魂似的曼舞，国画里的大写意一样，却将无可言说的悲凉心情诉说得那样淋漓尽致，荡人心魄，充满无限的想象空间。看《锁麟囊》，最后薛湘灵上楼看到了那阔别已久的锁麟囊那一长段的水袖表演，如此地飘逸灵动，真的荡人心魄，构成了全戏表演的华彩乐章，让戏中的人物和情节，不仅只是叙事策略的一种书写，而成为艺术内在的因素和血肉，让内容和形式，让人物和演唱，互为表里，融为一体，升华为高峰。

将艺术臻化到这种至善至美的境地，是程砚秋善学和苦学的结果。他练得一手好的武术和太极拳，从三阶六合的动作中，体味到水袖抖袖的动作不应该放在胳膊甩、膀子抢上，而应该放在肩的抖动，再由肩传导到肘和腕上，如一个水流流畅到袖子上，抖出来的水袖才会如水的流动一样美。由此，他总结出：勾、挑、撑、冲、拨、扬、掸、甩、打、抖十字诀，不同的方式，可以表现出不同姿势的水袖。这就是善学。

程砚秋的水袖，比一般演员的长四寸，舞出的水袖自然更飘逸幽美，但同时也会比一般的演员要难，付出的辛苦要多。他自己说：我平日练上三百次水袖，也不一定能在台上用过一次。这就是苦学。

程砚秋的水袖，不是表演杂技，而是根据剧情和人物而精心的设置，每一次都是有讲究的，不像春晚水袖舞蹈中的水袖，乱花迷眼，也纷乱如麻，分不清为什么要水袖甩动，只觉得像喷水池在铆足了劲喷水。据说，在《荒山泪》中，多得有两百多次水袖，风采各异，灵舞飞扬。在《武家坡》里，却少得只有四次水袖，但那四次水袖都是情节发展的细节，人物心理的外化，尤其是最后王宝钏进寒窑，水袖舞起，一前一后，翩然入门关门，美得动人心弦，舞得又恰到好处，然后戛然而止。

可惜，年龄的关系，我错过了程砚秋的舞台演出，如今还从电影纪录片《荒山泪》中找补回来，但程砚秋那样美妙绝伦的《武家坡》，再也看不到了。

2014 年 8 月 1 日于布卢明顿

书和情人

前两天读美国作家乔·昆南的《大书特书》一书，看到他说"21岁以后买的书，凡是我真心喜欢的，都会保留。它们都是我的情人"，有些不以为然。21岁，就真的是判断一本书是否真心喜欢的分水岭？我看不见得。真心喜欢，需要时间的判断，一时的喜欢不能保证长久。

不过，他说的书是情人，倒是一个新鲜的比喻。

书买来是给自己看的，不是给别人看的，正经的读书人（刨去藏书家），应该是书越看越少，越看越薄才是，而不可能是越读越多，越读越厚。再多的书中，能够让你想翻第二遍的，就如同能够让你想见第二次的好女人一样地少。能够长久阅读的书，像是自己的情人，昆南说的这一点，倒没有错。尽管，如今情人已经贬值，不是玛格丽特·杜拉斯时代的情人，情人早就如衣裳一样可以频繁更换。但是，情人还是一个好的比喻。

想明白了这一点，望着自家书房里贴满两面墙的书柜里，填鸭一般塞满的那些书，有枣一棍子没枣一棒子买来的那些书，就会清晰地明白，那些并不是你的情人。说来很惭愧，不少买回来却从来没有读过，任其尘埋网封，当时只不过图的是一时占有的快感。后来，放进书架上，想丢掉，舍不得；不丢掉，成为鸡肋。

曾经读过台湾作家林文月《三月曝书》一书，有感而发，我写了一则《三月扔书》，就是说必须把那些根本不读的书彻底丢掉，不是你变了心，而是你根本没有动过心，因为它们根本没有成为你的情人。哪怕是露水般的情人都不是，因为你一次都没有看过它们。

所以，起码，一年开春时来一次，做个毫不留情的清洗，给拥挤的书架瘦身，使之清爽一些。让自己也清心一些、明目一些，亦即如放翁诗云：养苗先去草，省事在清心。

在扔书的过程中，我这样劝解自己，没有什么舍不得的。那些丢掉的书，不是你的六宫粉黛，不是你的列阵将士，不是你的秘籍珍宝，甚至连你取暖烧火用的柴火垛和如厕的擦屁股纸都不是，是真真用不了那么多的。你不是在丢弃多年的老友和发小儿，也不是抛下结发的老妻或新欢，你只是摈弃那些虚张声势的无用之别名，和以为书中自有颜如玉、书中自有黄金屋的虚妄和虚荣，以及名利之间以文字涂饰的文绉绉的欲望，或者自以为是的自我安慰。

我不知道别人如何认为和所为，由于这些年出书的门槛越来越低，敬惜纸墨的传统越来越薄，书的垃圾便越来越多。对于我，这些年，扔掉的书，比现存的藏书，肯定要多，甚至比读过的书都要多。尽管这样，那些书依然占有我家整整10个书柜。我下定决心，一定要做一次彻底的清理，坚决扔掉那些可有可无的书，包括我自己出过的一些书。

只有扔掉书之后，方才能够水落石出一般，彰显出剩下的书的价值和意义。一次次淘汰之后，剩下的那些书，才可以称之为是你真正要读的书。正如罗曼·罗兰曾经说过的那样：人生在世，真正称得上好朋友的，只有那么几个。你真正要读的书，其实也只有那么几本。读书的过程，就是这样大浪淘沙的过程，在彼此的选择和筛取中，让最后这几本书，呈现在你的生活进程和生命的年轮中，而不仅仅只是过眼烟云，瞬间匆匆点燃便迅速消失的绚烂烟花。

这样被淘洗后越读越少、越读越薄的书，才会是有生命和情感的书。它们与我不离不弃，显示了它们对于我的作用，是其他书无可取代的；我对它们形影不离，说明了我对它们的感情，是长期日子中互相依存和彼此镜鉴的结果。

这样的书，才不仅仅是你萍水相逢的露水情人，而是和你定下终身的伴侣。这样的书，才如同由日子磨出的足下老茧，不是装点在面孔上的美人痣，为的不是好看，而是走人生之路时有用。读书，这时候才有了相互依存的价值，有了彼此快慰的乐趣，有了两者交流和心心相印以及日日相伴般的情感。

直面当今文坛

——写在孙犁先生 90 周年诞辰

孙犁先生逝世周年，和孙犁先生 90 岁的诞辰，在今年一年紧挨着、竖雕像、办展览、建纪念馆、开纪念会、研讨会，从今年的夏天到年末，活动不少。其实，我想按照孙犁先生的本意，就像是他不愿意被人尊称为"大师"一样，并非愿意人们好心地为他做这些事情的。这在 1993 年他写给徐光耀先生的信中就明确地说过："当前，'研讨'，'庆祝'，已流为形式。""'花钱买名声'，尤其是'花别人的钱，替自己造声势'，我极不愿意为，而耻为之。"（《致徐光耀》）更早在 1982 年，他就有先见之明地预测过身后之事："不为一时之名，亦不期后世之名。"（《芸斋琐谈》）

我以为，在孙犁先生 90 周年诞辰之际，对先生最好的纪念方式，莫过于读他的书。一个活了近 90 岁的作家，写了近 70 年的文章，一直写到老，依然"面壁南窗，展吐余丝"，直至写到曲终而仍见人，是不容易的，不多见的。他是一位真正的作家，而不是那些仅仅靠头衔靠资历靠名声靠名片的所谓作家。作为作家，直面当今文坛始终给予警醒的介入与毫不留情的批评，是只有鲁迅先生才具有的品质与品格。因此，真正的纪念，或者继承，就是将先生对于文坛取心析骨的警世给予我们今天燃犀以照。

我们真该好好回顾一下孙犁先生的这些警世之言。

对于文坛风气的"商贾化、政客化、青皮化"，孙犁先生早在80年代就予以如此尖锐的批评；90年代，孙犁先生又多次指出"因为文坛文风不正，致使一些本来很有前途的作者，受不住诱惑，走入歧途"。讲文坛要有相当大的自持力，"没有大智大勇，很难逃出这个圈子"（《读画论记》）。

对于在商业大潮中迷失的文学与文人，孙犁先生曾经不止一次地痛说："创作长期以阶级斗争为纲，朝夕间一变为向钱看，是一个大讽刺。写不健康的书，印它，出售它，吹捧它，都是为了一个钱字。"（《创作随想录》）他又说："抵制住侵蚀诱惑，并不是那么容易的事，尤其是年轻人。有那么多的人，给那么低级庸俗的作品鼓掌，随之而来的名利兼收，你能无动于衷吗？说句良心话，如果我正处青春年少，说不定也会来两部言情或传奇小说，以广招徕，把自己的居室陈设现代化一番。"（《谈作家的素质》）他还借用前人之语说："羡其易致富裕而博浮名也，竟趋而师事之。"继而严肃地警告："人要自趋下流，别人是挽救不了的。"（《读画论记》）

对于文学批评，孙犁先生一再说："近年来，文艺评论，变为吹捧。"在这样的吹捧下，"作家的道路，变为出入大酒店，上下领奖台"。他特别指出那些为某些作家吹捧的"托儿"，不无忧虑地讥讽道："托翁，托姐，终究要合法化。"（《当代文事小记》）

对于标榜新潮实则哗众取宠的沉渣泛起，孙犁先生说："类似这些作品，出现在30年代，人皆以为下等，作者亦自知收敛，不敢登大雅之堂，今天却本认为新的探索，崛起之作，真叫人不得其解。"（《读作品记（五）》）

对于以色情描写来招引读者的风气，孙犁先生说："女人衣服脱了又脱，乳房揣了又揣，身子贴了又贴，浪话讲了又讲。如果这个还能叫作文艺，那么依门卖俏、站街拉客之流，岂非都成了作者？"(《〈无为集〉后记》)

对于刊物频繁更换刊名和封面以招徕读者的风气，孙犁先生说："如质量不提高，改头换面，究竟不是长远办法。而改来改去，尤其不像话，有失体面。什么买卖，也得讲究货真价实，只换门脸招牌，解决不了问题。"(《文林谈屑》)"更名不能使订数增加，又用裸体画做封面封底……裸体画，也有高下，也有美丑。用到此处，其目的，并非供人欣赏，而是刺激读者眼目，以广招徕……有人说这就是'搞活和开放'。我说，美术，用于不当之处，即为亵渎。将来如何开放，也不会家家用裸体女人，代替传统的门神。"(《风烛庵文学杂记续抄》)

对于越发泛滥的文学评奖，孙犁先生说："在中国，忽然兴起了奖金热。到现在，几乎无时无地不在办文学奖……几乎成了一种股市，趋之若狂，越来越不可收拾，而其实质，已不可问矣。"(《我观文学奖》)

对于文坛官浮于文的官场化，孙犁先生说："文艺团体变为官场，已非一朝一夕之事，而越嚷改革，官场气越大，却令人不解。""文艺界变为官场，实在是一大悲剧。"(《尺泽集》)"如果文途也像宦途（实际上，现在文途和宦途，已经很难分了），急功好利，邀誉躁进，总是没有好结果的。"(《风烛庵文学杂记》)……

这里只是我随手翻到孙犁先生对于当今文坛的一些批评。先生晚年，这样真知灼见且一针见血的批评很多。它们道出孙犁先生对当今文坛深刻的悲哀与关注，是留给我的一笔不可多得的财富。只是，我们已经习惯于孙犁先生早就厌恶的花红柳绿一般的热闹，我们善于把逝去的名家当作装点今日的一种修辞和符号，我们愿意把他们的照片摆上主席台作为会议的横幅、座签或宴席上的鸡尾酒，我们愿意听一些官话、大话、套话、捧场话、过年话，我们还能够静下心来仔细读一下先生的书、聆听一下先生并不中听却不违心而是实在的教诲吗？

2003 年 10 月 28 日于北京

铁木为什么只有前传

——孙犁先生逝世十年纪念

对于上个世纪五十年代的中国文学而言，孙犁先生的《铁木前传》，无疑是一朵奇葩。那个时代普遍意识形态的观念超乎美学追求的文学，特别是同类以农村合作化为主题的文学作品，《铁木前传》凸显的异质性，使其成为凤毛麟角。有一个问题，一直困惑着人们：为什么只有前传而没有后传呢？

孙犁先生在世时，回答这个问题时说，在写作《铁木前传》第19章时跌了一跤，然后大病了二三年，便匆匆写了最后20章草草收兵而无以为继。事情恐怕不那么简单。在孙犁先生逝世10周年的日子里，重读《铁木前传》，试图从文本出发，寻觅这一秘密的蛛丝马迹。

读这部小说，如同剥笋，最外面一层是农村合作化；中间一层是时代巨大变迁中友情和爱情的失落；最内一层是人际关系的变化和人性的触及。显然，最外面一层只是包饺子的皮，馅都在里面。最有意思的是，小说后面，主人公铁木二匠尤其是铁匠已从主角的位置退后，而将后出场的满儿成为主角。满儿也成为整部小说最出彩的人物。这种小说重心的位移，是孙犁先生有意还是无意为之，或是原来计划尚有后传而有新的情节铺设？我以为这是解读小说并揭示小说为何只有前传的关键。

尽管小说中,不止一次用了"放荡"一词说满儿,也有"胸部时时磨贴在干部脸上"和六儿逮住鸽子让鸽子亲嘴配对的轻佻细节,但在具体的描摹中,可以看出对满儿是充满同情的。孙犁先生为满儿设置的前史:一是孤儿,二是寄生的家庭包娼涉赌,母亲和姐姐都不检点,三是婚姻包办。也就是说,满儿身上既有毛病,心里也有苦闷,并非单一平面化。所以,才有了这样的描写:"她脸上的表情是纯洁的,眼睛是天真的,在她的身上看不到一点邪恶。"也才有了平常不爱开会,宣传婚姻法的学习却主动参加的描写。乃至有了和姐姐吵架之后独自跑到村西的人沙岗,看到一株小桃树被风沙压倒在地,她刨土把树扶正,然后掩面啼哭,那种顾影自怜明显带有象征意味的场景。

最精彩的是小说第17章,满儿与干部参加学习会,成为小说的华彩乐章。从开始的明显不高兴,到磨磨蹭蹭做饭,趁机逃跑不成,到转被动为主动,一路上作弄干部,一直到了庙中的高潮,写得一唱三叠,摇曳生姿。在庙中,是满儿咏叹调的独唱。她唱了两段发自内心深处的自白,一是庙会期间的夜间,青年男女像鸟儿一样自由自在从麦地里飞进飞出;一是抗战时游击队在庙的大殿里狙击敌人,尼姑送子弹,后来她们都还了俗,有一个最漂亮的尼姑嫁给了副村长的儿子。然后,她感叹道:"那么热闹的时候,我没有赶上。"两段唱段的主题一致,即恋爱自由和婚姻美满。以致最后她说到有一个尼姑恋爱不自由吊死在庙里的时候,"脸色苍白,眼睛向上翻着,说着听不明白的话,眼睛流出泪来"。几乎扑倒在干部的怀里,大声地喊叫:"我看见了她!我看见了她!"如此,将唱段在最H处收尾,麦地里的青年男女——庙里送子弹的尼姑——吊死的尼姑,呈递进关系,其内心的痛楚,便不是"放荡"一词可以囊括的了。

在满儿身上，明显集中了孙犁先生的"同情"之心。实际上，孙犁先生 16 岁时发表的第一篇（写一家盲人的不幸）小说，便给予了同情，他谈及此时说过："我的作品，从同情和怜悯开始，这是值得自己纪念的。"在谈到《铁木前传》的写作时，孙犁先生特别谈到了真诚，认为这是现实主义的特点之一，同时，他还特意强调"真正的现实主义"。提及"同情"和"真诚"这两点很重要。孙犁先生最初接触现实主义文学，是读了叶圣陶先生的小说集《隔膜》之后。叶圣陶先生在当时主张恰恰是"同情"和"真诚"，1921 年出版的《文艺谈》一书中，他认为这两点"是作家应该培养起来的品质"。根据这一原则，他分为"诚的文学"和"不诚的文学"，指出要做"真的文艺"。叶圣陶坚持的这种现实主义的创作伦理，也是孙犁先生一以贯之的。因此，我们才会发现为何在当时有关农村合作化的写作中，独孙犁先生的笔下没有那样意念在先吞吐时代风云的人物，而将同情的笔墨倾注于满儿这样的边缘人物上。"同情"和"真诚"这两点朴素的创作底线，便也成为孙犁先生美学追求的防线，他不愿意将简单的配合宣传的功利主义，凌驾于自己的美学追求。他明确地表示过："那种所谓紧跟政治，赶浪头的写法，是写不出好作品的。"

正是因为满儿的出现，加剧了孙犁先生当时文学创作的困惑与犹豫之情。因为小说中的主人公铁木二匠尤其是倾注更多笔墨的木匠，同满儿一样也不是吞吐时代风云的主人公。也就是说，同样不是属于描写合作化的新人物。木匠梦想打造一挂自己堂皇的马车的现实和必将遭遇的风波，让木匠成为老舍《骆驼祥子》笔下的祥子和柳青《创业史》里梁三老汉的集合体。那么，满儿这一形象则是五四文学娜拉和延安时期文学改造二流子的矛盾体。

这样人物的性格与人性发展，本身潜在的矛盾，在农村剧烈变革期间的纠葛，便会显得越发地难以处理。因为这是在当时文学人物谱系中没有的，便会在当时讲究革命现实主义的文学语境中难以伸展，甚至遭受厄运。因为在以往形成定势的经典模式的叙述和描写中，满儿以青春和人性质疑并还原生活的内在矛盾，其人物塑造的修辞方式，将面临挑战。既然无力补天，又无意追风逐浪，不能去做当时李准《不能走那条路》一样观念性的直白呼喊，那么，索性戛然而止，也是写作一种姿态的选择。

同时，孙犁先生也无法做到如柳青一样，因为《创业史》中的主人公梁生宝是位没有前史（因是孤儿）的横空出世的英雄人物。无论满儿还是铁木二匠，都是有着丰富前史的人，都有一个从旧农民蜕变为新农民的问题。无论铁木二匠的友情，还是满儿和九儿的爱情与婚姻，那种委婉有致的失落、怅惘与追求，都不是如梁生宝一样甫一出现即可瞬间缔造完成，而是要从前史到前传，再到后传，有一条漫长的时间延续的磨砺，才能彻底舒展开来的。这种时间性带给小说人物并带给孙犁先生自己的焦虑与担忧，在 1956 年写作《铁木前传》之后的时间点上凝聚并加剧，让他会觉得仅凭"同情"和"真诚"而于事无补。而让他违心地巧置新人（小说中的四儿和后面的九儿都不如满儿精彩），或者强化和改建主题意义的框架，为其后传化险为夷，他显然又不愿意。

孙犁先生曾说："我的胆子不是那么大。我写文章是兢兢业业的，怕犯错误。"是实在的话。同时，他又说强调作家的"赤子之心"，说："把这种心丢了，就是妄人，说谎的人。"我以为，这两段话，可以作为孙犁先生不愿意和不可能为《铁木前传》作续的心理注脚。孙犁先生还说过："过去强调运动，既然是运动，就难免有主观，有夸张，有虚假。作者如果没有客观冷静的头脑，不做实际观察的努力，是很难写得真实，因此也就更谈不上什么艺术。"这段话可作为创作思想的注脚。铁木只有前传，便是再自然不过的事情了。因为，《铁木前传》发表之后，反右等斗争接踵而至，对于孙犁先生，便只有一再感喟《铁木前传》是让自己"几乎丧生"的"不祥之物"的份儿了。

《铁木前传》中，还有一个特别现象，便是在这部第三人称的小说中，只有前两章中出现了第二人称的插语。然后，便是最后第20章第二人称的匆匆结语。那么，这个已经在前两章中连续出现的第二人称，为什么会在中间17个漫长的章节中消失？是无意的消失，还是有意的延宕，为了以后的灵光再现？这个现象，或许有助于解读《铁木前传》为什么只有前传之谜。

第1章，出现在孩子们看铁匠打铁之后："如果不是父母亲来叫，孩子们会一直在这里观赏的，他们不知道，到底要看出什么道理来？是看到把一只门吊儿打好吗？是看到把一个套环接上吗？童年啊，在默默注视里，你们想念的，究竟是一种什么境界？"

第2章，出现在六儿和九儿玩失一只田鼠躲在碾坊里六儿睡着后："童年的种种回忆，将长久占据人们的心，就当你一旦居住在摩天大楼里，在这碾坊里一个下午的景象，还是会时常涌现在你沉思的眼前吧？"

这两段，都是以童年为视角的回忆。谈到《铁木前传》这部小说，孙犁先生首先强调自己"童年的回忆"的作用。"童年的回忆"便至关重要，它不仅使得这部小说在当时时代主题以个人叙事的修辞策略变体来进行，而且，童年回忆将作用于当时现实的生活，个人情感的变化与失落，与童年时光的流逝，使得小说有了因流动的时间感而带来沉浮的命运感，而不仅仅是合作化的时代感。

那么，问题是谁在回忆？回忆的意义是什么？显然，不是铁木二匠的回忆，因为回忆中有对铁木二匠诉说的影子。也不是作者的回忆，虽然前面出现了一次"我"突兀的介入。最有资格和能力回忆的，是九儿，因为最美好的童年，是她哀伤的失去。如果这样的推断可以成立，那么小说后面的主角应该是九儿。但是，主角的位置无可奈何地偏移到了满儿的身上，回忆的视角便中断了。而如何处理满儿在跟随六儿赶着大车外出后的跌宕命运，又如何处理九儿和父亲和四儿一起入社后的新生活，显然，孙犁先生显得有些犹豫，甚至莫衷一是。特别是前者，如果处理成和《创业史》里郭世富、郭振山一样发财致富而对入社彷徨甚至抵触的话，便流俗而图解，鲜活的满儿这个人物走向，更难以为继。

　　因此，第二人称在后面17章的中断，便不是偶然的，同样可以看出孙犁先生在《铁木前传》越往后的写作中，越显得困难和困惑。最后一章，勉强拾起第二人称，并不是为了和前两章的呼应，而显得勉为其难，说得有些大。前传到此戛然而止，便也是命中注定。这是孙犁先生的宿命，也是中国当代学史中的宿命。

　　记得孙犁先生逝世时，我曾经说对先生最好的纪念方式，莫过于老老实实认真读他的书。谨以此文，纪念孙犁先生逝世10周年。

2012 年 7 月 3 日写于新泽西

孙犁先生百年祭

——重读《曲终集》

孙犁先生100周年诞辰的日子里，重读孙犁先生最后一部著作《曲终集》。"曲不终，而人已不见；或曲已终，而仍见人。此非人事所能，乃天命也。"在这本书的后记中，先生如是说。和四年前写文集续编序时说"晚年文字，已如远山之爱"，颇不一样。

这本书中，所录为1990年至1995年的文字。是孙犁先生77岁至82岁假笔转心的神清思澈之作。限于篇幅，我只谈书中关于传统意义的散文部分。这部分，只占全书的八分之一左右，但我以为更容易看出先生前后思想和情感以及文体的前后衔接与变化。

这样的文章，包括记人与叙事两种。记人，如《记陈肇》《悼康濯》《记秀容》《寄光耀》等文坛故旧，基本延续了以往的风格，依然弥漫着旧交唯有青山在的浓郁情感。《新春怀旧》中的《东宁姨母》，《暑期杂记》中的《胡家后代》，几篇记述乡亲的，意味却有所不同。

新中国成立前，姨母随丈夫闯关东后，积攒一些钱寄回家乡，孙家帮助代买了几亩地，并代为耕种。新中国成立后，姨母的孩子看到了孙犁先生的小说，告知姨母，全家都很高兴。"文革"后，恢复工资，老伴去世，孤独苦闷，思念远亲，孙犁先生给姨母的孩子寄去 30 元钱，"想换回些同情和安慰"。谁料到，烧香引出鬼，这位叫作志田的表哥"来了封信，问起他家那几亩地，有些和我算账的意思"。从此，孙犁先生再也没有给这位表哥写过信。

新中国成立前，孙犁先生和母亲曾经在安国县（今安国市）干娘胡家借住过，认得胡家长子志贤和他的女儿俊乔。刚解放的时候，志贤到天津找过孙犁先生，并告知俊乔正在天津护士学校读书。但是，俊乔一直没有找过孙犁先生。1952 年冬，孙犁先生到安国下乡，买了点心去看望胡家，还给土改后生活已经很困难的胡家留下一点钱。40 年后，"有人敲门，是一位老年妇女。进屋坐下之后，自报姓名胡俊乔，我惊喜地站起来，上前紧紧拉住她的手"。叙旧之后，方知她是来托孙犁先生办事的。但是，这样的事，让"和任何有权的人都没有来往"的孙犁先生很为难，也为无法帮助乡亲而感到很是遗憾。

这两篇写乡里的文章很短，却都横跨了新中国成立前和成立初期，以及现在这样三个时空，融进了时代的变迁、世事的沧桑和人生的况味。胡家小妹和志田表哥，和孙犁先生以往写作中那些战争年代里荷花淀里的乡亲，完全不一样了。那种在艰苦中依然清纯的形象，恍若隔世。无论胡家小妹为生活所迫找上门来，还是志田表哥在金钱时代只认钱了，都和孙犁先生前期笔下的荷花淀人物，乃至后期怀念那些逝去的文坛故旧，形象都大不一样，颇有些鲁迅故乡人物的影子。其写作的心境也大不一样，甚至让孙犁先生心情沉重。

在这本书的另一篇文章中，孙犁先生写过这样的一段话："我不愿意重会多年不见的朋友，还有一个原因，就是相互之间的隔膜和不了解。人家以为我参加工作早，老干部，生活条件一定如何好，办法一定如何多。其实完全不是那么回子事，一见面会使老朋友失望，甚至伤心。"我以为，这是晚年孙犁先生的重要心境，是他倾情读书观画读帖习字的重要心理背景，也是他对于人生和世事新认知与解读的时代背景。

同时，我们也就愈发明白，为什么孙犁先生晚年一再感喟故园的消失。在《曲终集》中，有关叙事的文字，重要的一篇便是《故园的消失》。写老家的三家老屋的命运，几十年风雨飘摇，万幸的是依然健在，成为家乡的一个念想，一个象征。这时候，村支书带着几个人来到孙犁先生家，期待的是捐资建个小学校。老屋一下子被推到了主角的位置上。孙犁先生开门见山地对来者说："村里传说我有多少钱，那都是猜想。"然后，随手拿出一本新出版的散文集，这本书写了一年，才得稿费 800 元。最后，他提出两种方案：或出 2000 元，或把老屋拆了卖了，自己再出 1000 元。来者很失望，勉强同意后者。报纸宣传孙犁先生捐资兴学的消息一出，乡长带着人又来了，一要以孙犁先生命名这座新建的小学校，一请孙犁先生为小学校题写校名，都被孙犁先生婉辞。

至此，孙犁先生有一段内心独白："老家已是空白，不再留一草一木，一砖一瓦。这标志着，父母一辈人的生活经历、生活方式、生活志趣、生活意向的结束。也是一个从无到有，又从有到无的自然过程。"可以说，这和上面提到的两篇文章互为镜像。前者写的是人，后者写的是物，两者合为故园，交相的消失，才是真正的消失，才会使得心情怅然而忧郁。

《曲终集》中，还有一篇重要的叙事散文《残瓷人》。这是一篇杂糅回忆和感喟、历史与现在、偶然与莫测，以个体出发深入人性与时代的佳构，以具象到抽象而使得瓷人成为一种隐喻和象征。一个在 1951 年花了 16 卢布在国外买回来的小瓷人，经历了

"文革"抄家，地震震荡，都没有丝毫损坏，却因一场雨，房顶漏雨掉下一块天花板而将小瓷人的双手砸断。短小的篇幅里，写得风生水起，淋漓尽致。最后，他引老子的话："美好者不祥之器。"沉郁而戛然收尾，深深显示出孙犁先生晚年忧郁难舒的性格与情怀。这种情怀，延续了他从戎马生涯青年时代的忧国忧民的情怀，对时代和现实的关注和介入，并没有因为年老而变化，这和热衷于热闹闹文坛准官场、一味歌功颂德的时令作家拉开了明显的距离；这种性格，则是晚年的一则明显的变化，这种变化，使得他晚年生活越发孤独和郁闷难解，却也在某种程度上帮助了他晚年文体风格形成深刻的变化。

说到孙犁晚年文体的风格特征，我以为可以用简约派来比拟。过去讲唐诗时说"郊寒岛瘦"。这个"寒"和"瘦"字，可以概括为这种简约的特征。"寒"指的是冷峻；"瘦"指的是清癯。冷峻，更多的是指内容所具有了内敛的思想力度和批判锋芒；清癯，更多的是指文字删繁就简的浑然天成和意境平易却深远的水天一色。这应该是孙犁先生晚年一种自觉的追求，这种追求，既是思想的追求，也是美学追求。他崇尚古人说的："叙事之功者，以简要为主。"他说过："人越到晚年，他的文字越趋简朴，这不只与文学修养有关，也与把握现实、洞察世情有关。"同时，他特别喜爱"大味必淡"和"大道低回"两个词语，曾多次抄录，乃至置于自己的书房。

这在《曲终集》里，得到充分的体现。以《残瓷人》做说明。瓷人从樟木箱到稻草筐到书案，再到稻草筐，件件细节相互衔接映衬，将看不见的心情写得那样真切，干净得没有多余的枝杈，一枝风霜之后的老梅一般瘦骨嶙峋而暗香浮动。可以想见，如此简约，来自谋篇布局时的精心构制，方才榫卯丝丝入扣，用的绝不是叮当直响的钉子活儿。

　　同样，在《胡家后代》里，仅仅一句话"当时土改后，他家的生活已经很困难"，土改后什么样的人生活很困难呢？无限的时代与人生，以及胡家小妹的万般无奈来托孙犁办事，和孙犁先生自己的深深的遗憾，都在这简约词语背后的留白里面了。庾信文章老更成，这就是简约的力量和魅力。

2013 年 5 月 13 日

大味必淡

——读芸斋短简

作家书简是文学样式中最为别致的一种。翻阅托翁、契诃夫、拜伦、卡夫卡，直至鲁迅的书简，大抵写给自己亲近的人的信件，一般都不事雕琢而真情流泻，不假粉饰而心迹坦露。这些书简，作家生前大多无意争春，未想发表，方才如自生自灭的野草般清新，天然去雕饰。一旦有意为发表而写，名曰书简，其实已是在做文章了。两者不可同日而语，区别是一目了然的。

最近看到《芸斋短简——致赵县邢海潮》（载《长城》1993年1期），便是属于前者的书简，读后令人感动之余，也有些许怅然。

孙犁先生是我尊敬的作家之一。他的文品与人品，在中国当代文坛上独树一帜，是我辈须仰视才见的。在这50多封致邢海潮的短简之中，足可触摸到近年来孙犁思想与感情真切的搏动。邢是他保定育德中学的高中同学，1935年，邢考入北京大学中文系，孙犁却因家境拮据无法升学退而还乡。未想此刻分道扬镳，竟铸就两种命运。孙犁参加革命，成为作家；邢成为大学副教授即难逃脱解放之后政治运动厄运，其妻病逝、幼子夭折，孑然一身，发配到东北教书，直至1987年退休返回赵县原籍，被邀编写县志，方知孙犁即同学孙树勋，便给孙犁写了一封信，从此鱼雁往还，遂有了这《芸斋短简》一束。

孙犁晚年写信皆用明信片，每封信都极短，一封一封单看如流水账，也许看不出来什么味道。这50余封连缀一起，却看到一位可称得上真正作家的善良之心。当他收到邢的第一封信当日即复信："一别数年，经历实非一纸能尽。而今日弟又犯眩晕旧疾，故先致一片，以免悬念……"毫无居高临下之感，极尽善解人意之情。几年来，他信中关心老同学的身体，嘱"兄在乡村，可多看书，写些见闻，当可减少寂寞"。并将邢的稿件呈报刊发表，还不时寄书、剪报，以及寄钱给老同学，甚至连稿纸的细枝末节也考虑周到，请人专门寄去，"因县志稿纸恐将用完矣"。乡谊之深、旧情难忘，一个多病之身，还如此关心另一位孤独之人，使人直想起一句唐诗："谁肯艰难际，豁达露心肝。"

还有一细节，也让人难以忘怀。孙犁嘱"兄以后如寄挂号信件，可寄《天津日报》转弟。因弟大部分时间是一个人在家，下楼盖章不便"。但因寄往报社的信迟几日才转到手中，他又写信嘱"日后来信，仍望寄至舍下，以免稽迟"。关切之情，跃然简上。

细读这50余封短简，不仅仅是言情明志，尚有近年来文坛出版界的缩影存真。虽只是偶然涉及，横枝傍倚，却勾勒得须眉毕现，令人意会神领。了解、研究衰年独处、著述不减的孙犁晚景时所思所悟所情所念者，不可不读这一组短简。这组短简确实言近旨远所写都是生活日常琐事，极其平淡。在平淡中见出真性情、真性格，是大手笔使然。孙犁曾将《汉书·扬雄传》中一句话抄送给邢海潮："大道低回，大味必淡。"真乃过来人才能品味出的至理名言，孙犁的短简才不是为旁人观看而化妆得浓妆艳抹的摆设，而是如鸟飞天际、了无痕迹的艺术真品。

上海艾以先生要编一册《中国当代作家书信词典》，不知是否收入孙犁这一组短简。

1993 年于北京

萧疏听晚蝉

读帖、习字、抄诗，是孙犁先生晚年常做的事情，既是功课，也是消遣。晚年孙犁先生最喜欢抄录的是杜甫的诗，而且不少是杜甫的五排。这里面有什么生活思想和写作方面的原因，或更为内在的微妙曲折的心理，我常觉好奇，期待着有心人的研究。

这里，我对孙犁先生晚年抄录的一首杜诗，说一点自以为是的浅陋理解，就教于方家。这首诗是我在孙犁先生的女儿孙晓玲的新书《布衣：我的父亲孙犁》前面的插页看到的。准确地说，是1994年11月18日孙犁先生81岁时抄录杜诗中的一小节。这首诗的全名为《秋日夔府咏怀奉寄郑监审李宾客之芳一百韵》。是首五排长诗，共一百韵。这首诗在杜甫一生创作的一千四百余首诗中，地位极其重要。清人浦起龙解释："古今百韵诗，自此篇始。"这也是杜甫自己唯一一首百韵诗。就是说，是杜甫最长的一首诗。

浦起龙还说："予观是诗制局运机之妙，在于独来独往，乍离乍合，使人不可端倪。""千古惟龙门有此笔法。"

同时，它是杜甫临终前三年，即大历二年秋天写的。

指出这样两点，也许是必要的，它可以帮助我们捕捉孙犁先生和这首诗某些内在的联系。晚年的孙犁阅读并抄录的杜甫晚年最长的一首诗中一小节，即百韵中的五韵。或许，能让我看到相隔一千多年两位诗人某些命定相连的心理谱线。孙犁先生探究杜甫在艺术与人生都充满奇妙笔法的这首诗，我们也来探究孙犁先生这样的心理谱线上共振或共鸣之处。

杜甫写这首诗要送的郑审和李之芳这两位朋友，此时都在三峡外做官，离京城不远，而杜甫自己却在川内的夔州。久稽夔府，空想京华，三峡天堑，天远水长，无法归家，只能聊寄诗翰书札，思与远游。这是一首客在他乡的漂泊之作，是一首阻归困顿的思乡思友之作。特别是由于杜甫此时已到衰暮之年，在这首诗中他明白无误地写道："唤起搔头急，扶行几屦穿。"前半句搔头踟蹰而急切的心情袒露，后半句用现在的话说就是"今天能穿上鞋，就不知道明天还能不能再穿上了"。正因为如此，杜甫在这首诗中特别写道："吊影夔州僻，回肠杜曲煎。"思乡之情格外浓郁。这里的"煎"字，可以和前面的"急"字相对应。可以看出，此时的杜甫由于年老而不得归又极其渴望归乡的心情与心境，是悲伤的，甚至是颓唐的，也是急切的、浓烈的。弥漫全诗的这种调子和气氛，是明显的。

孙犁先生选择的全诗中间部分的一节。按照浦起龙的分析，这首诗一共分为10段，孙犁先生掐头去尾留中段，抄录的是其中第六段的后半部分："共谁论昔事，几处有新阡。富贵空回首，喧争懒争鞭。兵戈尘漠漠，江汉月娟娟。局促看秋燕，萧疏听晚蝉。雕虫蒙记忆，烹鲤问沉绵。"

从诗句本身而言，可以说是这首诗中最精彩的部分。可以看出孙犁先生老到的眼光。从诗意所蕴含的感情而言，则是这首诗中最沉郁的部分，可以看出孙犁先生敏感的心地。

回首往事，朋友不是已经去世，就是如郑李二位一样山水远隔。一首诗选择从这里抄起，猜想抄录时已经是孙犁先生自己的心境了吧？"局促看秋燕，萧疏听暮蝉。"恐怕就更是孙犁先生自己的心情。"富贵空回首，喧争懒争鞭。"则分明是孙犁先生自己内心的写照。"雕虫蒙记忆，烹鲤问沉绵。"则更是准确无误地表达了孙犁先生对朋友的思念，文章既可以是经天纬地的大事，也可以是雕虫小技，蒙得朋友的记忆，便足可慰藉；书信往来，历来是孙犁先生恪守的交友之道，即便到了病魔缠身的垂暮之年，也是如此。清人仇兆鳌说这一节是"伤故里难归"，是"喜知交足慰"。还应加上："叹文事喧争"，"哀旧友凋谢"。孙犁先生所抄录的这五韵，紧握杜甫这首诗坚硬又湿润的核心，又委婉地道出了自己回顾自己一生淡泊名利场耻于争官于朝争利于市的心灵守则，同时，表达出晚年之际思乡思友的深情厚谊，借杜诗浇胸中之块垒，镜像互映。

在孙犁先生抄录的这五韵前面，即第六段还有另外五韵："每欲孤飞去，徒为百虑牵。生涯已寥落，国步乃迍邅。衾枕成芜没，池塘作弃捐。别离忧怛怛，伏腊泪涟涟。露菊斑丰镐，秋蔬影涧瀍。"浦起龙注解这三韵时说："'每欲'以下，忽接自己，局阵迷离。"在我看来，这三韵，第一句表达的是内心的孤独与忧虑，第二句表达的是对国家的牵挂，第三句表达了对家乡的思念。第四、五句，西京之露菊，东京之秋蔬，都是让杜甫最为怀念的故乡之物。尘戈漠漠，江月娟娟，却阻挠杜甫无法出川。从忧到泪，从国到家到家乡具体的影像，鲜明而多重意思的叠加，如同溪水从山崖层层流淌而下，气韵沛然，并没有浦起龙说的那样局阵迷离。它是这一段的总括，是下面孙犁先生抄录的那五韵的铺垫和大的背景，就像山有了云彩和天空的衬托，才有了自己明显的轮廓。

在这里，要特别说的是，杜诗中那种孤独而忧郁的情绪，我以为最和孙犁先生晚年吻合。记得孙犁先生逝世周年的时候，我写过一篇文章《忧郁的孙犁先生》，有朋友向我提出意见，说孙犁先生的一生是战斗的一生，怎么会忧郁呢？其实，晚年孙犁的忧郁心情与情怀，比他前期越发地明显。从他所抄录的杜甫的五排长诗，就可以触摸到那委婉有致的律动。

重读《荷花淀》

——孙犁先生逝世十四周年纪念

　　《荷花淀》是孙犁先生的名篇。每一次重读这篇小说，都有不同的收获。对战争的文学书写中，孙犁先生以此为代表，抒发了战争文学中鲜有的阴柔之美。《荷花淀》中那位没有名字只被称作水生嫂的女人，不是以往赵一曼或刘胡兰式的英雄，却一样地让我们感动而难忘。她所承载的战争残酷压力之下所散发出来的坚韧、勇敢与温柔，其鲜明的性格与形象，长久地走进我们的心里，走进文学史的长廊之中。

　　在以往的解读中，更多的是从水生嫂这样的性格、形象，和水生参军时、她与姐妹们寻找各自的丈夫时的言行，以及与之相连的白洋淀的环境，来分析认知这篇小说。这当然是没错的。这一次重读，燃起我新的兴趣，并格外受到触动的，则是小说所出现的苇眉子、菱角这样微不足道只是点到为止的东西。这些东西，都和荷花淀的生活乃至生存密切相关，是那里最为司空见惯的事物。它们既是小说书写的细节，也是小说构成的情境；既是人物的性情所至，也是小说氛围的弥漫。

　　或许，以苇眉子、菱角，作为重新解读这篇小说的路径，会让我们有一种新的感受。

小说一开始就让苇眉子先于人物出场："月亮升起来，院子里凉爽得很，干净得很，白天破好的苇眉子潮润润的，正好编席。"苇眉子潮润润的，是在水乡的缘故，也是心情不错的缘故。尽管人物还没有出场，但是，人物的心情先在苇眉子上闪现，就像戏台上人物还没有出场，锣鼓音先响了起来一样。心情的不错，才让这个晚上有明亮的月亮，还凉爽得很，干净得很。

　　接着，孙犁先生还是写苇眉子："女人坐在小院当中，手指上缠绞着柔滑修长的苇眉子。苇眉子又薄又细，在她怀里跳跃着。"还是在以苇眉子来书写心情。心情确实不错，否则，苇眉子怎么会"柔滑修长"，"又薄又细"？而且，活了一样，在她的怀里跳跃？

　　试想一下，如果写的苇眉子不是在怀里跳跃，而是在手上，或在膝上跳跃，还有这样的韵味和意境吗？必须是在怀里跳跃，苇眉子和水生嫂才有了这样肌肤相亲的亲密样子，这既是心情的表现，也是形象的勾勒。同时，也是人物与乡土之间关系的密切而天然的流露，小说中对待侵犯自己家乡的敌人的仇恨和抗争，才有了坚实的依托。只是，这一切，孙犁先生写得含而不露。

　　对苇眉子的书写，并没有到这里为止。孙犁先生进一步书写苇眉子，充分运用苇眉子，让苇眉子作为下面女人等待丈夫的出场前的音乐背景。这既是女人的心情展示，也是丈夫回家时带来要参军的消息的铺垫。他让苇眉子作为心情不错意境美好的代言者，有意和丈夫参军打仗的消息，做一个对比。这是以弱对强，以美好对残酷的对比。同样，这样其实蕴含着生离死别的强烈对比，让孙犁先生也写得含而不露。

　　看孙犁先生是这样写的："这女人编着席。不久在她身子下面，就编成了一大片。她像坐在一片洁白的雪地，也像坐在一片洁白的云彩上。她有时望望淀里，淀里也是一片银色世界。水面笼起一层薄薄透明的雾，风吹过来，带来新鲜的荷叶荷花香。"在这时，苇眉子已经变成了编好的席，而且，是一大片的席，她像坐在洁白的雪地和云彩上。这是小院里的一幅画。另一幅画，则由苇眉子扩展到了白洋淀上，不仅是雪地和云彩，而是一片更为宽阔的银色世界。在这里，还捎带脚带出了荷叶和荷花悄悄在远处隐现。苇眉子，便如同一个特写镜头，然后拉出一个长镜头，将我们从小院带到白洋淀。

这时候，水生出场了。这是一个多么恰当的出场背景呀。苇眉子，如同一枚灵巧的绣花针，为我们绣出了一幅水乡温馨的画面。这样的画面，是为了水生出场，也是为了和后面在荷花淀里与敌人残酷而血腥的战争，做出的场景对比和气氛烘托。

丈夫突然要去参军打仗，毕竟是残酷的战争，面临的是生死离别，丈夫托付给女人的是一家老小，甚至还有面对被敌人活捉时的同归于尽。做妻子的再坚强，也难免心里会震动一下。但是，孙犁先生没有写女人心里的震动，他只是让她的手指震动了一下，依然运用的是苇眉子这个在前面已经出现的几乎是形影不离的道具："女人的手指震动了一下，想是叫苇眉子划破了手，她把一个手指放在嘴里吮了一下。"用词是多么巧妙，又那么地恰如其分，苇眉子，已经和女人融为一体。孙犁先生从来都是不愿意直接书写人物的心情，他总能随手在身边，或在小说的行进中，找到书写心情的替代物，看似信手拈来，却是像女人编席一样细致而缜密。他将看不见的心情，让我们清晰看得见，并能够触摸到一个即将和丈夫分别且是战争中生死未卜的分别时的细微感情，让我们读时心怦然一动。

小说的后半部分，写水生嫂和几个姐妹到白洋淀找自己的丈夫，即那句有名的过渡句："女人到底有些藕断丝连。"藕，自然也是白洋淀的特产，便也成为心情自然而然的借喻。在这一部分，孙犁先生写到了荷叶和荷花，不像苇眉子一样是为了人物的心情和小说的氛围，而是有自己明确的指向："那一望无际的密密层层的大荷叶，迎着阳光舒展开，就像铜墙铁壁一样。粉色荷花箭高高地挺出来，是监视白洋淀的哨兵吧！"或许，这样明确的象征，是可以料想得到的，并不新鲜。但是，在这段叙事中，有这样一小节对菱角的书写，可能会被我们忽略，却也可能会让我们读出别一番滋味。

女人划着小船在白洋淀寻找各自的丈夫却没有找到的时候，孙犁先生横插一笔写道："她们轻轻划着船，船两边的水哗，哗，哗。顺手从水里捞上一棵菱角来，菱角还很嫩很小，乳白色。顺手又丢掉水里去。那棵菱角就又安安稳稳地浮在水面生长去了。"两次"随手"，看似信手拈来的闲笔，却那样手到擒来。菱角同苇眉子一样，都是水乡常见物，一样为人物的心情服务，拿是拿得起，放又放不下，才下心头，又上眉头，将几个没能找到各自丈夫的女人落寞的心情，让捞上来又丢下去的菱角委婉而别致地道出，在这样菱角被捞出又丢下的起落之间，为我们画出一道漂亮而动人的心理弧线。

如果没有苇眉子和菱角，这篇小说该如何完成？还会是孙犁先生的小说吗？好的小说家，不是把小说做大，而总能在小说的"小"中做文章，达到曲径通幽的境界。荷花淀里最为常见的苇眉子和菱角，方才被孙犁先生点石成金。

在小说的结尾，孙犁先生写了这样一笔："敌人围剿那百顷大苇塘的时候，她们配合子弟兵作战，出入那芦苇的海里。"小说又回到了起始点，又回到了苇眉子。只是，在这时候，"柔滑修长"又薄又细"的苇眉子，已经变成了一片芦苇的海。这不是为了小说的首尾呼应和对比，而是让小说如水一样回环，气韵相通，浑然一体。

我说过，对孙犁先生最好的怀念方式，莫过于认真读他的文章。谨以此文纪念孙犁先生逝世十四周年。

2016 年 7 月 26 日写于北京

布衣烹鲤问沉绵

——孙晓玲《布衣：我的父亲孙犁》读后

　　早在《天津日报》上读过孙晓玲回忆父亲的文章，这次读她在三联结集出版的新书《布衣：我的父亲孙犁》，感觉不一样。一篇篇文章像是荡漾起的一圈圈涟漪，汇成了一泓湖水完整的轮廓，一个女儿心目中的孙犁，便也不同于文人笔下的孙犁，显得格外感性而湿润起来。

　　这本书的独特价值，正在于是一个女儿的视角中的孙犁，让我看到了文字之外生活中特别是家庭生活中孙犁的样子。那样子，"布衣"一词概括得尤为准确，那确实是一种如今文坛上难以觅到的布衣本色的性格与情怀。除了弥漫在文字之中的父女情深之外，这本书所提供的关于孙犁日常生活、情感与思想鲜活的细节，无疑对于研究孙犁具有宝贵的史料价值。

　　这本书记述了孙犁对于新老朋友的感情，其中包括梁斌、方纪、丁玲、刘绍棠、铁凝等人，特别是对于邹明的感情描写得最为感人至深。关于邹明，孙犁早写过文情与思辨并茂的《记邹明》一文，晓玲别开生面记述了鲜为人知的孙犁对邹明家人的情景。在孙犁病逝的前两年，邹明的女儿丹丹去医院看望，"父亲一听说是邹明的女儿，努力地睁大了眼睛，看得出他心里的感动，目不转睛地仔细辨认着眼前的丹丹"。第二天，他让孩子准备一些营养品看望邹明的妻子李牧歌。病重时的孙犁对友人之情，令人感动。

当然，最令我感动的是孙犁对于家人的感情。晓玲用她真挚的心和笔勾勒出"心比嘴热乎"的孙犁内心世界不为人知的一隅。其中孙犁对妻子的篇章，晓玲写来感情弥深。"文革"期间的动荡，孙犁曾经几欲轻生，一次触电被灯口弹回，是妻子的开导："咱不能死，咱还得活着，还要看世界呢。"让他挺了过来。妻子住院，孙犁从干校赶到病房，无处可坐，"一直贴着床边弯着腰和我母亲说话，宽慰着她。"妻子去世后，孙犁带着晓玲回老家，离村口一段距离，他让车停下，对女儿说："下来吧，走着走！"当天中午，村支书请吃饺子，他默默地吃一言不发。第二天清晨，他沿着村头的钻天杨树下沉默地走，又让晓玲到母亲的娘家村里去看看。珠串玉环，将孙犁的内心波澜描摹得细致入微，可以视为孙犁的名篇《亡人逸事》的续篇，是孙犁情感与文字的延长线。

对于晓玲的婚事，从母亲临终前对父亲的嘱托，到父亲心情的急切，从不求人的父亲托人给自己介绍对象；到邀请对象来家见面；到婚前把一个存折给了晓玲，要她买一套家具；到祝福女儿"不希望大富大贵，只希望平平安安！"到女儿旅行结婚前面对女儿抽烟时候的激动，一直到女儿结婚之际自己在书衣文录上的记载……如山间清溪一路流淌而下，清澈明目，委婉有致。而在临终前和晓玲的对话，问病，问衣，问从来未问过的女儿一直困难的住房，读来令人唏嘘。对于晓玲的儿子，孙犁疼爱有加，因为长得像在战争年代死去的自己的大儿子小普而让他伤怀念远，写得更是哀婉动人。

在这本书中，有关于孙犁稿费的处置，很能看出一位如此有名的作家的收入状况和心地与性情。"文革"前，孙犁的中篇小说《铁木前传》获 6000 元稿费，那时妻子患病住院，他嘱咐女儿拿这笔稿费中一部分替妻子交住院费，千万不要去单位报销。"文革"中，他将积攒的一共 2.7 万元稿费，除留下一点给妻子看病全部交了党费。那时候，好友田间告诉他 5000 元可以在北京什刹海买一个独门独户的小院。临终前些年，出版八卷本《孙犁文集》，获一万零几百元稿费。他分给了四个孩子。

与此相对比的是孙犁自己生活的简朴：桌布是用旧窗帘改的，旧藤椅上的棉布垫是用旧衣服改的，一块"薄如蝉翼"的手绢不知用了多少年，一块橡皮使到蚕豆大小，一个镇尺是用木头做的，一块肥皂使成片，一条毛巾用得透了亮。没有空调，一把蒲扇过夏天。没有热水器，冬天在暖气上放一个盛满凉水的白搪瓷罐，洗手就用里面的热水。晓玲还告诉我们：他"不喝酒，不交际，没饭局，没应酬。他吃饭很简单，就是过 80 岁大寿，也是自己在家里吃一碗打卤面"。他一生只有两次在外面的宴席，一次是为祝贺老友梁斌的长篇小说《红旗谱》出版，一次是他从青岛回天津请全家到正阳春饭庄。不知别人读到这里是什么感想，我以为对于热衷跻身官场和中产阶级的当今一些作家而言，孙犁真是一个异类，也是一面镜子，一则警世恒言。

在这本《布衣：我的父亲孙犁》的前面，附有孙犁 81 岁时抄录杜甫的一首诗，其中最后一联是"雕虫蒙记忆，烹鲤问沉绵"。这是夫子自道，孙犁从来没有把写作当成多了不起的事情。晓玲秉承着父亲的这一脉心情，质朴地书写并还原孙犁这样的布衣之情，让我心动，让我再次叩问自己：作家的人品与文品，作家存在的意义和价值。

一个画家的信史和心史

——读庞薰琹《就是这样走过来的》

《就是这样走过来的》（庞薰琹著，三联书店2005年版），是我去年夏天在病床上读的。那时，我腰伤下不了地，天天躺在床上，这本书伴我度过了寂寞的时光。

第一次知道庞薰琹先生的名字，很晚了，是前几年在美术馆看中国百年油画展，看到了他的一幅油画，作者的名字是他，因为这个琴字的下半截"今"写成了"木"，是现在很少见的琴的异体字，所以很新鲜，便一下子记住了他，这位我国老一辈的油画画家。

其实，称庞薰琹先生为画家，并不准确，他可谓学贯中西，有着西画和国画的双重实践，并对于服饰装潢有着独到造诣的艺术家。庞先生1906年出生，1985年春天去世，这本书是1984年他临终前一年夏天写完的。看陈白尘先生为书作的序言，是1986年夏天写的。心里有些奇怪，如今陈先生也早已过世，为什么书却是近20年后才得以出版？猜想大概是经历了一番周折，如今书界混乱，多以经济利益为由，好书不见得如一些花拳绣腿的书容易出版，早已经不是稀罕事。不过，一本好书经历了20年的周折，即使算不得咄咄怪事，时间也委实有些长了。

这本书是庞薰琹先生为自己一生写的传，分为"就是这样走过来的"和"记忆的年轮"上下两辑，以新中国成立前后为界，共115个小节。艺术家包括画家音乐家和作家的传记，自己写的或他人写的，看过不少，如庞薰琹先生这样写法的，并不多见。他没有把传当成一个炫耀自己的万花筒，或专门彰显自己漂亮一面的开屏的孔雀，而是极其朴素、老实，删汰殆尽一切人工的色彩，如同画家笔下的单线白描。全书读完，面对你的不是一个蜚声海内外的画家，像是一个忠厚的邻家老爷爷，不动声色地在为你讲述天宝往事。

他写他最初对于美术的认识，小时候爱好色彩，源于母亲晾晒家里的旧衣服。"每逢晒这些旧衣服，总深深吸引了我，这些旧衣服式样好看，色彩更好看，袖口上，衣襟上，一边上都有花边。逢到这样的机会，我就搬只小板凳，坐在这些旧衣服中间，这些旧衣服晒多少时间，我就在那里坐多少时间，看多少时间。"然后，他这样总结道："色彩与我的关系，我认为不仅仅是爱好问题，它和人类的感情有着牵连，它使我这样一个孩子，进入了如醉如痴的'美'的境界。"

艺术家之所以成为艺术家，总是有些与众不同的地方，类似鬼使神差。有几个小孩能够如他一样痴迷地坐在小板凳上，衣服晒多少时间，便看多少时间呢？艺术之神和个体是双向的选择，在晾衣竿的旧衣服之间碰撞契合，正是从童年对色彩与民间装饰的热衷与感悟，才会使得他成为新中国工艺美术的开创者之一，也成为我国除于非闇、陈之佛等先生之外最致力研究并有造诣于中国美术色彩的画家。

这位19岁去国，乘坐"波尔加"号航行36天到达法国马赛港的热血青年，写自己在异国他乡求艺的心路历程，最为动人。

这是他们那一代不少艺术家的共同选择，希望自己能够如普罗米修斯偷天火以燃烧自己的国家。和他一起当时在法国的有徐悲鸿和常玉，都是中国油画的先驱，其中，他记述的常玉，令人难忘，大概常玉是他自己另一个拷贝吧？这位潇洒不羁的天才画家，贫穷得连烧菜的油都买不起，更没钱买油画材料，却把自己的画随手给人，并拒绝别人给他钱，同时拒绝登门求画的画商。只有一次除外，一个出版商要他为陶渊明诗集的法译本搞四幅铜版画，他答应了，却迟迟交不出画，人家知道他是没钱买材料，便给他送来了铜版。可是，他连刻板的工具都没有，一拖再拖，拖得他没钱实在过不下去了，才用一把旧修脚刀，把铜版画搞了出来，很是精彩，大受欢迎，一家德国的出版商为了这四幅铜版插图专门出了一本书。

正是常玉警告他一定要警惕出版商，并坚决反对他进入巴黎美术学院。他听从了常玉的劝告，没有进入巴黎美术学院，坚持自己的艺术，不为一时的浮名所诱惑。在这本书里，关于庞先生这方面的追求与求索，一个个人物与细节纷至沓来，都是从他心底里涌出，格外缤纷生动，感人而富有启迪意义。因为这几乎是所有艺术青年所面临的共同的诱惑和困惑。庞先生的艺术之路，和有些人的区别，在于他对于艺术的态度，他几乎算不上一个聪明人，对于艺术纯粹的不带一点渣滓的追求，表现出他的执着、善良与忠厚。他不是凡·高或莫奈式的那种灵光幻化流光溢彩的人物，而是属于米勒笔下的拾穗的农人。也许，正是这样的一点，造就了他人生的命运，特别是后半生悲惨的人生。但是，也正是这一点，吸引着我把这本书读下去。在人生中，好人不见得一定就有好命；在艺术的天地里，忠厚却绝对不是无用的别名，而是艺术的灵魂。

在巴黎最初学素描的时候，他画了两幅静物，请老师提意见，老师却用斥责的口气说："在色彩中，黑色是不存在的。"他立刻反驳道："影子也是不存在的东西，难道不能以不存在的颜色描写不存在的东西？"这反映了庞先生性格中倔强而叛逆的一面，和他以后创立"决澜社"，反对官学派的画匠们，崇尚自由创造的精神是一致的。但一次在卢森堡公园喷泉后面写生的时候，一位素不相识的波兰画家一直坐在他的身边，最后对他批评地说："我看你用的颜色，几乎都是从颜色瓶里挤出来的，而不是你自己在调色板上调出来的。做一个画家，每一笔颜色都应该是你自己调出来的。"然后，他继续说："色彩最能表达作者的感情，瓶子里挤出来的颜色不表达什么感情。"这一次，庞先生却虚心接受了这位萍水相逢者的批评，并向他讨教，按照他的方法练习了足足一年多的色彩。

巴黎真正是一座富有艺术气质和氛围的都市，它有这样的传统，为来自世界的青年艺术家提供这样的气候土壤和必要的条件，它拥金揽翠，却也不拒涓流，绝不嫌贫爱富，让一切有才华有抱负的人在这里风云际会，彼此砥砺，彼此启示。庞先生曾经画了一幅《纤夫》，颇受好评，他自己也非常得意，自从搬进巴黎，一直挂在自己的房间里。一次，一个朋友带来一个美国人，这个美国人看了他的这幅画，却一言不发地走了。过了好几天，美国人又来了，请他到自己的住处，窄小的房间里，却暗藏机关，美国人在墙上按了一下，出现一扇小门，里面别有洞天，竟然是一间宽敞的画室，摆满了油画、铅笔画和钢笔画。在"启示"一节里，庞先生写道："想不到他竟是一个有才能而又谦虚、勤奋的画家……这次会见使我懂得了。艺术的探索是无止境的，必须要勤奋，任何时候都没有骄傲自满的理由。"

庞先生在巴黎 5 年之后，毅然选取了回国的道路。穿着当时画家的象征一身黑色条绒的衣裤，提着一只手提箱、一只画箱和一只用各种文字写满朋友签名的曼陀铃，离开法国途经德国，去访问一个好友家，一个白发老太太早已经站在路边等着他了。老太太便是好友的母亲，这是一个艺术世家，她带着他来到她家轩豁的餐室，长长的餐桌足可以坐 14 个人，老太太坐在长桌的上方，让他坐在她身边右手第一个座位上面，偌大的餐室，空荡荡的只坐着他们两人，餐室古色古香，桌椅都有富丽堂皇的雕花。老太太拿起桌上的一只小铃摇了几下，侍者手捧银盘送来一瓶酒，老太太说这是一次大战以前地窖里留下的唯一一瓶莱茵葡萄酒。虽然午餐内容简单，但这样一瓶美酒足以让遥远的岁月复活，庞先生当然知道这餐午饭是老太太精心为他准备的，但为什么要如此气派堂皇，不同凡响，心里充满疑问。老太太微笑地告诉他："你今天坐的椅子，是当年歌德到我家进餐时坐的。这餐厅还保持着当年原样。"告别的时候，老太太拥抱了他，对他说："我的孩子，你要像歌德那样，爱你的祖国。"在动荡和漂泊的岁月里，归国和回家是所有人心里激荡的主旋律的两种配器，祖国，再也没有比祖国更亲切的字眼，庞先生那年轻的赤子之心，是那个时代里我们可以想象却无法抵达的一种心怀和境界。

在读这本书的下半部分，我一直在想这样的一个问题，如果庞先生预先知道自己回国以后悲惨的命运在等着他：1957 年被打成了右派分子，1966 年"文化大革命"中被打成牛鬼蛇神而惨遭批斗，他还会选择回国这条路吗？看完这本书，我坚信，他还会选择这条路的。老太太拥抱他的时候对他说过的话，他不会忘记的："我的孩子，你要像歌德那样，爱你的祖国。"

尽管书的下半部分要粗线条简略得多，但是还能看到庞先生苍凉而辛酸的命运轨迹。有些地方不忍心看，却必须要看下去。一个青春作伴好还乡毅然回国报效怀有那样赤子之心的艺术家，我们并没有好好珍惜和善待。我们有些人还真不如德国的那位老太太懂得他，爱惜他。

1957年，他莫须有地被打成右派，撤销了他的中央工艺美院副院长的职务，降两级的处分之后，在清华大学万人和工艺美院千人批判大会之后不久，他的妻子也是我国老一辈油画家丘堤去世了。此后，他开始了他的孤独人生，他的学生他的同事他的一切熟人都不再理他，他也不理别人。他说："我比坐牢还要苦痛，因为坐牢房还有同伴，而我，只有孤独的我！"他病倒了，全身发麻，十指张不开。求医几处，最后到广安门中医研究院专家蒲大夫的门下。蒲大夫给他先后开了两次药，都没有效果。第三次，蒲大夫把他单独叫到三楼他的休息室，长叹一口气对他说："你年纪比我小，可是你像是一盏没有油的灯，火快熄灭了，药医不了你的病。"原来，自己的情况，这位蒲大夫早就知道了。他问：那我还有没有救了？蒲大夫对他说："有，靠你自己。"他问，什么办法？蒲大夫说："只要你做到有人指着你鼻子骂你，你能无动于心，只要能做到这一点，你再活20年没问题。"从此，庞先生早晨到公园打太极，白天编写汉代装饰画，晚上听德国的慢唱唱片。他终于再也没有去过医院。蒲大夫和他虽然通彻心病还要心药医，但这样的状况，能够让人心不酸吗？我们当然可以说是艰难困苦玉汝于成，但是，这样的艰难困苦完全是人为，完全是可以避免的呀。而这就是历史，就是人生。只是这样的历史这样的人生对于庞先生未免太残酷太不公平。如果对照书的前半部分，似乎那些激昂、真诚、善良，对于人性与艺术美好的憧憬和追求，都如同电影中的闪回一样，那样地不真实，或者真的是人生如梦的一样的感觉和感喟。

在书的 102 节，有这样的两行字："1964 年。画油画：《紫色野花》。花是从花店地下捡回几枝被弃的烂的花，取其意进行创作的。"面对这两行字，我读过好多遍，每读一次，心里都发酸。一个著名的画家，又重回年轻窘迫的巴黎时光，没有钱，更没有机会，可以让他面对鲜花写生创作，而只能从花店地下捡几枝被弃的烂的花回家，悄悄地写生创作。也许，这正是庞先生区别于我们的地方，他毕竟会画画，什么时候，任何人，都无法剥夺他手中的画笔，他可以用他特有的方式让活下去有了勇气、信心和另一种形式，让绘画不仅仅属于展览会或画廊乃至画框，而属于生命。

读这本书，我知道，后期庞先生画了大量的花卉，《鸡冠花》《美人蕉》《窗前的白菊花》《瓶花》都被中国美术馆收藏，67 岁生日之作《瓶花》还曾经参加巴黎美展。这和他前期巴黎时重视人物与景物的现代派风格浓郁的画作大不相同，他似乎心更加柔软缠绵，甚至他路过崇文门花店看见地上的几朵无人问津的草花，也花了几角钱买回来，放大作画。在经历了颠簸的人生与沧桑的命运折磨作弄之后，他反越发孩子一般对于比他更弱小而可怜的草花的关切，除了他本身的艺术气质之外，就是他不易操守，不改初衷，依然保持着年轻时候就有的对于生活的真诚和对美的向往。晚年，他写过的一首诗中有这样几句："我想安静 / 想寻美 / 想寻些劳动后的乐趣 / 也想让你看见一点美 / 感到生活仍有一点乐趣。"这是他晚年内心的真实写照，也是他留给我们最后的境界。

我喜欢这本书，向很多人推荐过这本书。由此我又特意买到了他的画册。我还临摹过庞先生的商代饕餮纹、汉代刺虎纹和斗兽纹，以及漆器上的对镜梳妆图。在 2007 年，这是一本对于我重要的书，是它陪伴我度过了那段伤后的寂寞孤独的时光，让我的心感动、充实。很多地方我读了不止一遍，常常让我读着读着眼泪止不住湿润了眼睛。好书，总是朴素的，而不是花里胡哨；真诚总能够打动人，伪饰的笑靥，唇间涂抹的艳丽的唇膏也是分辨得出来的。

2008 年 7 月 1 日

十万春花如梦里

——读《焦菊隐戏剧论文集》

《焦菊隐戏剧论文集》，曹禺先生作序，1979 年上海文艺出版社出版。版权页上写着"1979 年 10 月"，我买到书的时候，是 1980 年初了。那时候，我正在中央戏剧学院读书。清楚地记得，出我们学院棉花胡同西口不远，在地安门大街有一家新华书店，这本书是那里买到的，才一元六角，便宜得让今天难以置信。如果回忆上个世纪八十年代的读书情景，东风第一枝——这应该是那个难忘年代里我读的第一本书。而那个时候，焦先生已经离开我们整整 5 年了，他是活活被"四人帮"迫害致死的。

严格讲，这不是一本学术意义上的论文集，其中包括大量的笔记和讲话，有相互的重复和驳杂。焦先生去世得太早，如果天假以年，他留给我们的遗产会更多。但这本书的内容已经很丰富了，因为既有舞台实践，又有理论功底，焦先生的文章不枯不涩，很有嚼头，是迄今为止我读到话剧导演所写的最出色也是最有学问的一本书。想起当年读这本书的感觉，觉得老北京广德楼戏台前的一副抱柱联，最是符合，也最能概括这本书的丰富多彩："大千秋色在眉头，看遍玉影珠光，重游瞻部；十万春花如梦里，记得丁歌甲舞，曾醉昆仑。"

之所以想起这副和京剧相关的抱柱联，当然有对焦先生不幸的怅然怀旧之情，更主要的是因为最初读这本书的时候，给我感受最深的是，没有一位话剧导演能够像焦先生一样，对京剧艺术，有这样深入肌理、富于真知灼见和功力不凡的研究，并有意识地将包括京剧艺术在内的中国戏曲的营养，渗透且滋润于他的话剧导演艺术之中。

或许，这和焦先生新中国成立前自己曾经办过中华戏曲学校有关。在这所戏曲学校里，有过四位京剧大师，其中两位是他的"业师"曹心泉和冯慧麟，另两位是他自己称为"亦师亦友"的王瑶卿和陈墨香。他正经向他们拜师学过艺，在这本书中，他写过这样一桩往事，"内廷供奉"同光十三绝之一徐小香的弟子曹心泉，有一绝活，出台亮相时候，扇子一摇，九龙口一站，黑绸褶长衫的下摆正好压在白靴底鞋尖那一点白上，"嗖"的一声，黑绸褶飘飞起来。这一招，焦先生也学过，却就是飘飞不起来。他对中国传统的戏曲艺术，由衷之爱，由此可见。

对于中国的话剧和戏曲，他做过认真的比较，尽管各有所长，他依然客观而尖锐地指出我国话剧"继承十九世纪末叶以来西洋话剧的东西较多，而继承戏曲的东西较少"。"终于不如戏曲那么洗练，那么干净利落，动作的语言也不那么响亮，生活节奏也不那么鲜明。"

对于戏曲的程式化、虚拟化、节奏化，他做过认真的研究。对于程式化，他打过一个有趣的比喻，说是"像咱们中药铺里有很多味药一样"，搭配得好，就会效果极佳。对于《长坂坡》的并叙环境，《走新野》的群众过场，《三岔口》的虚拟设置，《甘露寺》的明场处理，《失街亭》的强调动作，《四进士》的人物形象和性格的塑造，《打渔杀家》桂英在草堂里挂牵夫妻，一边唱自己的不安，后台传来萧恩在公堂上被杖打的声音，如此情景交相辉映的安排，《放裴》表现裴生的惊慌，用另一个演员打扮成鹤裴生一模一样，在后面亦步亦趋，来展示其失魂落魄，那种充满想象力……他都做过和话剧相关联的仔细对比和探求。他由衷地说："我国戏曲演员所掌握的表演手段，比起话剧来，无疑更为丰富。"

因此，他特别强调话剧要向戏曲学习，他说："作为话剧工作者，不仅应该刻苦钻研斯氏体系，并且更重要的是，要从戏曲表演体系里吸收更多的经验，来丰富和发展我们的话剧。"

焦先生将学习到的这些宝贵的经验，运用到自己话剧导演的实践中。在《茶馆》"卖子"的一场戏里，卖女儿，而且是卖给太监，乡下人手里接过那 10 两银子，如何表达内心复杂悲凉的感情？焦先生让舞台出现长时间的停顿，然后，后台传来两种声音：一是唱京戏的声音，一是叫卖高庄柿子的声音，那低沉凄凉又哀婉的声音，画外音一样，成为乡下人此时此刻内心的写照。焦先生巧妙地借用了戏曲的声音和形式，将看不见的心情，生动形象地呈现在舞台上。

在《虎符》里，焦先生用了戏曲里最常见的锣鼓经。如姬盗走虎符之后，和信陵君在坟地见面，魏王跟踪而来，一下子一手抓住他们一人的手，说道："你们两个人的事情我都知道。"一声"冷锤"，如姬和信陵君的心里都一激灵，以为盗虎符的事情魏王知道了。魏王接着说："知道了你们两人感情的事情。"一阵"五击头"，信陵君和如姬如释重负。显然，戏曲中常用的"冷锤"和"五击头"音响，在这里起到了意想不到的作用，既凸现了心情的起伏，又烘托了气氛的紧张。

焦先生还有意识学习戏曲里的过场戏的处理方法，借鉴在《关汉卿》中。第一场关汉卿看到朱小兰被冤杀，不闭幕，全场暗转，只有四道追光照在关汉卿的脸上，从黑暗中，从关汉卿的主观视角里，隐隐出现市集上的卖艺身影、纤夫的呻吟、行刑队伍的号角和朱小兰微弱的呼冤声。这时候，天幕上恍惚出现朱小兰苍白的幻影。关汉卿站定，声音和幻影消失，关汉卿道："我难道就是一个只能治人家伤风咳嗽的一生。"然后，转下一场关汉卿开始走向写戏的生涯。

这样的实例，在这本书中有很多，打通西洋话剧和中国戏曲两脉，焦先生做出了富有开创意义的实践工作，这些实践，成了经典，迄今无人可以企及。而焦先生对中国戏曲那种发自身心的热爱和虚怀若谷的学习精神，更是至今让我感动。在谈到戏曲里以少胜多的艺术胜境时，他以京剧《拾玉镯》为例。一个少年在一个少女家门前丢了一个玉镯，少女偷偷拾起，如此简单的情节，却足足演了半个小时。这半个小时的演绎，将少女复杂的心情细致微妙地表现出来。焦先生说"比生活显得更真实"。他同时说："戏曲抓住了某些有典型意义的生活现象，突出其中的矛盾，突出本质，尽量反复渲染强调，这就和生活有距离。这种距离，恰恰是观众需要的，而我们的话剧，有时既缺少从生活中提炼的东西，又不是抓到一个东西狠狠地强调。这些地方，就需要向戏曲学习。"

如今，我们实在缺少如焦先生这样既懂中国戏曲又懂西洋话剧、同时又能清醒地指陈话剧现实的导演了。面对今天有些乱花迷眼的话剧舞台，注重外来形式、高科技灯光、奢华背景的热闹，越来越多，但真正沉潜下心来，让戏曲和话剧彼此营养，最终让话剧受益的努力和实践，焦先生仍然是我们学习的榜样。这本《焦菊隐戏剧论文集》，虽然出版了已经 30 余年，但是仍然值得我们重读并深思。

2013 年 5 月 27 日于北京

书中自有忘忧草

——读《学者吴小如》

从美国小住回京，才看到燕祥老师转赠的《学者吴小如》。燕祥老师附信说，此书是吴小如先生的学生所编，今年小如先生整整90周岁了。我知道，燕祥和小如先生交情弥深，且长达60多年。书名便是燕祥所题。燕祥知道我喜欢小如先生的书法，特意转赠此书，并特意在目录上标出特别值得一看的文章。

此书收录了小如先生的学生、友人怀念和评述先生的文章。不仅把燕祥标出的文章读完，因为我爱看京戏，曾读过小如先生关于京戏的著作，便将后面有关这方面的文章一一读了。小如先生曾有诗云："书中自有忘忧草。"倒时差夜间常常醒来再也睡不着，索性读这本厚厚的书，倒也真的又解忧又忘记了长途颠簸的疲劳。

小如先生学问精深，对于我这样浅薄的人而言，只有高山仰止的份儿。读完这本书，最大的收获，不仅是让我了解先生的学问，更是感知了先生的冰雪精神，赤子之心。尤其看他的少作，特别是对于名家和他的老师的评点，直言不讳，率真而激扬，真是令人格外感喟。因为这样的文字，今日几成绝响。

看他批评钱钟书："一向就好炫才"，说钱虽才气为多数人望尘莫及，但给读者"最深的印象却是'虚矫'和'狂傲'"。他批评萧乾的《人生采访》文字修饰功夫"总嫌他不够扎实"。他批评师陀的《果园城》"精神变了质"："失败的症结不在于讽刺或谴责，而在于过分夸张——讽刺成了谩骂，谴责成了攻讦。"他批评巴金的《还魂草》拖泥带水，牵强生硬，"一百多页的文字终难免有铺陈敷衍之嫌"。

就是自己的老师，他的批评一样不留情面，敢于指手画脚。比如对沈从文的《湘西》等篇，他说道："格局狭隘一点，气象不够巍峨。""作者的笔总还及不上柳子厚的山水记那样遒劲，更无论格古情新的《水经注》了。"对于废名，他直陈不喜欢《桃园》，因为"没有把道载好"，"即以'道'的本身论，也单纯得那么脆弱，非'浅'即'俗'。"

说起少作，小如先生说自己是"天真淳朴的锐气"。燕祥说他"世故不多，历来如此"。我想，这应该就是小如先生的老师朱自清所说过的那种"没有层叠的历史所造成的单纯"吧。学者也好，文人也罢，如今这种单纯已经越发稀薄，而世故却随历史的层叠，尘埋网封，如老茧日渐磨厚磨钝。

我一直以为，只有这种精神存在，文人之文，学者之学，才有筋骨，也才有世俗所遮蔽下独出机杼的发现。只要看《吴小如先生讲〈孟子〉》一书，讲到"无罪而戮民，则士可以徙"时，小如先生立刻联想到马思聪"文革"中秘密出国，此事一直毁誉参半，但读孟子此语可以断言马的无辜。这与一些人讲孔孟，完全熬成心灵鸡汤，不可同日而语。

当然，这样的评点和解读，并非仅靠剔除了世故的单纯和锐气，依托的更是学问的扎实。小如先生讲"治文学宜略通小学"，他提出分析作品的四条原则：通训诂、明典故、查背景、考身世。

虽语不惊人，却至今依然是做学问的醒世恒言。

我喜欢杜诗，便特意看他关于杜诗的讲解，果然不同凡响。比如说《夜宴左氏庄》"林风纤月落"一句，他说一定是林风，不能是风林，因为林风是徐来之风，风林是刮大风，破坏了诗的意境。说《醉时歌》"灯前细雨檐前落"一句，"灯"与"檐"的位置不能互换，并举《醉翁亭记》中"泉香而酒洌"，与"泉"和"酒"的前后位置一样。在《兵车行》"车辚辚，马萧萧"一句，同时举《出塞》"马鸣风萧萧"，李白的"挥手自兹去，萧萧班马鸣"，及"风萧萧兮易水寒"，指出同样"萧萧"一词，在训诂、气氛和意境中的不同。

再看他的《京剧老生流派综说》，论及余叔岩和谭鑫培，指出余对谭有超越；论及马连良和孟小冬，指出马的继承和发展，而孟则恪守师承。说得客观而深刻，都是行家的知味之言。论及杨小楼的孙悟空，他说杨把悟空演成了一个仙人，一个超人，基础在于人性，而不像有些人只是模仿甚至是模仿动物的缺点的皮毛之相。论及梅兰芳的《奇双会》，他指出中国传统悲剧的特点与西方戏剧的不同，在于是蕴藏在喜剧之中，是深藏在背后的悲剧。

无论杜诗，还是京剧，说得让人开眼界。随手举出的例子，拔出萝卜带出泥，清新、细致，而连根带须，又汁水淋漓，脆得嘎嘣响。如同小如先生在论述朱自清时说的"往往能把顶笨重的事实或最繁复的理论，处分得异常轻盈生动"。这样的本事，来自智慧和锐气，来自襟度和眼光，更来自学问，方才能够寸心未与年俱老，始终保持鲜活的生气。

说起学问，想起小如先生曾经说过这样的一段话："再有些人，虽说一知半解，却抱了收藏名人字画的态度，对学问和艺术，总是欠郑重或忠实。"对于今天的学术、艺术，或作家与作品，这段话依然有警醒的意义。对待上述的一切，我们确实是"抱着收藏名人字画的态度"，有些谦卑，有些妄想，有些世故，有些自己的小九九，有些膝盖发软，只是没有一点脸红。

　　谨以此薄文为小如先生九十岁寿。

2011 年 7 月 24 日

听吴小如讲杜甫

在杜甫一千三百年诞辰的日子里，读吴小如先生的新著《吴小如讲杜诗》（天津古籍出版社2012年9月版），快意、惬意，且会意。

关于杜甫的诗，我只读过仇兆鳌的《杜诗详注》和浦起龙的《读杜心解》。与之相比，吴小如先生的新著，比仇著要简约爽朗，比浦著要翔实厚重，更重要的，是带给我们对杜甫解读新的见解和路径。全书一共15讲，每讲精心挑选几首，却拔出萝卜带出泥，勾勒出杜甫的一生以及杜甫所处的动荡年代，是以诗带史，将诗穿心。

小如先生讲杜甫时最讲究的方法之一，是"对读"。大概如小如先生所说："现在我们讲诗歌缺乏比较。"便格外着重于这一点。"对读"，就是比较。在这本书中，"对读"的方法，不止一种，风姿绰约，我最感新鲜且收获颇丰。

以杜诗"对读"杜诗，是小如先生运用最多的方法，见其治学的精到和别出机杼。《登岳阳楼》对照《江汉》；《醉时歌》对照《饮中八仙歌》；《秋兴》中"同学少年多不贱，五陵衣马自轻肥"，对照《狂夫》中的"厚禄故人书断绝"；《房兵曹胡马》对照《画鹰》，真马如画写其神，画鹰鲜活写其真；《登高》对照《白帝》，"前半截写景，气势很壮，但后面写得很惨"，在讲"万里悲秋常作客，百年多病独登台"，离乡万里——又赶上秋天——多年在外漂泊，这样三层倒霉的意思时，又带出《宿府》，指出"永夜——角声——悲自语，中天——夜色——好谁看"，也是三层意思层次递进……

最精彩的是将《丹青引》《观公孙大娘弟子舞剑器行》和《江南逢李龟年》三首一起对读。一位画家，一位舞蹈家，一位音乐家，都是昔年身怀绝技，都是如今和杜甫一样沦落天涯，三人的遭际命运，和杜甫互为镜像，写不尽的沧桑之感。在这样的对读之中，诗与人一并立体感强烈，分外令人感喟。

以杜诗"对读"他者，也是小如先生爱用的方法，见其学问的广泛和触类旁通。"美人为黄土，况乃粉黛假"（《玉华宫》），对照辛弃疾"君不见，玉环飞燕皆尘土"，指出辛词是化杜诗而来；"茂树行相引，连山忽望开"（《喜行达所在》），对照孟浩然"绿树村边合，青山郭外斜"，指出孟是从城里到乡村，视野开阔，心情开朗，杜是从长安走小路跋涉之后快到目的地才眼界大开，走路艰难，两厢心情大不相同；"花重锦官城"（《春夜喜雨》）的"重"，对照白居易"鸳鸯瓦冷霜华重"和陆游"雨余山翠重"的"重"，指出此处的"花重"是花开的繁茂而不是被雨打湿得耷拉下来……

特别讲到陶诗闲适风格时，将杜甫与王孟韦柳相比照，说王维是"阔人的闲适"，孟浩然是"老有点儿浮躁的成分"，韦应物和柳宗元与陶诗也有距离，"反而是杜甫入川以后、刚到成都写的几首诗，倒和陶渊明的感觉特别接近"，因为杜陶二人都是生活贫困，又豁达乐观；都有忧患意识，并不纯粹闲适；都有真感情；分析得丝丝入扣，令人信服，而且将一贯认为杜诗沉郁的风格拓宽，进行多样化的展示。

以杜诗"对读"京戏，是书中涉笔成趣最有意思的部分。由于小如先生酷爱京戏，所以常常可以在讲解杜诗时手到擒来，顺便讲起京戏，挂角一将，作一番生动的比附和相互映照。比如，讲杜诗沉郁顿挫风格时，小如先生讲起四大名旦之一程砚秋，说"程腔是有顿挫，但无棱角，如果顿挫出现了棱角，说明演唱底气不足"。然后指出顿挫是"一层深似一层，但不要让人看出斧凿的痕迹，不要让人觉得你拐直弯儿"。接着进一步指出沉郁和顿挫的关系，沉郁是指内容，顿挫是指表现，只见棱角，没有发自内心的东西是不行的，"把灵魂深处的东西都表达出了，这就叫'沉郁'"。

再比如，讲《赠卫八处士》结尾两句"明日隔山岳，世事两茫茫"，小如先生讲起程砚秋演出的京戏《红拂传》最后一句唱"此一去再相逢不知何年"时说："剧情是一个饮酒的欢娱场面，舞剑助兴，舞完了，就是这一句，红拂内心的话说出来了。这不就是杜诗的'世事两茫茫'吗？""这两句的思想感情，与程砚秋的戏的最后一句一样，越琢磨越深。"如此别开生面的讲解，让纸上文字风生水起，和舞台表演一样赋予了形象和声音一般，是任何人讲杜诗都未曾见过的景观。

当然，这本书的内容很丰富，比如，细微之处的深入浅出和真知灼见，还有幽默，都是格外难得的。讲《月夜》"何日倚虚幌，双照泪痕干"，小如先生讲"什么时候，回到家，拉上窗帘，我们夫妻团聚，'妻孥怪我在，惊定还拭泪'，难免要悲伤，在月下，我们都哭了，哭着哭着，又转悲为喜，所以是'双照泪痕干'，这五个字里蕴涵了多少意思！"讲得真的是平易，又情感蕴藉，般般情景，如状目前。讲《蜀相》头两句"丞相祠堂何处寻，锦官城外柏森森"，仇注认为是自问自答，小如先生指出是诸葛亮在杜甫心目中的位置崇高，杜甫一到成都就迫切去参谒武侯祠，"可绝不是普通的打听道儿怎么走，那就不是诗了"，讲得新鲜别致又切实熨帖。讲《赠卫八处士》"共此灯烛光"一句，小如先生说："我们在一盏灯烛光下见面了，很有味道，要是'共此太阳光'就没意思了。"讲得令人忍俊不禁。

　　书中有一则逸事很有趣，小如先生讲他父亲吴玉如先生当年讲课时测试学生文学智商，试卷有这样一道填空题：一叶落（　）天下秋，填"而"字满分，填"知"字及格，填"地"字不及格。"而"是虚词，有想象空间；"知"是实词，太实了；"地"，叶子不落在地上还落在天上吗？太糟了，肯定不及格。这是这本书的额外赠品。在杜甫一千三百年诞辰的日子里，诗离我们是越来越近，还是越来越远？不必让所有人都做这个填空题，只是让我们自称的文化人填一下空即可，一叶知秋，便可测试出如今我们共有的文学智商、文学欣赏与接受程度的水平。

2012 年 12 月 4 日北京

跟吴小如先生学对读法

　　吴小如先生读书经验之一，有对读法一说。吴小如先生讲，对读，就是比较。我的理解，就是将两篇或几篇写法或内容相似的文章拿来，对照着读。这是一种非常有趣的读书方法。按照吴小如先生说的这种"对读"的方法，我进行了一次实验，收获不小。

　　我将契诃夫的小说《新娘》，和沈从文的小说《菜园》放在一起"对读"。两篇小说的情节都很简单，用几十个字便可以把它叙述如下。

　　《新娘》讲的是五月里苹果花盛开的果园，新娘娜嘉出嫁前夕，在祖母家居住的远亲沙夏劝她不要忙于出嫁，应该打开家门出去学习，把眼前这种无聊庸俗的生活"翻一个身"。沙夏成了娜嘉人生的导师，她听从了他的劝告，认识到自己以往的生活以及她的未婚夫、祖母和母亲都是渺小的，便和他的导师沙夏一起离家出走，远走他乡。一年过后，又一个五月的春天，当她重返家乡，她已经是一个新人了，家乡沉闷的一切让她越发格格不入。引导她前进的导师沙夏死去了，她更是无所牵挂，最后一次走在果园之后，再次毅然地离开家乡，朝气蓬勃地投入了新的生活。

　　《菜园》讲的是玉家母女种一片菜园为生，儿子22岁生日那一天，大雪过后，母亲在菜园里备下一桌酒席，为儿子过生日。儿子提出要去北京上学。三年过后的暑假，儿子带着儿媳妇回来，儿媳妇爱菊花，母亲便在菜园里留出一片地专门种菊花。谁知儿子儿媳妇却因是共产党而被杀头，这一年秋天，菜园开遍菊花，玉家菜园渐渐成为玉家花园。三年过后，儿子生日那天，天降大雪，母亲把家产分给了几个工人，自己用一根绳上吊自尽。

从小说这样简单的叙述中，能够看出这两篇小说的写法中有如下相似之处——

第一，无论新娘娜嘉，还是玉家的儿子，都是要外出上学，而告别家乡，告别旧生活，走向一种新生活。

第二，小说选择的故事发生的重要节点，是相似的。《新娘》中，娜嘉在出嫁前夕离开家乡，和再一次回到家乡做彻底的告别，都是在五月的春天。《菜园》中，玉家儿子离开家乡外出上学，和最后母亲的自杀，都是在儿子生日这一天，一个是大雪过后，一个是天降大雪。一个是春天花开，一个是冬天下雪。

第三，小说背景的写法，其实也是大同小异的。《新娘》前后人物出现并呼应的背景，都是在果园里。《菜园》前后人物出现和呼应的背景，都是在菜园里。只不过，前者突出的是苹果花盛开，后者突出的是大雪纷飞。

起码，我找到了这样三点相似的写法，就会发现，小说万变不离其宗，说故事再如何编法不同，人物再如何写法不同，总会有类似的地方出现，这便是我们常说的规律。任何文章，再怎么说文无定法，其实都是有规律可循的。这样三点相似地方，可以给我的启发是，如果我写小说的话，在设计人物的行动动机、故事发生的时间节点，和小说的整体背景，完全可以借鉴这样的写法。当然，这只是小说众多写法之一种，但是，先把这种写法学会了，会慢慢积少成多，方法不就会越来越多了吗？

可以看出，无论契诃夫的《新娘》，还是沈从文的《菜园》，在这三方面，并非随意，都是精心设计的，方才会写得这样地好，这样地让人难忘。

找到这两篇小说在写法的相同，再来找这两篇小说不同的地方，在异同之间寻找小说阅读和写作中规律性的东西，是很有意思的事情。

首先，两篇小说的主旨不一样。《新娘》有明确地对旧生活的批判，《菜园》则没有这样明确的指向。相反，过去的菜园很美，儿子的新生活打破了这种平静的田园生活，最后使母亲死去。《新娘》所表达的，是生活的意义；《菜园》所表达的，则是人生的况味。

其次，从两篇小说所极力烘托的背景不同，可以体味出它们所要抒发的感情是不同的。《新娘》，五月苹果花开的花园是美丽的，如此美丽的花园，是自己要与之告别的，也就是说是自己的手破坏掉的，是人物内心的一种追求，有别于花园更为美丽的所在。《菜园》，曾经美丽的菜园，最后成为大雪纷飞中的一片凋零颓败的景象，是平静生活的被打破，是外界力量的破坏，是人生无常的一种表现。

最后，《新娘》中娜嘉的导师沙夏死了，追求新生活的新娘还活着；《菜园》里的母亲死了，追求新生活的儿子也死了。这样人物生死的处理，非常有意思，体现了两位作家对生活与艺术不尽相同的认知。沙夏死了，追求新生活的新娘还活着，说明新生活还在追寻中；母亲死了，追求新生活的儿子也死了，说明新生活还在迷茫中。

读书的方法有许多，"对读"，不过是其中一种。读书的方法，在于我们在读书的时候不断总结，不断摸索。读书的方法越多，我们的收获就会越多。在读书过程中找到属于自己的新方法。自己找到的方法，更方便，更好使，就像我以前在农村里麦收时使用的镰刀把，自己到林子里找到的木头自己加工，使着才格外合手。

2016 年底于北京

夏日读放翁

　　说起放翁，有人拿《红楼梦》说事，借林黛玉之口，贬斥放翁。是说香菱学诗一节，香菱喜欢放翁的"重帘不卷留香久，古砚微凹聚墨多"一联，黛玉不以为然，说不好，断不可学这样的诗。其实，因为香菱和宝玉有一腿，黛玉忌恨香菱，让放翁跟着吃挂落儿罢了。

　　公正说，这一联确实不是放翁最好的诗，却也绝对不是最差的。"举世知心少，平生为日忙"，"纸新窗正白，炉暖火通红"，才实在是差。后来，有人引钱穆先生对这联诗解读，说这联诗中"无我"。不过，从对仗的角度，古典的意味来讲，真不至于拿它作为批评放翁的靶子。清末民初，不少人家是愿意拿这联诗，连同诸如"正欲清言逢客至，偶思小饮报花开"等，作为家中客厅悬挂的对联。

　　放翁诗多，参差不齐，流于直白平庸且自我重复的，确实不少。如同肉埋在饭里，花藏在草中，好诗也实在不少，需要在《剑南诗稿》中仔细翻检，便常会眼前一亮，有意外惊喜的发现。

　　对于我，特别喜欢晚年放翁对于日常司空见惯生活的捕捉。那种捕捉是敏感的，是发乎情的，是对于琐碎甚至艰辛日子由衷的喜爱，是具有草根性的。放翁没有把自己摆成一副诗人的架子，就是乡间的一位老人，用一双慈眉善目平和而又富有诗情地看待眼前的一切。

所以，他才能够"唤客家常饮，随僧自在茶"；他才能够"未辨药苗逢客问，欲酬琴价约僧评"。家常和自在，是他心的基调和底色；他才能够关心药苗并不耻下问，买琴这样的小事也要虚心请教行家。

可以看出，写诗之前和之时，放翁的姿态是躬身的，而不是鹅一样昂着脖子。他的心才会是如此平易，他关心的才会是农时稼穑，家长里短，他才会写出"久泛江湖知钓术，晚归垄亩授农书"；"百年不忘耕稼业，一壶时叙里间情"。他才会写出"邻父筑场收早稼，溪姑负笼卖秋茶"；"草苫墙北栖鸡屋，泥补桥西放鸭船"。钓术、农书、晒场、卖茶、养鸡、放鸭……这些最为普通常见的农事，被放翁裁诗入韵，而且对仗得这样巧妙工整，又朴素实在，毫不空泛，那么有滋有味，真的让我佩服。

看到放翁自己这样说："试问暮年如意事，细倾村酿听私蛙。"还看到他这样感慨："但恨桑麻事，无人与共评。"便明白了，为什么对于乡间的日常生活场景，风土人情，乃至花草虫鱼，这些细小而琐碎的东西，放翁寄予如此深情，以极其敏感而善感的心捕捉到，感受到，并把它们书写在诗中。这确实是一种与生俱来的本事。他不是以一个旅游者或采风者的身份走马观花，也不是如今那些大腹便便的人客居乡间别墅的居高临下。他就是一个农民。在这样的诗中，他的身影摇曳在田间地垄，桥头水上。读这样的诗，很像读三四十年代沈从文写的湘西山村那些泥土气息浓郁的篇章。

"市桥压担莼丝滑，村店堆盘豆荚肥。"担上莼丝鲜滑，盘中豆荚肥美，多像是一幅乡情画，是齐白石或陈师曾画的那种画。

"三更画舫穿藕花，花为四壁人为家。"多么地美，船在藕花中穿行，在放翁的眼睛里是花围四壁的家一样。这样的联想，属于诗，更属于心。

"船头一束书，船后一壶酒。新钓紫鳜鱼，旋洗白莲藕。"同样是船在藕塘水中，却是另一种写法。完全白描，有书有酒，有鱼有藕，多么闲适，多么幽情，又多么乡土。紫鳜鱼对白莲藕，新对旋，有色彩，有心情，对得多么朴素，又惬意。

"旱余虫镂园蔬叶，寒浅蜂争野菊花。"旱情中的情景，秋寒时的情景，放翁眼睛里看到的是多么地细致而别致。

"巢干燕乳虫供哺，花过蜂闲蜜满房。"同样写虫写蜂，在春夏生机旺盛的时候，是完全不一样的情景。虫子只能供燕子吃了，蜜已酿满，蜜蜂可以清闲自在地飞了。

再看："花贪结子无遗蕊，燕接飞虫正哺雏。"是上一联燕子捕虫哺雏的另一种写法，或者是补写；而写花则是上一联的延长线，花期过后结子时节的丰满；一个"贪"字，一个"接"字，将这两种状态写得多么生动有趣。

如果将这三联相对比读，会让人感到大自然的奇妙，也让人感到放翁的笔细若绣花针，为我们绣出一幅幅姿态各异的乡间绣花样来。

有时候，会觉得晚年的放翁实在不老，眼睛也没有花，"绿叶忽低知鸟去，青萍微动觉鱼行"。他看得多么清楚，多么仔细。在绿叶之间和青萍瞬间的忽高忽低和微微一动时，便察觉出鸟和鱼的心思和举动来。这是一种什么样的眼神？

有时候，会觉得晚年的放翁简直就像一个孩子，"老翁也学痴儿女，扑得流萤露湿衣"。与其说这是一种对诗书写的方式，不如说更是对生活的一种态度，对生命的一种放松。

晚年放翁的诗中不少写到读书、抄书。"古纸硬黄临晋帖，矮笺匀碧录唐诗"；"细考虫鱼笺尔雅，广收草木续离骚"；"藜粥数匙晨压药，松肪一碗夜观书"；"唤客喜倾新熟酒，读书贪趁欲残灯";"研朱点周易，饮酒读离骚";"素壁图嵩华，明窗读老庄";"浅倾家酿酒，细读手抄书"……一直到八十多岁的时候，他还写出了"岂知鹤发残年叟，犹读蝇头细字书"。真的让我非常地感动。不是所有能活到这把年纪的老人，都能这样的。这一联诗，我非常喜欢，看他对仗得多工稳，鹤发对蝇头，残年对细字，真的让我心折。

其实，老年放翁贫病交加，日子过得并不如意。但是，一个人的日子过得不仅仅是物质，还有心态和精神头。他在诗中不止一次这样写道："一条纸被平生足，半碗藜羹百味全。""云山万叠犹嫌浅，茆屋三间已觉宽。"现在的聪明人看，这个老头儿实在有些阿Q。在住大房子、游历世界千山万水、尝遍各地山珍海味，越来越成为富裕起来人们的梦想，一条纸被、半碗藜羹、三间草屋，实在是太寒酸了。

但是，就是这样寒酸的放翁，为我们留下了这样多美妙的诗。放翁晚年有理由骄傲地说："脱巾莫叹鬓如丝，六十年间万首诗。排日醉过梅花后，通宵吟到雪残时。"迄今为止，没有一个诗人可以超越过他。他是真正的诗人，他的诗不是生活的花边，他的诗和他的生命融为一体。

晚年放翁曾经写过一首题为《病愈》的七律："秋夕高斋病始轻，物华凋落岁峥嵘。蟹黄旋擘馋涎堕，酒绿初倾老眼明。提笔诗情还跌宕，倒床药裹尚纵横。闲愁恰似僧人睡，又起挑灯听雨声。"这就是放翁，他的达观，他的顽皮，他的情趣，他的诗情，他的生命活力，都淋漓尽致地表露出来。看完这首诗，我把它抄了下来，一夜背诵，一夜未眠。窗外没有雨声，只有5月的风吹下满地落英。

2015 年 5 月 1 日

最爱放翁满袖诗

文章题目出自放翁的诗。原诗是"蝉声未用催残日,最爱新凉满袖诗"。透着放翁一贯的豁达。

想想,今年一年以来,从年初的严寒到岁末的新凉,谁的书一直陪伴着自己?只有放翁的《剑南诗稿》了。床头厕上或沙发边电脑前,都有放翁,翻到哪一页,都会有收获或惊喜。这是上海古籍出版社的一套八册书精装书,1985年出版,是我和孩子一起在灯市口的中国书店里买的,当时只要40元3角。

岁月沧桑,放翁的《剑南诗稿》跟着一起沧桑。今年看得最多的是第七和第八册,是放翁晚年的诗,尤其是他临终最后一年的诗。放翁活了86岁,是那一年腊月二十九去世了,第二天就是年三十了。在他86岁这整整一年时光里,我仔细数了数,他写了长短不一的诗481首。实在令我感叹。

放翁晚景颇惨,"医不可招惟忍病,书犹能读足忘穷。"面对疾病和贫穷,他以笔写心,聊以用读书和写作维持着清贫的自尊。

82岁在一首题为《家风》的诗中,放翁写过这样一联:"四海交情残梦里,一生心事断编中。"他把"交情"和"心事"作为自己的家风来对待,所以,他才有绝笔《示儿》那样撼人心魄之作。只是,看《剑南诗稿》末几卷,这样的诗,所占比例并不多，多的是他面对暮年贫病交加的生活和苍凉孤寂的心境的抒怀与遣兴。他并非有那样多铁马冰河的激昂，也少有我们想象和误读中老愤青的激愤。更多的是平常之心，以及用这样平常之心感受生活日常情景、风情与心情，平常得就像一位我们邻家爱喝点儿小酒的老头儿。读他的诗的时候，我的脑子里常出现汪曾祺老先生。

"利名皆醉远，日月为闲长"，这时候，他有了这样的心态；"研朱点周易，饮酒和陶诗"，这时候，他有了这样的情致；"小草临池学，新诗满竹题"，这时候，他满眼都是诗。不是所有的人到了"已开九秩是陈人"的年纪，还能如此地对待生活，对待自己。还有一句诗，我特别喜欢："茶煎小鼎初翻浪，灯映寒窗自结花"，尤其是后半联，一个80多岁的老人了，外出那么劳累，居然观察得那样细腻入微，存有如此年轻的心性，让摇曳在寒窗上的灯光绽放出属于他自己的花朵来。

82岁时，放翁写过一组《戏遣老怀》，其中有这样两联："狂放泥酒都忘老，厚价收书不似贫"；"花前骑竹强名马，阶下埋盆便作池"。看放翁高价买到一本喜欢的旧书就忘记了贫穷的那种天真的喜悦；特别是后一联，鲜花前骑了根竹子，就把竹子当成了名马；台阶下埋了个盆儿，就把盆儿当成了水池，这是一种什么心境和心情，哪里像是一个快90岁的老人，整个就是一个孩子啊。

读暮年放翁，总想起钱钟书先生的论述，钱先生说其特点有两方面，一方面，钱先生称其为"忠愤"。另一方面，钱先生特别强调："咀嚼出日常生活的深永的滋味"，并说"陆游全靠这第二方面去打动后世好几百年的读者"。真的信服钱先生这样的判断，这在暮年放翁的诗作里体现得尤为明显。

转眼到了岁末，新的一年就要到了。可以肯定，新的一年里，还是少不了要读放翁的《剑南诗稿》的。好多诗还没来得及读呢。

2012 年 1 月

以诗代药

好多年以来，闲来无事，或心绪不宁，我爱随手翻看一本书，总能开卷有益。真的是打开一本书，仿佛打开了一个灵魂一样，那里面有超拔人生的万全良药。

是一套八本的《剑南诗稿校注》，钱仲联先生校注，陆游一生85卷《剑南诗稿》近万首诗，都囊括其中了。想当初，厚厚一套八本书，还是精装，才花了40元零3角钱，如今还能够上哪里找得到如此便宜的陆放翁？

是那天晚上，我和儿子一起在北京灯市口的一家书店买的，当时书店就要打烊，门板都已经装好，就等着我们交款。那时，儿子才刚刚读初二，如今，整整十年逝去，诗稿健在，放翁不老，真的是流年似水，人生如梦。

我读放翁，犹如占卜，只是随手拿出这套书中的任何一本，随便翻开任何一页，试探着有没有碰撞佳句的邂逅。还真是怪了，总会有一种"片云借得一天秋"的感觉，便也总会有一种"一窗新绿鸟相呼"的欣喜，放翁自己曾经拥有的那种"一曲忽闻高士笛，临窗和以读书声"的意境，便也总能和我相逢。

不说别的，单挑一些七言——

万里关河归梦想，千年王霸等棋枰。

——对人生、对历史的感喟时，它是一剂解药。

　　伤心桥下春波绿，曾是惊鸿照影来。

——对往事、对情感的伤怀时，它是一副散丹。

　　兴来尚能气吞酒，诗成不觉泪渍笔。

——看看人家如何对待自己手中的笔和笔下的文字的，它便可以是自己的六味地黄。

　　宦情已尽诗情在，世味无余睡味长。

——如此洒脱的超尘拔俗，它便可以是通宣理肺。

　　拍却浮名方自喜，一生尽是伴人忙。

——如此大梦初醒的清醒，它能够成为羚翘解毒。

　　闭门便造桃源境，心常无事气常全。

——要想在如今喧嚣的世界中创造这样的境界，需服用这样的藿香正气。

　　入门明月才堪友，满榻清风不用钱。

——要想于浮华的现今还能够拥有这样的情致，需服用这样的参苓白术。

正欲清谈逢客至，偶思小饮报花开。

——这是我们的益母草膏。

江东好处得新句，风月佳时逢故人。

——这是我们的十全大补。

狐妖从汝作人立，金价在吾如土轻。

——面对如今的物质和精神的魅惑，它是一剂刺五加和清宁丸。

有酒一樽聊自适，藏书万卷未为贫。

——传统的气质，传统的姿态，如今虽是老照片中的怀旧或不屑一顾中的一瞥。安贫气全，却可以是我们的养血安神、补中益气和龟灵散。

一年又一年，就这样过去了。重复着陆放翁的岁月，却重复不了他的诗意，我才越发地明白，在强悍的岁月面前，诗意的脆弱，以及一个人的渺小。放翁还有这样的诗："客过论渔具，僧来说药方。"不管怎么说，对于我，放翁就是这样的高僧，他的诗句就是这样绝好又别致的药方。

2004 年 6 月

豆粥从来味最长

诗人陆游活了86岁，不要说在宋朝那个时候，就是物质和医疗条件现代化的当今时代，这个岁数，也算得上长寿了。

说起长寿的秘诀，陆游晚年时说是"豆粥从来味最长"。他以为人老了之后，喝粥是最为有益的。在陆游晚年的诗歌中，不止一次这样说："一杯藜粥吾所美"，"一条纸被平生足，半碗藜羹百味全"。他甚至说："只将藜粥致神仙"，是把喝粥当作神仙之美来对待的，对粥的喜爱，表达得淋漓尽致，在历代贫寒的诗人中，可以说是绝无仅有。

陆游老来之后，喜欢喝粥，也不仅是贫寒的缘故，而是他确实喜欢，是他自己的养生之道。他曾经说："养生所甚恶，旨酒及大肉。"尽管陆游一生都是喜欢喝酒的，但是，他把喝酒和大鱼大肉当成晚年养生之大忌。这不能不说明陆游对于自我的约束和克制，不仅出于生活条件的限制，而是出于他对于生命尤其是晚年生命的认知。

对于老人而言，衣食住行这人生必备的四大要素，穿戴的好坏，住房的大小，出行的远近，都不是主要的，主要的在于吃，因为只有饮食和生命最为直接，而其他那三方面，则和生命隔着一层，只是生命的需要，而非必要。因此，对于饮食自我的约束和克制，在老人就格外重要。在众多的饮食品种中，陆游选择了粥，并不是他的独创，而是中国很多老人一种共同的选择，体现了我国饮食文化中养生的精髓。

我母亲在世的时候，晚年最爱喝粥。像陆游所说的"豆粥从来味最长"中的豆粥，在她老人家那里，不是经常熬的，因为豆比较贵，便常常熬一般的米粥。她喜欢在粥里放一些菜叶，再放一点儿酱油和盐，出锅的时候，点一滴香油，一顿晚饭便齐了，连菜都省下了。

母亲晚年得了一种幻听的神经毛病，大夫开的药，她却不爱吃。每天劝她吃药，成了最难的事情，有时候，被我逼得没办法，她只好接过药片，我以为她吃了，其实，我一转身，她就把药片扔到床底下了。这样的把戏被我发现，我很生气地责备她，她总会说：我一辈子都没吃过什么药，身子骨儿不是挺好的吗？最后，我想出这样的一招：把药片碾碎，放进她最爱喝的粥里，看着她咕咚咚地喝进肚里，才放下心来。对于母亲，粥的作用不仅是养生，还能养病。

教我中学的一位老师，今年81岁了，一辈子就爱喝粥，尤其是小米粥。前些年，他出国到澳大利亚投奔在那里工作的女儿，一去十多年，生活别的方面都习惯了，就是喝粥总也喝不出在国内的味道来。女儿特意到中国店里买来了小米，熬出的小米粥，就是没有一点滋味，而且，一点也不黏稠。前两年，他又回国了，说来好笑，不为别的，就为喝上正庄的小米粥。用山西沁黄小米熬出来的粥，味道就是好。一天三顿，他都得要喝这个小米粥，胃里才舒服，心里才踏实。对于粥的热爱和崇拜，一点不比陆游弱。

看来，食粥，不仅养生，养病，还能解乡愁。想陆游所说"只将藜粥致神仙"，信是不假。

2015年5月

独居漫受书狐媚

爱读放翁晚年的诗作，随手翻阅，触目多有佳句。想象晚年时放翁的样子，想象着他是如何度日，以及面对生活的态度，非常有意思，即使已经过去了八百多年，依然可以镜鉴，让人思味。

对于以往年轻时候曾经三万里河东入海，五千仞岳上摩天之类的功名追逐，这时候，他说："薄技雕虫尔，虚名画饼如"，这是他的清醒；他说："试看大醉称贤相，始信常醒是鄙夫"，这是他自嘲。以往再如何风光，到了晚年，洗尽铅华，都是平常人一个。

对于人老之后身体渐多的疾病，他有一首《示村医》："玉函肘后聊无功，每寓奇方啸傲中；衫袖玩橙清鼻观，枕囊储菊愈头风。"前半联说的是他不信那些奇方妙药；后一联是他对于头痛鼻塞这样的小病一种轻松和放松的态度。他还说"养生妙理本平平，未可常谈笑老生"。他不像我们将养生学置于老年那么显著的位置而须臾不肯离开。

对于饮食起居，他的态度更是一种放松，这种放松，是先将欲望清淡，再加随遇而安。对于住房，他没有我们今天人们越来越大的居住面积的需求渴望，他只求茅屋可住，说是"茅屋三间已太宽""顾应高卧有余欢"。对于穿戴，他喜欢粗布，说是"溪柴胜炽炭，黎布敌纯棉"。对于饮食，他崇尚喝粥，说是"熊蹯驼峰美不如"。他写过一首《菜羹》的小诗："地炉篝火煮菜香，舌端未享鼻先尝"，一副自足自乐老头儿乐的样子。

当然，他不是什么时候都只是以喝粥为标榜，遇到美食美味，他也兴奋异常："蟹束寒浦大盈尺，鲈穿细柳重兼斤。"遇到肥鱼和大闸蟹，他一样不客气。而且，他还喜欢喝酒，他写有一首诗："社日淋漓酒满衣，黄鸡正嫩白鹅肥。弟兄相顾无涯喜，扶得吾翁烂醉归。"这便是一种放松的态度，不是我们现在常见的老年人过于讲究的养生，这不能吃，那不能喝，把自己拘束在一种贪生怕死的可怜境地。

对于老年人常会遇到的人情淡薄，人走茶凉，儿女都无暇顾及，门前冷落车马稀，等等，这些状况，他更为达观。他说："业力顿消知学进，人情愈薄觉身轻。"这后半句，颇为值得玩味。他还有一句诗："吾生自信云舒卷，客态谁论燕去来。"这一句，放翁虽然自信，但对于燕去燕来的客态，还是多少有些牢骚。"人情愈薄觉身轻"，则放松多了，对于这样司空见惯的人情冷暖，他没有如我们一般人只是抱怨，相反倒觉得没有人情的羁绊，一身轻松，想干什么就干什么，无忧无虑，没有了香仨臭俩的，便也不必瞻前顾后，顾忌太多。

作为读书人，放翁想干的事情，最多的还是读书。他写读书的诗句颇多，"插架图书娱晚暮，满滩鸥鹭伴清闲"，是他暮年真实的生活实景和内心的写照。这样的诗句，已不新鲜。有这样一句："独居漫受书狐媚"，让我感到新奇。孤独一人，书对于他有一种狐媚之感，实在是少有的比喻。这种狐媚，对于年轻人可以理解，对于已经年过八十的放翁，真的很奇特，让我想起美国作家乔·昆南在《大书特书》一书说"书是我的情人"的比喻。如此，书成为晚年的一剂排除孤独寂寞醒神安心的良药。

放翁八十三岁时写过一首《八十三吟》，其中一联："自爱安闲感寂寞，天将强健报清贫。"清贫是他的自诩，不见得清贫就是最好，但他说的强健却是每一个人到老年的一种希望，而寂寞则更是老年的一种常态。如果将其"清贫"二字改为"晚年"，则是一种很好的心态。人到老年，心态最重要。有时候，比吃什么、住哪里，都重要。放翁还有一句诗："布衾常不暖，夜夜亦安眠。"心态好，才会吃得香，睡得安稳。

放翁的绝笔

一般，都会把《示儿》一诗当作放翁的绝笔。以前，我也一直这样认为。但是，最近一年多来读《剑南诗稿》最后两卷，忽然对这样的盖棺论定有了些许的怀疑。

原因有两点。一是《剑南诗稿》后两卷，即放翁的晚年，如《示儿》这样的诗，所占比例并不多，多的是放翁面对晚年贫病交加的生活和苍凉孤寂的心境的抒怀与遣兴。放翁并非有那样多铁马冰河的激昂，也少有我们想象和误读中老愤青的激愤。更多的是平常之心，用这样平常之心感受生活日常情景、风情与心情，以及时常缠绕在身的生老病死的折磨和困惑，平常得就像一位我们邻家爱喝点儿小酒的老头儿。也许，是我见识浅陋，并非有案可稽来着实证明《示儿》是其绝笔。因此，便怀疑以《示儿》作为放翁的绝笔，大概是后人的想象所为，是好心地为放翁打上政治的戳记，让放翁的忠愤之情如一匹驰骋疆场的老马，活得自始至终，有头有尾，而硝烟不散。

二是在《剑南诗稿》的最后一页，仅仅挨着《示儿》的前一首，也就是如今被排在全诗稿的倒数第二首诗，常常被人们忽略。这首诗的名字叫作《梦中行荷花万顷中》。这是一首非常有意思的诗，记述的是放翁的一个奇特的梦，86 岁了，居然梦见行走在荷花怒放的万顷荷塘之中，丝毫未见年迈老衰的颓然，梦的是如此汪洋恣肆的艳丽和开阔。和《示儿》一样，也是一首七言绝句，但完全是两种不同的境界。在我看来，如果以这首诗作为放翁的压卷之作，恐怕比《示儿》更合适，因为更吻合放翁晚年的一贯达观的心态与心致。晚年的放翁，曾经不止一次地表示过这样的想法和心情："老去已忘天下事，梦中犹看洛阳花。"

梦中看花，看来对于放翁不是一次的偶遇。只不过，这一次比洛阳花更为奇特，而是万顷荷花。

这首诗，放翁是这样写的：

> 天风无际路茫茫，老作月王风露郎。
> 只把千尊为月俸，为嫌铜臭杂花香。

以前我没有读过这首诗，当我读到这里的时候，眼睛一亮，心头一震，暗想放翁一定有先知先觉，有着无比的洞察力和预测力，这首诗简直就是专门为了800余年后的我们的今天而写的。如今，很多的诗人和作家，早已经脱贫致富，作家收入排行榜更是令人艳羡，不会如放翁一样"医不可招惟忍病，书犹能读足忘穷"一样地尴尬和无奈。但是，铜臭早已经淹没了花香的现实，却让放翁一语中的，如此地料事如神，像是钻进了我们肚子里的一条悟空式的蛔虫。想想，如今，纵使有万顷荷花，放翁再有想象力，可能永远想象不到，要去看，得要买门票的，而且因有荷花作展，门票是要加价的。想做月王风露郎，囊中羞涩，也不那么容易了。

或许，这实在是读完放翁这首诗后有些丧气的事情。800年后，与放翁相比，时代的变迁异常巨大，但诗心与诗情，乃至写诗和读诗者的感官与感觉，以及背后全社会的道德感和理想力，却没有进化，而只有潜移默化的变化，或者触目惊心的退化。

忍不住想起 800 年前的放翁。"利名皆醉远，日月为闲长"，那时候，放翁有了这样气定神闲的心态；"研朱点周易，饮酒和陶诗"，那时候，放翁有了这样旷远豁达的情致；"小草临池学，新诗满竹题"，那时候，放翁满眼都是诗。对于曾经发生过的一切，他的态度是"荣枯不须计，千古一棋枰"；对于疾病和贫穷，他说得达观而幽默："留病三分嫌太健，忍疾半日未为贫"；对于鹊起的声名，他看得更为透彻："镜中衰鬓难藏老，海内虚名不救贫。"

那时候，过眼的一切真正成为浮云，放翁把自己定位于一个年老病多的诗人，而不再是金戈铁马的将士，更不是拥有资历显赫老本可吃的老臣或元老。远避尘嚣，读书和写诗，真的成了他自己的生活和生命的一部分，而从来没有如今天的我们考虑过码洋、印数、转载、评论或获奖，或弄一笔赞助开一个广散红包的作品讨论会。"挂墙多汉刻，插架半唐诗"；"浅倾家酿酒，细读手抄书"；"诗吟唐近体，谈慕晋高流"；"古纸硬黄临晋帖，矮笺匀碧录唐诗"；"细考虫鱼笺尔雅，广收草木续离骚"……这样的诗句，在放翁的晚年中俯拾皆是，我不知在我的笔记上抄录了多少。书不再是安身立命的功名之事，而是一种惯性的生活和心情的轨迹，就像蛇走泥留迹，蜂过花留蜜一样，自然而然，甚至是天然一般。他不止一次这样写道："引睡书横犹在架""体倦尚凭书引睡"，能够想象那时他的样子，一定是看着、看着书，眼皮一耷，书掉在地上，书成了安眠药和贴身知己。

那时候，他说："羹煮野菜元足味，屋茨生草亦安居。"如此的安贫气全，没有我们现在好多人急于换一处大房子的心思，更没有非要住别墅的欲望躁动。还有一句诗，放翁是这样写的："敲门赊酒常酣醉，举网无鱼亦浩歌。"似乎可以找到 800 年后的我们底气不足以及和放翁差别的原因，起码我不能做到"举网无鱼亦浩歌"，我更看重的是网里得有鱼，且是大鱼，我就像是普希金《渔夫和金鱼》里的那个老渔夫，怎么也得打上一条金鱼来，否则怎么交代？因此，便不会做放翁那样的无用功，举网无鱼，还要傻了吧唧地吼着嗓子去唱歌，而且是浩歌。

我们离放翁很遥远了。但是，我们一直自以为是地以为我们很了解放翁，一直先入为主、自作主张地将《示儿》作为放翁的绝笔，而理所当然、视而不见地忽略了《梦中行荷花万顷中》。

2012 年 1 月

醋栗的幸福

醋栗，是一种灌木。我没有见过，看图片，醋栗有黑色和红色之分，圆圆的，是那种比葡萄珠还要小的果子。黑的很像我在北大荒时见过的黑加仑，红的像那时漫山遍野的山丁子。

在文学作品中专门以醋栗为题的，我只见过契诃夫的短篇小说《醋栗》。这是他一百多年前写的，现在读来，仍然具有如今我们不少小说中难有的现代味儿。所谓现代味，就是说它不像传统小说有一个小猫吃鱼有头有尾的故事，尤其要有一个令人意想不到的结尾，像夜空中蓦然进放的一朵烟花。《醋栗》没有什么故事，结尾也没有那朵烟花。它讲了一个平淡的人一件平淡的事，用简单的一句话就可以讲完这个人这件事：一个土地主一直攒钱梦想买一个庄园，终于好梦成真。就这么简单，甚至有点儿乏味，契诃夫在这篇小说中不无嘲讽地说，人们其实想听"高雅的人和女人事"，甚至看那个在客厅里走来走去的漂亮的女仆，要比听这件土地主买庄园的事"都美妙得多呢"。

这就是契诃夫的厉害。即使只是挂角一将的旁敲侧击，也让我们会心，或如一箭穿心，觉得一百年前的人与事，离我们并不远。这就是小说叙事的现代性。

难道如今的我们不是一样喜欢听"高雅的人和女人事"，喜欢看漂亮的女仆在我们面前晃乳摇臀吗？我们的小说里，我们的屏幕中，不净是被这些人秋波暗送或撩拨吗？就更不要说梦想买庄园了。在这里，庄园或许大了些，但是，买一套乡间的别墅，或者买一套城里的大房子，该是多少人一辈子的梦想。谁能够想到呢，我们竟然和一百多年前的契诃夫在这同一梦想前重逢。或者说，一百多年前，契诃夫就早早在那里等候我们了，守株待兔般知道我们一定得在那里撞在他的这株树上。

所有持有这同一梦想者，都会经历这样的三部曲，即想象自己住进这样的庄园、别墅或大房子的情景；开始广泛关注报纸上的地产广告；节衣缩食攒钱。契诃夫的小说《醋栗》中的那个土地主，一样奏响了这样的购房三部曲。只是，他更为极端一些，为了购房款而娶了一位又老又丑但有钱的寡妇，还不让人家吃饱，不到三年把人饿死了。他的庄园却终于买得了，志得意满之余，唯一遗憾的是，庄园没有他早早设想的醋栗。小说的题旨，在这时出现了。这是小说最关键的细节，更是指向明亮的明喻。契诃夫爱用这样的写作手法，比如《樱桃园》《海鸥》《带阁楼的房子》。他愿意让它们说话，作为艺术的背景，和人物一起完成明暗之间的命运之旅。

试想一下，如果没这个醋栗，一个买房人志得意满的故事，该如何述说？说得那三部曲再委婉曲折，不过和我们自己的生活大同小异。有了醋栗，全盘皆活，如同在一桶恹恹欲睡的鱼群中放进一条泥鳅。

为此，故事好讲了，人物活了，小说的主旨跟着深入了。

土地主先是买了二十墩醋栗栽下，日子开始"照地主的排场过了起来"。原来，醋栗不是一种普普通通的绿植，是他梦想中的排场与贵族身份的重要形式与内容之一，就如同我们必要在我们自己的新房里悬挂一幅印刷品油画一样。当然，可以将醋栗随意置换我们自己的心中所爱。

等醋栗第一次结果，仆人为他端来，土地主"笑起来，默默地瞧了一会儿醋栗，眼泪汪汪，激动得说不出话来，然后他拈起一个果子放进嘴里，露出小孩终于得到心爱玩具后的得意神情，说：'好吃啊！'"

紧接着，夜里，土地主"常常起床，走到那盘醋栗跟前拿果子吃"。如此，醋栗三部曲，方才曲终奏雅。所谓心满意足又激动难抑的心情，醋栗帮助了土地主更帮助了契诃夫出场完成。

契诃夫的更高明之处，不仅在于以醋栗完成对人物性格的塑造和对人物心情的描摹，更在于他对于幸福的认知与发问。是不是买了一套梦想中的大房豪宅就是幸福？他讲这个土地主买房的故事时，一再说自己带有点忧郁的心情，他亲眼看到这个土地主是如此地幸福，自己"心里却充满近似绝望的沉重感觉"。他甚至感慨："这是一种多么令人压抑的力量。"在这里，醋栗，成为契诃夫诘问和批评的这个幸福的代名词。

契诃夫说："如果生活中有意义和目标，那么，这个意义和目标就断然不是我们的幸福，而是比这更合理、更伟大的东西。"这个东西是什么呢？他没说。他只说天下还有不幸的人。但是，很明确，他指出这些以房子为意义和目标的幸福，不是真正的幸福。那只是属于醋栗的幸福。可怜的我们多少人归属这样的幸福圈里呢？在经历了普遍的贫穷和没有房子的痛苦之后，没有比房子更让我们纠结一生的事情了。房子，确实是我们的幸福，我们容易跌进安乐窝里，以为醋栗的幸福就应该是我们的幸福。

契诃夫在小说里说："那果子又硬又酸。"我没有尝过醋栗，不知道醋栗是不是这样的滋味。

2016 年 7 月 19 日于北京

《万卡》130 年

　　《万卡》是契诃夫 1886 年写的一篇小说，距今 130 年。应该感谢这个世界上有《万卡》这样一篇小说。小说讲述的故事，是那样地简单，却是那样地撼动人心。

　　如果只是写一个 9 岁叫万卡的小男孩，圣诞前夜，忍受不了离家在外学徒生涯的痛苦，给唯一的亲人爷爷写了一封诉苦求救的信，还会有《万卡》这篇小说这样的魅力吗？

　　可以肯定地说：不会。契诃夫让万卡写给爷爷的信，没有地址，是一封永远无法寄到的信。如果爷爷收到了信，也就不会有这样的魅力。

　　那么，如果仅仅写万卡寄出一封爷爷永远也不会收到的信，小说就真的具有了那样悲凉的魅力了吗？

　　如果仅仅这样写，只能说明契诃夫聪明。契诃夫的伟大，在于他没有将一篇内容丰富的小说处理成一篇简单的小小说，或欧·亨利式结尾处的灵光一闪。在《万卡》这篇小说中，契诃夫让万卡一边给爷爷写信，一边回忆起和爷爷在一起的往事。过去的事情，眼前的情景，两条平行线，同时运行，就像电影里的闪回，就像音乐里的二重唱。

　　契诃夫是以过去时态的叙述推动现在进行时态的叙述，在这样过去与现在的互动之中，形成小说的合力，加剧了紧张感，才让小说最后的结尾苍凉而令人感慨和回味。

契诃夫在小说两大段过去时态的插叙里，极尽力量叙述的是过去万卡和爷爷在一起的欢乐时光，以此来对比万卡孤独一人在鞋铺挨打受骂吃不饱饭的痛苦生活。第一段插叙，契诃夫写这样三件事情：一是守夜人的爷爷的身边总跟着两条狗；二是爷爷和仆人们快乐地开玩笑；三说乡间雪夜美丽的景色，"整个天空缀满繁星，快活地眨眼。天河那么清楚地显现出来，就好像有人在过节以前用雪把它擦洗过似的。"第二段插叙，契诃夫写了两件事情：一是和爷爷一起去树林砍圣诞树，爷爷不住咯咯地咳嗽，树木被冻得咔嚓地响，万卡学他们的样子咯咯地叫；二是女仆人给万卡糖果吃，还教万卡认字读书和跳舞。

在万卡写信时想起的这些人和事和风景，都是快乐的，而写的信的内容则全是悲伤的、痛苦的。这种明暗的对比，以快乐衬托痛苦，是这篇小说最主要的艺术特色。契诃夫就是用这样的方法，让一个小孩子给爷爷诉说自己痛苦的普通的一封信，有了这样震撼人心的冲击力。我们知道，万卡的信写完了，那些快乐的回忆也就随之结束了，小说就要收尾了，而迎接万卡的，是这封信永远寄不到爷爷的手里。这是一种多么让人感到悲凉的结尾。快乐的回忆，是那样地短暂，可望而不可即，但是，痛苦却是还在眼前，而且将继续下去。这样的结尾，在万卡现实的痛苦生活和过去快乐的回忆交织一起。最简单最常用的插叙方法，在契诃夫的手里起到了这样大的作用，帮助契诃夫完成了比现实更具有力量的艺术空间的塑造。

契诃夫仅仅是为了以快乐对比痛苦吗？如果回过头来再仔细读一遍，会有新的发现。第二段插叙中，契诃夫特意写到，让爷爷在老爷家的圣诞树上给万卡摘一个圣诞礼物，其实，那只是用金纸包着的一个核桃，但是，万卡却让爷爷替他"收在那口小绿箱子里"。同时，万卡嘱咐爷爷："我的手风琴不要送给外人。"这是万卡的两个小小的愿望，说明他是多么渴望回到爷爷的身旁，而且，对于这个愿望的实现，他的心里是充满信心的。可是，他写给爷爷的这封信，却永远寄不到。这是多么残酷的事实呀。每一次读到这里的时候，想象着蜡烛光下写信的万卡，我的心里总会一颤，眼睛发酸。

除了快乐和痛苦的对比，还有希望在现实面前无情的破灭，万卡之所以让人心疼，让人悲伤，让人无奈，是由这样两种力量集为一束，冲击着我们的心。

还有一点，在第一段插叙中，契诃夫写了总跟在爷爷身边的两条狗，其中重点写了那条叫泥鳅的狗，它总是挨主人的打，甚至被打断了腿。泥鳅的命运，会让我们想起万卡。小说最后让万卡做了一个梦，梦见了爷爷，也梦见了泥鳅。读到这里，会让人多么地心酸，泥鳅还能够在爷爷的身边，而自己却不能。最普通的插叙方法，契诃夫将其用到了极致，看似不经意却有着这样细微而缜密的铺排，万卡这封著名的信，才富有了这样丰富而震撼人心的力量。真的，世界上存在着不知有多少封各式各样的信，我敢说没有一封信能够给予我们这样震撼心灵的艺术力量。

一篇那样短的小说，历经130年，还能让人读下去，并且读后令人感动甚至震撼，并不多见。这是契诃夫的魅力，也是短篇小说的魅力。好的短篇小说，远胜过泛滥成灾粗枝乱叶的长篇小说。音乐家德彪西说得对：有时候，大的东西让我恶心。

2016 年 8 月 29 日于北京

门罗的叙事策略

　　我读门罗的小说，觉得她晚年的《幸福过了头》一集最佳。她早期的小说，叙事有些絮絮叨叨。晚年的小说，虽然达不到庾信文章老更成的地步，却炉火纯青。况且，门罗小说本来也不是如她本人瘦小枯干的那种清癯风格，而是铺铺展展得极其丰腴而汁水饱满。

　　《幸福过了头》中有一篇《纯属虚构》，是非常有意思的一篇，特别能说明她晚年的小说风格。如果说小说需要故事与情节，那么，这篇小说的故事与情节非常简单明了：因伊迪的加入，音乐教师乔伊丝和木匠乔恩离婚。多年之后，乔伊丝再婚，在丈夫65岁生日聚会中见到一个黑衣女子克里斯蒂，是位刚刚出版了第一本书的作家。几天后，乔伊丝买到这本书，看到其中一篇名为《亡儿之歌》的小说，看出了克里斯蒂是自己曾经教过的学生也是前夫所娶的妻子伊迪的女儿，当时，她利用了克里斯蒂对自己的天真无邪的爱，编造谎言刺探她的母亲和自己的丈夫的相恋。最后，在克里斯蒂为读者签名仪式上，乔伊丝特意买了当年曾经对克里斯蒂讲过的巧克力百合，送给克里斯蒂并请她为自己签名的时候，克里斯蒂根本没有想起巧克力百合，也没有认出乔伊丝来。

　　这是这篇小说的骨架。门罗的小说，骨架不是其下力的地方，她一般爱将琐碎的事情、细节和心情，穿插在这样线性的时间顺序里。这是门罗的叙事策略。她有意将骨架打碎，将情节淡化，将艺术化的故事，还原为生活常态。这和我们的小说叙事策略不大相同，我们的小说，一般更注重情节和故事本身，尤其受影视影响，情节成为构成并进入小说的不二法门。读我们的小说，一般比较好读，因为有情节为主线牵引，会如一道水流沿河道流淌而来，顺风顺水，不会出现太多阅读障碍。读门罗小说，一般至少需要读两遍，只有读到结尾回过头来再读一遍时，才会发现第一遍读到的那些不起眼不经意的事情和细节，是那样不可或缺地重要，是那样地回环连成一体的气脉贯通。

这篇《纯属虚构》中，占小说三分之一篇幅的第一节，细致而顽强叙述乔伊丝离婚前后的种种生活情景与细节，我们才会感到并不显多。一直到这一节的结束，乔伊丝精心准备的学生表演晚会，因她让伊迪的女儿作为独奏演员，同时她猜准了伊迪和乔恩一定要来看演出。但是，他们没有来。这样几乎不动声色只是挂角一将的结尾，对于后面克里斯蒂和她小说的出现，是多么地重要。而在第二节中，门罗用带有诗意抒情的笔调叙述乔伊丝带领着童年的克里斯蒂，开车送她回家，给她买冰激凌，看河中蓝色的小船，告诉她森林里各种野花，包括巧克力百合……这一切，在小说收尾时才会感到韵味和力量。

当然，如果小说仅仅止步于对乔伊丝利用孩子的天真之爱而编造的谎言对孩子伤害的谴责与和解，那样的话，和我们一般小说的叙述策略没有什么两样。我们的小说愿意情节的浓缩集中与主题的单一明确。《纯属虚构》中，门罗借克里斯蒂口说道："她不认为那只是个骗局，她想到她勤奋学习过的音乐，还有她缥缈的希望，间或得到的快乐，那些她从来没有机会亲眼见到的森林野花，以及它们奇异欢快的名字。""爱，她感到了快乐。在这个世界上，感情部分的内部谐调，一定是有些偶然性的，当然不可能公平，一个人巨大的快乐，会来自另一个人巨大的悲伤。尽管，巨大的快乐都是短时的，脆弱的。"门罗小说的包容性、延展性和多义性，让小说耐读，拉开了和我们小说创作的距离。

这种距离，来自对生活的理解和认知。在这里，我看到，门罗竭力让小说从情节束缚中还原生活常态的目的，不是消解艺术，而是让小说的艺术有别于常规与流行的小说，让小说不要沦为时代背景历史事件和生死命运道德言说的"大"说，而真正成为深入人生况味与人物内心的"小"说。

这篇小说的名字很有意思，《纯属虚构》，其虚构指向谁？是乔伊丝故事自身？还是克里斯蒂的小说《亡儿之歌》？抑或是结尾克里斯蒂没有认出巧克力百合和乔伊丝？这篇小说中，只有一处写到虚构："现在，有一个作家将她丑陋的谎言与她已经驱逐出生活之外的人物与境遇嫁接，告诉了大家。她懒得虚构，却不是出于恶意。"门罗有意混淆虚构和生活，也可以说是门罗有意打破虚构与生活的旋转门。明白了这一点，野花巧克力百合，小说名《亡儿之歌》，才有了隐喻的色彩（在小说中，门罗特别指出马勒名曲"亡儿之歌"和克里斯蒂天真童年的一去不返一箭双雕之意）。乔伊斯前后两任丈夫人生中都是三段婚姻的暗合，修长的大腿、纤细的腰身、乌丝般润滑的麻花辫、音乐的才华、全班智商第二，和矮矮个子、文身、酗酒、头脑笨拙，还有私生女的对比，才有了小说内在的理性和感性的衔接，才有了门罗强调的"日常的不幸"的意义。这也是门罗叙事策略的意义。

大自然的情感

可能是虚构越发远离真实，脂粉过重让美人日渐打折，我现在对作家笔下的文字心存怀疑。便自立法门，其中之一，看他们对大自然的态度和描写，来衡量其真伪与深浅。这是一张 pH 试纸，灵验得很。普里什文说过："在大自然中，谁也无法隐藏自己的心迹。"

一直喜欢普里什文。在这个始乱终弃的时代，没有一个人能够如普里什文倾其一生的情感和笔墨，专注书写大自然。

"我以为是微风过处，一张老树叶抖动了一下，却原来是第一只蝴蝶飞出来了。我以为是自己眼冒金花，却原来是第一朵花开放了。"谁能够有这样的眼睛？"在一支支春水流过的地方，如今是一条条花河。走在这花草似锦的地方，我感到心旷神怡，我想：'这么看来，浑浊的春水没有白流啊！'"谁能够有这样情感？"春天暖夜河边捕鱼，忽然看见身后站着十几个人，生怕又是偷渔网的，急奔过去，原来是十来株小白桦，夜来穿上春装，人似的站在美丽的夜色中……"谁能够有这样的心思？

只有普里什文有。这样的眼睛，是大自然的眼睛；这样的情感和心思，和大自然相通。也可以说，这样的眼睛、情感和心思，属于大自然，也属于童话和赤子之心。

我信任的另一位作家是于·列那尔。源于他曾经这样写过一棵普通的树，他把树枝树叶和树根称为一家人："他们那些修长的枝柯相互抚摸，像盲人一样，以确信大家都在。"就是这一句，让我感动并难忘。他还曾经这样描写一只普通的燕子，他把它看作是和自己一样写文章的人："如果你懂得希腊文和拉丁文，而我，我认识烟囱上的燕子在空中写出来的希伯来文。"他以平等的视角和姿态，视树和燕子与人一样。确实，我们不比一棵树和一只燕子高贵和高明，甚至有时还不如。

中国作家里，我信服萧红。她把她家的菜园写活了："花开了，就像花睡醒了似的；鸟飞了，就像鸟上天了似的；虫子叫了，就像虫子在说话似的，一切都活了。都有无限的本领，要做什么就做什么。倭瓜愿意爬上架就爬上架，愿意爬上房就爬上房。黄瓜愿意开一朵黄花就开一朵黄花，愿意结一个黄瓜就结一个黄瓜，如果都不愿意，就一个黄瓜也不结，一朵花也不开，也没人问它。玉米愿意长多高就长多高，它愿意长到天上去也没人管，蝴蝶随意飞，一会儿从墙上飞过来一对黄蝴蝶，一会儿又飞走一只白蝴蝶，它们从谁家来的，又到谁家去，太阳也不知道。"原因在于那倭瓜也好，黄瓜也好，已经和她命牵一线，情系一心，写的就是自己。

很多年前，读迟子建的小说《逆行精灵》，里面有一段雨过天晴后阳光的描写，至今记忆犹新："阳光在森林中高高低低地寻找着栖身之处，落脚于松树上的阳光总是站不稳，因为那些针叶太细小了，因而它们也就把那针叶照得通体透明。"

更多年以前，读苇岸《大地上的事情》，说到他曾经在一次候车的时候看到一只麻雀，发现麻雀并不是平常所说的只会蹦跳，不会迈步，只不过是移动步幅大时蹦跳，步幅小时才迈步。这一发现，让他激动，他说："法布尔经过试验推翻了过去昆虫学家'蝉没有听觉'的观点，此时我感到我获得了一种法布尔式的喜悦和快感。"

如今，谁还会在意落在松树上的阳光，因为松针细小而"站不稳"这样的小事？谁又会为注意麻雀和其他小鸟一样会迈步，而涌出"一种法布尔式的喜悦和快感"？观察的细致，来自心地的入微。眼睛视而不见或熟视无睹的粗心麻木，源于心已经粗糙如搓脚石一般千疮百孔了。

去年，读一篇作者叫李娟的文章，名字不大熟悉，文字却打动我。她说花的形状和纹案"只有小孩子们的心里才能想象得出来，只有他们的小手才画得出"。她说花开成的样子"一定有着它自己长时间的，并且经历相当曲折的美好想法吧？"她说花散的香气"多么像一个人能够自信地说出爱情呢！"她还说那些没有花开也没有名字的平凡的植物："哪一株都是不平凡的。它们能向四周抽出枝条，我却不能；它们能结出种子，我却不能；它们的根深入大地，它们的叶子是绿色的，并且能生成各种无可挑剔的轮廓，它们不停地向上生长……所有这些我都不能……植物的自由让长着双腿的任何一人都自愧不如。"

感动的原因，是她和上述那些值得信赖的作家一样，有这种本事，平心静气，又气定神闲，内心里充满平等，又充满真诚，把大自然中这些最为普通的一切，能够细腻而传神地告诉给我。只有他们才有这种本事，信手拈来，又妙手回春一般，将这些气象万千的瞬间捕捉到手，然后定格在大自然的日历上，辉映成意境隽永的诗篇、生命永恒的乐章。

谁能够做到这样？这样对待大地上一朵普通的花、一条普通的河、一棵普通的树，或一只普通的燕子或麻雀？我们会吗？我们可以把花精致地剪成情人节里的礼物，可以在河里捞鱼或游泳，可以到原始森林里去旅游或野炊，可以在落满雪花的大树前或爬到树上去拍照片，但我们不会有春天里第一朵花开时瞬间的感觉，不会注意到阳光在松针上"站不稳"、麻雀会迈步、燕子会写希伯来文这种区区小事，更不会面对平凡不知名的植物而心怀自愧之感。

想起英国的作家乔治·吉辛。几乎和这位李娟一样，他也曾经注意并欣赏过平凡的小花和无数不知名的植物，认为那是世界上最美妙的事情。在《四季笔记》一书里，他这样说："世界间还有什么比这更美妙的呢？在阳光普照的春晨，世上有多少人能这样宁静，会心地欣赏天地间的美景呢？每5万人中能否有一人如此呢？"

我是吗？是这每5万中的一个？

2010 年 3 月

大地上的日历

——读普列什文《林中水滴》

　　我知道，城市的高楼越来越高，真正泥土的味道却越来越少；苹果的价钱卖得越来越高，味道却不见得比以前的好。也许，这就是人类生存的悖论，在创造着越来越多物质文明的同时，也要付出自己的代价，失去了许多宝贵的东西。

　　于是，在远离大自然的城市里，我常常读的一本书，就是普列什文的《林中水滴》（潘安荣译，百花文艺出版社出版）。这本书能够带给大自然最为纯净而清新的呼吸、律动和情感，让我日益被城市繁华所掩饰下的虚伪乃至尔虞我诈，钢筋水泥所割裂开冷冰冰的壁垒森严和隔膜的心，能够得到一份滋润而不至于过早地粗糙老化。

　　那是1992年的六一儿童节，我和儿子一起在王府井书店里买的一本书，那时儿子才上小学六年级。那是这本书的第3次印刷，3次一共也仅仅印了15900册，无法和那些膨胀着男欢女爱欲望的书或考学升级实用的书或明星花拳绣腿的书的印数相比。当然，这没有什么可值得悲观的，人们被命运和时尚抽得如同陀螺般拼命地旋转不已，哪里还有闲心陪普列什文这个老头儿去光顾他的大自然。

记得很清楚，买了这本书回到家，和儿子一起看一起挑，挑了"河上舞会"这样的一段，让他抄在了他的笔记本里："黄睡莲在朝阳初升就开放了，白睡莲要到十点钟左右才开放。当所有的白睡莲各自争奇炫巧的时候，河上舞会开始了。"儿子说这简直就像是童话。没错，大地上、森林里发生着的一切，都是城市里所没有的奇迹，只不过，它们远离我们，或被我们无情地遗忘，或让我们根本看不见。

普列什文的这本书，他自己称是描写大地的日历，我说是描写大自然的诗。它能够让我重新认识那些远离我们的一切，它让我感到质朴的大地上所发生的那一切，是多么地动人，多么地温馨，离开它们，我们的城市再繁华，我们的日子再富有，我们的心和感情却是贫瘠的，我们会失去许多大自然本该拥有的细腻、温情、善良与爱的呵护、关照和呼应。

每当我读到他为我们描写的那仿佛是从星星上飘下来的初雪，那春天最初的眼泪一般的细雨，那能够回忆起童年的稠李树散发的香味，那坐在落叶的降落伞上飘落到地下的蜘蛛……每次读，每次都让我很感动。也许，只有他才能够细致入微地感觉到夹在密匝匝的云杉林中的小白杨有点冷而伸出了树枝，他说："真像我们农村里的人，也常出来坐在墙根土台上，晒太阳取暖。"就连大地上水塘里冒出那最常见不过的水泡，他也无比疼爱地说每一滴都是鼓鼓的、饱满的，是"既像父亲又像母亲的婴儿"。我不知道在这个世界上还有没有以如此诗的语言和如此童话的眼睛以及如此孩子不泯的童心，还有如此以一生生命与情感的专注，来描写大地和大自然特别是森林的作家。我们的不少书中的语言已经越来越浑浊甚至变得脏兮兮了，哪里还能够找到这样纯洁如初雪一般的语言和感觉。

我不能不为普列什文所感动，在我看来，在这个世界上，只有他才有这种本事，平心静气，又气定神闲地把大自然的一切如此细腻而传神地告诉给我们。只有他才有这种本事，信手拈来，又妙手回春一般能够将这些气象万千的瞬间捕捉到手，然后定格在大自然的日历上，辉映成意境隽永的诗篇、生命永恒的乐章。

面对春天里的第一朵花，他说："我以为是微风过处，一张老树叶抖动了一下，却原来是第一只蝴蝶飞出来了。我以为是自己眼冒金花，却原来是第一朵花开放了。"

面对春天里流淌的河流，他说："在一支支春水流过的地方，如今是一条条花河。走在这花草似锦的地方，我感到心旷神怡，我想：'这么看来，浑浊的春水没有白流啊！'"

面对早被伐倒大树只留下空荡荡的树墩，他说："森林里是从来也不空的，如果觉得空，那是自己错了。森林里一些老朽的巨大树墩，它们周围原是一片宁静……高高的蕨草像宾客似的云集四周，不知从哪儿喧响的风儿，间或百般温柔地向它们轻轻吹拂，于是老树墩客厅里的一根蕨草就俯身向另一根蕨草，悄悄地说什么话，那一根蕨草又向第三根草说话，以至所有的客人都交头接耳了起来。"

在雪后静谧的森林里，看到带雪的树木姿态万千，神情飞动，却默默地立在那里，他忍不住问："你们为什么互不说话，难道见我怕羞吗？雪花落下来了，才仿佛听见簌簌声，似乎那奇异的身影在喁喁私语。"

……

谁能够做到这样？这样对待大地上一朵普通的花、一条普通的河、一片普通的树，乃至一棵闲置在一旁老朽的树墩？我们会吗？我们可以把花精致地剪成情人节里的礼物，我们可以在河里捞鱼或游泳，我们可以到原始森林里去旅游或野炊，我们可以在落满洁白的雪花的大树前或爬到树上去拍照片，但我们不会有春天里第一朵花开时瞬间的感觉，不会把春水荡漾的小河说是花河的想象，便也就不会看到老树墩客厅里蕨草在交头接耳的童话，自然更不会停下来我们为名缰利锁而奔波的匆匆脚步，去和落满雪花的大树悄悄地攀谈。

我们远离大地和大自然，我们的眼睛在逐渐变得色盲一般只认识了钱票子的面值大小；我们的味蕾在逐渐变得只会品尝生猛海鲜和麻辣烫；我们的嗅觉在逐渐变得只闻得见香水、烤肉、新出炉的面包，和新装修的房间里带着氡和甲醛的味道。

普列什文曾经说："世界是美丽非凡的，因为它和我们内心世界相呼应。"普列什文在这本书中拉近了我们和这个美丽非凡世界的距离，帮我们找到了内心世界与这个世界相呼应的方法，那就是要如普列什文一样去珍爱大自然，去和普列什文一样怀有一颗真挚的赤子之心，以及和普列什文一样不失去美的瞬间，即把握住永恒的爱与敏感。土地会让我们的脚跟结实，河流会让我们的心净化，树木会让我们的呼吸清新，天空会让我们的眼睛望得远一些。

应该感谢普列什文。应该记住普列什文，这位 1873 年出生、1953 年逝世，活了 81 岁高龄的苏联的伟大作家，记住这位当过兵、当过农艺师、当过乡村教师，一生没有离开过大自然的睿智老人。

普列什文曾经说："一个人是很难找到自己心灵同大自然的一致，并将它转达到艺术中去的。"但是，他找到并达到了这一目标。

于·列那尔和他的《胡萝卜须》

　　我曾经向很多人推荐过法国作家于·列那尔的《胡萝卜须》一书。但我发现并没有多少人真正地喜欢，或认真地阅读。我想也许是我自己过于喜欢，想当然以为别人也一定应该喜欢。如今的阅读，愈来愈功利化，讲究的是实用、实惠和实际，我称之为"三实主义"。

　　我喜欢于·列那尔，源于他曾经这样写过一棵普通的树，他把树枝树叶和树根称为一家人，他说："他们那些修长的枝柯相互抚摸，像盲人一样，以确信大家都在。"就是这一句，让我感动并难忘。我当即买下了这本《胡萝卜须》，读下来，真的很不错，感觉没有欺骗我。

　　我以为这本《胡萝卜须》，应该和普列什文的《林中水滴》合在一起读，最合适，效果最好，而且最能有收获。相比较而言，《胡萝卜须》里，虽然也写了森林中的树木，但大多写的林子里的小动物。《林中水滴》里，虽然也写了森林中的小动物，但更多写的则是森林里的花草树木。所以，合在一起读，既可以互补，又可以对比，彼此有个参照物，将大自然中动物和植物这两大方面都囊括在内了。

　　此外，我曾经还有一个建议，读这两本书的同时，最好能够带着孩子去动物园和植物园，让孩子以这两本书作为参照物，再来看动物园和植物园，感觉和感受，肯定不一样，即使写作文，也会写得不一样。我曾经对不少家长和老师们说过，但我发现那只是我的一厢情愿。谁也不愿意做这样和动物交流的无用功，都想走捷径，愿意带孩子进课外各种辅导班，胜于动物园和植物园，不知道其实那里是更好的课堂呢。

《胡萝卜须》里写的那些小动物，实在是太可爱了，我真的还从来没有讲过有作家把动物写得这样可爱。

他描写喜鹊："老穿着那件燕尾服，真叫人吃不消，这真是我们最有法国气派的禽类。"笔下含有幽默，不是嘲讽，而是揶揄，甚至有点儿另类的夸赞。

他写孔雀："肯定今天要结婚。"是的，任何一个孩子都会从这样的文字中联想，要不孔雀为什么有五彩撒金那么漂亮的尾巴？而且，它还要开屏呢！

他写蝴蝶："这一张对折的情书小笺，正寻觅着花的住处。"写得真是别致，情书还要对折，亏了他想得出来。

他写一群蚂蚁走在同一条道上，"好像一串黑色的珍珠链子"。以珍珠链子为再弱小无比的蚂蚁发出的礼赞，最能够获得孩子的信赖。他把同情心给予了比小孩子还要弱小的蚂蚁身上，正是这本书最大的特点，也吻合了孩子的心理特点。于·列那尔有这样本事，让我们热爱这些小动物，把天平向同情心一边倾斜。

他写天鹅："在池塘里滑行，像一只白色的雪橇。"这样清新的比喻，如果成为孩子的造句练习，那该会引起孩子多大的兴趣呀。而且，我相信，孩子可以照葫芦画瓢，造出"燕子在空中滑行，像一只漂亮的风筝"。或者，"狐狸在雪地里滑行，像一道红色的闪电"。再或者，"蓝鲸在大海里滑行，像一艘巨大的海轮"。

我想，大概只有孩子的想象力，可以和于·列那尔有一拼。

他写萤火虫："有什么事情呢？晚上九点钟了，他屋里还点着灯。"写得多么亲切呀，任何一个孩子看了这句话，都会会心地一笑。萤火虫点灯，也许谁都能够想出来，有什么事情呢？关心地多问一句，也许，并不是所有的人都能够想得到的了，为什么我们想不到呢？如果我们由此多问自己一句为什么，从而从于·列那尔受到点儿启发，也许，我们的想象力会变得更丰富一些。

他写驴，很短："耳朵太长了。"

他写蛇，更短，只有三个字："太长了。"

这是印象里最深的两段描写了。虽然是二十多年前看的书，但至今难忘，每逢想起，都忍不住想乐。同样是太长了，为什么我会觉得写得好，并没有感到重复呢？他写蛇的时候，为什么不和写驴一样也写"身子太长了"呢？可以设想，写驴，如果只写"太长了"，人们会说驴哪儿太长了呀？写蛇，如果写成"身子太长了"，则显得多余，难道蛇的身上还有别的地方是太长了吗？我曾经以这两段例子，对孩子们说起，请他们自己比较，他们都会哈哈大笑不止，一下子明白了，语言的微妙之处，正在这里。

于·列那尔还这样描写一只普通的燕子，他先是说：她们"飞得太快了，花园里的水塘都无法临摹她们掠过时的影子"。然后，他把她们看作和自己一样写文章的人："如果你懂得希腊文和拉丁文，而我，我认识烟囱上的燕子在空中写出来的希伯来文。"他以平等的视角和姿态，视燕子与人一样，又将燕子写得比有些人还要可爱。确实，我们不比一棵树和一只燕子高贵和高明，甚至有时还不如。我想，也许正是有这样一点的平等和尊重，于·列那尔笔下的那些小动物才会那样地可爱，那样赢得并不仅是孩子的喜欢。

有时候，我会想象于·列那尔，独自一人在森林里徜徉，默默地注视着那些小动物，以一个孩子的心态和心情，和它们说着悄悄话。这该是一种什么样的生活状态呢？这样生活状态下的作家的笔，和在物欲横流灯红酒绿疲于奔命的生活状态下的作家的笔，能够一样吗？我们现在之所以很难再见到如于·列那尔和普列什文一样的作家了，是因为我们少有这样远遁喧嚣的生活状态了。

　　想起英国的作家乔治·吉辛。几乎和于·列那尔和普列什文一样，他也曾经注意并欣赏过大自然的一切，认为那是世界上最美妙的事情。在《四季笔记》一书里，他这样说："世界间还有什么比这更美妙的呢？在阳光普照的春晨，世上有多少人能这样宁静，会心地欣赏天地间的美景呢？每5万人中能否有一人如此呢？"

　　应该说，于·列那尔和普列什文，肯定是这每5万中的一个了，但我是吗？是这每5万中的一个吗？我不敢抬头看一看他们的眼睛。

读契佛

　　契佛（John Cheever）是美国当代一个著名的短篇小说家，《契佛短篇小说选》（外国文艺出版社 1984 年版），这本书里的文章是以纽约为背景，着重写战后三十年美国社会里一般知识分子，他们像镜子一样非常真实的生活，把知识分子在繁华喧嚣的纽约生活之中被挤压、被碰撞的心态描写得很有意思，彼此之间的紧张关系和精神困惑，写得不动声色却有内在的张力。虽然都是些庸常日子里的生活常态，表面看水波不惊，甚至是一地鸡毛，有些流水账的唠叨，却有着不着痕迹的艺术功力，和契佛对生活与人物的透视。

　　读契佛的小说，让我想起和他同时代的美国画家库珀。库珀冷静的笔触，让画面中的人物始终处于冷漠状态，所有的潜台词和内心涌动波澜，都在画面的后面，确实和契佛有几分相似。如果用库珀的画给契佛的小说做插图，大概比较合适。契佛确实和库珀一样，不那么剑拔弩张。他像一个饱经沧桑的家庭老主妇，坐在厨房里，在一片一片慢条斯理地剥洋葱，不知剥到哪一片的时候，忽然辣了一下你的眼睛。

　　16 个短篇，辣了一下我的眼睛的有这样几篇：

　　《离婚的季节》和《重逢》。前者写夫妻，后者写父子，都是亲人之间的隔膜。人生中，最大的安慰莫过于亲人，最大的伤害和痛苦，也莫过于亲人了。

《离婚的季节》里那一对结婚 10 年有两个孩子的夫妻，都出身于那种喜欢回忆愉快往事的中产阶级，纽约惯性的生活，除了日常家庭琐事，每周出门一两次，每月娱乐一次，其他打发业余时间的方式就是到附近的朋友家串门了。故事就是从串门开始发生了。一个医生爱上了他的妻子，如同见惯了婚外恋的故事，七年之痒之后常常出现的节外生枝。但纽约的婚外恋不搞偷鸡摸狗，医生送玫瑰花登门向丈夫陈情诉说，打乱了家庭的平静，最后乃至大打出手。结局和大多数家庭一样，激情过后，一切如旧，妻子站在房间里发会儿愣，然后点燃蜡烛，坐下来和全家一起吃晚饭。契佛没有怎么渲染婚外情，也没有怎么写夫妻之间的纠葛，而把重心移至婚外情发生过后家庭生活日复一日地重蹈覆辙，平静之中的死水微澜，只能够让人站在那儿偶尔发会儿愣。这一对夫妻并没有离婚，但小说的名字却叫《离婚的季节》，颇有含意和余味。

《重逢》让我想起卡佛的小说《软卧包厢》，都发生在火车站，都是父子多年不见后的一次渴望的重逢。只不过，卡佛是让父亲坐着火车来看儿子，契佛则让儿子坐着火车来看父亲。不同的是，卡佛让父子没有见到面，而契佛让父子见了面，却在匆忙中连一顿饭都没有吃成，最终不欢而散。卡佛把矛盾掩藏在冰山的下面，契佛却让矛盾走上了前台。卡佛一直让父亲一人在演独角戏，契佛则让父子在唱二人转。其处理的角度和方法不同，艺术的效果也就不同，契佛给人以平易，卡佛给人以意外；契佛内化人物的心理，卡佛外化生活的质感。相同的一点，是父与子的矛盾从屠格涅夫开始就是永恒的，其痛彻骨髓的苦楚都弥散在小说的字里行间。

《一台宏大的收音机》构思奇特，简直有些后现代小说的味道，在契佛所有写实的小说里几乎绝无仅有。一对夫妻淘汰旧的收音机，买了一台颇为大个儿的收音机。这台收音机怪了，收音格外灵敏，能够把全楼各家的声音尽收里面，然后播放出来。于是，各家的隐私都毫无遮掩地暴露在这对夫妻的家中，这令他们格外好奇，也格外惊讶。反过头来，他们也害怕起来，怕自己的隐私同样会被别人家听见。他们开始请人修收音机，收音机修好了，夫妻俩的关系变坏了，妻子希望能够再听到邻居的声音的时候，收音机里发出的却是冷冰冰的新闻广播，说的是东京的火车事故、布法罗的医院火灾和当地的气温的温度与湿度的报告。小说真的非常绝妙，体现了契佛的智慧和老到，将人们彼此的关系和微妙的心理，写得淋漓尽致，又别开生面。

写得最好的，要数《圣诞节是穷苦人悲哀的日子》。一个贫穷的名叫查理的单身汉的公寓楼的电梯工，发生在圣诞节从早到晚一天里的故事，集中如同三一律的戏剧，早晨每个坐电梯下楼的人都向查理道一声圣诞快乐，查理都要说一句"对我来说这算不上什么节日，圣诞节对穷人来说是悲哀的日子"。在圣诞节的时候，人们听了他这话，怜悯之心油然而生，都纷纷把同情给予了他，都说要把自己家里圣诞大餐分一分给他，让他的这个圣诞不再悲哀。他便顺杆爬，谎称他有四个孩子。于是，下午，人们陆陆续续来到电梯里，给他送吃的喝的，还给他那四个虚拟的孩子送来各种圣诞礼物。这样从来没有过的境遇，让他分外惊喜，那样多的不可思议的吃的喝的和礼物，堆满了电梯下面他的更衣室，兴奋的他情不自禁地一个人开着电梯全速地一下子开到楼顶，又欢呼着一下子开到楼底，像玩游乐园里过山车一样开心。当他载着一位夫人再一次忘乎所以玩这个空中飞人游戏的时候，夫人尖叫着差点儿没有昏厥在电梯间。乐极生悲，查理被解雇了。晚上，他把那些人们给他孩子的圣诞礼物装进一个装废品的麻袋里，回到他租的那间破旧的小屋，他把这些礼物都给了房东三个瘦得皮包骨的孩子。圣诞节还是穷苦人悲哀的日子。

小说构思的精巧，人物的辛酸，戏剧性的情节变化，看惯了契佛平淡如水的小说之后，这篇给人耳目一新，看得出十九世纪我们惯说的那种批判现实主义的小说对契佛的影响。不同的是，他并不像欧·亨利那样刻意书写贫富之间的差距和矛盾，而是将笔深入人物的内心世界其复杂微妙之处，而且多了一层隔岸观火的幽默。

虽然我们与纽约的生活距离十万八千里，但是契佛的小说拉近了时空的距离，在契佛的小说里，我们能够看到我们自己在北京和外地进京那些打工仔的生活影子，和契佛在交错或重叠。契佛的感悟和困惑以及发自心底的那一声微微叹息，其实也是我们自己的，因为我们现在经历的，正是契佛那些个年代里所经历过的，似曾相识是必然的，也是契佛的小说让我们现在读着依然亲切而不过时的原因。

文学还是要描摹人类心灵深处的一些东西，而不是生活浮光掠影的泡沫，哪怕是很热闹的泡沫。这样的文学的生命力才能够长久一些，超越一点时空。从观念到观念，从形式到形式，从生活到生活，和从心灵到心灵，到底是不一样的。

读卡佛

　　卡佛（Raymond Carver）是美国八十年代复兴短篇小说的主力之一，被称为是和海明威、塞林格、契佛齐名的最伟大的现代短篇小说家。在美国研究他的专著就有不下 20 本。他的作品被翻译成世界 20 多种语言，介绍到德国之后，曾经改变了德国短篇小说的创作。他的几个短篇小说还被美国著名导演罗伯特·阿特曼改编成电影《浮世男女》，又译《银色性男女》《捷径》（*Short cut*）。

　　卡佛 1938 年 5 月 25 日生于俄勒冈，死于 1988 年 8 月 2 日。只是得到文学界的认可很晚，去世那年他才被选入美国国家文学艺术学院（American Academy and Institute of Arts and Letters）。他 19 岁结婚，21 岁的时候就有了两个孩子。一生漂泊动荡，很少有正式的工作。曾经被 4 次送进医院，强制戒酒，最后死于癌症。死前的那一份奖金才让他的生活稳定下来，使得他有了时间创作长篇小说，可惜只写了几万字就死掉了。他的写作介乎卡夫卡和品特之间，他笔下的人物都是失败了的或是正在走向失败的小人物，很少有欢笑，就像他自己的生活一样。在他的小说里，失去的一切，不是故事的结局，而是故事的开始。

　　在美国，卡佛被认为是极简主义小说的代表，如果放在大的文化背景下看的话，我们也可以发现他和简约派音乐（比如菲利普·格拉斯）和简约派美术的关系。有人说他是海明威"冰山"理论的最极端的发扬者。

如他的遗作《柴火》一样，重要的是他小说里所省略的部分，没有写的部分可能会更加让我们充满想象。小说主人公梅耶为什么失去了妻子，只提了一句说她跟一个酒鬼跑了，并没有展开；梅耶到索尔家砍柴火，不付钱也要干这个活儿，为什么？柴火为什么对于他生死攸关？也都语焉不详，只是一笔带过。而小说展现在我们面前的是索尔夫妻对梅耶的好奇，梅耶对索尔家中的照片女主人和突然响起来的电话铃声的微妙心情，以及他不断地砍柴火和先后7次出现在视野里那远处的山水。最后，小说写道："今天我看到了一只野鹰，一只鹿，我劈了一大堆木头。"他将一个失去家庭的男人的孤独心境，在一对夫妻和一堆柴火的映衬下，描摹得木刻一般干净。见棱见角，有力度。

可以看出，到了卡佛那里，文学终于不再是一种炫技或杂耍，没有花腔，甚至没有高潮。他的作品让我们重新认识到小说的力量恰恰源于生活本身的苍白和无力，小说的最终结构恰恰只能是对生活本身的芜杂和荒诞的模仿和选取。

卡佛是继海明威、福克纳之后最优秀的短篇小说家之一，是真正的当代文学大师，还说他的《柴火》，篇幅虽短，却有完整的故事，其简洁的情节和冷漠的语言，在卡佛式叙事中充满了阅读魅力。文学理论大师《结尾的意义》一书的作者珂莫德，曾经说卡佛的小说是在自己给自己放下的镣铐里跳舞跳得最好的人。在限制与留白之间，他看似波澜不惊，却是难得地月白风清，如同我国古典美学中的大味必淡。而现在我们的有些小说，早将限制的镣铐换上了时髦的金子或珠子做成的手环和脚链了。

不应该让所有小说都像卡佛所写的那样，但也不应该没有像他的小说那样的存在。文本膨胀和臃肿往往是个人的选择，但从某种角度上说，我总觉得，在我们现在的社会背景下，一个中国的批判主义作家还不应该是个胖子（臃肿）。卡佛是小说中的汤姆·维茨，汤姆·维茨是美国老牌的摇滚歌手，在罗伯特·阿特曼改编卡佛小说的电影里，汤姆·维茨还出演过其中的一个角色。在他们的作品中，他们同样会告诉你，"那辆带着你离去的火车，恐怕不会再带你回家"——这是汤姆·维茨唱过的一首歌里的一句歌词。

对比卡佛，我们的小说里，不仅少了作者的激情，也少了作者个人的苦难。包括我自己在内，有几个人真的能像卡佛那样在朝不保夕的状态下写作。但我又想，如果真有一个人像卡佛那样写作，我们的评论家们，我们的杂志，会认可吗？如果他不是卡佛，我们还会觉得他真的写得好吗？或者真的能够读得下去吗？所以这不应该仅仅是作家的问题，还更是我们整个的文学观念的问题。我觉得卡佛写得好，恰恰是因为我相信生活本身的缺血缺钙的苍白。不管怎么样，文学就像过去所谓的革命事业一样，总不能只是"请客吃饭"吧？也不能总是现在电视里的肥皂剧一样，总是男欢女爱的打情骂俏吧？小说里呈现出的琐碎与臃肿，不仅来自生活，也来自我们本身，在一个热衷煽情、崇尚繁华、喜欢走秀的年代，小说也可以成为一种表演。所幸的是，卡佛是个小说家兼酗酒者，恰恰不是演员。

和历史调完情以后

——读《朗读者》

 我一直在盼望着能够有这样一本小说出现。

 6年前，我终于读到了《朗读者》（译林出版社）。稍稍可惜，是德国人写的，而不是我们自己。作者本哈德·施林克，对于我们是陌生的，但在我看来，他和他的德国作家，特别是战后的德国作家如伯尔、格拉斯，一样地杰出和重要。他是一位法学教授和法官，在这本书之前已经出版了三本犯罪小说，卖得都不错。《朗读者》是他第一本"严肃"作品，除了在国内取得了轰动，并马上取得了国际性的成功。光在英语世界里就卖了快200万册，是战后继《香水》卖得最好的德国小说。

 同《香水》一样，这同样是一个有关性爱和罪恶的畸情故事，但也同《香水》一样，它在性爱和罪恶的表皮下，讲的是另一个更为深刻的故事，对于战后德国读者，触动的是更具有切肤之痛的问题：如何面对这个民族曾经拥有过的法西斯罪恶的过去，尤其是战后成长起来的第二代第三代人，如何面对自己的上一辈不愿示人的过去！故事讲述了15岁的米夏和36岁的汉娜一次街头偶遇和接下来无法控制的身体接触，女人对自身文盲和集中营看守历史的双重隐瞒，对学习教育的几乎疯狂的重视和偏执，并没有让男孩怀疑自己对女人的迷恋，性爱之前他对女人的高声朗读，不仅变成了小说的标题，也变成了他们之间的一种契约或是默契。然后，汉娜突然不辞而别，小说的第一章到此戛然而止。直到多年以后米夏成为法学大学生时才又看到了她：在法庭上，她出现了，站在历史黑暗的另一边，承担着战后人们对罪恶的指责。

如果她是过去的凶手，米夏该怎么办？读到这里，第二章，小说终于露出了它清冷的锋芒，刺向了每一个后奥斯威辛时代的读者：毕竟历史过去得还并不太久远，罪恶也并不那么遥远。当你和那段黑暗缠缠绵绵地上过床以后，你会一身轻松地下床吗？后战争历史中的一代人，该如何面对自己对经历过那段沉重历史的父辈母辈的爱呢？

读到这里，我在想，同情节紧凑而貌似情爱流行的第一章写法不同的这一章，我们中国的读者是陌生的，会显得有些隔阂，却是这部小说最精彩的部分。我们的小说不少已经如一张油饼，被电视剧和时尚的双面煎烤得过分光滑油亮，香酥可口了。但是，在这部小说中，到了这里，作者不仅将汉娜，同时也将米夏置于审判席上，就像第三章中米夏自己说的"全都捆绑在一起出庭"。只不过，米夏内心的折磨更为痛苦，虽然他没有和汉娜有过一次正面接触，却在他同父亲、同法官、同老师，同他在寻访集中营的路途中遇到的出租汽车司机与餐馆里的瘸老头、年轻人的散点透视中，一次次循环往复地拷问历史和心灵，那就是上下两代人对于历史罪恶的理解与谴责、对于残酷记忆的遗忘和铭记的矛盾。那种沉思与内省的笔触，让我感动，忍不住想起我们自己的历史与现实。

小说写到这里，已经不再仅仅是关于性爱或是罪恶，而是在讲一个有关如何在为了不能够忘却的记忆中，战后新一代人成长的寓言。在这里，汉娜是作为米夏的上一辈而出现的，米夏与她的性爱，不过是下一代对上一代爱的一种极端的象征（在第三章里，作者特别写到那位精神分析专家盖西娜对米夏指出：在他的故事里他的母亲的影子几乎没有出现过，从一个侧面更证实了汉娜在小说中的身份象征）。在调节记忆与现实以及两代人的关系中，汉娜和米夏表现出的不是我们这里的成长小说中所常见的代沟，这里没有任何的预制设想，而是突然发现上一代人的罪恶，又如何处理对他们的爱，面对这种失控交错的纠缠、刺痛，如何以更健康的心态成长，而不是回避或视而不见那种集体记忆留给我们今天所有人的影子。这正是这部小说最打动我的地方。

如果从这个角度而言，我确实读出它是一部成长小说的味道来——当然，这只是我的一种解读，好的小说从来都是多义的。德国人从来都是成长小说的高手，歌德的少年维特的故事曾让年轻的郭沫若声名大振，也使得维特成为那个时代年轻人的偶像，莫非多年以后我们还需要让德国人给我们上这样青春觉醒与成长的一课吗？对于我们，后"文革"时期中，把曾经那场轰轰烈烈的大革命彻底遗忘，而且遗忘得那样漂亮，同时也彻底小资化了的文化中，《朗读者》这部书对于我们有着无法回避的相关性：在和历史调过情以后，就可以心安理得了吗？几代人之间的欲说又止、躲躲藏藏的后面是什么？

值得一提的是小说天然去雕饰的语言，干净得像冰凉的骨架，在骨头的缝隙中是一个被历史隔开的两代人之间朗读与倾听、诉说与沉默、罪恶与遗忘、逃避与短兵相接、激情与蓦然惊醒的故事。此次再版的小说中附有童自荣先生精彩朗读的光盘，让这本《朗读者》的朗读者多了一层意味。

2015 年 5 月

格拉斯剥洋葱辣了谁的眼睛

德国伟大的作家诺贝尔文学奖的获得者君特·格拉斯，最近因在《剥洋葱》一书中自曝 17 岁时曾经参加党卫军而备受关注。谴责他在 78 岁时的忏悔来得迟了，甚至有人愤怒指责他虚伪而使其声誉大跌。在德国，战后的反思与忏悔，成为一代人的洗礼，他们处理这样的人物记忆犹新而轻车熟路，人人心里都有杆秤。因此，他们的愤怒和谴责，是可以理解的，与我们的心理与思路不尽相同。

我们当然可以说，格拉斯 17 岁的丑闻并不能够否定他文学的成就，就如诗人庞德当年也曾经支持过意大利的墨索里尼，指挥家富尔特温格勒和卡拉扬当年也曾经为法西斯垂首做过事情，但是，并不能否定他们的成就与贡献一样。同为指挥家的托斯卡尼尼曾经说过那句著名的话："在作为音乐家的富尔特温格勒面前，我愿意脱帽致敬；但是，在作为普通人的富尔特温格勒的面前，我要戴上两顶帽子。"面对人生中两种轨迹，致敬与谴责，确实需要区别对待。

问题似乎并不仅仅在这里，问题在于对于离我们遥远的异国的一位作家的历史丑行，是苛刻还是宽容，为什么引起我们的关注？为什么我们听到格拉斯的事情后心里会隐隐一颤？格拉斯剥洋葱为什么辣了我们的眼睛？

我们每人心里也有一杆秤，德国的历史和我们的历史、格拉斯和我们，便有着无法分割的相关性和相似的切肤之痛。面对那场离我们并不遥远却都曾经把我们各自的民族推向灾难边缘的历史，记忆在经受着灵魂的矛盾和考验，理解与谴责，遗忘与铭记，忏悔和推诿，是我们共同的话题。在那个法西斯横行的时代里，施暴者鹰击长空突然激增，而进入新时代他们又鱼翔浅底突然隐匿在大众之中。于是，宽容成了遗忘最好的替身，法不责众和墙倒众人推成了解脱的最为便当的掩体，过于强调一切向前看，有意或无意地忽视和淡漠了回头审视。

在一个好了伤疤忘了疼的年代里，回避记忆，抹掉记忆，热衷于失去记忆，已经是司空见惯。在一个对过去并不长久的历史遗忘得那样漂亮，同时也彻底泛娱乐化的文化背景中，如格拉斯一样，哪怕是在 78 岁垂垂老矣的时候还能够唤回记忆，不那么容易，那是一种能力。习惯忘却，没有记忆能力的民族，便容易得过且过，暖风熏得游人醉，沉醉在现实的灯红酒绿中狂欢。

从这一点意义而言，格拉斯这个老头以他的新书和行为提醒我们，面对历史，首先需要直面回忆。在这本《剥洋葱》的第一章"层层叠叠洋葱皮"里，他就直言说道："回忆像孩子一样，也爱玩捉迷藏的游戏。它会躲藏起来。它爱献媚奉承，爱梳妆打扮，而且常常并非迫不得已。"然后，他以剥洋葱作为比喻，以一个过来人的角度告诉我们，直面真实而真诚的回忆，并不是一件简单容易的事情："第一层洋葱皮干巴巴的，一碰就沙沙作响。下面一层刚剥开，便露出湿漉漉的第三层，接着就是第四层第五层在窃窃私语，等待上场。每一层洋葱皮都出汗似的渗出长时期回避的词语，外加花里胡哨的字符，似乎是一个故作神秘的人从儿时起，洋葱发芽时起，就想要把自己变成密码。"

除了要唤回记忆，我们每个人都还需要正视和负责，因为那曾经是我们共同的一段历史。只有有勇气担当起这份责任，才有可能对付已经磨出老茧的司空见惯的遗忘，因为责任的前提就是没有遗忘，而回忆的本质则是思想。

每个人对历史负责的方式是多样的，78 岁的格拉斯今天的忏悔，和他以前所创作的《铁皮鼓》以及对政治的评论对历史的书写等许多作品，一起参与了对那段历史的揭露，他一直都在用自己的方式进行反思和负责，他今天的回忆才是有思想的，有意义的。可以说，他前后的行为是一致的，是负责任的，17 岁时的失足在他的心里一直都是一个痛苦的结（不像我们这里愿意编织成自己受到苦难滴满泪珠儿的花环），他一直都在试图解开这个结。他的这些努力，理应受到人们的尊重。

可以试问，多一个缺乏思考而仅仅承认自己当年是党卫军的人（尽管早些），和多一个写出过《铁皮鼓》这样伟大作品的人（尽管晚些），哪一个更有意义和重要呢？简单对历史的承认，无异于签字画押，和融入思考的责任承担，毕竟是不一样的。因此，我们可以说，格拉斯今天迟到的承认，是他一生思考总结的一个有力的句号。面对这样的句号，德国人有理由谴责他来得晚了些，但在我们的心里却应该沉淀下一个沉甸甸的叹号或问号，来的时候还并不为晚。

记忆中的影像浮掠而过

——读《位置》

《位置》和《一个女人》。我读的这本书是复印件，是儿子在美国读书时从他所在的大学图书馆里特意拷贝了一份，用整齐的钉书器钉好，带给我的。由于没有复印版权页，只知道作者是法国的女作家安妮·艾诺，我不知道是台湾哪个出版社出版的，也不知道译者是谁，对这位女作家也是一无所知。

这两部作品是合在一起出的。《位置》主要写了作者的父亲，《一个女人》主要写了作者的母亲。它们是八十年代的作品，是作者的亲身经历，很写实，质朴而平民化地叙述了她的底层平民父母一代人的平凡的一生。

这是一本关于回忆的书，一本关于忏悔的书。一对生活在诺曼底乡下的父母，后来父亲当兵服役后又当了工人，母亲当了女佣，经历了两次世界大战，战后开了一家小酒馆；一个则是大学毕业的女儿，读书，听音乐，向往小资和中产阶级的日子；两代人的矛盾，不可避免。彼此的抵牾、隔膜和亲情的碰撞，更多的是女儿对父母的看不起以及父母自己的自卑，就像我们和我们的父母一样。女儿说："在饭桌上常为芝麻蒜皮的事斗起嘴。我总觉得自己有理，因为他不懂得沟通。我要他注意吃东西的样子、说话的样子。我怪他不能送我度假，让我觉得很没面子，我要他改正他的态度，自以为理由很正当。说不定他宁愿有另一个女儿。"而父亲则说：屁股就那么一点儿高，别想翘到哪儿去。

在《位置》的结尾，作者回忆12岁的时候，父亲骑着自行车带她上学，风雨无阻。她写道："说不定他最觉得骄傲的事，或者说他存在的正当性，是这个：我属于鄙夷他的那个世界。他哼着：'是船桨让我们兜圈圈。'"无限的悔恨和感慨，让她写得朴素至极，又留有那样多的空白，让读者唏嘘和共鸣。作为孩子，当他们能够理解父母的时候，一般到了父母老了或已经死了的时候。孩子的第一个崇拜和热爱的老师是自己的父母，但反叛的第一个权威，而且最看不起的，往往也是自己的父母。

作者在书中如此写道："回忆里，诗意阙如，也没有欢喜快乐，没有让人会心的一抹微笑。平铺直叙的文笔自然地流露纸页，这种写法，就像以前我写信给我的爸妈，报告生活近况一样。"可以说，这就是这本书的风格。这种风格曾经在法国一度很流行，写的人和读的人都喜欢让文学剔除一切技巧和文字的拐弯抹角，还原到生活琐碎的地方，那是生活的原点和本质。读这本书，让我想起了法国作家的《第一杯啤酒》。也就是说，并不只是一本书，而是一种文风。

在安妮·艾诺写她父亲的《位置》中，作者特别指出她反对构思的编排和别具意义，她说："我觉得反而会逐渐丢失我爸爸的特殊面貌。构图会占去所有的位置，意念自行其道。相反地，要是我任由记忆中的影像浮掠而过，倒是那个如其自然地看见他本来的样子。"这是作者写作方法的追求，也是对《位置》书名的题解。

作家在回忆中就这样任由影像断片浮掠而过，顺其自然地将她对父母的渴求，对他们的理解，以及父母给予她的点点滴滴，砸姜磨蒜一般，写得非常琐碎，很细腻，又很节制，绝不泛滥，没有我们这里一般回忆父母时惯常见到的煽情，是一种真诚到心灵深处的写作。

家境的贫穷，作者这样写道："用一个景象来衡量：一天，天已经黑了，一扇小窗的窗台上，是街上唯一明亮的地方，糖果，粉红色、椭圆形的，沾着一层白粉，闪闪发亮，装在一袋袋玻璃纸里。我们没有权利买，必须要有票。"而她在叙述家的拥挤，她这样说："没有任何私人空间，厕所设在院子里，我们始终生活在清新的空气中。"

在叙述父亲说话带有乡下的土话的口音，拼写字母常常出错，拿着二等车票却误上了头等车厢，被查票员补足票价时被伤的自尊；从来没有去过博物馆，却爱看丰满的女人和宏伟的建筑；爱和女客人闲扯淡时候说些粗俗不堪的性笑话，能从叫声分辨出小鸟的种类，从天空的颜色预报出天气的好坏；她请同学来家里做客时候，父亲讨好女儿对客人的款待如同过节一样，泄露出出身的卑微；和自己的亲戚在一起，喝酒从中午吃到下午三四点，他们边喝边聊战争，聊亲人，"几张相片在空杯周围递过来递过去。'要死也得先痛快再死。来吧！'"以及星期天父亲收拾旧物手里拿着一本黄色刊物，正好被她看到的那种尴尬……一直到父亲临死的前一天夜里，摸摸索索地探过来搂母亲，那时他已经不会说话了。父亲下葬那天，"绳子吊着棺木摇摇晃晃往下沉，这时候，我妈妈突然啜泣起来，就像我婚礼那天"。

作者写得真的很好，非常动人。是那种朴素中的动人，就像亚麻布给人的肌肤感觉，并非丝绸华丽的触摸。她的感情不是用感叹的词语，不是用惊天动地的事件，甚至也不是用我们常常说的细节，而都是这些琐碎得不能再琐碎的日常生活，就如同流水账。只不过，她将父母一生的流水账，在自己的心底里翻开，一遍遍读出的时候，不像读课文时那么做作，更不像讲演时那么虚张声势，也不像和朋友交谈时的宣泄。她采取的方式是喃喃自语，是对父母和对自己的喃喃自语。她在这样的喃喃自语中，努力唤醒回忆，理顺回忆，直面回忆，在和真实的回忆相会的时刻，让自己的心发出无可奈何花落去的悔恨和丝丝疼痛的声响。或许，我们可以说，这是写作的一种姿态。我们一般愿意正襟危坐，或自觉不自觉地在写作时候感觉良好而姿态精英化，而没有躬身和被书写的对象平等对待，回忆便容易变形，而忏悔更容易稀释，乃至蒙上蕾丝花边。

同时，因为父母的一生经历了两次世界大战，作者将她父母生活的那个动荡沧桑时代剪影一般简洁的处理，对我们习惯的宏大叙事的消解，也是和我们写作的惯性姿态不尽相同的。我们可以看出法国在先锋艺术潮流裹挟之下，既有罗伯·格里耶新小说派那样的作家，也有像安妮·艾诺这样写实的作家，他们成法国当代艺术对称的两极。我觉得安妮·艾诺的写作对我们今天的文学创作，尤其是散文创作，很有意义。有时候，我不会如何处理真实的生活，我们愿意在真实生活里添加或去掉一些东西，我们习惯为贤者讳，也习惯把自己打扮一新再出门。

花园像吊床一样接住星星

——读巴乌斯托夫斯基《一生的故事》

　　出于对巴乌斯托夫斯基的喜爱和信仕，我买了他这一套六卷本的《一生的故事》（河北教育出版社2001年1月初版，非琴译）。

　　这是巴乌斯托夫斯基的自传体小说。我想他之所以用小说的方式写成自传，大概主要原因是希望加强他一生的文学性，而不希望一生只是风干的带鱼一样干巴巴的回顾。在这本他的自传里，虽然也是从小开始写起，写了众多的人物和情景，而且大多只是一些琐碎的事情。但读完之后，并没有一般自传的那种流水账的感觉，更没有那种自恋的色彩。也许，这就是巴乌斯托夫斯基区别他人之处。无论处理什么样的体裁，他注重文学性，特别是浓郁的诗意，几乎无处不在，扑面而来。

　　看他在这套书第一部"遥远的岁月"中的"菩提树开"一节，写到1904年契诃夫去世，他在乡间，送家人到莫斯科参加契诃夫的葬礼，一直送到火车站，他们特意跑到田野和森林里采了好多黄精、石竹、矢车菊和母菊，用一层层青苔包好，他说："我们深信，契诃夫准会喜欢它们。"火车黄昏时才开，他从火车站回到家里，天已经亮了，他走了整整一夜。那一年，巴乌斯托夫斯基才8岁。这种如花一样美好而善感的文学因子早就植入心里，不可能不弥散在书页之中。

"童年结束了。非常可惜，只有当我们成为大人的时候，我们才开始懂得童年的全部魅力。在童年一起都是另一个样子。我们用明亮而纯洁的目光观察世界，在我们的信中一起都似乎明亮得多。""太阳更为明亮，田野的芳香更为浓郁，雷声更响，雨水更为充沛，草叶长得更高。人的心胸更为开阔，痛苦更为尖锐，大地要神秘一千倍……"这是巴乌斯托夫斯基在这本书说的话，童年是造就他文学的另一财富，正是敏感的童年赋予了他文学最初的营养和陶冶，他在写自传而重新回头审视自己童年的时候，才会感到童年的全部魅力，并用他美妙之笔把它们一一书写了出来。

甘娜，那个因病早逝的小姑娘，他16岁的堂表姐，才会被他写得那样美。他是用童年才会有的感情对甘娜说：等我长大了当了船员，一定要把你带到我的船上去。甘娜开玩笑问他带我到你的船上干吗，当厨娘？还是做洗衣女工？他说是我要娶你做我的妻子，并向她发了誓。甘娜死后，他才会采一束母菊，仔细地用黑丝带扎起，放在她的坟前。他说："甘娜时常把这样的花编在辫子上。"他还说："妈妈打着红色的小阳伞站在我身旁，不知为什么我觉得很不好意思。"他把一个9岁的孩子的感情写得那样诗意盎然，却干净利落，不动声色。

还有丽莎，那个流浪乐师的贫穷女儿，他和她之间的友情，写得是那样地动人。他常常到流浪乐师的住处，当警察驱赶走流浪乐师和他的女儿的前一天夜晚，他们请他吃了一顿晚饭，只有寒酸的黑面包、烤番茄和几块用粉红纸包着的不干净的硬糖。他很晚才告辞，丽莎一直送他到家门口，"分手时塞给我一块用粉红纸包着的黏糊糊的糖果，就很快跑下了楼梯。我好久下不了决心去拉门铃，害怕因为回来得太晚儿挨骂"。孩子之间纯真的友情，被他写得多么温馨而曼妙，纯净而透明。

巴乌斯托夫斯基极其注重景色的描写，他以为那是俄罗斯这块土地给予他的财富。他善于运用它来抒发感情。不是我们所说的那种惯常的写景来衬托心情，而是融化在他全部的情感和文字当中，成为他这部自传的不能剔除的重要内容和角色之一。

我喜欢巴乌斯托夫斯基这样的文笔。

他写他在树林里看星星："夜里树梢仿佛消失在空中，如果起了风，星星宛如萤火虫在树枝间飞来飞去。"

他写他在外祖母家看花："那时候我好像觉得花就是活生生的人。木犀草是一位穿着打了补丁的灰衣服的穷姑娘，只有奇妙的香味暴露了她童话般的出身。"三色堇好像在开假面舞会，"是一些穿着色彩缤纷的舞衣的舞女——一会儿穿蓝的，一会儿穿淡紫色的，一会儿又穿黄色的。"

在写上述的那个流浪乐师的女儿丽莎和他分手的时候，他写了这样一大段夜晚景色："高空中第一颗星星亮起来了。秋天的华丽的花园默默地等待着夜晚，他们知道，星星是一定会落到地上，花园将用自己像吊床一样的浓密的叶丛接住这些星星，然后再那样小心翼翼地把它们放在地上，城里谁也不会因此惊醒，甚至都不会知道这样的事情。"

他不是在渲染男女的离情别绪，而用这样美丽得如诗如画的景色，将一对孩子的分别写得如诗如画。在他的这部浩浩六卷的长篇自传中，他都没有渲染那些东西，或致力描写离奇怪异的东西，而是写那些美的东西。他不愿意把自己的笔弄脏，因为他知道笔弄脏了，所写的东西就都脏了。

原来自传或传记也可以这样来写。而不仅仅是市面上流行的名人或明星的隐私的露点、隐情的咀嚼、亲情的煽情，或小题大做的浓妆艳抹，或些许小事水发海带一样地膨胀，或过五关斩六将经历的表扬和自我表扬，然后，配以挑选和剪裁过后容光焕发的个人照片……

当然，那样的写法，也许广有读者，但书的写法和读法是需要一点品位的，这种品位，需要培养，而这样的培养，需要如巴乌斯托夫斯基一样从童年开始才行。否则，我们只会认识周迅，而不认识鲁迅；我们只会吃点心买铂金，而不会结识冰心和巴金。我们便也只会从家具城买回席梦思软床，以肉体在上面抒情，而怎么也不会想出把花园做成一张吊床，去接住那些从夜空中掉下来的星星。

植物中的莎士比亚

——《植物的欲望》读后

　　我从小就喜欢植物，一直认为大自然中唯有植物对于人最不具侵略性，而且是世界上最具有美感的尤物，并能够为人类所用。我读初中时，曾经记下满满一本的植物笔记，把我从北京各个公园所见到的植物，一一记了下来。所以，当我知道美国迈克尔·波伦所著的《植物的欲望》一书，早早找来，先睹为快。

　　《植物的欲望》（王毅译，上海人民出版社 2003 年版），是一本有意思的书。这本书主要从人类文化学这个角度来谈植物，和专业的生物学家不尽相同，他似乎有意走到了植物和人类的对立面做文章，即站在了植物的立场上写人，站在了人的角度写植物，既写了植物的社会史，也写了人类的自然史。因此，所谓植物的欲望，实际也就是人类的欲望，两者互为镜像。

　　迈克尔·波伦是个美国生物学家，他的文笔非常好，谈得也非常生动，不仅讲了植物进化的历史，也讲述了许多植物和人类历史关联的鲜为人知的故事，不像一般学术著作那样深奥而高不可攀，非常好读，并且引人入胜，给人增加了很多植物学的知识之外，还探索了人类的欲望和植物的欲望相互的关系：人类在不断驯服、改变植物的过程之中，植物也反过来引诱、挑逗人类，改造着人类。这些都被他描摹和论述得那样拟人化，新颖别致，又令人信服，引人遐想，让植物的欲望不仅仅是修辞，而成为人类存活的一个有机而不可缺少的组成部分。迈克尔·波伦在这本书中说："花的背后有一个帝国价值的历史，花的形状和颜色以及香气，它的那些基因，都承载着人们在时间长河中的观念和欲望的反映。"这便是这本书的主题。

非常有趣，迈克尔·波伦选择了苹果、郁金香、大麻和马铃薯，这样植物界四种被驯化的品种。这是他精心的选择，因为这四种一种代表水果，一种代表花卉，一种代表药物植物，一种则是西方人主要的食物。它们分别对应着是我们人类才会具有的甜、美、陶醉和控制这样四种欲望或追求。

难道苹果也能够和人一样懂得自己的欲望是甜吗？同样，郁金香的美丽、大麻的陶醉、马铃薯的控制，其实也都属于我们人类自己的而已。植物的进化，有自然的选择作用，也有人类的驯化作用。不过，人类在驯化了它们的同时，也被它们改造了自己的许多方面，乃至观念和价值。迈克尔·波伦甚至说：马铃薯改进了欧洲的历史进程，大麻帮助了西方的浪漫革命，郁金香的花瓣逮住了奥斯曼帝国时期土耳其人的目光，苹果则帮助美国最初的发展，把它的荒原变成了丰饶的伊甸园。迈克尔·波伦认为植物具有人一样的情感，同样人类也具有植物的属性，我想这大概就是我们所说的物我一体吧？所以，迈克尔·波伦有些得意扬扬地说，植物中经典的花，比如郁金香、百合、兰花，就是植物界里的莎士比亚、弥尔顿和托尔斯泰。

有意思就有意思在这儿，似乎还没有人这样向我们论述或描述植物世界里这些有趣的事情，并把它们和人类有意进行如此的比附和对应。

来看看迈克尔·波伦对苹果的叙述，吸引我一下子跌进了他设置的苹果林，那样地曼妙神奇。苹果是大众化的水果之一，在世界水果产量最高的，第一是香蕉，第二就是苹果。他引用美国十九世纪著名的牧师亨利·沃德·比彻尔曾经说过的话，首先告诉我们说苹果是最民主化的水果："不管是被忽视，被虐待，被放弃，它都能够自己管自己，能够硕果累累。"

　　由于葡萄酒败坏了天主教的风气，名不见经传的大众化的苹果才被从水果界的芸芸众生中推出而逐渐受到追捧。受到追捧最甚的是美国，美国人对苹果情有独钟，在他们国土刚刚开发的时候，是苹果帮助他们将荒原改造成了家园。美国有名的民间英雄"苹果佬约翰尼"，就是用了40年的时光，将苹果树的种子播撒在俄亥俄州的荒野上的。迈克尔·波伦极其富有感情地形容这样种子：从苹果中间切开，有五个小室，排列成非常对称形的放射性的五角星，每一个都有一枚或两枚种子，"油亮的深褐色，就像一个细木匠细细地打磨过一样，上了油一样"。它具有"可以随遇而安地生在任何非常不同地方的"杂合性，而且含有少量的氰化物，可避免动物的噬咬，可以保护自己。这些种子极其苦涩，可苹果却格外地甜。而在十八世纪的美国，糖还是稀罕物，加勒比海的甘蔗，对于美国还是奢侈品。苹果的甜便越发至尊至上，在美国，那时代里提到甜，指的就是苹果，苹果成为甜的同义词。英国作家斯威夫特把甜和光明称作两件最高贵的事情，迈克尔·波伦指出甜能够给人提供快乐，或满足欲望。历史中苹果的作用，便成了提供快乐和满足欲望的"一个微微闪亮的同值标记"，是何等地不可一世和无可取代。

　　如今的美国，成为苹果产量最高的国家。据统计，世界每年苹果的产量有几千万吨，美国，占了世界的将近四分之一。苹果成了美国脱贫致富的帮手和骄傲，苹果的历史，竟然有着美国的历史，迈克尔·波伦的描述，引人入胜，简直如惊堂木一拍，神奇得有些像在说评书。

迈克尔·波伦还讲述了许多有趣的事情。比如我们现在相当熟悉的蛇果，它们是美国向世界出口最多的苹果。他告诉我们，这是当年在艾奥瓦培养出的新品种，1893 年参加了密苏里 - 路易斯安纳一次比赛中，获得了头奖而被命名为蛇果的，蛇果英文意思是"美味"，因为那时的蛇果"甜得没有了方向"。至今在艾奥瓦农场的苹果树林中，还能够找到当第一次结出如此"甜得没有了方向"的那棵老苹果树，在这棵老树的旁边，为它立有一块花岗岩的纪念碑。我们能够想象得出吗？在我们这里，能够见到为一棵苹果树立碑的离奇的事情吗？

在《苹果》一章里，迈克尔·波伦还特意列举了这样一件事，苏联的生物学家列宁农业科学院院长尼古拉·瓦维洛夫早在 1922 年就发现了哈萨克斯坦阿拉木图一带的野生苹果树林，为了研究苹果的遗产基因多样性，他要求保护这片在世界范围内少见的野生苹果树林，却成了斯大林时代对遗传学大批判的牺牲品，先是被关进监狱，后被折磨死在集中营。为了苹果，还有比他付出更惨重代价的人吗？

波伦接着说，1989 年，瓦维洛夫的学生，如今 80 岁高龄的生物学家艾玛卡·迪杰高里夫邀请一批科学家到阿拉木图那片野生苹果树林来看，希望他们能够帮助他挽救它，"因为一个房地产开发的热潮正从阿拉木图向周边的丘陵地带扩散开来"。

苹果的欲望，曾经带给我们"甜得没有了方向"的甜，提高了我们的快乐，满足了我们的欲望，却也有着和我们一样的沧桑。一部植物的历史怎么能够不同为我们人类自己的历史？

迈克尔·波伦在这本书的引言中就说过："我希望你合上书时，外面的事情（以及里面的事情）会看起来有所不同了。这样，当你看到路对面的一棵苹果树或者是桌子那边的郁金香时，它们不再显得那样与众不同，那样'另类'了。换个角度，将这些植物视为与我们的一种亲密互惠关系中的合作者，意味着有所不同地看待我们自己：把我们自己也视为其他物种的设计和欲望的对象。"是的，读完这本书，我们可以感到这样有所不同的效果，人可以是植物中的一种，而植物确实有我们人的影子。

米修司，你在哪儿啊？

年轻时读书，其实大多不求甚解，甚至根本没有看懂，常常是雾里看花，似是而非，却自以为很感动，以为自己很入戏，一般跌进书里面就跳不出来。

第一次读契诃夫《带阁楼的房子》是在"文化大革命"的后期，那时，我还没有去北大荒，无所事事百无聊赖时，跑到呼和浩特的姐姐家，从她工作的铁路局的图书馆里（那时那里的图书馆也是被封条封住），是姐姐带着我，找到她的负责图书馆的同事，一起偷偷地溜进去。我找到了一本《契诃夫小说选》上下两册中的一本，其中有这篇《带阁楼的房子》。

很长一段时间里，我的脑海里，总是浮现小说最后的那句话：米修司，你在哪儿啊？

那时候，心里默默念着这句话，总会有一种忧郁的感觉。忧郁是什么呢？其实，也是似是而非的，也许，就像契诃夫在这篇小说里说的那样吧："那是八月间的一个忧郁的夜晚，其所以忧郁，是因为已经有秋意了。"

《带阁楼的房子》写的是一个画家和两姐妹在乡间相遇的故事。但那时我几乎把画家和姐姐丽达的故事全部忘记了，或者肆意删除了。我对他们那些各持己见，关于给农民治病呀教书呀，是生活高于风景画呢，还是画家的一切都是没有意义的等等一切争论都忽略不计。我弄不清画家和丽达到底孰是孰非，而把注意力都集中在妹妹米修司的身上。

比起那个有些像积极投身农村的知识青年的革命派的姐姐，这个妹妹米修司更可爱一些。

她总爱抱着书躲在椴树林里贪婪地看，或者站在画家的身旁出神地看画家写生。她喜欢画家，崇拜画家，磨着画家带她到更美好、高一等的世界里去，她相信画家对她说的话："美好永恒的生活在等着我们"，并且那样轻而易举地就相信了，不要画家拿出任何的证据。

米修司的单纯或者说简单，让我觉得比她的姐姐要可爱。也许，她的这种单纯活泼简单，其实，正是我自己那时的样子。虽然四周被"文化大革命"包围，也不知道会到哪儿去插队，前途未卜，但受到那个时代教育的影响，又还未出校门走向真正的人生，涉世未深，却还是相信根本靠不住已经是一片动荡而模糊的未来，抓住了米修司的手，以为是一根可以帮助我泅渡人生的结实的稻草。

更何况她是个十七八岁的漂亮苗条的姑娘，那时，在我的眼里，米修司是梦幻般的女孩，是美好的化身，是爱情的模特。我觉得契诃夫的安排是对的，她当然要和画家恋爱。她不和画家恋爱，难道要姐姐和画家恋爱吗？那该是多么地倒胃口。

那个总是好奇地望着画家，喜爱画家的才华，渴望画家来到她住的带阁楼的房子，又总是要一直送画家回家的可爱的米修司，那个不愿看见星星陨落，在甩掉了大衣热烈亲吻之后奔跑在美丽夜色里的漂亮的米修司，在那样四周还布满喧嚣的所谓革命浪潮时刻，而我马上就要离开北京到北大荒的前夜里，给我一个幻影，让我误以为一切真的会美好起来，这个世界上，会有一个可爱的米修司在等着我一样。

青春时节读书，书有时会成为一种致幻剂。

契诃夫确实具有独特的艺术才能，他把一个其实非常简单的爱情故事写得那样美轮美奂。他让他们接吻之后，有两大段抒情，一段写心情，写画家看米修司的阁楼："阁楼上的创作像一双眼睛似的瞧着我，好像它什么事情都了解似的……米修司就住在里面，明亮的光在那儿的窗帘闪现了一下，接着变成了柔和的绿色，那是因为灯上加了一个罩子，人影在移动。"一段写景，写画家归途中夜色里的花园："将近一个钟头过去了，脸上的光熄灭，人影看不见了。月亮高挂在房子上空，明亮沉睡的花园和小径。房子前面的花坛里，大丽花和玫瑰花可以看得很清楚，好像都是一种颜色。"

契诃夫所描写的心情和景色，其实也是属于我的。那时，我就是如此不可救药地要和遥远的俄罗斯人攀亲，就像穷人攀高枝一样，使劲地跳进契诃夫的小说里面，让自己贫瘠的心里得到一点虚幻的满足。

米修司，你在哪儿啊？这句话，现在读来是那样地乏味，甚至做作。但当时却藤蔓一样缠绕着我，长出细叶来，伸出小手一样搔痒着我的心。

由于姐姐丽达的反对，米修司拒绝了画家的爱。一个小男孩给画家送来了一封她的信。画家当晚就离开乡间回彼得堡了。米修司，你在哪儿啊？成了画家心里长久的呼唤。

米修司，你在哪儿啊？一唱三叹般地，也曾经似散不去的雾霭一样，久久地在我的心里盘桓。

就在读完这篇小说不久，我接到同学寄到呼和浩特一连几封加急信，催我赶紧回北京，告诉我马上就要去北大荒了。我匆匆赶回北京，没过几天就去北大荒了。临离开北京的那天，在火车站，我有些心不在焉，一直到坐上火车了，趴在车窗上，我还伸出头在张望。那时，没有人知道，只有我自己心里清楚，我和一个女同学要好，说好了，她要来火车站送我的。可是，火车缓缓驶出了站台，也没有看到她的身影。也没有人给我带来一封她的信。

米修司，你在哪儿啊？便也是我心里默默地呼唤。

带阁楼的房子，是我青春时节的一个朦胧而凄美的象征。

《罗亭》笔记

屠格涅夫的《罗亭》，是我年轻时候读过的一本重要的书。

我读过两遍，第一遍，还是在中学校园里，到北大荒插队之前，正属于逍遥派，躲在暴风雨的后面，天天读书打发寂寥难熬的时光。书是从高挥老师从学校图书馆里偷偷拿出来的，读后心里总有挥之不去的罗亭和娜塔丽雅的影子。其实，那影子也是我自己的影子，沾染上即将告别校园的几分怅惘和迷茫。

第二遍，是在北大荒，我把这本书悄悄地带上了火车，带到了那里，没有归还给高老师，让罗亭和娜塔丽雅陪伴我一起浪迹天涯。这本书在我插队的生产队里流传，很多人都读了，再回到我的手里，已经被翻烂的书页，封面也破得卷了角。那时，我们队里有一个劳改释放犯，姓汪，他有一手绝技，能够将书翻旧如新，而且还能够给书装上一个精装的硬皮。这本《罗亭》就是经过他的手变了模样，挺括的布封面上"罗亭"两字是凹进去的，摸上去手感不一样，让我惊异万分。

两次读《罗亭》，我都抄录了书中的许多段落，也都做了一些笔记，40年过后，现在重新翻看这些自己已经发黄的笔迹，依然能够清晰地听到那时节的青春回声，清澈，不染杂音。那时，读书要命的是总和自己挂钩，如同溺水者，被屠格涅夫的水柱灌得醍醐灌顶，一口口地呛水，还以为在痛饮美酒。那时的罗亭和娜塔丽雅已经不属于屠格涅夫，而属于那个时代的我自己，他们从十九世纪的俄罗斯来到了北京的中学校园和北大荒的冰天雪地，在历史与现实、文学和生活之间，不住地闪回、淡出淡入和定格，以他们清秀而单薄的身姿，和当时我所处的现实做着力不胜负的衔接、对话、对比和抗争。

那时的阅读，是多么地天真幼稚，又是多么地投入，是真情与生命的投入。

在我的笔记中，第一段就这样写道："虽然，贵族知识分子，让位于平民出身的革命者，多余的人被挤在尴尬的角落里。罗亭有弱点，但亦有历史功绩。罗亭是软弱的，最大的不幸是不了解俄国，不了解自己的人民，总奢谈人生的意义和自我牺牲的价值，在第一障碍面前，就只有屈服。但比起达丽雅·米哈伊洛夫娜的庸俗空虚、躲在温暖一角中的列兹涅夫辈的苟且偷安，还是高出一头的。"

这里说的"第一障碍"，指的是美丽的娜塔丽雅决心离开庄园，希望罗亭和她一起私奔的时候，平常口若悬河大讲人生价值和意义的罗亭退缩了，成为语言的巨人和行动的矮人。我曾经抄录下清晨罗亭和娜塔丽雅在阿芙杜馨池边分手的大段对话——

"我到这里来不是为了哭，也不是为了诉苦。我是请您拿主意的。"

"有什么主意给您拿呢？"

"有什么主意？您是个男人，我已经信任了您，我还要信任您到底。请告诉我，您打算怎么办？"

"我打算怎么办？您妈妈，多一半，会把我撵出去的。"

"但您还没有回答我的问题。"

"什么问题？"

"您看，现在怎么办？"

"怎么办？当然只有屈服。"

"屈服？"娜塔丽雅慢慢重复一句，嘴唇发白了。

之所以当时大段大段抄录这些冗长乏味的对话，是因为他们的对话常常在我自己的心里自问自答。那时候，我是将去不去北大荒而离开北京，当成一场革命的选择，"小院不跑千里马，花盆难养万年松"；"志存千里跃红日，乐在天涯战恶风"，曾经是那时罗亭和娜塔丽雅语言的知青版。

我也抄录了罗亭写给娜塔丽雅的信："我在这个世界上仍然只能是孤零零一个人。去献身——像您今天早晨以残酷的讥讽向我说的那样——更值得我去做的事业。哎，假如我真能献身于这些事业，那也好啊。但是我始终将是一个半途而废的人，正和以前一样，只要碰到第一个障碍，我就完全粉碎了。我和您之间的经过就是证明。"

那时候，我对罗亭的认识和情感是复杂的。一方面，我批判罗亭是一个清谈者，是一个"多余的人"，以罗亭在所谓"第一障碍"面前的退缩来警诫自己，坚决不做上山下乡的逃兵；另一方面，他虽然夸夸其谈，毕竟对于现实有所批判，对人生有很好的见解，对爱情有真挚的追求。而且，他对于自己的软弱给予了自我批评和解剖，那时，崇尚鲁迅所说的"解剖自己要比解剖别人更严格"。所以，当时，我在抄录罗亭自我批判和解剖的句子下面，都用铅笔画了一道道粗线。当时的笔记，现在泄露出时代影射下的心迹。

因此，对于罗亭，始终在我矛盾的心态中摇摆着他的形象。他成了那个时代里推一推就过去、拉一拉就过来的中间人物。但是，在口头上对他批判，在我的心里，总是这样替他辩解，谁不会有一时的软弱和动摇呢？为什么因为一时的软弱和动摇就遭到全盘的否定，一棍子打死呢？何况并不是谁都能够像罗亭一样，有勇气做到自我的批判和忏悔，而且如他一样富有才华的。所以，那时私下里曾对娜塔丽雅不给罗亭机会，就那样毅然决然地离开了他，觉得是不是有点儿过分，有点儿偏激，有点儿不值得？

其实，说穿了，根本的问题，恐怕在于自己的内心深处也和罗亭一样有过类似的软弱和动摇，原谅了罗亭，其实也就好似原谅了自己。

以后在读高尔基的《俄国文学史》，看他论述屠格涅夫时说："不，罗亭不是可怜虫（通常对他有这样的看法），他是一个不幸者，但他是当代的人物而且曾做出不少好事来。罗亭——是巴枯宁，是赫尔岑，而且部分地就是屠格涅夫自己，但是，这些人物，你们知道的，并没有虚度一生，而且曾留给我们以绝好的遗产。"

我赞同高尔基的这一评价。高尔基不是在为我当年对罗亭的犹豫矛盾做解释和开脱，而是客观地对待了屠格涅夫和罗亭。其实，从某种角度而言，每一个时代都会有罗亭式的人物出现。人不是没有软弱的时候，软弱是一种常态，允许软弱，面对软弱时能够自我的批判后战胜了软弱，更应该是一种值得肯定的状态。

在《罗亭》这本书中，当时我还抄录了毕加索夫对于女人评价的一段话："世上有三种利己主义者：自己生活也让别人生活的，自己生活但不让别人生活的，自己不生活又不让别人生活的。女人属于后一者。""男人也可以犯错，比如他也许会说二加二不等于四，可一个女人却会说二加二等于一支蜡烛。"

当时我的笔记里写了这样一段：毕加索夫说的利己主义的三种人，确实在生活中存在，但他独说后一种自己不生活也不让别人生活的是属于女人，有些绝对了。在这一点，罗亭和他不同，罗亭爱娜塔丽雅，他对娜塔丽雅说"凡是有美和生命的地方都有诗"，他认为这天这树这花还有女人都属于美和诗。

现在想想，那时之所以让罗亭不同于极端的毕加索夫，还是极力想维护罗亭吧。在当时，极端的毕加索夫处处都在，而且大行其道，更需要另一端的罗亭来折中一下吧？从我的内心来看，我是宁可接受软弱的罗亭，也不情愿接受极左派毕加索夫的。

我还抄录书中关于一只小鸟的段落——

> 我还记得有斯堪的纳维亚的传说，一个皇帝跟他的战士围在火边，冬天，一只小鸟飞进屋，又飞走。皇帝说："这鸟呀，也跟人生一样，从黑暗飞来，又向黑暗飞去。温暖的光明，对它都是短暂的啊。""陛下，"最老的战士回答，"就是在黑暗里，小鸟也不会迷途的，它会找到它的归宿。"我们生命虽然短暂而渺小，但是伟大的一切却正由人的手造成的。人生一世，意识到自己这种崇高的任务，那就是他无上的快乐。正是小鸟在这样从黑暗里的摸索甚至不顾死亡之中，他将发现自己的生命、自己的归宿。最老的战士的话，比皇帝说得更有哲理。

现在，我已经忘记了这段话是不是罗亭说的了，也忘记了这段话是书里写的，还是掺杂着我自己的一些感想。小鸟所引发的感慨，对于罗亭那一代人而言，和对于我们这样一代知青，有相同也有不尽相同的地方。对于我们，那时我们的命运就如那只小鸟，我们真的就是盲目地从黑暗飞来，又向黑暗飞去，我们不知道何处是自己的归宿，但在当时我还要强颜欢笑言不由衷地说小鸟就是我们的象征，我们就在这样摸索中发现自己的生命和归宿。

还清晰地记得，第二次读《罗亭》的时候，在北大荒那大雪封门的夜晚，一盏马灯跳跃着温暖的火苗。罗亭、娜塔丽雅，还有斯堪的纳维亚的那只小鸟，一起簇拥到了马灯前。

40 年了啊！我都已经老了，罗亭还那样年轻。

2008 年 6 月 25 日

阅读屠格涅夫

34 年前，我在北大荒的一个猪号里养猪，四周是一片荒原，晚上无处可去，也没事情可做，唯一的消遣就是读书。那时，我在读屠格涅夫的《猎人笔记》，就像高尔基说得那样：像饥饿的人扑在面包上一样扑在书籍上，我大段大段地抄书里面的段落，恨不得把每一个字都吞下。

舒展着白云上面的细边，发出像小蛇一般的闪光，这光彩好像炼过的银子。

到了正午的时候，往往出现许多柔软的白色的、金灰色的、圆而高的云块。这些云块好像许多岛屿，散布在天边泛滥的河流中，周围环绕着纯青色的、极其清澈的支流，它们停留在原地，差不多一动不动；在远处靠近天际的地方，这些云块相互移近，紧挨在一起，它们中间的青天已经看不见了；但是它们本身也像天空一样是蔚蓝色的，因为它们都浸透了光和热。

他是这样写云，让我想起白天看到过的北大荒的云彩。我总觉得我似乎并没有看到过那种像小蛇一般闪光的云彩，像炼过的银子一般的云彩，像许多岛屿一般的云彩，像天空本身一样浸透了光和热的云彩。我会在第二天的白天在喂猪或放猪的时候仔细观察天上的云彩，猪在猪栏里或在草地里悠闲地吃草，荒原上悬挂着的天空显得很低，云彩有时雕像一样一动不动，有时流云浮动像演电影一样，一会儿变成了马，一会儿变成了羊，一会儿变成了神话中的老爷爷，一会儿白得像是小孩光着的白屁股……许多新的发现伴随着快乐，就是这样扑满心头，让我有了一种自得的收获似的，常常让那些圈里的猪撞翻了猪食桶，我都没注意；让那些在草地上的猪跑远跑没了影了，等我醒过味儿来，还得"勒勒"地喊着到处找它们。

　　傍晚，这些云块消失了，其中最后一批像烟气一样游移不定而略带黑色的云块，映着落日形成了玫瑰色的团块；在太阳升起时一样宁静地落下去的地方，鲜红色的光辉短暂地照临着渐渐昏黑的大地。太白星像人小心地擎着走的蜡烛一般悄悄地闪烁着出现在这上面。

　　他是这样写太白星。我不知道什么是太白星，但我会在夜晚刚刚降临的时候，寻找第一颗蹦出来的星星，便把它命名为太白星，看它是不是像人小心地擎着走的蜡烛一般悄悄地闪烁着出现在夜空中。我会发现，天空出现第一颗星星之后，会出现一段长时间的空白，像剧场里静场一样，得耐心地等待下一个节目的出场，等待得你直觉得，下一个节目肯定要更加精彩。一直等到星星开始像是比赛着一样，叫着号地一颗紧接着一颗蹦上天空，北大荒的星星真的比北京的多似的，挤满眼前，纷纷地向你眨动着眼睛。我认出了哪里闪烁的是天狼星，哪里是织女星，当然，认得最清楚的是北斗七星，因为在荒原的夜晚迷路的时候，那像勺子一样的七颗星星，永远是我们最好的伙伴。

　　有时候，当火焰软弱而光圈缩小的时候，在迫近过来的黑暗中突然出现一个有弯曲的白鼻梁的枣红色马头，或是一个纯白色的马头，迅速地嚼着长长的草，注意地、迟钝地向我们看看，接着又低下头，立刻不见了。只听见它们继续咀嚼和打响鼻的声音。

你不得不佩服屠格涅夫，他写的草原上燃烧的篝火，和我们北大荒的何其相似。在冬天，我们在地里拉豆子的时候，或在场院上脱谷的时候，常常会燃起一堆篝火，为我们取暖。屠格涅夫所说的那些白鼻梁的枣红色马头，纯白色的马头的火焰，那些篝火熄灭后它们还在继续咀嚼和打响鼻的声音，给我多大的新奇。北大荒的那些荒凉和寒冷，仿佛也变得温暖了许多。

　　突然，远处传来一声冗长的、嘹亮的、像呻吟一般的声音。这是一种不可名状的夜声。这种夜声往往发生在万籁俱寂的时候，升起来，停留在空中，慢慢地散布开去，终于仿佛静息了。倾听起来，好像一点声音也没有，然而还是响着。似乎有人在天边延续不断地叫喊，而另一个人仿佛在树林里用尖细刺耳的笑声来回应他，接着，一阵微弱的唑唑声在河面上掠过。

说实在的，在读这段文字之前，我不知道这个世界上还有这么一个叫作夜声的东西。屠格涅夫教会我去分辨和聆听夜声。我才发现荒原上的夜声，是那样地美，而且独一无二。

那种从荒原深处传来的夜声，是荒草的草叶、树叶和树叶之间，在风的吹拂下的飒飒细语，是野兔野鹿野狐狸和老鼠，在林间的落叶上和荒原泥土中轻捷无声的细碎的脚步声，是河边飘来的水鸥野鸭野天鹅和芦苇交欢的喘息声，以及河面上被风拂动而荡漾出密纹唱片一样细密而湿润的涟漪声……那种夜声，像教堂里的弥撒，无伴奏无歌词的吟唱，低回悠长，一唱三叹。屠格涅夫说的那种嘹亮，我没有听出来，但他说的那种冗长，像呻吟，是准确的，它们呻吟着，弥漫开来，又消失远去。那是在繁华的城市里，再也听不到的天籁。

2003 年 4 月

难忘泰戈尔

对于泰戈尔的《沉船》，我是充满感情的。

第一次读它的时候，我在北大荒一个荒僻的猪号里喂猪。夜幕降临以后，四周死一样地静寂。

泰戈尔在这本书所说的"杳无村落、宁静而沉寂的夜晚，好像等待着失约情郎的姑娘，守望着长满水稻的轮廓而葱绿的田野"，我就特别地喜欢，一下子被吸引，一下子记住了，怎么也忘不了，到现在也记忆犹新。总让我想起北大荒荒原上的那些寂寥的夜晚，还能够比泰戈尔比喻得更贴切更动人的吗？不正像是泰戈尔写的那样吗？似乎我和那些寂寥的夜晚都像是总在等待着什么，总觉得一定会等来一些什么。到底是什么呢？我说不清，应该说就是希望吧？没有把所有的希望泯灭干净，泰戈尔帮我从那黑暗中使劲拽出了最后残存的那一道亮光。

即使现在小说里关于罗梅西、卡玛娜、汉娜之间的故事记不大清楚了，记住的只是小说里的一些片段，是弥漫在小说里的一些情绪。其中，卡玛娜在月夜的船上看到恒河对岸田野小径上那提着水罐的女人的情景，却总也忘不了，就像是一幅画，没想起的时候，它是卷起来的，只要想起了它，它立刻就垂落在眼前，清晰得须眉毕现。

想想，却无法解释为什么会这样。也许，这真是一件非常奇怪的事情，青春时节的阅读，总会情不自禁地自己联系，混淆了书中和现实的世界。

泰戈尔这样写道——

> 四周没有任何生物活动的形迹。月亮落下去，长满庄稼的田野小径现在已看不清了。但卡玛娜仍然圆睁两眼站在那里凝望。她不禁想道："有多少女人曾经提着水罐从这些小路上走去啊！她们每一个人都是走向自己的家！"家！这个思想立刻震动着她的心弦。要是她在什么地方能有一个自己的家啊！但是，是什么地方呢？

卡玛娜对家的想念和渴望，和我们那时的心情是多么地相似。在同样月亮落下去的黑暗的夜晚，在比卡玛娜那时还要荒凉的田野上，面对我们猪号前通往队里去的那条羊肠小道，小道两旁长满萋萋荒草，也开放着矢车菊或紫云英之类零星的野花，通过那条小道可以走到去场部的那条土路上去，便可以再到富锦和佳木斯，一点点接近家。那时候，我离开北京的家已经三年了，还没有回过一次家。想家的心情，蛇吐芯子一样，时不时地咬噬着心。记得有一个冬天的夜晚，新来了一批北京知青，晚上睡在一铺大炕上，突然想家，开始唱歌，一首接着一首地唱，都是老歌，最后，不唱了，都哭了。那哭声惊天动地，把我们睡在另外屋子的人都惊醒了，把队长也招来了。怒气冲冲的队长进门就厉声叱问大半夜的不睡觉，这是怎么啦？回答是想家了。队长立刻哑炮了，什么也不再说，走了。

想家的时候，我总会忍不住想起那些个提着水罐在小径上向家走去的女人，便会让我格外地心动，兔死狐悲一般，和卡玛娜一起悄悄地落下眼泪。现在想想，也许是不可能的事情，是非常可笑的举动，但在当时，我比卡玛娜还要软弱和无助。

还是这部《沉船》。当时，我曾经抄录下这样的段落——

> 苍天的光滑的面容上，没有留下一丝烦恼的痕迹，月光的宁静没有任何骚乱活动的搅扰；夜是那样悄然无声地沉寂，整个宇宙，尽管布满了亿万颗永远在运行的星辰，却也仍然得到永恒的安宁；只有人世的喧嚷的斗争是永无底止的。顺境也好，逆境也好，人生是一场对种种困难的无尽无休的斗争，一场以寡敌众的斗争。

也许，这段话里还依稀能够看出当时我的心境，那种远离家又渴望回家却茫然无措的心情，只有在那些沉寂的夜晚里面对星空时黯然神伤。

怎么能够忘记泰戈尔呢？他就像我年轻时的朋友一样，无法淡出记忆。

罗曼·罗兰帮我去腥

罗曼·罗兰的《约翰·克利斯朵夫》，是我最喜欢的一部小说。那是在"文化大革命"后期我从北大荒插队回到北京待业在家，王瑷东老师借我的书。我整段整段地抄，抄了好几个笔记本。书写得太好了，傅雷翻译得也太好了，恨不得把整本的书都抄下来。书看了两遍，后来翻看笔记，发现好几处地方竟然抄了两遍。

在那些寂寞而艰苦的日子里，他乡遇故知般，罗曼·罗兰是我最好的朋友。

克利斯朵夫在那样的环境下艰苦奋斗的精神感动了我。他从小生活在那样恶劣的家庭，父亲酗酒，生活贫穷……一个个的苦难，没有把他压垮，相反把他锤炼成人，让他的心敏感而湿润，让他的感情丰富而美好，让他的性格坚强而不屈不挠。

罗曼·罗兰在这本书中卷七的初版序中有这样的一段话，我记忆深刻——

　　每个生命的方式是自然界的一种力的方式。有些人的生命像沉静的湖，有些像白云飘荡的一望无际的天空，有些像丰腴富饶的平原，有些像断断续续的山峰。我觉得约翰·克利斯朵夫的生命像一条河，——那条河在某些地段上似乎睡着了，只映出周围的田野跟天边。但它照旧在那里流动、变化；有时这种表面上的静止藏着一道湍急的急流，猛烈的气势要以后遇到阻碍的时候才会显出来……等到这条河集聚起长期的力量，把两岸的思想吸收了以后，它将继续它的行程，向汪洋大海进发。

这段话是我理解克利斯朵夫的一把钥匙，也是理解生命的行程和意义的一把钥匙。生命像一条河，这是一个并不新鲜的比喻，但当时它深深地打动了我。罗曼·罗兰给予我这样的启示和鼓励，起码让我在郁闷不舒、苦不得志的时候，有了一点自以为是精神力量的东西。当社会在剧烈动荡之后，偶像坍塌、信仰失衡、整个青春时期所建立起来的价值系统产生了动摇而无所适从的时候，罗曼·罗兰所塑造的克利斯朵夫的形象和他所说的这些话，给我以激励，让我仰起头，重新看一看我们头顶的天空，太阳还在明朗朗地照耀着，只不过太阳和风雨雷电同在。不要只看见了风雨雷电就以为太阳不存在了。

以从前我所热爱崇拜的保尔·柯察金和牛虻为革命献身吃苦而毫不诉苦的形象来比较，克利斯朵夫更让我感到亲近，而他个人奋斗所面临的一切艰辛困苦，让我更加熟悉，和我自己身边发生的格外相似。同保尔·柯察金和牛虻相比，他不是他们那种振臂一呼、应者如云的人，不是那种高举红旗、挥舞战刀的人，他的奋斗更具个人色彩，多了许多我以前所批判过的儿女情长，多了许多叹息乃至眼泪，但他让我感到他似乎就生活在我的身边，我能真切地感受到他有些冰冷的手温、浓重的鼻吸和怦怦的心跳。

重新翻看我所抄的《约翰·克利斯朵夫》这本书的笔记，能察觉得到当时我和克利斯朵夫，和罗曼·罗兰交谈的样子和轨迹。你抄什么不抄什么，无形之中道出了你当时心底的秘密。其实，你不过是在用书中的话诉说你自己。

比如："痛苦的犁刀一方面割破了你的心，一方面掘出了生命的新的水源。"这句话到现在我还清晰地记得，几乎成了我的一句箴言。

比如："失败对我们是有好处的，我们得祝福灾难！我们决不会背弃它。我们是灾难之子。"难道这不是对我这一代所做出的最好的预言和忠告吗？

比如："失败可以锻炼一般优秀的人物；它挑出一批心灵，把纯洁的和强壮的放在一边，使它们变得更纯洁更强壮。但它把其余的心灵加速它们的堕落，或是斩断它们飞跃的力量。一蹶不振的大众这儿跟继续前进的优秀分子分开了。"说那时我是多么自命不凡也好，或说我不过阿Q一样安慰自己也好，我确实想做一个优秀的人，而不想碌碌无为让一生毫无色彩；我确实想让自己的心灵纯洁而强壮，而不想软弱成一摊再也拾不起个儿来的稀泥。

再比如，罗曼·罗兰说克利斯朵夫："他到了一个境界，便是痛苦也成为一种力量—— 一种由你统治的力量。痛苦不能再使他屈服，而是他教痛苦屈服了：它尽管骚动、暴跳，始终被他关在了笼子里。"我以为这是罗曼·罗兰对于痛苦进行的最好的总结。他告诉我痛苦的力量与征服痛苦的力量，他让我向往并追求那种境界。

再来看看罗曼·罗兰对于幸福的论述。他不止一次地说过："对于一般懦弱而温柔的灵魂，最不幸的莫如尝到了一次最大的幸福。"他对于幸福一直是这样处于贬斥的地位，他似乎对幸福不屑一顾甚至嗤之以鼻。相比而下，他认为痛苦更有价值。

他还说过这样一大段话："可怜一个人对于幸福太容易上瘾了！等到自私的幸福变成人生唯一的目标之后，不久人生就变得没有目标。幸福成了一种习惯，一种麻醉品，少不掉了。然而老是抓住幸福究竟是不可能的……宇宙之间的节奏不知有多少种，幸福只是其中的一个节拍而已：人生的钟摆永远在两极中摇晃，幸福只是其中的一极；要使钟摆停止在一极上，只能把钟摆折断。"

这些话，安慰我，鼓励我，让我认清痛苦，也认清幸福，既不对痛苦感到可怕而躲避，也不对幸福可怜地乞盼而上瘾。

之所以对痛苦与幸福那样地敏感，那时正是处于一个新旧交替的时代，我们这一代人内心的痛苦，其实是那个时代的痛苦的折射。就像罗曼·罗兰说的，生命是一条小河，在它流过了浅滩和险滩之后，流过了冰封和枯水季节之后，渐渐有了一点生机和力量，山随平野尽，江入大荒流。

无论那时这种主题化、政治化和个人对号入座式的阅读是多么地可笑，毕竟是我青春时节的阅读，它让那些外国文学作品多少有些变形，但在一切都变形的时代里，它与当时并不尽相同的形象、精神和语言方式滋润着我的心，并让我拿起笔来学习写一点东西。更重要的是，那一场所谓"文化大革命"的撕扯，让我感到内心风干的鱼一样没有了一点水分，只剩下一身的鱼腥味。是罗曼·罗兰帮我去腥。

1971 年的《九三年》

　　雨果的小说，我最喜欢的是《九三年》。第一次读它的时候，是在北大荒，大概是 1971 年的冬天，从农场曹大肚子那里借的书。它非常吸引我，那时候年轻，记忆力好，我能够从头到尾复述全书整个故事，连书里面那些难记的外国人名，都能够随口说得滚瓜溜熟。

　　那时，在知青能够睡十几个人的一溜儿大炕上，晚上，伙伴们躺进被子里，伸出光膀子，脑袋在炕沿是排成齐刷刷一排，开始摆出一副听故事的劲头来，就是听我讲《九三年》。我不抽烟，但立刻有人给我端来了北京的茉莉花茶，放在炕头我的面前。那劲头仿佛我就是连阔如。《九三年》要一连讲好几个晚上，每天收工开会完了之后，躺下睡觉之前，大家听我讲《九三年》，成了我大显身手的时候，也是大家最娱乐的一种方式。好长一段时间里，我们大家似乎都生活在 1793 年法国资产阶级大革命的时期，生活在巴黎，生活在旺岱，生活在索德烈森林，生活在拉·杜尔格高地，而暂时忘却了冰天雪地的北大荒。

　　《九三年》是雨果的最后一部长篇小说，是他多年积累和思考的心血之作。它描写了法国 1793 年那场波澜壮阔的资产阶级大革命的故事。70 年代初读这部书的时候，刚刚经历了"文化大革命"，于是，会情不自禁地将 1793 年那个革命的年代，和我们的 1966 年进行对比。都处于革命的极度疯狂之中，各种势力的较量，一样地是你死我活！雨果所写的巴黎街巷，巴黎十六街改名叫"法律街"、圣安东尼区改名为"光荣区"，蒙弗兰贝侯爵改名为"八月十日"，和我们北京许多街道胡同和人名大改其名，完全一样。"巴黎的每条街都产生一个联队，各区的旗帜你来我往，每面旗子上都有自己的标语，所有的墙上都贴满了标语，大的、小的、白色的、黄色的、绿色的、红色的、铅印的、手写的……"和我们这里又有什么区别？而巴黎的共和政府废除公历，改为新历法，其新出炉的热月，和我们的红八月又有着多么奇特的远亲一般的血缘关系。

尽管性质不同，但还让我和伙伴们将两者忍不住进行比较。

雨果《九三年》这个故事就要从 1793 年 5 月的最后几天讲起的，一支代表着红色的革命军队，叫作红帽子联队，从巴黎出发，在法国旺岱一个叫作索德烈森林里搜索逃到这里的白色叛军。红白双方死伤都非常惨重，革命军从巴黎出发时是 1.2 万人，到了这时候已经死亡了 8000。所以，在索德烈森林搜索的时候，红帽子联队小心谨慎，他们自己说是每一个士兵的背后都得长着眼睛。索德烈森林里到处是叛军逃跑时留下的烧焦的痕迹，即使有一只鸟飞过，也是在刺刀上鸣叫。当他们在灌木丛中发现是一个妇女带着三个孩子的时候，故事才真正展开。这个叫作佛莱莎的社会底层母亲，只有在这场大革命中才有可能和社会的上层人物，革命军的首领郭文和西穆尔登神父、叛军的首领朗德纳克侯爵，发生了关系。这是文学中的情节与人物关系上的联系。雨果要用这位平民母亲和她的孩子为药引子，牵连出他所表达的"在绝对正确的革命之上有一个绝对正确的人道主义"。

当时，雨果的这一主张遭到批判，小说的结尾，为了解救在大火中的三个孩子，我们惯常认为的坏蛋朗德纳克却放弃了自己逃跑的机会；而朗德纳克的侄子革命军的总司令郭文为了救自己的亲人，却放跑了革命的敌人朗德纳克；郭文的老师西穆尔登为了革命的利益判处郭文死刑。这一连环套的情节中人物各自迥然不同的性格与命运，也曾经遭到我们知青伙伴的争议。

记得很清楚，当我讲到郭文包围了朗德纳克的堡垒，朗德纳克从一扇铁门出来，然后用一把大锁锁上了这扇铁门，也就说挡住了郭文登上堡垒捉到他的唯一通道。当他跑出一道石门，躲藏在荆棘丛中之后，马上就可以死里逃生了，这时候，他忽然猛地听到自己头顶一声号叫。起初，他以为是一头母狼的嗥叫，后来，他听清了，是一个女人的号叫。在朗德纳克刚刚逃下来的堡垒的上面，那上面已经起火，他看见了火里面的三个孩子。这时候，朗德纳克冒着大火，重新爬上堡垒的顶端，在墙边找到了一个救命梯，顺着山坳把梯子一直放下到了山脚下。三个孩子都被救了下来，朗德纳克从堡垒上面最后走下来，当他走到梯子最后一级刚刚把脚踏在地面的时候，一只大手落在他的衣领上，他回头一看，是西穆尔登，西穆尔登对他说：我逮捕你！朗德纳克说：我允许你逮捕我！满屋子里鸦雀无声，至今我还清晰地记得我讲到这里时的情景。应该说，这是全书最精彩之处。但是，争论也就从这里开始了，拉禾辫盖的土屋子里，短暂的静寂之后，就炸开了锅。朗德纳克作为一个阶级敌人，他能够在危难之中不顾自己的性命去解救那三个贫苦的孩子吗？曾经是我们争论的最激烈之处。有人说，黄世仁怎么可能去救白毛女呢？南霸天也不可能良心发现去救吴琼花吧？那时读书就是这样容易联系实际，那样地幼稚，又染上了左的痕迹。

还有一点有意思的是，我们的争议和小说最后一卷"表决"一节非常相似。第一法官盖桑先以罗马帝国 414 年大法官曼柳斯的儿子没有得到命令擅自打了胜仗而被曼柳斯处死为例，他说："违反了纪律的必须受到严惩，现在是违反了法律，法律比纪律更高。怜悯可以构成罪行，郭文司令放走了叛徒朗德纳克。郭文是有罪的。我主张死刑。"军曹拉杜则表示："老头救了几个孩子做得很对，司令救了老头也做得很对，如果把做好事的人都送上了断头台，那么滚你妈的吧！我再也不知道我们的目的到底是什么了。我们再也没有理由不做坏事了。"他投了释放郭文的一票，宁愿砍掉自己的头代替他。其实，军曹和第一法官的话，也是我们心里争论的话。在人性和革命的冲突面前，雨果表示了他鲜明的态度，而在当时所谓革命的光环照射下，人性论惨遭致命的批判，我们犹豫不决，或口是心非，或口心都被扭曲。其实，我们就像军曹所说那样，我们已经不知道革命的目的到底是什么了。但是说心里话，当时我是暗暗站在军曹拉杜的一边的。

　　《九三年》充满了思辨的色彩，尤其是后面，朗德纳克为救孩子的性命选择牺牲自己，郭文为救朗德纳克而选择牺牲自己，西穆尔登为处死郭文而选择自杀，面对他们舍身成仁的共同选择，虽然明知是虚构的小说，我的心里还是受到震撼。在当时的语境之中，牺牲是一个时髦而伟大的词语，知青随时都愿意为只要能够附着上一点儿革命意义的事情做牺牲，比如金训华可以为救落在洪水里的几根电线杆牺牲，我们农场的哈尔滨女知青刘佩玲可以救个人根本无法扑灭的荒火牺牲。只是我对郭文、西穆尔登和朗德纳克的牺牲，虽然心生敬意，却不能够完全理解。因为这和我们当时受到的教育完全是猴吃麻花——满拧，他们谁的牺牲也和当时革命的教义对得上号。但是，你能够说他们中的哪一个牺牲没有价值和意义呢？他们都不是为自己的私利，郭文是为了良心，西穆尔登是为了法律，朗德纳克是为了孩子。他们当中谁能够说得上是正派或反派呢？《九三年》颠覆了当时流行的样板戏里那种高大全的英雄人物和反面人物的界限，也颠覆了当时甚嚣尘上的革命的高头讲章，为我们进行了一次革命和人道主义的启蒙。

我从来没有看过这样思辨色彩浓郁的小说，它的人物雷与电般的对白，和波澜起伏，一泻千里的内心独白，看着痛快，逼迫着我不得不跟着雨果一起思考。雨果有着一双强悍的大手，攫住我的心，跟着他一起走进他的旋风般的小说世界，我不止一遍地问自己，如果我是郭文该怎么办？我是西穆尔登该怎么办？我是朗德纳克又该怎么办？真诚而忠诚地信赖一位作家、痴迷一部小说、心甘情愿地和小说里人物一起走，彻底混淆了小说和现实，这是在以后的阅读中再也没有出现过的迷失。

至今还清晰地记得朗德纳克从那个梯子上走下来而被捕，要不要处以他死刑，郭文内心有一长段痛苦的独白：这个梯子是救命梯，对于他却是丧命梯。他为什么要这样做呢？为了救三个孩子。那三个孩子是他自己的吗？不是。是他一家的吗？不是。是他同阶级的吗？不是。为了三个可怜的小孩，偶然遇到的弃儿，衣服破破烂烂的，赤脚的孩子，这位贵族、亲王，高傲地救出孩子的同时，也要交出自己的头颅。人们怎么办？接受他的头颅，送他上断头台。朗德纳克在别人的生命和他自己的生命之间做了个选择，在这庄严的选择中，他选择了自己的死亡。人们同意他死亡，人们要砍掉他的头颅。对于英雄的行为，这是怎样的一种报酬啊！用一种野蛮的手段回答一种慷慨的行为！革命居然也有这样的弱点！这是对共和国怎样的一个贬值啊！

雨果没有简单化地把朗德纳克处理成为舍己救人，他有他的一套内在逻辑，把他放进自己的人道主义的连环圈中，这样，面对放还是不放朗德纳克这道残忍的难题，郭文的内心独白便有他自己和自己论战的悲壮性质。在另一处，雨果这样写道：三个小孩在危难中，朗德纳克救了他们。开始谁使得他们陷入危难的呢？难道不是朗德纳克吗？谁把这几只摇篮放在大火里面呢？难道不是伊曼纽斯吗？他是朗德纳克的副官。应该负责的是领袖。因此，纵火和杀人的都是朗德纳克。

　　然后，雨果这样解释朗德纳克："他在筹划了罪行之后，自己又退缩了。他自己吓着了自己。那个母亲的喊声唤起了他内心的慈悲心。这种慈悲心是人类共同生活的残余，一切人心里都有，连心肠最硬的人也有。他听见了这喊声才往回走。他已经走入黑暗里，再退回到光明里。"

　　这是郭文的独白，再看郭文和西穆尔登的一段对白。在郭文就要走上断头台的前夜，西穆尔登走进了关押郭文的土牢。这个长着凶猛的翅膀就是为了狂风暴雨而诞生的海鹰，这个以为找寻脓疮来接吻才是善行的狂人，对他的学生郭文说：比一切更重要而且在一切之上的，是这条直线——法律。这是绝对的共和国。而郭文却说：我更爱的是一个理想的共和国。郭文所说的理想的共和国，是应该有牺牲，克己，仁爱，和恩恩相报。他对西穆尔登说：你的共和国把人拿来称一称，量一量，然后加以调整；我的共和国把人带到蔚蓝的天空里。他打了这样一个比喻："比天平更高一级的还有七弦琴。"这是一个美妙的比喻。它不应该仅仅属于文学，应该属于现实。革命也好，改革也罢，对于所有人来说，共和国应该是一架七弦琴。

　　郭文和他的老师的分歧远不止于关于共和国的理念和理想。

针对西穆尔登的共和国要的是数学家欧几里得造成的人，郭文还打了一个比喻，他说他所希望共和国里的人是诗人"荷马造成的人"。西穆尔登警告他不要相信诗人，他反驳道："是的，我听过这样的话，不要相信清风，不要相信阳光，不要相信香气，不要相信花儿，不要相信星星。"西穆尔登进一步警告他说这些玩意儿解不了饥饿。郭文针锋相对说思想意识是一种养料，想就是吃。西穆尔登则认为这是空话，他的共和国就是二加二等于四，当我把每个人应得到的一份给他……郭文打断他：你还要把每个人不应得的那一份给他！……

这些精彩而意味深长的争论，已经远非那时我所能够理解的。但关于理想中共和国和共和国的公民的概念以及设想和描画，雨果为我打开了一扇窗，吹进清爽的风。

哦，难忘的我的 1971 年的《九三年》！

重读十二记

最有价值的阅读就是重读。

——苏珊·桑塔格

重读张洁

重读《知在》，是因为它和张洁所写的别的小说不一样。

《知在》，对应着《无字》，是将小说的一种抽象。对于张洁来说，也许就是对于命运作用于人生、小说演绎出世界的一种态度吧。这种态度，是写作态度，也是认知态度，对张洁以前如《沉重的翅膀》一些浅表层入世的小说而言，是一种曾经沧海之后而寥廓霜天的省悟与境界。

读《知在》，开始你会以为收藏家叶楷文是小说的主角；读到后边，你会以为性格与命运截然不同的金家两位格格是主角。掩卷之后，你恍然大悟，那幅神奇莫测、一分为二的晋画，才是真正的主角。凡是与这幅晋画相关联的人，最后的命运都不怎么好；他们都能够在画中看出自己未知的影像与情景。这幅波诡云谲的晋画，是一面镜子，是一种谶语。神秘的色彩，荒诞的色彩，融入古典情怀之中，张洁这部新的长篇小说有了现代主义的意味。

读《知在》，开始北京后海老宅中的老人和老画，给你悬念；读到后边，阴差阳错而一在京城一漂流海外的两位格格的爱恨情仇，都会让你感到有些像是通俗小说。读到最后，你恍然大悟，张洁只是融入了通俗小说的元素，却在流行的通俗的地方拐了弯儿，几代人次第出场了，1700 年前的贾南风和一痴出场了，将一锅街面上流行的涮锅子，搅成了哪吒闹海一般风啸雨骤。

读《知在》，读到乔戈这个在时代调色盘中不停变色的人物，多少会觉得有张洁以前作品中那种男人的影子，其余人物，哪怕只是最后出场的大格格的后代——天生不爱男人爱女人的毛莉姑娘，也都是张洁以前小说中没有过的人物，性格与命运，均让人耳目一新。这一定是张洁有意为之，她不愿意重复自己，所以，她让这个"眼生风、嘴生情，人见人待见"的乔戈，早早在第二章就提前毙命，免得轻车熟路。在小说的创作中，张洁像是一个贪嘴的孩子，总想尝鲜，保持着难得的童心，便保持着总是新鲜的味蕾，便也把这新鲜的感觉化为笔下小说新鲜血液的涌动。

读《知在》，写得最精彩的，是托尼和海伦的爱情、贾南风提着青梅竹马恋人的性器，一路滴血而来一路血如昙花转瞬开落、叶楷文最后写满条幅将四壁铺满黑白二色那黑森森白惨惨如同殡仪馆景色，还有尾声中毛莉姑娘收到的那神秘的来信。仅看托尼和海伦的爱情，如今小说的情色描写，深受影视影响，却大同小异，而且实际而实用，直通性欲，席梦思上的抒情胜于文学的书写。托尼和海伦，中间因有一条也叫托尼的小狗，将两人的爱情摇曳生姿，新鲜而温馨感人。重复自己是容易的，超越自己，需要有一种自知，也需要耐心、智慧和承受风险的勇气。

《知在》明显区别于《无字》，它让读者看到了一个新鲜的张洁，年近七十，还像一个顽皮的孩子，尝试着把曾经熟悉的一切打翻，再将不熟悉的一切重新筑起。读《知在》，总让我想起西班牙建筑师高迪（A.Gaudi），他一生的建筑都不重样，七十高龄那一年，他还要衰年变法，坚持建一座内无支撑外无扶垛造型奇特如古摩尔风格变种的巨大建筑，如今那里成为巴塞罗那有名的居埃尔公园，高迪那奇特的建筑成为奇异的风景。好的小说家，都是这样好的建筑家，将小说建成奇异的风景，而不是建成实惠而千篇一律的住宅小区。

特别要说一句的是，这部小说的结构，五章一个尾声，如同交响乐的五个乐章和一个终曲，是经过精心构制的，细心的读者会读出其中乐思的贯通、旋律的节制、配器的缜密，与衔接的艺术所在。简洁的叙述，干净得像冰凉的骨架，在骨头的缝隙中，将一个被历史隔开 1700 年的风云，浓缩在一个仅仅 13 万字的长篇小说之中。这在如今长篇小说越来越缺乏节制，只是一股脑将生活堆砌上去，没有形成艺术而只成为赘肉的现状来说，《知在》应该让我们的长篇小说创作多少"知在"一些才是。

重读林希

老友林希新书《林希自选集》（天津人民出版社 2017 年 6 月版）五卷出版，很为他高兴。在他的创作中，这是一部重要的书，难怪他要亲自过手，从以往的作品中精选出来 15 篇中篇小说，列阵齐整，沙场点兵一般，是他晚年的回顾点检，也是他的回眸自审。雪泥鸿爪，落花流水，有着他自己岁月、命运、人生的况味，和带给他五味杂陈天津这座城市的历史沧桑。

收到书，先迫不及待读《小的儿》《婢女春红》几篇。因为前者获得首届鲁迅文学奖，是他晚年变法改写诗为小说的发轫之作，后者改编成话剧，获得良好的反应，是他创作丰富多面可能性的展示。这样两点，颇有些与众不同，不是所有的作家都能够做得到的。我是中央戏剧学院学编剧的科班出身，但是，我写不出一部话剧。

这几篇均是二十多年前的作品，此次是重读。苏珊·桑塔格说过：最有价值的阅读就是重读。一部作品，经历二十几年，还能让人读下去，没有时过境迁的陈旧之感，相反还能有新的兴味和发现，这样的重读，便有了别样的价值。更何况是老朋友的作品，读的时候融有感情和回忆，更是别有一番滋味。

林希的书写，都和天津这座城市有关。这和他的家世与身世有关，经历了这样一个家族带给他命运残酷的折磨之后，重新回忆，钩沉、审视这个家族以及它所存在的历史背景，他发现了独属于自己创作的富矿。放翁有诗说：寻僧共理清宵话，扫壁闲寻往岁诗。看他的笔触轻松自在还带有俏皮，但我相信，他是在一种并不轻松而是审慎且是情感复杂的回忆中，重回往岁的时光，打捞起那么多他曾经熟悉的人与事，以及丰富得汁水四溢的细节。可以说，这是林希创作的转折点，他所写的这些小说，就是他心中涌荡着的长诗。在我看来，是比他以前写的诗更重要的诗，每一个韵脚都踩在往昔的岁月和他的感情与心情中。

与书写天津的新老作家不同的是，他的创作并非零敲碎打，而是毕其功于一役，绝大多数集中于天津，写的是天津北洋军阀时期和民国时期的乱世风云，而且是集中书写大宅门的兴衰起落，以侯家大院辐射天津卫这个码头城市的历史与人物。可以说，林希书写的这段历史，正是天津这座城市兴起的时代。五行八作，新旧交织、西风东渐，洋少阔少恶少狗食并存，民俗与风情齐飞，人心共人性一色。如此的五彩斑斓，勾勒着，皴染着，点击着那段重要的时代，让我们了解并认知天津的发展脉络。没有它的前世，就很难了解它的今生。它是中国近代史发展中一个重要的城市。正如在这个世界上有很多伟大的作家为伟大的城市写传、写史，像巴黎有雨果，都柏林有乔伊斯，芝加哥有德莱塞和索尔·贝娄，伊斯坦布尔有帕慕克。天津有林希，才让这座城市有了与它相匹配的文学坐标。这便是林希创作的价值和意义。

正因为如此，我对这套书封面印着的宣传语："正如莫言写出了高密，贾平凹写出了商州，迟子建写出了额尔古纳河，林希先生入木三分地写出了天津。"不大满意。固然，这几位作家的书写不凡，但他们所写的高密、商州和额尔古纳河，都不是在中国现代城市化进程中重要的城市，因此，缺乏对称的可比性。如果选择相匹配的中国作家，我觉得一辈子书写老北京的老舍先生似乎更合适一些。

此次重读《小的儿》，依然兴味盎然。林希的小说策略，很少从洋范儿，而是有着明显话本小说和民间评书的轨迹。他写得从容，好看，支脉清晰，环环相扣，在引人入胜的叙述中，在民俗风情的随意勾连中，书写人的性格性情和道德伦理，书写家庭的变故和时代的跌宕。难得地，还有着天津人独有的幽默，这种幽默与老舍的幽默不同，更多的不是借助俏皮的语言，而是细节和场景。比如，小的儿来到侯家，为得大奶奶的认可，长跪不起，最后晕倒在地，被送往医院，下人问送哪家医院，大奶奶说哪家医院近就往哪家送。一般叙述，到这里可以结束，林希偏要下人再问：还要再讨大奶奶的示下，若是半路上咽了气，是抬回来还是直送殡仪馆？这多像马三立的相声？侯家四爷赌博欠下赌债投河被救，洪九爷问他那一段话：哪道堤坝下的岸？哪个码头上的船？哪条河？哪道湾？哪个漩里把船翻？……更是来自相声里的

名花零落雨中看　　371

贯口。

　　还有一点，也非常有意思，林希不尽然让自己的笔回溯，而是变幻趋新。这几篇小说，均是第一人称写法，但是，这里的"我"，并不仅仅是小说中实体人物小少爷的"我"，而是跳进跳出，变化着叙述的角色。在《醉月婶娘》旁敲侧击说中国名醉时，第一是贵妃醉酒，第二是李白醉酒，"天子呼来不上船"后，"我"出来，以第三人称的口吻指点古今："令当今多少名士扼腕，好不容易等到天子呼他来了，还装醉不上船。老弟，傻帽儿，你知道挤上船去，该是何等的待遇，连撑船的都是正处级！"让小说在过去与现在时态中自由穿梭，"我"的叙述便显得摇曳生姿。

　　此次看《婢女春红》，和看话剧的感觉决然不同。话剧里面的所有人物包括春红和大姑奶奶，变化都非常之大。小说只是种子，在话剧里长成了大树。这样的对比，让我感到林希的生活积淀和创作活力，真的很大，能够将小说变话剧，这两点都帮助了他，仿佛手到擒来。于是，我暗想，尽管林希老兄已经年过八旬，却未是廉颇老矣，而是宝刀犹健，如果能够将这五卷十五个中篇小说，以侯家大院为主干，然后，江湖夜雨，桃李春风，重新整合成一部新的长篇小说，或许会给读者新的惊喜。同时，我想起老舍先生的《正红旗下》，他是以舒家为主干勾连北京古城来书写那个动荡的时代。老舍没能写完这部对于他最重要的小说，林希完全可以写完它。

　　林希比我年长一轮，前年他八十大寿时，我刚好看完他的话剧《婢女春红》，曾写过一首打油。今天，祝贺他的自选集出版，略改几字送他：

　　　　婢女春红几度春，迷情乱世刻年轮。

盛筵花欲扶残客，断梦泪犹拥醉神。

未肯长天云逐月，无端深院鬼还魂。

津门旧事听林老，一笔钩沉两代人。

重读余华

在美国，我在芝加哥大学一位韩国留学生家里住了一段时间。在她的书架上，我看到了余华的书，书的扉页上有余华的签名，是她到北京拜访余华的时候，余华给她的赠书。可以想象，她也是很喜欢余华的小说的。我在她的书架上找到余华的《在细雨中呼喊》，这是余华的第一部长篇小说，前些年的老书了，虽然早读过了，但读起来还很新鲜，便在芝加哥大学宽敞的图书馆里花了几个晚上重新读了一遍。好书不是时令的鲜花或水果，过季就零落腐烂，而是树木，总是能够常读常新，在阅读的空间发现新长出来的枝条，迎风摇曳生姿。

掩卷之后，还是发现自己喜欢这部小说，胜过余华其他的长篇，虽然他的《活着》和《许三观卖血记》也很好，但我还是觉得《在细雨中呼喊》写得更好。

也许，这是余华的第一部长篇小说，他的生活、情感与写作经验的积累，在这部作品中得到了喷发，无论从生活的质感、感情的抒发、先锋写作的表达，与他以后的几部长篇相比，都更胜一筹。作为长篇的处子之作，它的清新更是其他长篇无法比拟的。作为长篇写作，他也可能抵达得更远，在出发地更让我流连。

《在细雨中呼喊》，也许应该算作一部成长小说，也应该算是一部回忆小说，寻找并重构回忆。很多作家的长篇处子作都是这样起步的，其自传的成分浓郁，更能看到作家的生活与情感的影子。当然，从某种程度而言，作家的任何一部作品都带有其自传的成分，但这部长篇的自传成分是由表及里渗透骨髓之中的，是弥散在字里行间的。这与日后他的《兄弟》拉开明显的距离。可以这样说，在余华日后的长篇写作中，再也看不到这样的姿态写作。

在重新阅读的时候，心里常常泛溢着异样的感觉，他的叙述方式、语言、将人物和故事剪碎后，不是时间中而是在自己的回忆中自由散漫地游走的拼贴和表达，今日的感喟与心情，和过去的日子与故事的跳荡、交融与互文，可以想象八十年代文学写作的先锋形象与心理。弥漫全书的少年维特式的忧郁调子，也充满已经远逝的那个时代的诗意。

"我成长以后回顾往事时，总要长久地停留在这个地方，惊诧自己当初为何会将这哗哗的衣服声响，理解成是对那个女人黑夜雨中呼喊的回答。"我以为小说里的这句话，是小说的意象，可以说是小说的种子，正是从这句话出发，余华有了整个小说走向和规模。

在这部小说里陆续死的人过多，却让人感到了生活的沉重和人生的残酷，而这样的沉重和残酷，与《活着》是不同的。

"我第一次看到了死去的人，看上去像是睡着了。原来死去就是睡着了。""我害怕像陌生男人那样，一旦睡着了就永远不再醒来。"

在另一处，"我"弟弟死的时候，"我弟弟最后一次从水里挣扎着露出头来，睁大双眼直视耀眼的太阳，持续了好几秒钟，直到他最终淹没。几天以后的中午，弟弟被埋葬后，我坐在阳光灿烂的池塘旁，也试图直视太阳，然而耀眼的光芒使我立刻垂下了眼睛。于是我找到了生与死之间的不同，活着的人是无法看清太阳的，只有临死的人才能穿越光芒看清太阳。"

从孩子的眼睛里看到的死亡，更为特殊，有些惊心动魄。在第一次看到死亡之前，"我们奔跑着，像那些河边的羊羔。我们来到一座破旧的庙宇，我看到了几个巨大的蜘蛛网"。"我注意到黑色的衣服上沾满了泥迹，斑斑驳驳就像田埂上那些灰暗的无名之花。"在弟弟死的时候，他着重用了太阳耀眼的光芒。在这里，余华不吝他的比喻，"羊羔""蜘蛛网"，田埂上的"无名之花"，"太阳耀眼的光芒"，来和死亡作对比，来衬托孩子的心情，来对应生与死，像是画面背景洒满点彩之笔的笔触，这是余华日后写作中很少见到的。

"我在语文作业簿的最后一页记下了大和小两个标记。此后父亲和哥哥对我的每一次殴打，我都记录在案。"

"时隔多年以后，我依然保存着这本作业簿，可陈旧的作业簿所散发出来的霉味，让我难以清晰地去感受当初立誓偿还的心情，取而代之的是微微的惊讶。这惊讶的出现，使我回想起了南门的柳树。我记得在一个初春的早晨，突然惊讶地发现枯干的树枝上布满了嫩绿的新芽。这无疑是属于美好的情景，多年后在记忆里重现时，突然和暗示昔日屈辱的语文作业簿紧密相连，也许是记忆吧，记忆超越了尘世的恩怨之后，独自到来了。"

他将柳树枯干枝条上的嫩绿的新芽和象征着昔日屈辱的作业簿，那样生硬地强拉在一起，却产生了出奇的间离效果。他将记忆中的客观现实与主观心情，写得那样真实而富于起伏。他的思绪和笔触信手拈来，一个细节与意象，如同印象派画家手中的画笔和色彩，总能够随意挥洒出一种意象不到的景致来。

小说中关于"我"和苏家兄弟的交往，写得非常动人，是小说中的华彩乐章。余华没有编排离奇的故事，却用平易但惨痛的人生命运，撞击着少年的心。这是比一般惯常见到的情节取胜的小说，更具刺痛人心的力量。苏家两个孩子在围墙里家中的游戏和笑声，他们的父亲苏医生骑车带着他们穿过田间小路的时候，坐在前面的弟弟不停地按响车铃，坐在后面的哥哥发出激动人心的喊叫，那些难忘的情景，都让"我"想起了家。"在我十六岁读高一年级时，我才第一次试图去理解家庭这个词，我对自己在南门的家和在孙荡王立强的家庭犹豫了很久，最终确定下来的理解，便是这一幕情景的回忆。"余华总是能找到恰到好处的时间地点和方式，不动声色而富有节制地表达出他的内心涌动的情感，而在不知不觉之中让人生结出厚厚的老茧。

苏家一家返城之后，重新来到苏家围墙的时候，"我就再也看不到苏家兄弟令我感动的游戏。不过，我经常听到来自围墙里的笑声。我知道他们的游戏仍在进行"。看到这里的时候，我忽然想起了八十年代初期看到的日本电影《生死恋》中主人公重新回到网球场，回想起死去的恋人打球时球落地的砰砰声和那欢快的笑声。那种以静制动的叙述，简约而有力地将心情表达得那样富于画面感，无限延伸的是画面，更是心情。

当返城后的哥哥苏宇找到工作后回到南门找"我"未果，一年后他死了。而多年以后"当我考上大学后，却无法像苏宇参加工作时来告诉我那样，去告诉苏宇。我曾经在城里一条街道上看到过苏杭，苏杭骑着自行车和几个朋友兴高采烈地从我的身旁疾驶而过"。人生的沧桑，打碎了少年的缱绻情怀，一个个梦破碎之后，少年长大了。长大了是司空见惯的结局，长大的过程却那样因人而异，花开花落的枯荣之间，心情与心理的微妙而多端的变化，远比故事的曲折难写，却撩人心魄。很多时候，这是这部小说最让我沉浸之处。

这部小说的语言，也有着与之内容与形式相匹配的清新动人之处。它们是孩子纯真又饱受挫伤之后的眼睛里的影像，夜也是作者回忆和想象之中的世界。"浑浊的眼泪使父亲的脸像一只蝴蝶一样花里胡哨，青黄的鼻涕挂在嘴唇上，不停地抖动。""这是我第一次听到了鲁鲁（一条狗）的声音。那种清脆的能让我联想到少女头上鲜艳的蝴蝶结的声音。"余华如此钟情蝴蝶，两次借用了它，新奇大胆，让语言充满魔力。把脸比作蝴蝶，把狗的声音比作蝴蝶结，我还从来没有见过这样的比喻，我们可以称之为通感，其实，它更是余华写作之时的心情尽情地释放，情之所至时信马由缰的手到擒来。

好的小说，一定要有好的语言去适配。这是眼下许多小说特别是长篇小说所缺乏的。是语言让小说串联成一条河流淌了起来。好的语言可以让河水流淌得波光潋滟，不好的语言只会让河水流淌得浑浊而凝滞。在这部小说中，余华曾经用了这样一个比喻："他们的面目已经模糊，犹如树木进入夜色那样。"好的小说，其实应该也是这样，好的语言带动着心情和感情，带动着人物和情节，一起共舞，浑然贯通，彼此融合，就像树木进入夜色那样。

重读史铁生

史铁生是去年年底离开我们的。今年这个时候，我的弟弟离开了我。在这种时候，别的书都看不下去，唯有铁生的书常常忍不住地翻看。我是把他们都当作自己的兄弟，十指连心的疼痛，弥漫在纸页间。

在《我与地坛》的开篇中，铁生先是这样写了一段地坛的景物："四百多年里，它一面剥蚀了古殿檐头浮夸的琉璃，淡褪了门壁上炫耀的朱红，坍圮了一段段高墙又散落了玉砌雕栏，祭坛四周的老柏树愈见苍幽，到处的野草荒藤也都茂盛得自在坦荡。"然后，他紧接着说："这时候想必是我该来了。"

他来了。他去了，又来了。每一次读到这里，我都格外地心动。总觉得像电影一样，在地坛颓败而静谧的空镜头之后，他摇着轮椅出场了。或者，恰如定音鼓响彻寂静的地坛古园一样，将悠扬的回音荡漾在我的心里，注定了他与地坛命中契合难舍的关系。当代作家中，哪一位有如此一个和自己撕心裂肺打断了骨头连着筋的特定场景，从而使得一个普通的场景具有了文学和人生超拔的意义，而成为一个独特的意象？就像陆放翁的沈园，就像鲁迅的百草园，就像约翰·列侬的草莓园，就像凡·高的阿尔？

我想起我的弟弟，17岁独自去了青海油田，在他临终前嘱咐家人一定要把他的骨灰撒回柴达木。我庆幸，他和铁生一样都能魂归其所，而不像我们很多人神不守舍，魂无所依。

在史铁生的作品里，母亲是一个最动人和感人的形象。母亲49岁的时候过早地离开了人世后，在《我与地坛》中，有这样两段描写。

一段是——

摇着轮椅在园中慢慢走，又是雾罩的清晨，又是骄阳高照的白昼，我只想着一件事：母亲已经不在了。在老柏树旁停下，在草地上在颓墙边停下，又是处处虫鸣的午后，又是鸟儿归巢的傍晚，我心里只默念着一句话：可是母亲已经不在了。把椅背放倒，躺下，似睡非睡挨到日没，坐起来，心神恍惚，呆呆地直坐到古祭坛上落满黑暗然后再渐渐浮起月光，心里才有点儿明白：母亲已经不能再来这园中找我了。

一段是——

　　有一年，十月的风又翻动起安详的落叶，我在园中读书，听见两个散步的老人说："没想到这园子有这么大。"我放下书，想，这么大一座园子，要在其中找到他的儿子，母亲走过了多少焦灼的路。多年来我头一次意识到，这园中不单是处处有过我的车辙，有过我车辙的地方也都有过母亲的脚印。

　　后一段，体现了铁生的心地的敏感，从两个散步老人的一句简单而普通的话语里，涌出对母亲由衷的感恩和悔恨之情。敏感的前提，是善感。也就是说，是海绵才有可能吸附水分，水泥板花岗岩，哪怕是再华丽的水磨石方砖，是无法吸附水分的，而只能让哪怕再晶莹剔透的水珠凭空流逝。缺乏这样善感的心地与真情，使得不少写作成为搭积木和变魔术的技术活儿，或者化装舞会上和摆满座签的领奖席上花红柳绿的邀宠或争宠般的热闹。

　　前一段，排比句式的景物中几次慨叹："可是母亲已经不在了。"都会让我心沉重。在这样重复的喟然长叹中，那些景物：老柏树、草地的颓墙、虫鸣的午后、鸟儿归巢的傍晚，以及古祭坛上的黑暗与月光，才一一有了意义，这意义便是这一切附着上母亲的身影。因此，可以说，地坛是史铁生的，也是母亲的，因有这样的一位母亲而让地坛具有带有伤感无奈却又坚韧伟大的别样情怀。

每次读到这里，我都会忍不住想起铁生在他的《记忆与印象》中的《一个人形空白》里的一段："我双腿瘫痪后悄悄地学写作，母亲知道了，跟我说：她年轻时的理想也是写作。这样说时，我见她脸上的笑……那样惭愧地张望四周，看窗上的夕阳，看院中的老海棠树。但老海棠树已经枯死，枝干上爬满豆蔓，开着单薄的豆花。"

　　如今，重读这一段，我想起铁生，也想起他的母亲，窗上的夕阳，枯死的老海棠树，老海棠树枝干上爬满的豆蔓，开着单薄的豆花，便一下子都成为母亲那一刻百感交集又无法诉说的心情与感情的对应物，好像它们就是为了衬托母亲的心情与感情，故意立在院子里，帮助铁生点石成金。这是怎样的一位母亲呀！可以这样说，是母亲的悲惨命运和与生俱来的气质与情怀，造就了作家史铁生。我坚定地认为，没有母亲，便没有史铁生的地坛。

　　忍不住，也想起我的母亲。母亲走得太早，那一年，我5岁，而弟弟才2岁。穿着孝服，我牵着弟弟的手站在院子里，院子里没有海棠树，没有豆蔓和豆花，只有一株老槐树落满一地槐花如雪。

　　由生活具象而思考为带有哲理性的抽象，是铁生愿意做的，也是铁生作品的魅力，更是和我们一般写作者的区别，如同真正的大海一步迈过了貌似精致却雕琢的蘑菇泳池。他便从一己的命运扩大为更为轩豁的世界，而使得他的作品融有了思想的含量，不像我们的一样轻飘飘、甜腻腻或皮相的花里胡哨。他爱说人间戏剧，而不是像我们那样自恋得只会舔自己的尾巴、弄自己的发型、扭自己的腰身和新书的腰封。

　　在《想念地坛》这则文章里，铁生想念地坛里的那些老柏树，他从它们"历无数春秋寒暑依旧镇定自若，不为流光掠影所迷"中，将其品质出人意料地抽象为"柔弱"。他进而说："柔弱是爱者的独信。""柔弱，是信者仰慕神恩的心情，静聆神命的姿态。"他说："倘若那老柏树无风自摇岂不可怕？要是野草长得比树还高，八成是发生了核泄漏——听说契尔诺贝利附近有这现象。"

由老柏树的"柔弱"，他写到世风的喧嚣，他说："惟柔弱是爱愿的识别，正如放弃是喧嚣的解剂。"之所以由"柔弱"写到"喧嚣"，还是要写地坛，因为地坛曾经可以是销蚀喧嚣回归宁静的一块宝地，一个解剂——"我说的是当年的地坛。"他特意补充道。

我不知道弟弟执着地梦回青海的柴达木，是否还是当年他17岁时的柴达木。我只知道他和铁生所说的"柔弱"一样，敏感而坚信唯有那里是"爱愿的识别"，是"喧嚣的解剂"。

在《想念地坛》最后，铁生写道："靠想念去迈过它，只要一迈过它便有清纯之气扑面而来。我已不在地坛，地坛在我。"这两句话，特别是最后一句"我已不在地坛，地坛在我。"如一支沉稳的铁锚，将地坛如一艘古船一样牢牢地停泊在新时期文学的岸边，也将思念深深埋在我的心里。

重读田涛

读高一那一年，在我们汇文中学的图书馆里，我偶然发现了一本短篇小说集《在外祖父家里》。那时候，应该感谢学校图书馆破例允许我进去自己挑书。在密密麻麻的书架上，为什么能与这本薄薄的小书邂逅，我真的解释不清，完全是一种阴差阳错，或者说是一种冥冥之中的缘分。

在此之前，我根本不知道有这样一本书，也不知道作者是何人，我没有读过他的任何一篇作品。但是，这本书留给我很深的印象。现在想起来，大概原因有这样两点，一、他是以童年视角写作的小说，书中的那个叙述者小男孩，比我当时的年龄还要小，容易引起我的共鸣；二、他以第一人称"我"的回忆口吻，叙述河北农村的往事，和我在童年时跟随父亲一起曾经回到过的老家河北沧县乡间的生活，有着某种天然的联系，特别他的好多方言，比如称舅母为妗子，那么亲切，书中的大妗子、二妗子，家长里短，至今仍让我记忆犹新。那时候，我们学校有一个老师和同学办的板报《白花》，刊发老师和学生写的文学作品，我在上面写了一组《童年往事》，就是模仿《在外祖父家里》，回忆并想象着河北乡间关于我的外祖父、大妗子、二妗子，以及童年小伙伴的往事。

于是，我记住了这本书的作者田涛。

52年过去了。这次来到美国小住，忽然想起了田涛的这本《在外祖父家里》。在美国借书，比在国内方便，好多想看的书，都会留到美国来借。我在印第安纳大学图书馆里，没有借到这本书。填好书单，一个多月后，我借到了这本书，同时还有田涛的另外两本书：1957年新文艺出版社《友谊》，1985年人民文学出版社《田涛小说选》。美国大学图书馆资源共享，这三本书分别是从耶鲁、康奈尔和亚利桑那三所大学调来的。

《在外祖父家里》，1958年新文艺出版社出版，183页，定价5角。重读旧书，仿佛重遇阔别多年的故人，有些喜悦，有些陌生。流年暗换之后，在那些发黄的沧桑纸页之间，是否真能够似曾相识燕归来？毕竟52年已经过去。

我迫不及待从头到尾读了一遍，田涛童年的记忆，交错着我的少年记忆，纷至沓来。河北平原乡间的人物与风情，至今读来依然感到是那样久违地亲切。性格从刚开始外祖母病重时气得胡子哆嗦敢拿菜刀和地主拼命，后来软弱成了一摊稀泥的外祖父，爱赌又顺从的大舅父，驯服蒙古烈马的好车把式二舅父，刚烈而离家出走的三舅父，持家心疼丈夫怪恨外祖父的大妗子，爱哭爱笑真性情的二妗子，还有"我"的小伙伴王五月和他直脾气敢扇老师耳光的奶奶，三舅父的好伙伴兴旺，和三舅父爱着的年轻漂亮的李寡妇，以及和"我"年纪差不多却心思并不一样的大妗子的女儿青梅……一个个依然活灵活现在眼前，重新唤回我少年时候的记忆，让我不禁感慨小说中人物的生命力，他们比我比作者都要活得更为久长。或许，这就是文学的魅力。

尽管小说无法摆脱当时阶级斗争二元对立的影子，但是，大多时候，是把这一斗争放在背景来处理，是以一个孩子的视角来看这些春秋冷暖，人情世故，以及乡间的民俗风物。人物便有了鲜活的血肉，有了孩子气的爱恨情仇，性情迥异，带着河北平原朴素稚拙的乡土气息。如果和当时同样写作农村题材小说的李准相比较，差别是极其明显的。李准是紧跟时代的步伐向前走的，田涛则是回过头来向后走的，回溯到童年，钩沉自己的回忆。李准的人物，努力并刻意捕捉着时代的影子；田涛的人物，则融有自己与生俱来的乡间情感。一个向外走，如蜻蜓紧贴着水面在飞，飞向外部广阔的世界；一个向内转，如蚯蚓钻进泥土，钻进一己窄小的天地。在文学创作中，所抒写对象的大与小，天地的宽和窄，与文学本身应尽的意义并非呈正比。小说自身的特质，有时候恰恰在于小说中的小。这正是 1956 年和 1957 年的文学创作中，田涛能够自有存在的一份价值。这一份难得的价值，至今依然被忽略。

今天重读这本小说集，所有篇章都集中在河北平原一个叫"十里铺"的小小的村子。应该说，这样一点，更是具有当时文学创作少有甚至是绝无仅有的一种创新价值。当时，并没有福克纳所说的抒写自己所熟悉的"一张邮票大的地方"的文学概念。在五四的文学传统中，也只有萧红集中自己家乡的《呼兰河传》，以及师陀的《果园城记》等为数不多的篇章。田涛将小说集中自己的家乡的一个村落，各篇独立成章，又相互勾连，彼此渗透，漫漶一体，不仅人物彼此血脉相连，风土风物，民俗人情，也枝叶缠绵，铺铺展展，蔚然成阵，富于勃勃生命，构建成一方虽小却独属于自己的小说世界。

外祖父的梨树林、兴旺爹的瓜园、村子里那口甜水井，那座破庙改造的小学校，大人们擂油槌的油作坊和做棺材套的木场子，孩子们抽鸽子柏树坟、捉鱼的苇塘壕沟和拾落风柴打孙军（一种游戏）的旷野……这些场景，散漫却集中在同一个村落，如同多幕剧的一个舞台，变幻着不同装置的场景，演绎着一组相同人物的悲欢离合。

能吃到肉丸子的婆媳妇时候才有的伏席，以及"我"的那件只是在第一天来外祖父家、上学和吃伏席才穿过三次的蓝大叶子（长衫），还有过年时挂在门口麻绳上的年灯，和结起一层薄冰的村头街口炮仗红纸破皮壳子的碎草纸，农家桌上那盏冒着蜻蜓头似的黑蕊的小油灯，田野里开着碗形白花的胡萝卜和开着蝴蝶形蓝花的马兰草……——如风扑面，似水清心，不仅成为小说存活重要的背景和氛围，人物生长细致入微的细节与生命，也成为小说另外的一个个主角，让这一场多幕剧有了浓郁的生活气息和艺术氛围，带有贫穷生活和孩子内心的些微伤感交织而成的抒情性，玲珑剔透，多彩多姿，撩人心绪。

重读田涛这本小说集，让我想起日后莫言所写的高密家乡小说系列，和苏童早期小说中的香椿树街。50多年前，田涛就这样写过，将人物与背景毕其功于一役，集中在一处的方寸天地之间，今天看来，也许算不得什么新奇，但在当时，却具有某些现代的小说意识与姿态。

当然，今天重读田涛，更加吸引我并能唤回我学生时代记忆的，是他以一个孩子的心理书写的笔法和笔调。这便不只是回忆，回忆中更多的是感情，而这样笔法与笔调的书写，除了感情，更是生命的投入和再现。无论"我"，还是小说中其他人物，便都不是那种老照片。所以，他才可以写得那样逼真，总会在情不自禁中跳出当时阶级斗争的模式而进入人心深处，特别是进入难得的童年淳朴而丰富的世界。

他写每年七月十五给外祖母上坟，母亲都要嘱咐"我"在外祖母的坟头上哭，要不外祖父就不给梨吃。"我"就跟着大人哭。离开坟地，看见母亲的眼睛都哭红了，也不敢开口要梨吃了。这样微妙的心理，是独属于孩子的。不是那种外祖母被地主逼死而怀有一腔愤恨痛哭的那种外在的描写。

他写"我"帮助王五月砸开脖子上的银锁，丢进水坑里，那是奶奶为让孙子能够好好长大的救命锁，奶奶大骂孙子，不许他以后再和"我"一起玩，自己每天都到水坑里用大竹竿子去捞银锁。王五月趁奶奶不注意，跑到我一直躲藏的大树后，找我一起玩，捉一只蚂蚁，放在树枝上，看它"爬上爬下，像小人迷了路，怎么也找不到回窝的路了"。少年不识愁滋味，完全是一种吃凉不管酸的孩子心态，更反衬出奶奶的心酸。

高粱秀穗时到高粱地批叶子，"那亭亭直立的高粱秆，滑擦过我赤裸的肩膀，高粱顶端被震下的细水点子溅在我的脖颈上，凉渗渗的，旁边豆地里有蝈蝈在叫，远远近近的庄稼地里，都有虫子叫。我的鼻子不仅喜欢嗅高粱地里的清凉气息，我的耳朵也被旷野里传来的虫子的叫声吸引住了"。"小风一吹，杜梨树上的针（即蝉）便叫起来，小小的叶子，打着枝子，唱着歌，熟透的杜梨，珠子一样落在地上。"真的写得很美，是艰辛生活中只有孩子才有的和田野相亲相近的透明的心情。

为吃伏席，"我盼着树叶儿发黄，盼着树叶儿落，盼着那料峭的西北风快些吹来。好把这大地上的一切青色变黄，一切小虫子冻死，让那些小壕坑儿里地上的水结起带有花纹的冰片。到那时，兴旺就会坐着篷篷儿车把新娘子的花轿接过来，我们就可以伏八碟八碗的酒席了。兴旺把新娘子娶过门后，他也会带着新妗子陪我们往旷野里去拾落风柴的。想着兴旺的美事，自己仿佛都着急"。如果没有这样孩子气的描写，小说该减了多少成色。

即便写老一辈人艰辛的日子，这样孩子细若海葵的笔触和情如微风的笔调，也让大人的世界变得那样令人在心酸之中有了难得的温情。大舅父被外祖父赶出家门去谋生，外祖父复杂的心情，在孩子的眼里是这样的一种描写："大舅父走后，外祖父的性格更显得冷漠。妗子们不愿同他多谈话，他也不同家里的人谈什么。每天除了走进梨树林，一棵梨树一棵梨树地数着上面的梨儿，便坐在大柏树间的窝棚里吸旱烟。有时候，他叫我陪他一同坐在柏树杈间的窝棚上，伴着他的寂寞。"外祖父后悔自己把捉来的鱼交给地主家后的心情，在孩子眼睛中是这样的描写："外祖父坐在旁边，低着头，一句话不说，只是擦萝卜片儿，擦完一个萝卜，又从旁边捡起一个来，一直把他身边的一堆萝卜擦完了，头都总不抬起来。"他写得真好，把一个把万千心事都埋在心底的孤苦老人的心情，写得那样含蓄不露，蕴藉有致。那些数不清的梨树上的梨儿，那些抽不完的旱烟，那些擦不完的萝卜片儿，都是外祖父的心情，也是"我"对外祖父的感情。

这样以孩子视角与心理铺陈的小说叙事策略，让我想起和田涛同时代的作家刘真的《长长的流水》，和国外的作家如乔伊斯的小说集《都柏林人》。这不仅在当时属于凤毛麟角，就是如今也与那些热衷描写孩子热闹外部世界的小说拉开了距离。一本小说集，经历了50多年的光景，还能让人看下去，不仅能看，而且耐看，实属不容易。并不是每个作家都能这样的。我边看边做笔记，竟然抄录了那么多，就像52年前上中学时做笔记一样。可惜，那些读书笔记都已经不在了。但是，记忆还在，而且那样深刻、温馨，清晰如昨。

我没有见过田涛，但心里始终记住他，因为我曾经受益于他，他曾经是我中学时代文学的启蒙之一。我知道他是河北的作家，前些年，也曾经向袁鹰老师打听过他。可惜，那时他已经去世多年。我知道，他命运坎坷，在写作《在外祖父家里》之后，再未能天赐机缘让他持续这样得心应手地写作。相反，在唐山大地震中，他付出了妻子和一个女儿的生命代价。

今年恰逢田涛百年诞辰。竟然那么巧，他的生日，和我的生日是在同一天。

重读托尔斯泰

30多年前，找到一本好书太不容易，现在想想简直有些像天方夜谭，说起来孩子都有点儿不太相信。那时，我刚从北大荒插队回到北京，找到列夫·托尔斯泰一册《安娜·卡列尼娜》，真是爱不释手，当时边看边做了大量的笔记。前些日子，我们《小说选刊》的总编、评论家冯立三先生偶然之间在评价我国当代小说创作的时候，对我谈起了托尔斯泰的《安娜·卡列尼娜》，让我禁不住重读托尔斯泰，又翻出 20 年前我的那个笔记本。

在这个笔记本中，我列下小说里这样一个人物关系的表格，那是我最初学习小说的笨法子——

安娜　　卡列宁　★夫妇
杜丽　　奥布朗斯基（安娜的哥哥）　★夫妇
吉提（杜丽的妹妹，爱渥伦斯基）
列文（爱吉提）
渥伦斯基（爱安娜）

在这个笔记中，我还列了安娜与渥伦斯基、列文与吉提这样两条线的线索表格，自然也是我当时学习小说结构和情节发展变化的笨方法——

安娜对丈夫不满——和渥伦斯基一见钟情——受社会贵族打击——渥伦斯基冷遇——卧轨自杀。
列文爱吉提，遭遇拒绝——吉提爱渥伦斯基被否定——吉提病重到国外养病——列文在乡间从奥布朗斯基处得知此消息——列文和吉提爱情成功。

重新看这样两个表格，重温这部作品，贵族妇女安娜·卡列尼娜和她的丈夫卡列宁、情人渥伦斯基一条爱情悲剧线，外省地主列文和贵族小姐吉提的另一条则是爱情喜剧线。两组线平行又有所交叉，构成交织在一起的三角关系网络。

如果托尔斯泰仅仅把这部作品如此写成了两组悲欢离合的爱情故事，纵使再有生花妙笔将其写得跌宕起伏、催人泪下，也难称其伟大，和我们眼下流行的爱情小说和影视剧没有什么两样，不过是复杂的爱情故事而已。这部作品的伟大具有经久不衰的力量，在于托尔斯泰生活在并直面俄国 1861 年自上而下的农奴制改革时代，将自己的作品根植于那个时代，将两组爱情线融入那个时代的洪流之中，而不是只把爱情故事当成吸引人的噱头和唯一不二的法门。

在列文那一条线中，托尔斯泰勾勒出那个农奴制改革时代生产力急剧变化的广阔背景，描绘出在这场变革中的地主、农民、新兴资产者、商人阶层等各色人物形象。在安娜·卡列尼娜那一条线中，托尔斯泰则用他结实有力的笔，深入揭示了这场变革中生产力对生产关系的作用，让我深刻地看到在动荡的变革时代带给人们思想道德伦理以及价值观念的深刻变化，从而深切触摸到那个风云变幻的时代脉搏，并多侧面地再现那个时代。

托尔斯泰既不是回避那个时代，躲在象牙塔中品味个人的一角情感与艺术的天空；又不是仅仅描摹那个时代司空见惯的浅表层面的东西，如我们现在不少描写改革题材的作品一样只是困难琐事等材料的罗列堆砌，然后制造一个改革的对立面，最后被改革派战胜。也写改革派的情感，不过几乎是千篇一律的红颜知己，由于处于婚外，只能默默地支持，改革派虽然深爱着他，必须战胜自己。托尔斯泰却把我们远远抛在后面，使自己的笔大开大合，将这两条爱情线平行发展又相互交织，抖擞得如同鱼一般既游于时代的江河中，又游于家庭的小溪里。

将小说写得好看，也许容易，但将小说写得同时具有时代深意而不那么轻飘飘，就不容易。将小说写得仅仅具有社论那样充沛的意义，也许并不难，但同时具有艺术的魅力而将小说写得读者爱看耐看，值得去思索回味，也不容易。托尔斯泰的伟大，就在于他能够在这两者游刃有余地有机结合当中使作品具有艺术的魅力。

无论从人物形象刻画，故事情节的跌宕，还是从悲喜剧艺术美学的运用，深刻思想内涵的挖掘等各方面来看，这部作品的伟大和经典性都是当之无愧的。如读《红楼梦》一样，仁者见仁，智者见智，爱看爱情的能从中看到爱情；爱读历史的能从中读到历史；爱品味哲学的能从中品味出哲学……作品被赋予了多义性。列宁高度评价托尔斯泰的作品"反映了一直到最深的底层都汹涌激荡的伟大的人民的海洋，既反映了它的一切弱点，也反映了它一切有力的方面"。并称赞托尔斯泰是俄国革命的一面镜子，是俄罗斯伟大的作家，确实是当之无愧的。

重读托尔斯泰，面对我们所处的伟大变革时代，面对当今文坛，实在让人感慨。我们尚未出现托尔斯泰这样伟大的作品，我们自称或被别人廉价抛售的著名作家倒是到处都是。

重读乔伊斯

詹姆斯·乔伊斯的作品，似乎总离我们很遥远，《尤利西斯》仿佛是他扔给我们的一块坚硬难啃的大砖头，横在我们一般读者的面前，难以跨越，便容易和他隔开一道宽宽的河。

我以为要渡过这条河，并不是没有法子，这法子就是得需要找一座桥或一条船。在我看来，他的早期作品集《都柏林人》，就是这样一座桥、一条船，让我们并不隔膜地踏在这座桥上，坐在这条船上，比较轻松地过河去和他接近。

这部《都柏林人》，我们可以把它当作小说读，也可以把它当作散文读，在这里，文体不是主要的带有亲历性的回忆和怀想，从童年到少年到青年几个人生重要时期的种种过渡时的各种感情、心理乃至周围外部世界对心灵的冲击的细致入微的描摹，会让我们觉得乔伊斯的作品其实并不像评论界说得那么唬人，那么艰涩难懂，拒人于千里之外，而是那样地亲切，就像诉说他自己，也像诉说我们自己或我们身旁其他熟悉的人的事情一样，离我们是那样地近，近得能让我们听得见他的呼吸和心跳。我们会觉得越是大师，其实越是平易近人的，唬人或吓人的，大概都是后来人们涂抹在他脸上过重的油彩，把一个平常的人画成了戏台上的花脸。

《都柏林人》这部集子一共由 15 个短篇组成，不敢说字字珠玑，却可谓篇篇精粹。留给我印象最深的是《偶遇》和《阿拉比》两篇，读它们时的感觉真是妙不可言。《偶遇》中那两个好不容易各攒了 6 个便士的小男孩，逃学过河跑到远远的郊外的田野上，偶然遇到一个衣衫褴褛性格怪异的老头儿，老头儿和他们谈诗、谈姑娘、谈国立学校凶恶的鞭子……谈得他们最后对这个怪老头儿充满恐惧，吓得落荒而逃。小男孩对单调学校生活的厌恶，对外界未知生活的好奇，突然出现的老头儿对童年寂寞的变异，美好的向往在瞬间被打破……——被乔伊斯平静自然而不露声色地叙述得那样熨帖，让人回想起我们自己遥远的童年。

《阿拉比》写一个小男孩对一个姑娘悄悄的爱，写得真是惟妙惟肖；都从未去过的一个叫作阿拉比的集市，只不过因姑娘一次偶然提起而成为让姑娘和小男孩共同的向往，也成为小说一个诗意的象征。最后好不容易小男孩在夜晚赶到了阿拉比，已经打烊的阿拉比却只给他留下一阵怅惘乃至恼怒，将一个小男孩情窦初开的心理写得极其出色。两篇作品，都写的是美好的向往在瞬间的破碎，一个是意外出现的老头儿，一个是阿拉比的意象，乔伊斯让我们看到他的人生的足迹，他的情感的心电图，也让我们看到如果作为小说，原来也是可以这样来写的，小说创作原来是有着这样宽广多样性的可能。乔伊斯就是这样从《都柏林人》走到《尤利西斯》的，我们就不会感到他的突兀和不可解。

据说，这部《都柏林人》当初投寄给 20 多家出版社，都惨遭退稿，最后一家出版社好不容易同意出版了，又压了整整 8 个月。但沙子是埋不住金子的，《都柏林人》如今已经光芒四射。

我曾经在 1984 年买了一本上海译文出版社当年出版的《都柏林人》，这是初版本，当时只要 8 角 4 分钱。16 年过去，现在还会有这样便宜的乔伊斯吗？

重读德彪西

这是一本薄薄的小书，装帧极简单，黑白两色、颇像钢琴的黑白键。书名叫《德彪西的钢琴音乐》。我是从琉璃厂一家专营音乐书籍的书店买到的。翻翻版权页，1987 年版。它躺在这书架上有 5 年寂寞的光景了。其实，它只要 6 角 2 分。6 角 2 分不足一支糖葫芦的德彪西也没有人买。

我很喜欢德彪西，几乎收集他大部分的弦乐和钢琴作品的激光唱盘和磁带，因此，很想了解他的生平与艺术追求，回过头再听他的音乐，可以更走近他。这本小书的作者是美国人弗兰克·道斯。他介绍了德彪西所有的钢琴音乐，包括德彪西的第一首钢琴曲《波希米亚舞曲》（1880 年），到最后的《白与黑》和《十二首练习曲》（1915 年），勾勒出德彪西 35 年的创作道路，对每一首钢琴曲从内容到艺术都做了颇为通晓易懂的翻译，对于我这样音乐的门外汉是干渴之饮。

介绍德彪西的音乐并不是件易事。德彪西的音乐如梦如幻飘忽不定，虽然他的作品的名字都非常鲜亮而又诗意，比如《雨中花园》《亚麻色头发的少女》《雪上足迹》等，宛若一幅幅画，但具体描述它们，是颇费气力的。道斯在这本小书中却举重若轻，在于他占有大量的素材，对音乐界熟稔于心。比如在介绍德彪西最著名的《贝加摩组曲》中的《月光》："乐曲一开始有着静寂、怡人的意境，头八小节的上方以极缓慢的速度向下动宛如悬在半空一样，这样富有象征性的下行进行，令人感到柔和的光影是来自月光的辐射。"用笔干净明白，让人清晰如画。同时他又具体介绍音乐的技法，他指出在这首曲子中，"分解和弦的音型完全是传统式的"，但"中间声区运用钟铃声的原理可使一些浮动的柔和泛音产生某些闪闪发光的效果"。专业用语却讲得不枯燥而有情趣，我读后颇觉得这本小书的特色。

这本小书中还介绍了同代人对德彪西的评论，对我十分有益，让我了解德彪西的时代、那种文化背景与氛围便具体，无疑重新听德彪西的音乐便不再空泛。比如书中援引塞尚将德彪西和莫奈一起评论就极有意思："莫奈的艺术已成为一种对光感的准确说明，他除了视觉别无其他。"德彪西则"也有同样高度的敏感，他除了听觉别无其他"。我更加清楚德彪西为什么能成为印象派大师，他的音乐为何从标题到内涵总是富于诗意和画面感。"他一生最亲密的朋友与伙伴，并不是音乐界同行，而是诗人与画家，特别是以象征派与印象派的作家居多。"道斯分析得没有错。

这本小书还摘抄了部分德彪西自己所写的文字。德彪西的音乐评论颇有个性，而他其他文字，我未见过。据这本小书介绍，德彪西尚有《音乐与书信》（1947年伦敦版）、《德彪西的理论》（1929年伦敦版）等书，不知我国是否有译本？"我曾徘徊在充满秋意的景色里，古老森林的魅力使我着了迷。金黄色的树叶纷纷从被折磨的树枝上落下，教堂的晚钟声催着田野入睡，轻柔而有魅力的声音劝告人们忘掉一切……艺术上的争论离得是多么遥远，伟大人物的名字有时会变成了诅咒的用语。当我在这里听到人们谈论音乐的时候，恐怕我是更加热爱它了。"这是在后者书中的一段文字，德彪西实在还是一位散文家，他的语言融入他的音乐。

6角2分一本书，现在还会有这么便宜的书吗？何况书中藏有德彪西的一个个梦。花钱买梦，还要费时间幻梦和释梦，也是人生一件乐事。这么多年过去了，一直还插在我的书架里，偶尔会取出来翻翻。

重读法拉奇

我已经好久不再写报告文学，也很少读一些时下走俏的报告文学，因为那里已无多少文学可言，剩下的只是隐闻秘事还有一堆剪刀和糨糊凑成的泡沫塑料一样臃肿的材料，厚重得如砖头，却不是书，尤其是文学书。

写作报告文学的那些日子，我很喜欢意大利女作家奥里亚娜·法拉奇的纪实作品。虽然她的作品一般从不称为我们时髦的报告文学，但她的每篇作品却货真价实，既是报告，又是文学。她的三本书：两本《风云人物采访记》和一本写她与丈夫——希腊政治家帕那古利斯共同传奇生活经历——隐秘人性的《人》，一直到现在依然在我手边，常常翻看。可以说，几十年来，法拉奇常伴随我，告诉我什么才是真正的报告文学，而什么只是赝品。

几乎很少能有作家似法拉奇一样将她的笔与良知以及坚毅的性格，一并投入到被采访的对象以至落实在她的文学之中。也没有任何一个作家，能够如她云一样漂泊萍踪不定采访了诸如基辛格、侯赛因、阿拉法特、西哈努克、甘地夫人、海尔塞拉西等如此长长一串全球声名煊赫的政治人物。仅从这一长串名单即可猜想她的采访该是多么辛苦、艰难。她不是那种只凭剪刀、糨糊、道听途说的人，当然，更不是为了一点点蝇头小利而卖身卖文专门撰写所谓热点时髦新闻或广告文学的作家。

我从法拉奇的作品中看到她的人品。不是在有些作家的作品中只看到商品而看不到人品。对于一个以纪实作品为生命的作家，人品往往是其作品生命的魂灵。

在法拉奇的作品中，常常可以触摸到这种魂灵。她无时不在与被采访者对话，也同时在与我对话。她让我看到她，也看到自己。举一个例子：1972 年，她采访美国国务卿基辛格博士。她称基辛格是尼克松总统的"思维保姆"，长着"一个羝羊般大脑袋"的家伙。在采访中，她提及越南的武元甲元帅："连孩子都知道武元甲热衷于用坦克发动隆美尔式的进攻……"基辛格当时沉不住气抗议道："但他失败了！"她则立刻反驳道："他真失败了吗？"基辛格不服气："哪一点使您认为他没有失败呢？""基辛格博士，您同意签署了一份阮文绍不喜欢的协定。"这等于当面揭了基辛格的短，这种绝非仰视的采访，是以作者性格和品格做支撑点的。眼下，我们仰视的采访太多，仰视之下，作品中的人物自然于无形中被捧高，而作者自己当然就相形见矮、见少了。手心朝上，向企业要钱，向读者赚钱，或向权贵讨好，怎么能不仰视？

与其看这种所谓报告文学，不如重新翻看法拉奇。法拉奇的确令我难忘，难忘她机智的采访，难忘她的性格与品格，如此才愈发难忘她的作品。

好多年前，从报纸上得知法拉奇身患乳腺癌，晚景凄惨，她悲哀地说自己："我是个没有孩子的女人。这是我永恒的悲剧。"这让我心头很是沉甸甸的。她付出了那么多，得到的却是这样的结局。这是与那些著书只为当作敲门砖的二三流文人不可同日而语的。"文章憎命达"，看来古今中外概莫能外，幸运儿只是属于另一些人。

不过，法拉奇永远比那些幸运儿赢得世人世心，她也并非没有孩了，她的三本书便是她最可宝贵的三个孩子。难道不是吗？

重读房龙

房龙的书，一般见到的，我都买来，他的《宽容》谈哲学；《人类的故事》谈历史；《人类的艺术》谈艺术；《与世界伟人谈心》谈人物……虽然写得通俗，浅显，却娓娓道来，读着舒服，如同喁喁细语，促膝而谈，常为他的学问和他谈学问的平易方法而折服。

讲学问谈的平易而耐读，并不是所有学问家都能够做到的。我们国家起码到目前为止，还没有一位同房龙一样能够如此举重若轻地将复杂艰深的学问水银泻地一般流入寻常百姓家的。我们倒是有不少能够将似是而非半懂不懂的简单学问变戏法一般说得复杂的所谓学问家，打着他们的八卦拳唬人或和我们捉迷藏。

将复杂说得简单，将简单说得复杂——永远是真假学问家之间的区别的不等式。房龙正是以这种明显的区别独立于读书届而使之魅力长存，总是站在大于号的这一边。

《人类的艺术》（中国和平出版社 1996 年 10 月出版）一书中，美术、音乐、雕塑、舞蹈、建筑、文学、服饰……一切艺术，几乎无所不包。从史前期到 20 世纪，上穷碧落下黄泉，房龙天马行空，游刃有余，将人类的艺术发展史勾勒得须眉毕至，有他对艺术家的历史的描述，有他对趣闻逸事的钩沉，有他对艺术发展的评价，还有他自己亲自为丛书画的插图。他的学问不是属于雷声大雨点小的威风凛凛的那一种，而是如微风细雨润物吹拂无声无形，却渗透在书的每一页。

比如他记述巴赫，在巴赫死后一个世纪，由门德尔松建议成立的巴赫学会收藏的巴赫的乐谱，浩繁庞大足有 60 大本。但巴赫在世的时候却无人问津，他的有名的《勃兰登堡协奏曲》的乐谱只以 6 便士 10 分贱价卖了出去，他的无与伦比的《赋格的艺术》出版只卖了 30 分，按制造铜版的价钱收回成本。即使到了 19 世纪初，拥有半个世纪悠久历史的布赖特考普及哈德尔出版公司出版了一套巴赫的乐谱集，依然卖不出去。晚年的巴赫双目失明，没有知音，他够悲惨的了，唯一的光荣是他 62 岁那一年，被普鲁士国王邀请进宫演奏他的音乐会，得到国王的赏识，国王听他的音乐入迷，连自己主办的长笛音乐会都取消了。但人们并没有因此而改变对巴赫的态度，在人们的眼里巴赫仍然不过是一个年薪 700 银币的可怜巴巴的合唱队的领唱而已。那么为什么巴赫一辈子就这样与世无争？就这样平静淡泊毫无怨言？房龙这样提问："如果巴赫真的知道它自身的伟大，那他为什么那样对人们对他的冷漠态度处之泰然？"

房龙在分析了巴赫基督教徒宽厚大度的性格之外，更着重也更令人信服地分析了那个时代。房龙说："由于当时他生活的时代，也必然不受大多数人的欢迎。"他又说："巴赫的不幸，在于

名花零落雨中看　397

他出生于新旧交替的年代。"这个时代是两个世纪之久的宗教狂热冷却了下来,人们希望听到能够把他们从愁苦中解脱出来的轻松的音乐。这时候,意大利歌剧轻松愉快的曲调恰逢其时适合了人们,给了人们心灵的慰藉。德国当时需要的是一个能写出这样歌剧曲调的音乐家。新旧交替的时代,艺术家面临的艰难,是艺术家对时代的选择,也是时代对艺术家的选择。房龙指出"巴赫的悲剧,在于他没有成为那个人"。这话说得多么无情,又是多么地准确。

房龙又信手拈来,进一步将巴赫比喻成同他的同乡马丁·路德一样:"正如马丁·路德不是新思想的先驱,而是中世纪信仰的最后捍卫者——中世纪最后一名伟大的英雄——巴赫也不是新的音乐表现形式的先驱,而是中世纪伟大音乐家中的最后一个。我们很容易忽略这一事实,但这却能说明一切。巴赫的音乐,在我们这些对这个问题不是特别有研究的人听起来,是使我们耳目一新的东西——我们现代人听起来最舒服的东西。但是巴赫音乐的新颖,有如乔托的壁画和约翰·凡·爱克的绘画的新颖。事实上,这些东西,不是对过去的文明的最后总结,是过去的艺术的最高成就,绝不是新世纪的开路先锋。"

房龙就是有这样的本事,深入浅出地将巴赫音乐的成就与时代的局限性,将个人与历史的位置,恰如其分地表达出来,让我们对伟大的音乐家巴赫有一个全面而新鲜的认识,而不是单摆浮搁地介绍一个人物、一种艺术,无原则也无知识地给一切名人鲜花或抛吻。

房龙在他的叙述中虽然尽可能客观而节制,仍掩饰不住他的激情和情绪。比如,同样在这一章中,他对亨德尔的评价明显有失公允,而将感情的天平倾斜在巴赫一边。他对亨德尔做英王宫廷乐长邀宠做了"水上音乐",而使得国王龙颜大悦,赏赐他年薪2万英镑,便贬斥亨德尔为"堕落分子",将巴赫则称之为"比我通过任何文字揭示人生大道理的哲学家所受的教益还多的人"。我想这也是房龙区别他人的地方吧?

我们中国的学人一般不大看起房龙和通俗读物。因为,房龙的书也是一种通俗读物。我们所谓的通俗,不成功则成仁,弄不成大雅便一下子跌进庸俗之中,抱着猪蹄子当驼掌啃。其实,通俗也不是那么好弄的,它一样需要学问。大学问家不齿于它,没学问的人又弄不通它——这就是我们迄今为止拥有众多的学问家却没有一位房龙的缘故。

房龙自己曾经说过一句很有意思的话:"凡学问一到穿上专家的拖鞋,躲进了它的'精舍',而把它的鞋子上的泥土抖去的时候,它就宣布自己预备死了。"这话很值得我们玩味,因为我们有时候爱把学问穿成精致的拖鞋,我们看不起甚至讨厌泥土,便把宝贵的泥土随手抖落了。

重读《北平风俗类征》

20世纪80年代,一晃,30多年过去了,那时候,天津的文化街刚修葺完毕。在那里一家门脸不大的书店里,我买到几本如今难得一见的老书。其中一本,是《北平风俗类征》,是上海文艺出版社根据商务印书馆1937年版的影印本。这本书对我了解老北京的风土人情以及习俗旧礼帮助很大,后来写作《蓝调城南》和《八大胡同捌章》时,成为我的老师。

全书分上下两册,各有岁时、婚丧、职业、饮食、衣饰;器用、语言、习尚、宴集、游乐、市肆、祠祀及禁忌、杂缀共13

类，构成一幅老北京的风情画。为查找各门类方便，在每页书眉上都有索引提示，每段摘要录文后都标有出处。编录此书的李家瑞先生，为这本书翻阅并抄录了上自周礼下至清末民初的报刊书籍，其中包括史籍、方志、笔记、文人诗集、民间俚曲诸方面，共约有五百种。看李家瑞先生的自序知道，此书是依据他的老师刘半农先生的建议，自 1931 年至 1935 年，历时 4 年，先后在这 500 种书籍中抄录了 40 余万字，方得这上下两册《北平风俗类征》。这 4 年，他先后在北平、上海、南京三城居住工作，为此书遍寻书局报馆冷摊，并找到一些珍藏难觅的善本书籍。

重读这两本书，让我心生感慨，不知时下还有多少如此认真编书的人？漫说耐下心来查阅 500 种古书典籍，就是豁出去自己抄录 40 万字，又有多少编书者愿意并舍得花这工夫呢？在现代编书匠看来，李家瑞先生不是有些傻，也是有些愚。如今，编书已经程序化、简单化，在没有电脑的时候，但见一瓶糨糊、一把剪刀，即可一夜怒放花千树。有了电脑之后，越发便捷，连糨糊和剪刀都省了，只需手指轻轻触动键盘，一蹴而就，名目繁多的精选本便孵将出来，拍拍翅膀飞落书店书摊之前。不用多看，只要看看每年好多出版社争相出版的各类文学选本，就可以一目了然。

如今，编书似乎不需要学问，不需要时间，而成为一种拆卸、组装的工匠活儿，甚至是电子时代手指艺术的一种。更有甚者将人家费时费力编好的东西，"公然抱茅入竹去"一般抱进自己的书中，一下子归为己有。想不过是十几年前的事情，人民文学出版社资深老编辑季涤尘先生编的散文选，其中有傅雷两则散文，是季先生看遍《傅雷家书》全书之后，代傅雷选出其书中的两段。如今不止一种散文选本便不费气力地将这两段照搬在自己的书中，挽到篮子里就成了自己的菜，令季先生感慨不已。编书变得如此轻巧，难怪人说：写书的不如编书的，编书的不如卖书的。编书的虽居中间，却远胜过写书的人，因为写书的人毕竟还要一个字一个字写，编书的人如今已经倚仗现代化电子手段，倚马可待，指日成功了。

谁还去干李家瑞先生这种的傻活、累活？编一本书，耗费4年时光，要在500种书籍中一个字一个字地抄录40余万字？

当然，论简单，李先生人为将编书复杂化了；论赚钱，李先生赶不上如今一些心灵手巧的编书匠；但李先生编的书历近80年依然存留下来并且鲜活着，而我们如今不少人编的书呢？能够活多久？

所以，如今逛书店，越是装潢豪华的选本，越是名人出任主编的选本，越是标明精选的选本，越不敢问津。生怕翻开来金玉其外，败絮其中，倒人的胃口。假冒伪劣，如今哪儿都有，防不胜防，于出版界，编选本者为甚。

顺便说一句，前两年，北京出版社重新出版《北平风俗类征》，不是影印本，只是按照现代排版技术印制的新书，也是上下两册，定价98元。而当年我在天津文化街买的那两册《北平风俗类征》，只要8元5角。流年暗换之中，薄薄的两册书中，含有多少世事沧桑。

重读戴愚庵的《沽水旧闻》

在美国小住，住芝加哥大学边，离学校的图书馆很近，随手翻到本老书《沽水旧闻》，写的全都是老天津的往事，非常有意思，一下子，虽在遥远的大洋彼岸，离津门却近在咫尺一般了。

这本书的作者戴愚庵，民国期间有名的通俗小说家，曾在天津市第八小学当过多年的校长。《沽水旧闻》是本杂记，三十年代在天津《益世报》连载，145篇，逸闻趣事，掌故历史，说人说事说地，融古汇今，涉笔成趣，学问渊深，颇值得一读。因对天津很有感情，特别对天津的一些地方感兴趣，便对书中这部分看得更加仔细，愿意把其中感想收获与读者分享。

书中开篇《天津卫三宗宝》，说的便是鼓楼、炮台、铃铛阁。鼓楼现在重修，还立在原处，但原来楼顶有口巨钟，早已经在庚子之年被英国人运到英国了。这篇文中介绍这口巨钟每天早晚击打108下，"闻数十里之遥"。当年，登临鼓楼，可以望得见北大关外河中行舟，该是什么样壮阔的景致？如今是再也见不到了。清末民初，在钟楼之上还可以看到气魄的题联：高敞快登临，看七十二沽往来帆影；繁华谁唤醒，听一百八杵早晚钟声。是当时诗人梅小树的诗，华世奎的字，如今也见不到了。

铃铛阁，因有铃铛48个而得名，书中介绍"清风徐来之际，铃即作声，声闻十有余里，诚异事也"。并介绍它"在邑中南阁西街，建自有明，小寺耳"。清康熙年间，拆掉重建，"按照黄鹤楼起盖，壮丽辉煌"。我不清楚，这个"南阁西街"在现在的什么地方，只能想象当年的壮丽辉煌。铃铛阁的奇异，不仅在于它的铃铛，还在于它有藏书楼，"海内孤本，都数百种，元明人手抄书百余种，六朝经书，四十余卷，琳琅之美，诚不胜收。每年六月六日为晒经节，运于日下曝之，任人观览。"这样的晒经节之奇特与壮观，今天也是见不到了。

书中介绍侯家后的篇章，我兴致尤其浓郁。可以说，先有的侯家后，后才有的天津卫，书中说"其地开辟之早，为津门之始"。是一点不假。我最早知道侯家后，是读赛金花传记，1899年，赛氏从上海到天津就是落脚在侯家后，开设的"金花班"。当年这里是津门繁华之地，也是妓院丛生之地，"歌馆楼台相望，琵琶巷里，丛集如薮。斜阳甫淡，灯火万家。鞭丝帽影，纸醉金迷"。那时看到的对侯家后这个地方介绍所引用的文字，以及津门诗人李怀芳晚年归家侯家后自撰的那副有名的门联：天津卫八十三岁铁汉子；侯家后五百余岁旧人家。尽数抄自这本书中。

紫竹林，也是津门有名之地，当年英美法的租界，现在应该在和平区承德道附近。紫竹林的梁家园的赛马场当年曾经名噪一时，光绪七年，首次西洋马戏亮相津门，就是在那里。这在当时是件大事，知道的人会有，但知道当年天津只有一张报纸叫《时报》的，恐怕不多；知道当时西洋马戏在《时报》上做广告，而且用的是骈体文，恐怕也不多；知道当年看马戏"戏价包厢十元，椅座四元，板凳座五角。板凳泥垢甚多，有广东人出售纸垫，每个小洋钱五仙者一枚"，恐怕就更不多了。这本书都为我们细细数来，如描如绘。

芥园，我知道新中国成立之前完全沦落成了贫民窟，新中国成立之初很长的一段时间，那里也是天津的棚户区，真不知道乾隆下江南路过天津时就住在那里。当时曾经何等繁华，一直到道光年间才逐渐败落。那里以后一度成为菜园，书中有一节说芥园一家姓朱在那里"辟地数亩，半以莳花，半以种菜"。两者串了秧儿，竟然种出一种韭菜是黄叶子，而且是在根本见不到韭菜的冬天里。这在现在算不上什么稀奇，韭黄到处可以买到，但在当时却是以"奇珍视之"，"民众以之送礼，朱获利颇丰"。书中告诉我们，当时在津门，这种黄叶韭"与铁雀、银鱼、紫蟹，为年菜四珍"。

特别应该说说这两个地方：一是东马路，当时有家福升照相馆，老板认识袁世凯的红人端方大人，于是，"袁世凯督直时，凡举袁氏各像及春秋阅操等，均由福升承摄"。宣统元年，慈禧太后下葬东陵，福升店想拍个独家的照片，贿赂了端方，装成他的随从一起前往东陵，"一路以快相匣窃摄多帧"，但在"摄金棺入奁，需时较长，各官伏地恸哭，独其跪地平身"，没法不败露，结果端方被解职，店家被罚数万金，且关了两年大牢。另一是北门外乐壶洞，我不知此地现在应该在什么位置，当时是天津的鱼市，有人姓张，人称邋遢张，卖鱼却总不赚钱，人们嫌他的鱼是死鱼而非活鱼。一个寒冷的冬夜，他在鱼市发现一个快要冻死的老头，便把老头背到北大关外的大红桥下避风驱寒，一直守着老头醒过来。老头为谢他送他一粒红丸，飘然而去。他将这粒红丸放进他的鱼袋中，冻死的鱼全部活了过来，因而卖鱼大富。同行想"谋窃其丸，张乃吞丸，从此失其踪迹"。天津海货行从此立他为行中祖师。这实在是一段津门传奇。如果说前者以悲剧终，道出的是鸟为食亡的古老箴言；那么后者则以喜剧终，道出的是积善成德的传统哲理。

　　合上这本不厚的书，芝加哥正是繁星满天。遥想津门，不禁思忖，这些地方，有在有不在，但留给我们的却都是财富，不仅让我们多了思古之幽情，也多了怀旧之去处，如果珍惜并挖掘，现代化飞速发展的津门，会更多添历史文化的内涵。

2018 年岁末整理于北京